绿 宝 石
Fall into your light

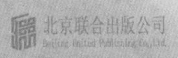

朕和她

她与灯
TA YU DENG
|著|

北京联合出版公司

既起杀心，则刀落无悔。人行于世，莫不披血如簪花。皮开肉绽，心安理得。

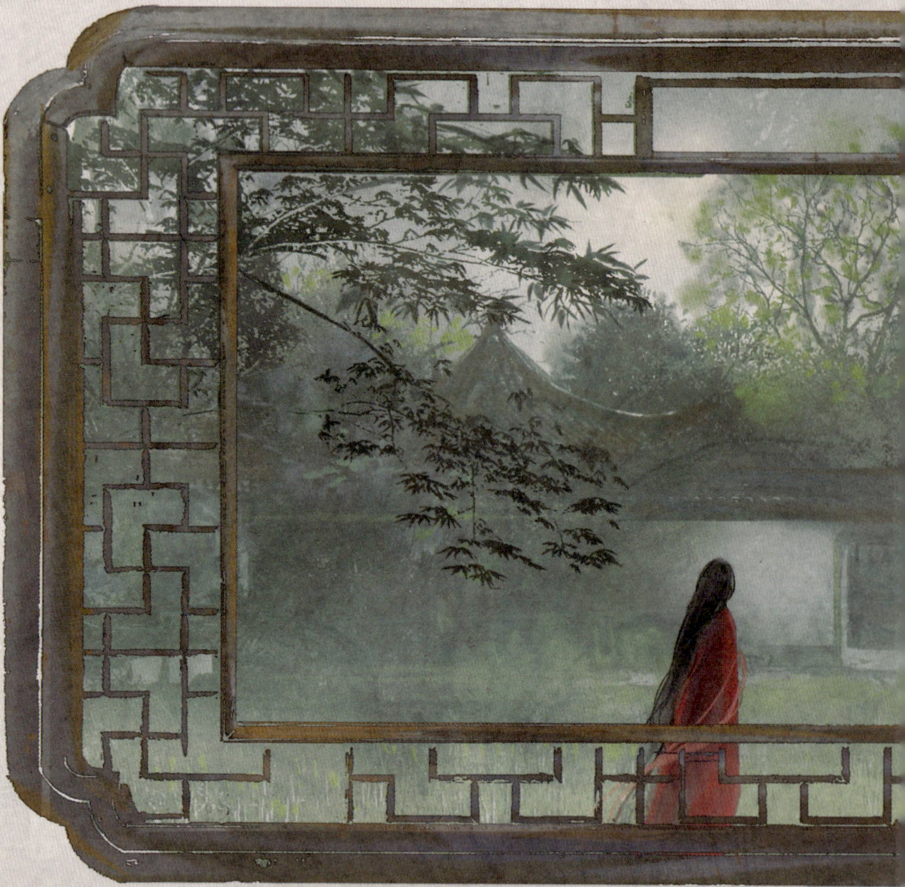

目录

楔 子 ····1

卷一 春时舞

第一章 春雪 ····9
第二章 春荫 ····29
第三章 春华 ····61
第四章 春潮 ····97
第五章 春雷 ····111
第六章 春铃 ····135
第七章 春衫 ····153
第八章 春蛹 ····177
第九章 春关 ····203

卷二 夏时饮

第 十 章 夏菱 ····221
第十一章 夏湖 ····249
第十二章 夏树 ····273

楔子

既已为娼,还有什么真情牵挂吗?

春时夜雪,飘若齑粉。

分流入洛阳城中的护城河水上,撒盐一般地飘着雪屑。黄昏时的那一阵东风,吹落一枝又一枝早开的二度梅,此时水上浮着的流冰,尽数幽静地躺于河面,不见沉水之势。

西北面的金墉城通明,其后的北邙山顶覆雪盖。

铜驼街的两边,夹道种榆杨。

幽深的树影下,一辆通幰车静行其间。

驾车的年轻人把头藏在斗笠下面,看起来像睡着了。

突然,寒寂的道上传来一阵凌乱的铜铃音,伴随着赤足踩在雪地里的窸窣声,越来越近。

寒剑出鞘,驾车的人顶起斗笠,顺着宽阔的御道朝前看去。

兴庆十二年的春雪从容地飘着。

梅蕊寒香沁骨,不断地挑动着人的毛发和肌肤。

前面夜奔而来的人喘息声越近越急促,几乎撞破了凄怆的铜铃音。

驾车人扯紧朱丝马缰,回头低声道:"郎主,是个女人。"

车中人没有回应。

穿道风撩起车幰一角,露出半只搭在膝上的手腕,一道开皮见肉的鞭痕赫然现于其上。

"要挡下吗?"

车中传来一声咳嗽,而后落下两个毫无情绪的字:"不必。"

驾车人依言停车,一时间马蹄停步,马尾巴翻搅着雪粉,耐心地等着前面道上越奔越近的惊惶人。

那女人有一头乌黑浓密的长发,直垂膝弯,此时失了簪钗的桎梏,随着她跌跌撞撞的步伐,鬼魅一般地舞在风中。她脚腕上的铜铃铛混乱地互相碰撞,又时不时地与地面刮擦,嘈嘈切切,声如乱麻。她裸着一双修长如玉杵般的腿,膝盖处伤痕累累，好像刚刚受过一场非人的凌虐，双眼通红，嘴唇干裂，身子似被拆了骨头，如同一股混着梅花灰烬的烟，轻飘飘地扑在马头前。

马没有受惊，反而低下头去，喷着滚烫的鼻息，轻轻蹭了蹭她的脸。

"救我……"

声音可真是催情发欲啊。

"公子，救救我……"

驾车人扯动朱丝缰绳，拽回马头。马猛地一扬前蹄，踢起地面上的雪粉，直扑入她的口鼻，她原本就已喘得似心肺俱裂，此时更是呛得将整个身子都蜷缩起来，腰塌肩耸，背后的蝴蝶骨透过禅衣，其态风流又寒冷，媚得浑然天成。

"公子，求求您……救我……"

驾车人愣了愣神，忙将自己的视线从她的身体上收了回来，朝其身后看去。

道旁的房舍逐渐被火光烘亮，鱼鳞编甲颠于马背上的声音逐渐逼近。车前的马不安起来，驾车人抬臂勒紧缰绳稳住马，低头喝道："何人追你？"

"我……我不知道……"她说着，向前匍匐了几下，伸手抓住马腿，抬起头哀凄地望向驾车人，"他们抓住我我就活不成了，求你救救我……我……我……我以后好好报答您，伺候您……"

马蹄又向后退了一步，牵引着她的身子往前一扑，肩膀一下子垮下来，她不自觉地顶起了臀，素白的禅衣顺着背脊滑至腰上……

冷飕飕的风混着晶莹的渣滓，光顾女人紧致光滑的风月宝地，她猛然红了眼睛，声中带出了颤抖的哭腔。

"救我……啊……"

"带她上来。"

车中人的声音仍然听不出情绪。

驾车人一怔，不由得勒紧了手中的缰绳，回头道："可是您今日——"

"住口。"陡然凌厉的两个字，寒气逼人。

驾车人不敢再言语，将剑摁回剑鞘，翻身下来，只单手就将女人从地上提了起来。

车内很暗，除了一个男人的轮廓，什么都看不见，但却能嗅到一股浓厚的血腥气，钻鼻即入喉入胃，冲得她差点吐出来。

"想活命？"

声音来自混沌之处。

"是……"

"那就不要出声。"

话音未落，一只手已经捏住了她的腰，就着她腰上那一点可怜的皮肉，毫无怜惜地一提，把她整个人摁到了自己腿上。女人的身子烫了起来，口中失桎，喉咙里惊呼，犀如受伤的小兽。

"我刚才说什么？"

声音似从刀刃的锋口上掠过，骇得她浑身一战。

"我……"

"想被丢出去？"

"我不敢我不敢，我不出声了，不出声，不要丢我……"当真生怕被丢出去，她一面说一面下意识地抓住了那人的手腕，却被那血肉外翻的黏腻触感吓住了。那人手臂猛地一抽，顺势将一方绢帕摔在她脸上。

"堵嘴。"

那帕子上也沾染着血腥气，入口就往她胃里钻。她却不敢不听话，忍着五脏之中的翻江倒海，一点一点将那帕子全部塞入口中。

外面火光渐近，驾车人的声音传了进来："郎主，追她的是中领军内军。"

"谁为首？"

车外沉默，似在辨人，须臾回了三个字："奴不识。"

话音刚落，车马即被团围。

火光照亮车内一隅。她这才识出那些血腥气的来源。

初春雪地，寒气渗骨，面前的男人却只穿着一件禅衣，其上大片大片的血迹尚未干，被她抓过的那只手腕正垂在她眼前，腕上一道鞭伤触目惊心。她心里大骇，正要抬头去看其人的面目，却听头顶传来那人的低喝："不要抬头，把眼睛闭上。"

接着车外传来令她战栗的声音。

"我等奉命追拿妄图弑君的罪人，车内何人，速出受查！"

驾车人道："车内乃是中书监大人。"

为首的人闻此话，勒住马缰，在马上抱拳行礼。

"张大人，今夜追逃之人非同小可，我等一路追其至此，人犯却不见了踪迹，这么巧遇见张大人的车驾，职责所在，必要一查。得罪。"说完，他翻身下马，手执火把径直朝车前走来。

火把的光热透过车幨，从背后烘来。

女子的手指越攥越紧，她慌乱地朝他怀里蜷缩。

男人低头看了她一眼，手不轻不重地摁在她裸露的臀上。

"别动。"这一声没有刻意压低，车外的人也听得清清楚楚。

为首者脚步一顿："敢问张大人，车中还有何人？"

车内再无应答，却气氛阴沉，莫名地透出压迫感。

为首者踟蹰，奈何君令在身，他又不得不上前。

火把逼近车幰，那丝绢的质地经不起光透，里外洞穿，将车中的人影清晰地映在了幰上。

女人瘦削风流的肩膀瑟瑟地在火光里耸动，顺着肩膀往下，颓褪的衫带凌乱地叠堆在腰腹处，再往下则是毫无无遮蔽的后臀，荒唐地顶翘在男人的膝上，其上覆着一只手。

淫靡销魂。即便是隔阂一层，也看得出来，那女人是一个绝色的尤物。

为首者举着火把怔在原地，逐渐看得呆了。

"看清楚了？"

寒津津的声音拽回众人游于情欲九霄的魂。

"张大人，多有……冒犯。"

"职责在身，谈不上。看清了就好。"

他似不着意地拍了拍掌下那一团羞红滚烫的皮肉："江凌。"

驾车人拱手应声："在，郎主。"

"剜眼。"

惨叫声令人猝不及防。

不说周遭其他的人，连为首者自己都没有反应过来，就被那驾车人在脸上剜出了两个血窟窿，他顿时丢了火把，死命捂住眼眶，撕心裂肺地痛喊着朝雪地上跪去，手背青筋暴起，周身抽搐如筛糠。

其状过惨，众人胆寒，怔了好久才有人慌得下马上前查看。

火把拥至车前，把幰上一男一女的影子撕出了毛边。

车里传来一声淡笑。

众人蓦地噤声，其中一个军士甚至一下子把手里的火把丢出去好远，滚到雪地里，照亮了那人痛得狰狞的面目。

"痛杀我……痛杀……"那人的痛呼已不能成句，甚至连呼吸都不能自控，里内的气息已吐尽，半晌吸不回来一口。眼窝里流出的血如两条恐怖的红蛇，蜿蜒匍匐于雪地。

众人无措，所配兵器皆在手中战战作响，一时再无人敢拦车架。

车中人扯下袖口遮住手腕上的鞭伤，借着火光垂头，朝膝上的女人看去。

她拼命地咬着口中绢帕，禅衣已经全部褪到了腰处，露出朱红色的抱腹。

他抬起手，手掌离开女人臀面的时候，她双腿猛地颤了颤，脚腕上的铜铃铛磕碰出丁零的声响。

"下去。"

她不敢停留，几乎是滚到了他的腿边，闭着眼睛磕头。

"奴谢公子……救命之恩。"

"为什么不睁眼？"

"奴……什么都没看到。"

他冷冷地笑笑，弯腰一把捏住她的下巴，用力之大，几乎将她整个人提了起来。她下意识地抠住他的手。

"不要杀奴……奴不敢说出去的……奴真的什么都不敢说。"

"活人不可信。"

"那……"

她吓得魂飞天外，身子如筛糠一般打战。

"公子割了奴的舌头，或者……或者烫哑奴的喉咙……"她松开手，任凭自己像只瘦兔一样被他提悬着，"奴……奴不想死，奴不能死啊……"

那人手指紧了紧。

"不能死？既已为娼，还有什么真情牵挂吗？"

谁知那女人陡然提高了声音："奴不是娼妓！兄长还在等奴回家。"

卷一 ◆ 春时舞

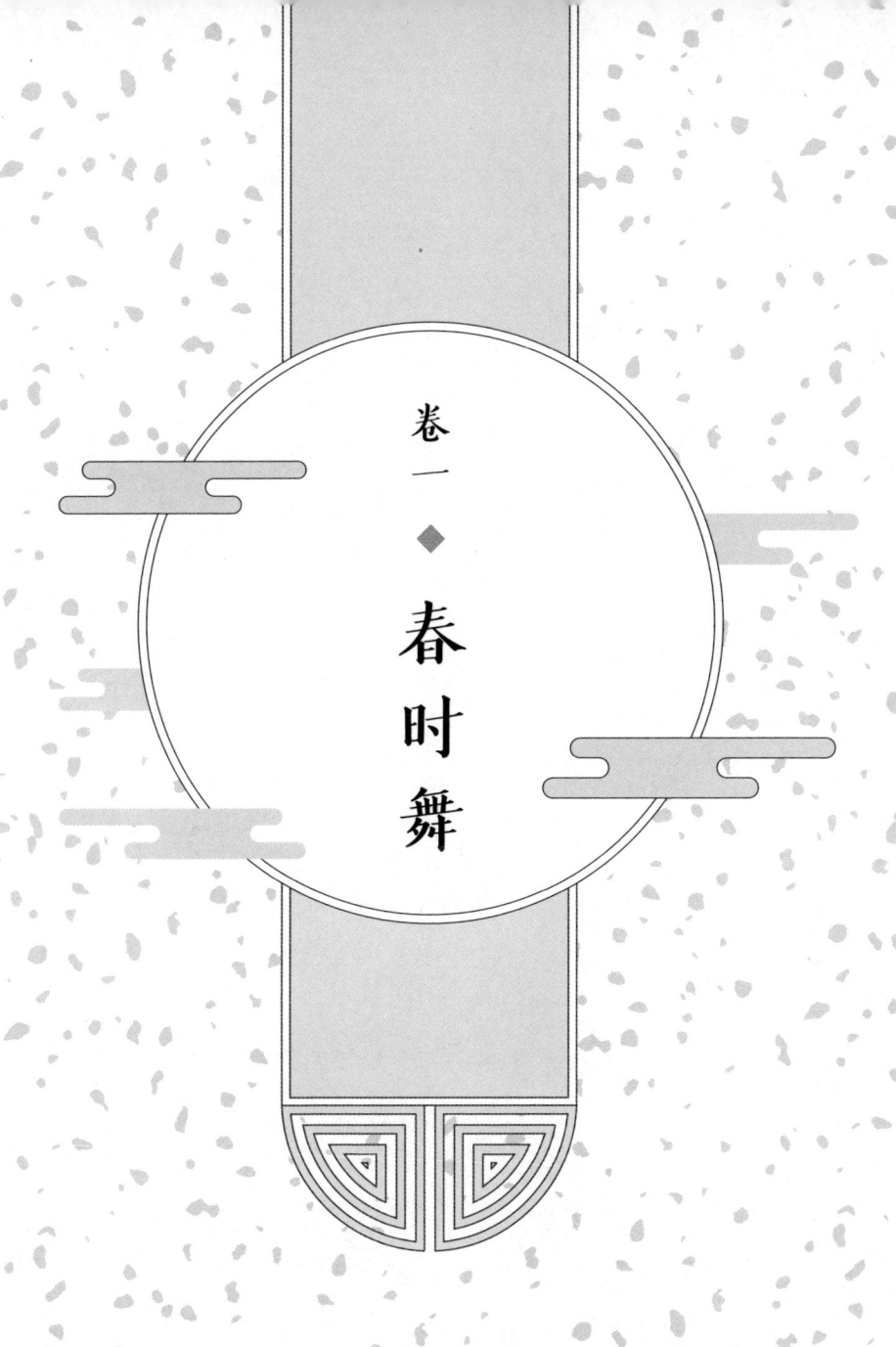

身如飞蓬烟絮的下等人，诸如席银，太容易醉在这一派触手可及却实属虚妄的盛景之中。

第一章

春雪

...

这明晃晃的欲望，
在洛阳的烟树乱阵里，
是多么珍贵的明靶。

他稍怔，转而嗤道："哪怕出自贱口，身上不尊重时也不该提亲族，你死有余辜。"说完，松开手指，像丢弃一块破布一样弃了人。

"下面谁剥的？"

她闻言，耳朵里顿时响了一声炸雷，慌乱地退缩到角落里，拼命地扯堆在腰间的禅衣去遮盖。奈何衫子过短，她尽力把双腿蜷在胸前，仍然遮不住一双在雪地里冻得通红的脚。

"不要故作姿态，我从来不碰脏的东西。"一言追来，剜心般地狠。

"奴不脏，奴也不想这样……"她说着说着，声音细成了游丝，想起自己趴伏在他膝盖上的模样，想起他的手掌与自己皮肉相贴的知觉，她不禁夹紧了双腿，后臀上那一块沾着他掌间鲜血的皮肤越来越烫，越来越痒，以致她忍不住，伸手去摩挲。

她今年十六岁，虽然不尽通晓人事，但也隐约明白，在生死一线之间，自己被这个满身血腥气的人挑起了要命的情浪。

"脏了这个地方——"

"不敢！奴不敢！"不待他说完，她慌忙应声，连坐都不敢坐了，噌地弹起来，跪伏着用禅衣袖子去擦拭那块被自己弄潮的地方，擦着擦着，眼泪就忍不住了。

她又是冷，又是羞耻，又是恐惧。满头乌发如瀑流一般披散在肩上，看似一层遮蔽，实质是一种蹂躏，让她的身子更显凌乱。

他看着她的模样，不自知地将指骨捏出了声响。

车已行过永和里，两侧高门华屋，斋馆敞丽，掩映在大片大片楸槐桐杨的树影中。天幕下的雪粉清白、干净，饱含着浓郁的梅花寒香，洋洋洒洒。

江凌勒住马缰，跃下车，点起一盏灯笼，侍立在车旁道："郎主，到了。您的伤可要寻梅医正？"

车幰翻开一角，雪风吹进，冻得女人浑身一哆嗦，指甲在车底猛地一刮擦，顿时疼得连气都呼断了。然而她不敢停下来，明明已经看不见痕迹了，她却还在拼命地擦拭。

他没有说话，静静地看着她那慌乱的动作。

一时之间，周遭只剩下她越来越疲倦的喘息声。

"不用擦，你死了就干净了。"他突然开口。

女人魂飞魄散，想凑过去求他，又怕他厌恶。

"啊……奴擦干净了，奴真的不脏……"

他却笑了一声，不再言语，起身下车。

一时之间，那浓厚的血腥气也一并被他带了出去。

女人跪在车上，颤颤地朝他的背影看去，惊骇地发现，除了手腕上的那道鞭伤，他的背上竟也满是刺目的鞭痕，力道之狠，甚至连衣料都被得打七零八碎，和血肉粘在一起，狰狞、恐怖。他受过刑。

可是，究竟是谁能令这个当街刣中领军内军将领眼睛的男人受刑呢？

"您的背……"她脱口而出，然而才说了三个字，就已经后悔。

男人侧过身。

温暖的灯火照亮他的侧脸。安静的春夜雪为他做衬，却烘不出一丝一毫松柏的高洁。

他是一个筋骨强劲的人，即便身着禅衣，也不显得单薄，只身站在楸槐夹道的铜驼御道上，鞭伤满身，任凭风灌衣袖猎猎作响。身后夹道林立的高门宅邸好像失了气度，隐去白日里的华贵，逐渐露出和他身上一样的疮痍来。

"江凌。"他唤身旁的赶车人。

"不必去找梅辛林，把她带进来。"

"是。"

江凌抬头看向那个缩在角落里的尤物，有些迟疑。

"带到？"

"带到清谈居。"

* * *

河内张氏长子，名铎，字退寒，官拜中书监。他看似出身儒学士族门第，却尊崇法家的严刑酷法，平生最厌清谈，但又偏偏把自己的居室定名为"清谈居"，并圈此地为府邸禁室。其宅奴婢虽不少，但五年间，江凌从未见张铎准许任何女子踏入清谈居。他好像不爱女人。

或者，他不喜欢男女之事。

至于为什么他要在年轻的时候断绝这一人欲，没有人敢问。

此时夜已深，他一个人在前面走，亲自提着灯。

偌大的宅邸静悄悄的，只有血腥气顺着风散入口鼻。

古老的楸木参天，树荫遮住了一路的雪粉，赤足踩上去，每走一步都痛得钻心。她大气不敢出地跟在他身后，时不时地看一眼身旁的江凌。脚上的铜铃铛摩挲地面，随着她时快时慢的步伐，偶尔发出几丝尖锐的嚣声。每每铃响时，她就站着不敢再动，直到被江凌用剑柄推抵，才又被迫跌跌撞撞地往前面挪去。

张铎一直没有回头，走到居室门前，抬手将灯悬在檐下的一棵桐树上，而后推门跨了进去。不多时，室内燃起了一盏孤灯，映出他的影子。

江凌在桐树下立住，对她道："进去吧。"

她瑟瑟地立在风口，幽静的雪在她的头发上覆了白白的一层，随着她周身一连串的寒战，撒盐般抖落。

"我……一个人吗？"

"是，我们府上除了女郎，谁都不能进郎主的居室，犯禁就要被打死。"

她听到"打死"二字，瞳孔缩了缩。

然而门是洞开着的，似在等她。

室内很温暖，连地面都是温热的。

青色的帷帐层层叠叠，莲花陶案上供奉着一尊观音像，像前一枝梅，除此之外，周遭寡素，再无一样陈设。他盘膝坐在陶案前，低着头，用一方白绢擦拭自己手上的血。他身上的血衣还没有换下，被灯火一照，触目惊心。

她刚要走过去，暗处却响起一声狂妄的犬吠，她还没来得及分清声音在何处，一只雪龙沙就狂吠着朝她扑了过来。与此同时，她面庞前嗖地劈下一道凌厉的鞭风，蛇皮鞭响亮地抽在犬身上。那只雪龙沙惨叫着转过身，看见身后的执鞭人，它一下子失了神气，趴伏在地，一点一点往帷帐后面缩去，最后团在角落里，浑身发抖，鼻中发出一阵一阵的呜咽声。

"过来。"

他放下蛇皮鞭，从新拿起手边的白绢。

她却惊魂未定，怔怔地看着角落里的那团白毛。

一时之间，她想不明白，面前这个男人究竟是个什么样的人，竟能让一只凶犬怕他到如此地步。

"它喜欢血的味道，再不过来，你就赏它了。"

"不要……"

她吓得朝后退了几步。

影子落到他面前，他也没有抬头。

"坐，等我把手擦干净。"

在车中她就被吓怕了，这会儿又被那雪龙沙骇得六魄散了五魄，哪里敢胡乱地坐。她拼命地拉扯着身上唯一的一件衣裳，勉强包裹住自己的下身，这才敢小心翼翼地席地坐下去。

尚未退寒的早春雪夜，角落里的犬时不时地发出两声凄厉的痛鸣声。

孤灯前，两个同样衣衫单薄破碎的人，默默地对坐着。

他静静地忍着周身的剧痛，认真地擦拭手上的鲜血，连指甲的缝隙都不放过。她则直直地看他脚边的地面，期待着他开口，又怕他开口。但他始终没有要说话的意思。

"外面的人说……公子从来不准旁人进居室。"

过了好久，她终于忍不住了，想试一试自己的生死。

他仍然没有抬头，只在鼻中"嗯"了一声。

"那奴——"

"你，半人半鬼。"

她没有听懂，却还是被那话语里随意拿捏的力道吓噤了声。

他把那被干涸的血迹染得乱七八糟的绢帕丢在地上，抬起头来看向她。

"会上药吗？"

"不会……啊，不，不，会，会……"

他挑眉笑了笑："会的话，你就能活过今晚。你叫什么？"

"席……银。"

"席是姓氏？"

"不是……奴没有姓。"

"如何无姓？"

她闻言，目光一暗，看了看自己满身的凌乱，又看向那双青红不堪的膝盖。

"奴的兄长是如松如玉之人，他的姓……奴不配。"

他听完这句话，突然仰面肆意地笑出声，牵扯全身的鞭伤，将将愈合的血口子又崩裂开来，粘着衣料，血肉模糊。

她忙撑起身子膝行过去，手足无措地看向他的背脊："公子，您不要动啊……您……哪里有金疮药，奴去给您拿……"

他指了指墙上的一只暗柜。

"第二层，青玉瓶。"

她朝他手指的方向看了一眼，回头道："奴先把公子的衣服挑开，等会儿伤口和衣裳粘在一起就挑不开了。"

"不必，我自己来。你去把药拿来。"

"是……"

她不敢怠慢，连忙起身过去。

暗柜的第二层果然放着一排药瓶，然而青玉质地的有两个，瓶身上似乎有药名的刻字。

席银不知道哪一个是他说的金疮药，只得把两只瓶子一并取出，小心地放到他的面前。

他扫了一眼那两只青玉瓶："为何两只一并取来？"

"奴不识字……"

他伸手拿起其中一只，递到她眼前，扬了扬下巴道："牵机，这是剧毒。"

她闻言腿一软，忙接过他手中的瓶子往身后藏。

"奴真的不识字……奴……"

他直起身："我让你活过今晚，你是不是不想？"

她捏着那只瓶子跌坐在他面前，背后的雪龙沙戒备起来，朝她露出了森然的獠牙。

进退两难，她被迫抬头去看张铎。

他面目上的戾气转瞬即逝，旋即收敛。他反手一把扯掉了那件后背褴褛的禅衣，褪出手臂，露出胸膛。身上除了一看就是新伤的鞭痕，还隐约可见不少旧伤。

"席银。"

他径直叫出了席银的名字。

"啊……在……在……"

他没有理会她的迟钝，理着褪下来的衣袖，言语之中好似带着一丝可惜。

"你若识得字，今夜倒真可了结我的性命。"说完，面无表情地将衣袖交缠成团，又拿起另外一只青玉瓶递向她。

她坐在地上，不敢去接。

他却把瓶身一扬："很容易，哪里开皮见肉，就往哪里撒。"

说着，不等她回神，他就已经把那玉瓶放在她面前的地面上，低头咬住衣袖，侧身扶着凭几趴下来，把那血肉模糊的背脊全部暴露在她面前，口中含糊地吐了一个字："来。"

角落里的犬吠了一声，惊得她抓起玉瓶连滚带爬地站起来，下意识地往他身旁躲。

裸露的皮肤冷不防贴在一起，他皱了皱眉，却没有吭声。

等了好久，背上终于传来了意料之中的剧痛，伴着一阵雪刀割肤般的寒意，逼得他额头、脖颈、腰腹出了冷汗。尽管他竭力控制，还是抑不住骨节滑动，血肉颤抖。

席银看着他抓在凭几上指节发白的手指，知他此时痛极，一时举着玉瓶，六神无主。

"疼……吗？"

他没有出声，只摇了摇头。

她没有办法，犹豫了一下，还是小心翼翼地在他身边趴下来，试着口劲，轻轻地朝着他的伤口处呼气。

年轻而破碎的皮肤上渐渐沁出了细密的汗珠。

席银这辈子见过很多世家贵族子弟酒醉后放浪裸露的身子，却从没见过这样一副惨烈坚硬，拒绝一切荒唐欲望的皮骨。

"可好些？"

他含糊地"嗯"了一声，吐出口中的衣袖，从新盘膝坐直。

"为什么……会受这么重的鞭刑？"

"你说什么？"

她自说自话，声音放得很轻，原本以为他听不见，谁知猛一抬头却迎上了他寒凉的目光。

"没……"

"在我这里，有一百种方式让人说实话。"

她在他背后吞了一口口水。

"公子……是中书监大人，谁……谁能让公子受重刑？"

他转过头看了一眼肩上已经上过药的伤口，嘴角噙着一丝自嘲的笑："无非君臣父子。这不是刑责，是家法。"

席银一愣。

她原本不指望张铎回答，谁想他竟然轻描淡写地把机密处说了出来。

她从前虽然没见过这位名声在外的中书监大人，但她听兄长说过，张氏一族出自河内，其祖乃东汉名臣，根底深坚，家学渊源。除了张铎，其父张奚官拜司马，主持朝政多年。兴庆年间的朝廷几乎是这父子二人的天下，而这二人的品性、气节又全然不同。

张奚以儒学传家，本人又兼修玄学，麈尾不离手，擅清谈，每逢府上清谈局开，即引洛阳名士趋之若鹜。而其长子张铎则被当时政坛视为酷吏。

兴庆元年，时任中书监的陈望被劾越制，私蓄部曲，下狱后被张铎问出了谋反的重罪。这一大案，在东郡和河内两方势力的拉锯之下，前前后后在廷尉审理了大半年，最终于次年，整个东郡陈氏灭族，族中三百口人尽数死于张铎手中。传闻，陈望被腰斩之时，双腿折断，口舌也被炭烫得焦黑。临死前，一声都发不出来，他只能满含怨恨地盯着监斩的张铎，就连身断两截之时仍圆圆地睁着眼睛，死不瞑目。陈望死后，其族人尽皆被杀，一族尸体，无人收殓。

最后，洛阳城中，张奚为其置棺，而后又亲自押了张铎跪陈望的灵，在棺前痛心疾首地恸哭，大斥张铎"狠厉失度"，并用荆条重笞他，直将他打得在灵前呕血方罢。

这一句斥言、这一顿笞责，滴水不漏地成全了他"良相"之名，却也亲手将"酷吏"之名扣在自己儿子头上。此行此举，实不似亲父所为。

难怪坊间有传言，说张铎根本不是张奚亲子，而是张奚的妾室徐婉与她的前夫所生的儿子，因幼年被批了"克父"的命而被徐婉弃于市集，十岁的时候才被张氏接回，对外称是张家早年离散的长子。

旋涡里的人多少有些秘闻加持，席银兄长惊鸿掠水般地提过，席银听进去了，却并不是每一句都能听懂、每一句都相信。

如今他满身是伤，鲜血淋淋地坐在她面前，她才得以正视那些原本离她十分遥远的传言。

"去那边的箱屉取一件衫子过来。"突如其来的一声，抓回了席银的思绪，"没听见？"

张铎逐渐平息下来的声音，又恢复了冷冽，引得她肩头一抖，连忙站起来去做事。

生怕再取错东西，打开箱屉的时候，她回头迟疑地问他："哪一件……"

他摆了摆手，扫了一眼她的下身："给你的，你看着拣吧。"她顿时羞得满脸通红，把头埋进箱屉里慌乱地翻找。

男人衫袍都很宽大，随便提出一件都足以裹严实她的身子，她小心地扎紧腰间的束带，回身见他闭着眼睛正在调息。她不敢出声，只得裹着宽袍，缩到那只雪龙沙对面的角落里，抱膝安静地坐着，紧张地盯着犬嘴里时隐时现的尖牙。

"你在想什么？"

他好像是为了转移精神，随口问了一句。

"啊……奴什么都不敢想。"

"嗬。"

他闭着眼睛笑："你有父母吗？"

"没有。"

"亡故了？"

"奴不知道。"

她把身子朝一盆炭火靠去，看了他一眼，见他没有睁眼，才敢把手伸出去。

"不知道父母，还是不知道他们是不是亡故了？"

"奴不知道父母是谁。奴是兄长在乐律里捡的。"

他沉默了良久，突然嘲讽道："也是个捡的。"

"可是，兄长对奴很好——"

"他对你好让你被人剥得衣衫褴褛，被中领军内军追撵，要靠爬男人的车来活命？"

他突然提高了声音，惊得席银连忙把手缩了回来，一时想不明白他那陡然点燃的气焰缘由为何，只堪怔怔地望着他，细声道："兄长……有眼疾，虽然眼睛看不清楚，但他能奏《广陵散》，也能击磬奏《破阵》，他教奴奏五十弦、唱《乐府》……他很想教奴写字，可是他的眼睛越来越坏，已经不能看书也不能握笔写字了，但他一直很温柔地跟奴说话。他真的是一个很好很好的人，奴今日这番模样……不是他愿意看到的。"

她似乎急于替她口中的兄长辩解，一口气说了好些话，到最后甚至连脖子都梗得发红。

"好人？哈……"他睁眼看向她，"在洛阳城，好人我已经十年未见过了。你兄长叫什么名字？"

"岑照。"她说完跪伏下来，"公子，没有奴的照顾，兄长一个人活不下去。求您放奴回去，奴愿日后为您府上奴婢，报答您今日的恩情。"

"可是，我只打算给你十日的光景。"

她闻言哑然。

"你要明白，我今日不是救你，我只是不想让任何人看到我现在的样子。背后的鞭伤十日方可断伤药。席银，是吧？我让你活十日，十日过后再了结你。至于你的兄长……好人不配活在洛阳，生灭有道，你不要强求。"

他不再准她出声，也不去床榻，就在陶案后面趴下来，任由那上过药的背脊裸露在炭火旁，抱着手臂合上了眼。

雪龙沙见主人睡了，也搭着前腿静静地趴下来，时不时地睁开眼睛戒备地看一眼席银。席银实在怕它，只得裹着袍子尽量地朝张铎身边缩，但又不敢靠得太近，怕不留意时会碰到他背后的伤口。

折腾了一整晚，席银根本睡不着，眼见着烧得热闹的炭火凉下去，东方的天幕渐渐泛出了红光。而他好像也一夜都没有睡实，时不时地痉挛，偶尔发狠，猛地捏紧手指，不多时，又颓然地松开，似乎在做些不太好的梦。

好在天终于亮了。

夜雪过后，天放大晴，铜驼街上跑过一群戏雪的孩童，爽朗的嬉闹声穿过重门，击落了林中几朵孤绝的花。

清谈居的门被推开，雪龙沙撒着欢地蹿了出来，奔到庭中的雪地里，腾起了一片片雪粉。门前扫雪的老奴放下扫帚，从袖里取出一块干肉招呼它过来吃。那狗儿欢天喜地地凑过来，仰头刚要张口，听见门前的脚步声又缩了脖子，朝后头退了几步，在老奴的身后匍匐下来。

老奴直起身子，朝门前看去，累雪的榆树旁，张铎单手理着衣襟从石阶上走下来。

"郎主。"

"嗯。"

"中领军的赵谦来了。"

"何处？"

"江凌已引他在西馆安坐。"

"他一个人来的？"

"是，但老奴见他身旁带了镣铐。"

此话一出，门后头猛然传来一声杯盏翻倒的声音，接着又是一阵衣料与地面摩挲的窸窣声。张铎转过身，里面的人似是知道冒犯了，戛然止住了所有的声响。

张铎仰起头，说道："我让你活十日，今日是第一日，你怕什么？"里面不敢应声。

老奴拄着扫帚朝张铎身后看了一眼，笑向他道："是位姑娘吧？"

张铎没有回头："不是，是只半鬼。"

老奴低头笑笑："半只鬼也好，至少还能在郎主面前做十日的人。老郎主若知道您肯在身边容个人，定然宽慰。"

声止风起，一片雪白梅瓣落在张铎肩头，须臾又被风吹落，翻滚下石阶，扬到狗的脸上，被狗鼻尖的潮润粘住。那狗儿觉得痒，糊里糊涂地站立起来，伸长舌头想把梅瓣舔下来，谁想舔了没两下，却打了个令它浑身颤抖的喷嚏。

张铎看了它一眼，它忙又规规矩矩地缩到老奴后面去了。

"我为人处世如何？"

他看着那只狗，话却是对着老奴去的。

"郎主有郎主的一番道理。"

"假话。"

"诚不敢诳骗。"

他冷不丁地笑了一声，抬眼唤出他的名字。

"江沁，你没有对不起我父亲，也没有对不起我。我收留你们父子，是不想父亲的旧友流落街头。我当你们是客，但你们自己要为奴，我也不好说什么。不过，既要为奴，就守我的规矩，不得再待我以长者之姿。该说的说，不该说的，你慎重。"

他说完，随手合上清谈居的门，抬腿向庭外走，一面道："给里面的人一些水食，从西面的窗户递进去，闭着眼睛不要看她，她不体面。再有，告诉平宣，这十日不用进去整理。"

一席话说完，人已经绕过了西墙。

老奴脚边的雪龙沙如蒙大赦般地蹿起来，冲着老奴晃尾巴。老奴看着张铎的背影，不着痕迹地叹了一口气，弯腰摸了摸那狗的脑袋，将干肉递到它嘴边："来，吃吧。"

* * *

西馆是中书府的一座别苑，与府西门相互贯通。其间重门丰室，洞户连房，高台芳榭林立，移一步换一景。

中领军将军赵谦甩着一副镣铐站在百鸟玉雕屏风前，看着一身燕居布襦的人沉默地走过来，张口道："人命不值钱，是不是？"

张铎抬手示意服侍的奴婢退出去，径直走到屏风旁的茶席前坐下，亲自取杯："来替你的人申诉？这么急，我还没着急问你的过错。"

赵谦大步从前面绕进来，盘腿在他对面坐下。

"我说你——"

"坐好。"

赵谦一愣，气焰顿弱，悻悻然地松开腿，起身跪坐下来，把肩上的镣铐往地上一掷。

"昨夜被你身旁那家奴挖眼的，是执金吾徐尚的内侄。这且不表，你究竟知不知道你救的那个女子所犯何罪？"

张铎扫了一眼地上的镣铐。

"我何时准你拿人拿到我府上来的？"

赵谦一副吃了蝇虫吐不出的模样，噌地直接站起来："我说你是怎么回事，每回去大司马府看你母亲，回来都是这样浑身刺？我若安心要拿人，就该带内禁军把你这府邸围了！"

"坐好。"

"张铎！"

"再放肆就滚出去！"

"你这个人……"赵谦愤然，却又不能再和他硬碰，抓了抓头重新坐下，拼命地忍下心里的气，压低声音道，"我知道那个女人在你这儿，我今日一人独来，就是不想把你也卷进昨夜之事。你把她交出来，我带回廷尉，之后你我尽皆无事，不好？"

张铎瞥了他一眼："内禁军星夜追拿一女子，她行刺了宫中何人？"

赵谦肩膀一耸："弑君。"他说完端起茶喝了一口，"陛下被她抱腹里所藏的短刀所伤，惊骇过度，梅辛林二更进去，到现在未归。我私揣，昨夜行刺之事应是晋王指使所为。恐怕晋王已经谋定，要……"他以手比刀，在自己脖颈上一比画，"要取而代之。"

张铎压壶，斟茶自饮，随口道："所言不足。"

赵谦诧异："还不足？那缺哪一处？"

茶盏压于席面的东角，张铎屈指叩席，抬头道："晋王刘璧在东隅，鞭长若要及洛阳宫城，即便避得开我，也避不开你。"

赵谦一怔："这也是。会是谁在其中引线？"

"宫里的人。"

"谁？"

张铎垂目："此时尚不明朗。"

赵谦一拍茶案，杯翻茶倒，泼了他一身，他也顾不上去擦拭，双手撑着茶案，提声道："你既知道不明朗，还要把那女子放在你府上？"

"杀人、救人，是我自己的事。你是内禁军将领，拿人是你的事。不必为难，我人在这里坐着，你把你那镣铐拿起来锁。放心，没有我的话江凌不敢跟你动手。"

赵谦被他激得眉毛都立了起来，半喝半骂道："张铎，我的命是你救的，头枭给你都行，你说这些话是嫌我活得长了，给我折寿，是吧？你如今身在风口浪尖，我无非见你涉险，怕再有什么魑魅魍魉加害于你，不然我这会儿早领那五十杖去了，还提溜这东西偷偷摸摸上你这儿来？"

"五十杖在哪儿打？"

赵谦被这突如其来的一问给问蒙了。

"呃……什么？"

"在哪儿打？"

赵谦气不打一处来。

"在内禁军营！陛下的旨意，今日辰时不拘回刺客，昨夜护卫之人，尽杖五十。成了吧，你瞎问个什么劲？"

"问个地方，好遣人领你。"

"张退寒！信不信我带人抄了你这西馆？！"

"你爬得起来再说。"

"你……"

"江凌。"

"在。"

"备蛇胆酒。"

赵谦火大，也不管什么礼不礼、恩不恩，一通高喝："张退寒！你少看不起人！五十杖而已，我还不至于急火攻心得要喝那苦东西。"

谁知面前的人驳道："不是给你的。"

"什么……"

赵谦一怔，想起他方才行走的姿态，突然反应过来，朝他身上扫了一眼，最后目光落到他半露在袖外的手腕上。伤口处凝固的血已经发黑，看起来十分狰狞。

"大司马又——"

"住口。"

"不是……你何苦呢？"

"皮开肉绽，心安理得。"把这句当着挚友的面说出来，才算是真正的心安理得。

赵谦抱着手臂规矩地敛衣坐好，耐着性子道："背上还有好肉？连着这几日梅辛林可都出不来，你怎么治伤？扛着？"

张铎侧身，扼袖点燃博山炉，炉腹内香料燃烧，烟气从镂空的山形之中流出，缭绕入袖间，二人眉目皆稍稍舒展。

"十日即好，不须你挂怀。"

"陈孝若在，你就不会这么说。"

"陈孝"二字一脱口，赵谦自己都怔了。

陈孝死在十年前东郡陈氏灭族之案上。

当年张奚为陈望置棺，棺前重笞张铎。其后张铎竟然负着极重的刑伤，亲手替陈望之子陈孝收骨。

北邙山下有一座无名冢，葬的就是那位曾经名满洛阳的少年英才。

在荒唐动荡的世道，"英雄"二字往往被拆开来分别追逐。英，草荣而不实者，听之便生一种盛极而无果的遗憾。陈孝正可谓这样的遗憾。

东郡向来出美人，男子也不遑多让。

陈孝仪容绝世，华袍锦绣，一人一琴，便堪独修《广陵散》，敲石吹叶，即引百鸟竞出。他出身家学渊源的东郡世家，却卑以自牧，谦以自守。洛阳城中上至皇族，下至奴婢，无不倾目他的仪容、品行，以致他死后十年仍有仰慕他的男女常至北邙山祭拜。

至于张铎，又是另外一种人物，出身名门，位极人臣。但此人十岁之前的人生是一段讳莫如深的谜，他活在什么地方、怎么活下来的，就连赵谦也不甚清明。而他不喜欢听人评述，因此整个洛阳城无一人敢窥查他的过去，更不敢将他述于口舌。

他断送陈氏一脉，又亲自为陈孝埋骨。面对这一悖行，私斥他虚贪清名？可以。私度他对陈孝尚存悯意亦可，私猜他受制于张昊，被迫为之也可。

私论众多，可一旦他走上铜驼街，却人人噤声。

于是，他堂而皇之地杀人，也堂而皇之地在陈氏灵前受责受辱，之后继续坦然行走在洛阳城中，血迹斑斑也劣迹斑斑，令人退避三舍。

"你与我过不去，是吗？"

直逼眉心的冷言，冲得赵谦猛地回神。他忙端茶牛饮了一口，翻爬起身："我回内禁军营领罚去了，告辞。"说完即大步跨开。

背后的人头也没抬："站住。"

赵谦已绕过了屏风，听到这二字，只好又退回来，但却不肯回头，对着百鸟玉雕屏风道："行，我不该提那个人。不过，他都死了十年了，北邙山无名冢旁的矮柏业已参天，此一世，他声名再秀丽又如何，结局已定，终不及你。你赢他何止半子，你还有什么执念？"

"谈不上是执念，但却是另一些更为复杂的人间知觉。"

赵谦一席话说完，换来了背后那人长时间的沉默。

博山炉中的香烟集于底座，升腾出水汽，仙雾一般，缭绕于茶席上方。

"没话说了？"赵谦问道。

"没话说我就走了。"说完，他跨了几步，转念一想又顿住，回身从腰间掏出一只瓷瓶抛给他，"你们张家的家法没有轻重，我就不用了，你拿去疗伤吧。比你的蛇胆酒好使些。"

张铎一把接住，反手即抛回："管好你自己。"

赵谦悻悻地将瓷瓶重新揣回腰间，抱臂道："得，梅辛林倒腾了一年也就配了这些，都给你了我还舍不得。不过，退寒……"他又扫了一眼张铎手腕上的鞭伤，犹豫了一时，还是试探着开口问道，"大司马……究竟为何又羞辱你？"

茶盏磕案，他不经意间与赵谦对视了一眼。

"没什么，他一贯如此。"

"哦。"

他见赵谦没有要走的意思，索性又道："这样也好，虽不是亲生父子，我倒是算削肉还了父。至此，我不欠张家什么。"

赵谦脖颈处生出一股寒意，呷着其中意思，半晌无话，等抬头再要张口问，面前已人去茶冷。

炉中烟灭，极品蜜木的雅香倒是余韵悠长，久久不散。

* * *

清谈居这边也刚刚燃起第一炉香。

张铎临走时，留了一句话与席银："观音下无尘，环室内盈香，若有一丝差错即受笞。"

其人言出必行，在铜驼街上，席银已经见识过了。

为此她勤恳地辛劳了整整一日，叠被、修梅、拂扫、擦瓶，终于在日落前停当，点燃香饼合上炉盖，笼着衣袍席地跪坐在鎏金银竹节柄青铜博山炉前。她一面喘息，一面凝视着炉中流泻出的香烟，香气沉厚，和乐律里北市挑卖的那些碎香的轻浮气全然不同。嗅得久了，竟泛起零星的困乏之意，她身子一歪，跪坐着的腿就松开了，露出她那双肤若凝脂的脚，寒气下袭，慌得她忙扯衣摆去遮蔽。

张铎似乎真的没有打算让她活过十日，甚至连正经的衣衫都懒怠打发给她。

她身上这件男人的衫袍无里衬，一坐下就自然地岔开，稍不留意便流泻春光，遑说她下无亵裤，愣是比娼妓还放浪。然而，那个男人连一个眼风也不曾扫来，不知是自清至极，还是厌她至极。她虽年少，但她看过太多男人对她垂涎三尺、丑态百出的模样。她靠着逢迎这些世俗的恶意存活，供养家中的盲人，因此她一直都很庆幸自己有这一身的皮肉，也不觉得贪图这身皮肉的人恶心，相反，她从来没见过像张铎这样的人，他像桐木上的寒鸦，对她的绝色如此冷漠，好似随时都可以掐住她的脖子，把她了结一般，毫不心疼。

昏光敛尽。

门外传来一声犬吠，席银浑身一颤，忙站起来，还不及回身，门已经被人推开。张铎似乎出去过，身上尚穿着公服。他并未进来，隔着帷帐看她。

"你出来。"

席银不敢停顿，她没有鞋履，赤足踩在石阶上，冷痛钻骨。然而她还来不及自怜，就见庭中的那棵矮梅树上挂着一个绳结，江凌站在树旁，手里捧着一根细鞭。

张铎转身在门前坐下，向江凌伸出手："拿来。"

江凌看着席银惶恐交扣在一起的脚趾，一时犹豫。

"江凌。"张铎不轻不重的一声，拎回了他的神。张铎是说一不二的人，江凌再清楚不过。此时他只得收起那惜美之心，应声抛鞭。

鞭风从席银的脸庞扫过，她背后的人抬手一把接住，一手捏鞭柄，一手捏鞭尾，说道："你先出去，无论听到什么都不得进来。"

"是。"江凌低头退出，庭中则只余二者。

一者衣冠楚楚，一者衫袍凌乱。

冷冽的梅花香气混着室内幽幽散出的蜜木温香，相互撩拨于黄昏时的细风中。

"过去。"他抬鞭指向那株矮梅。

席银双腿一软，忍不住朝后退了一步。

他的鞭子没有放下来，他也没有呵斥她，维持着抬高的手臂，静静地看着她的眼睛。

真切的胆寒，清清楚楚。

他刚落下手，一言未发，就已经吓得她疾奔下台阶，奔到那株矮梅下立住，不等他发话，就踮起脚，把自己的手腕朝着那绳结套了进去。

"我让你吊了？"

她浑身一战，慌忙又把手松了下来，手足无措地站在梅树下。

那真是一片美丽的景色，繁开的梅花随风优雅地飘落，天光未尽，为树冠、为树冠下的人，鎏出一层金色的绒毛，她腰间的束带已经松了，长绦扬起，如巨鸟的长尾一般。

"把袍衫脱了。"

她闻言，耳根一下子红了，手指猛地抓紧了衣襟，她不敢看张铎，更不敢看自己。角落里雪龙沙尖锐地吠了一声，她整个人差点跳起来，慌得扯掉了腰间的束带，与此同时，一包东西一下子从她的束带间掉了出来，然而她此时已经顾不上了。

松大的衣襟陡然被风吹开，白皮雪肤在昏光之下一览无余，独剩那一身可怜的抱腹，遮蔽着那零星的一点体面，她试图用手去遮挡，前面却冷冷地飞来一句："不准遮！"

"好好……"

她几乎要哭了，一时之间，手不知道往什么地方放，索性又抬起，慌乱地把自己的手腕往那梅树上的绳结上套去，试图给自己找一处支撑。

一片韶华盛极之色在张铎眼前绽放开来。

雪堆出来的皮肉吹弹可破，除了膝盖上的淤青，没有一丝瑕疵，双腿交错而立，徒劳地想守住什么，却让那丛年轻的阴绒颤抖，摄魄勾魂。乌浓的长发一半垂在胸前，一半散在背后，迎接着偶尔飘落的两三朵梅花。

只要扬鞭凌虐上去一道，就能把这一副绝色点燃。

然而，张铎只是静静坐在石阶顶，隔十步之距，扫了她周身一眼，手中的鞭子一下一下地拍在掌心。

"不反抗？"

她根本不知道他在问什么，也不明白他为什么要这样问，瑟瑟地站在冷风里，颤声道："别杀奴……奴不能死的……公子说什么奴都听……"

他站起身，一步一步朝她走去，直至她面前，方冷冷地笑了一声："你怕死？怕死你还敢藏刀弑君？"说完，扬鞭照着她的下身就是一鞭。

她顿时痛得叫出了声，顿时惊动了伏在一旁的雪龙沙。

"不躲？"

她牙关乱颤，拼命抓住腕上的绳子："饶了奴，奴要活着……兄长见不到奴，也会活不久的……"

"嗬，兄长？谁让你装成这副模样？"

"谁……"

席银一时蒙了，谁会不怕一个厉鬼一般爪牙锋利的人？她的魂都要被撕碎了，哪里是能装出来的？

背后一阵炸裂般的疼痛，从背脊一路冲上她的脑门，如果说第一鞭只是他下的一个警告，那这一鞭子才是他的实意。她小时候在混乱的世道讨生活，挨的打也不少，却从来没经历过这样切肤入骨的痛，不禁脖颈牵长，青筋暴起，里内的气却猛地滞在胸口，连喊都没能喊出来，只剩下一身骨头皮肉在即将敛尽的昏光之中乱颤。

他压根儿没有给她喘息的机会，抬起鞭柄挑起她的下颔。

"敢在宫里杀人，却连牵机药也不识？"

声寒意绝，话音未落，反手又是一鞭抽打她的腰侧，毫无章法，似乎连她的性命都不顾惜。

席银急火攻心，惨呼出声，眼前一阵发黑，她再也抓不住树枝上的绳结，身子重重地跌在积雪地里，迅即蜷缩成一团，不断抽搐，身上三道凌厉的鞭痕道道见血。

"别打我了……我求求你，别打我了……"那声音带着凄惨的哭腔，伴着牙齿不自觉打战的声音，散入风里。

要攻破一个人的防备，最直接的方法就是让他痛到极致，痛到身体失去灵性的控制，显露出牲口的模样。若不是亲身在这种炼狱里修炼过，也不会有人得以悲哀地悟到这一层。

张铎低头看着蜷缩在地上的女人，说道："谁让你杀人？"

"谁让我杀人……"她终于搞清楚了，他在刑讯她，她忙哭道："啊！是宫里的一个宦者。"

她说得慌乱，生怕应得慢了又要挨打，险些咬了舌头，却不想裸露的肩背上又狠狠承了一鞭。

意料之中，也是突如其来。

她背脊一僵，痛得浑身失控，塌软下来之后，不禁朝前一扑，整个人匍匐在地后，再也顾不上克制什么，撕心裂肺地哭了起来，直哭得浑身颤抖，肩膀耸动如筛糠，张口语无伦次道："我不敢骗你啊！他们抓了我兄长，我不听他们的话……他们……他们就要杀了兄长……"

她一面哭诉，一面伸手抓住他的袍角，一点一点地拽紧，好似可以借以忍痛。

"放了我吧……求求你了，我什么都不知道，我只是想回到兄长身边。我求求你了，求求……求求你……我要痛死了，我真的要痛死了，不要这样对我，不要这样对我好不好……"

放肆，卑微。

羞辱和凌虐，把她逼入了一个又真实又荒诞的矛盾境地。

张铎看着她捏得指节发白的手以及身上那四道与其雪肤极不协调又显得诡异美态的鞭伤。这些东西利落、清晰，很真实，他很喜欢。与此相反，他对这个女人的判断却有些犹疑。

行刺是刀口求生的勾当，她却胆怯得像刀下的一只幼兔。当真是性格如此，还是遮掩得当？张铎几乎本能地怀疑。然而更让他觉得里内翻腾的是，他竟然从她扭曲的躯体上看到了一丝自己过去的残影以及一种与他自己截然不同的挣扎的力道。

"求，就能被饶恕？蠢。"

她听见张铎的声音稍压下去，才敢怯怯地看向他，见他手中的细鞭垂落下来，忙又将身子从新蜷缩起来，手指拼命地抓着肩胛骨，脚趾也紧靠在一起，啜泣道："我以前在乐律里偷米吃，他们抓着我就打……我求他们，拼命地求……后来他们就不打我了，还给我米汤喝……"

"谁教你的？"

"啊？"

她滞声的那一瞬，腿上就又挨了一道，虽然还是痛得她胡乱蹬腿，可那力道比起之前明显轻了。

"谁教你的？"

他又问了一遍。

"啊！兄长教我的！兄长说，这样我们才活得下去。"

"嗬，教你这些，你还为他杀人？"

她惊恐地望向张铎，他也冷冷地看着她。那眼底的轻蔑令她不知道哪里生出了勇气，虽然怕得心肺都要裂了，她却还是声泪俱下地在为他人辩解。

"不是……兄长对我真的很好，他眼睛已经那样了，每回我挨了打，他还是会……会举着灯给我上药，公子啊……我们都是卑贱无用的人，要一起活着才能活得下去啊。"她已经痛得咬不住牙关了，声音抖得厉害。

然而他没有打断她，任凭她抽搐抽泣着，断断续续地说完。

他无法与之共情，倒也不甚厌恶。毕竟美人的羸弱、卑微勾引男人嗜腥、嗜血，纵然他刻意避绝这些东西，仍在精神上留有一道豁口，况且她那名节不要、体面不要的求生欲又像他，又极不像他。

张铎撩袍蹲下来，鞭尾不经意扫过她的腰身，又激得她一阵惊叫。

"不要再打我了……我真的要疼死了……"

张铎把鞭尾捏回手中。

"我换一个问题。"

"好……好……"她连声答应。

"谁让你拦我的车？"

她一时没听明白这句话的意思。反应过来之后，她顿时吓破了胆，顾不得身上的疼痛，翻爬起来跪下，一把拽住他的袖子："我真的什么都不知道，我不知道那是公子的车驾，我只是怕被他们抓回去，我是吓疯了才冒犯公子，我错了……我错了，公子，您放过我吧！"

张铎凝视着那张即便粉黛不施仍旧勾魂摄魄的绝美泪容，试图从那些晶莹的眼泪后搜到破绽，然而，她好像真的快被他吓疯了，瞳孔紧缩，胡言乱语，全然不知道该怎么办，不断地跟他认错求饶。

纯粹的惧怕，纯粹的贪生。这明晃晃的欲望，在洛阳的烟树乱阵里，是多么珍贵的明靶。在十步之外弯弓搭箭，一射即中，立即让它成为执弓人的箭下鬼、阶下囚。

在阶下囚面前，是可以暂时放下戒备的。

张铎此时心里腾起了一阵阴暗的快感。

头顶的昏光退尽，天上的阴云聚来。

兴庆十二年的最后一场春雪悄然而降，血腥气撩拨着梅花香，致使香味冷冽、霸道。

张铎用鞭柄把她褪在雪地里的那件袍衫挑起，扔到她的身上。

"穿上。"刚说完，正要起身，眼风扫到了刚才从她束带里掉出来的那包东西。

"你拿了什么？"

她捏着袍衫跪坐在雪地里，朝着他的眼光的方向看，半晌才怯怯地吐了一个字："香。"

"偷的？"

她慌忙地去雪里捡："别打……"

"为什么偷？"

"我……我……我想带回去给兄长一些，剩下的，能卖钱。"

他看着她忍痛在雪地里翻寻的模样，突然说道："今日初三，你还能活九日，有这个必要？"说完起身，也不等她应答，顺势甩开了她抓在他袖子上的手，回身往清谈居走去。他一面走一面道："缓过气了就进来，不然，你明日就是狗嘴下的骨头。"

* * *

梅花下历了一劫，她活下来了。

然而席银并不知道她究竟为什么要挨这一顿打又为什么活了下来。

第二章

春荫

...

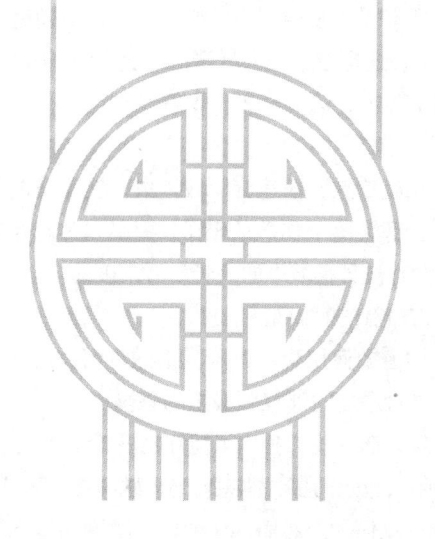

"你仰慕高洁,却又身为下贱。"

世人眼中的洛阳，是一座殷实富裕的城，文人斗玄，医者斗草，士族田猎，野外飞鹰走狗，追獐逐鹿。

春秋两季之初，"英荵晔林会，昆虫咸启门"。

出游的人们逍遥登高城，东望则看畴野，回顾则览园庭。北面北邙山草木郁葱，南边洛水波光万丈，逢雨季，一河暴涨，一夜之间，即渡化满城的春华秋实。

身如飞蓬烟絮的下等人，诸如席银，太容易醉在这一派触手可及却实属虚妄的盛景之中。

可再好的华城，几经战火，被遗弃，被荒废，然后又被别有用心地扶起，几番折腾下来，多多少少都会落下伤病的根子。只是因为它在当下人物的手中重获新生，尚显年轻，才没有被身在城中的人轻易看出破绽。

然而，人和城的宿命有的时候是相关的。

因此总有一个人知道如何用华衣遮蔽身上的疮痍，也总有一个人感受得到春来冰化，履薄冰涉川去对岸之时那双腿战栗的恐惧。

这个人，这十几年，都有些孤独。当他在铜驼街上遇见了那只孤零零的半鬼，她贪生怕死却又干了胆大包天的事，他想要逼出她的真实面目，想要看穿她从属于城中哪个势力、此行意欲何为。然而，在他以为蹂躏和羞辱可以轻而易举地摘掉她的面具，露出其凶悍的本质时，除了切切实实的"恐惧"，他什么也没有逼出来。

他大为不解。

但席银好像就是那样卑贱无知的一个人，不识毒，捏不稳刀，不识字，贪图零星半点的钱财，不知道自己被谁利用了，也不知道自己搅起了多么深的旋涡，一切只是为了救她"兄长"的性命。她甚至不知道张铎是谁，不知道他的过去，也不知道他的当下。可是，这样也好。

孤独得太久了，张铎此时很想找个人，陪他一起在一方居室内，什么话都不说，什么事都不要想，安安静静地一起，养一养彼此满身的伤。

* * *

五日过后。

张铎背后的伤口开始结痂，有的时候痒得厉害。

对他而言，痛向来比痒好忍受，于是这段时间他反而很倚赖上药时那药粉渗入皮肤的痛感。席银身上的伤却好得很慢，她也不敢求他赐药，一个人傻傻地忍着，腿上的伤口还能趁着他看不见的时候悄悄去舔，腰上的那一道却起了炎症，一日比一日肿得厉害。好在皇帝遇刺，宫城人心惶惶，内城里也不得安宁，中领军内禁军挂着镣铐铁索日夜在城中搜索，鱼鳞编甲反射着天光、火光，从永乐里各处高门大宅前掠过，连高官车驾都避之唯恐不及。

因为连着几日不得人犯，传闻又要推兵去外郭搜查，一时之间闹得满城风雨。

在这种情形之下，张铎身为中书监，白日几乎都不在府中。席银这才得以去箱屉里偷药，坐在光照不进的角落里，偷偷地疗伤。

他不在，清谈居没有人敢私进，连江凌也只在门外应承。

而外庭中，除了那只雪龙沙，就只有一个洒扫的老奴，按着时辰，从西面的窗口，每日给她送饭食、饮水，不说话，也从不看她。

第六日，席银终于忍不住叫住了那个老奴。

"老伯啊。"

老奴抬起头，冲着她温和地笑了笑。

她自知衣冠不整，忙往帷帐后躲去，侧身羞怯地露出半张脸。

老奴见她窘迫，便背过身去："我去替姑娘寻一身衣裳吧。"

"啊，可以吗？"说完又追了一句，"公子怕是不准。"

"姑娘被郎主吓到了吧？"

老奴的话令她有些窘迫，但她没有否认，不自觉地摸着身上的伤口，点头"嗯"了一声，而后忙求道："老伯千万不要告诉公子。"

老奴仰面笑了一声。

连着几日的晴天，令东风渐暖，新燕归来，正在屋檐下筑巢，那雏鸟的绒毛暖融融的，和室中的女人一样脆弱。

"姑娘，怕是对的。在洛阳，连宫城里的陛下都怕郎主。"

她怔了怔，想起头几晚他裸露后背上露出的那片血肉模糊，不由道："连皇帝都怕公子，那又是谁让他受那么重的鞭刑？"

"你问过郎主吗？"

她在帷帐后略一回想，想起他当时的神情，静水之下藏着她无法理解的暗涌，他好像毫不在意，又似乎执念深重。

"公子说，那是家法。所以……是大司马？"说完，她似乎觉得自己不该在他的奴仆面前妄议他的私事，慌得分辩道，"我在城里听人说过，大司马对公子严苛，凡人都有个惧怕，公子是不是也……"

话声越来越细，老奴静静等着她的下文，却半晌没有等来。

他倒也实不介意，望了望庭中匍匐大睡的雪龙沙，闲道："凡人都有个惧怕，这话倒不像你这个年纪的丫头说出来的话。郎主从前很怕犬类，如今倒也不惧怕了。要说他当下怕什么，还真没人知道。"

席银垂下眼睑："我觉得不是。"

"怎么说？"

她回想起他夜里噩梦缠身的场景，不由得吸了吸鼻子。

"我……不敢说。"

那老奴也没有再往下问，直起身来，拍了拍手上的灰尘。

"我去给姑娘找衣裳吧。"

"哎，老伯，您站站，不……不用找衣裳，我怕公子看了心里不痛快，我找您，是想求您帮帮我。"

"帮你什么？"

"您不告诉公子，我……我才敢跟您说。"

"那要看姑娘托我的是什么事。"

她犹豫了一阵，细声道："我兄长眼盲，我来这里之前没有见过他，不知道他回家了没有，也不知道宦者有没有把银钱给他……"她说着，从窗后伸出一只柔若无骨的手来，手中托着一方包裹着什么东西的绢帕，"这是我偷来的香，我不大认识，好像是……蜜木，你能不能交给兄长，让他看看是否名贵。"

"你在里面偷的？"

"是……"她怯了下来，"若……若是家中无钱粮了，就让他把这些卖了，多少去西市换些米菜。"

老奴低头看向那只无辜的手："你偷郎主的东西，不怕再受责吗？"

她手指一颤，身子似向后缩了缩。

"他那天看到了，但没有打我……"

"姑娘如今身处此地，还有余力顾着外面的人？"

席银有些局促地搓着手。

"我是兄长养大的，他为我……受了很多苦，我一直都记着，没有他，就没有我。您帮帮我吧……"

老奴抬起头："你刚才说，你的兄长眼盲？"

"是。"

老奴道:"听江凌说,今日有一青年造访府上,其人身着白袍,以青带蒙眼。"

席银忙探头道:"他可说了那青带上绣着什么?"

"绣的是松涛纹。"

席银闻言,容色陡然亮了,而后又急转为焦惶。

"他现在在什么地方?"

"郎主不在,府中不得引留外人,这是规矩。他若是来寻你的,也许尚在门外吧。"

* * *

临近金乌坠北邙山,张铎的车驾才从宫城驶出。

赵谦骑马送他。

铜驼街上的影子被牵得很长,道旁的楸树正发新叶,风里浮动着不知名的草絮。

"你说,晋王究竟想不想战?"

车内的人没有出声,赵谦不耐烦,反手用剑柄挑起车帐。

"闷在里面干什么?出来骑马。"

张铎在翻一道文书,头也没抬:"你伤好了?"

赵谦一窘,随即道:"养了五天了,早该出来颠颠。再说,行刑的是谁啊,那都是咱们从前过命的兄弟,就做做样子,哪就奔着我的命去了?你以为都是司马大人啊——"

张铎翻书页的手一顿。

赵谦迅即闭了嘴,尴尬地咳了一声,收回剑柄,关切道:"算了,你坐车,你骑不得马。"

车马并行,城内渐起蒸米煮肉的香气,冲淡了铜驼街上的肃杀之气。

赵谦摸了摸马鬃,复道:"如果陛下决定讨伐东边,你去不去?"

"不去。"

"为什么?想当年,你我北上伐羌,那血祭白刃、赌人头换酒钱的日子,可叫一个酣畅淋漓。现而今,这洛阳城有什么好的,几个富户拿美女的人头来赌酒就觉得自己有刀口舔血的快意了吗?杀美佐酒,一群清谈误国的斯文败类!"

他说得满腔情热,车中却没有应答。

"张退寒,说话!"

"说什么？说当年金衫关困战，你被俘，被逼——"

"好了好了，我怕了你了……"赵谦面红耳赤，"我说……过去的事，你能不提了吗？"

一时沉默，马蹄声里突然传来一句意味不明的话："你也会臊，知耻不后勇，和那个女人有什么区别？"

赵谦猛地回过头："你够了啊，骂就骂，扯什么娘们儿？我赵谦是没你看得深远，之前被俘受辱我自己认，自己给自己嘴巴子。是，要是没你，我在金衫关要被万箭穿心。我说了，你要我的头颅我削了给你，但你要拿我跟女人比，你就给我下来，就这儿，杀一场。"

"你在跟谁说话？"

赵谦忍无可忍："跟谁说话？跟中书监大人说话，大人位极人臣，不觉得强极易折？"

"不觉得，还没攥够。你大可不必陪我走这一段。"

"你——"他的声断在喉咙里。

与此同时，车也在府门前停了下来。

"何事？"

"嘶……"

赵谦抱起手臂，看向不远处，咂着嘴，迟疑道："这个人，怎么看着有点眼熟啊？"

车夫掀起车帐，地上的落梅随风一卷，飞到张铎眼下。

他抬起头，果见梅荫青瓦下倚着一个人，舒袍宽带，满袖盈风，一身树影，清白错落，手中握着竹雕松鹤纹盲杖，无束冠，周身乏饰，唯在眼目前遮着一条青绸带，带上的松涛纹却绣得巧夺天工。

虽然还隔着一段距离，但那人似乎听到了赵谦的声音，背脊离开了倚靠的墙壁，扶杖直身而立，爽朗清举，唇角含笑，若春时松林抽出的新针，木香集雅，郁苍聚华，顿引行路人注目。

赵谦的手指在手臂上迅速地敲了几轮，突然，他一拍脑门，回头看向张铎，"你看像不像陈——"

话未说完，就迎上了一道如飞鹰俯冲般的目光，逼得赵谦顿时把那个名字硬生生地吞了回去，回头却见其人已至面前，拱手折腰，素袍俯地。

"北邙山，青庐，岑照。久仰中书监之名。"

赵谦一怔："岑照？"说完眉头一扬，他翻身下马朝他走去，大步欣然，"'西汉商山有四皓，当今青庐余一贤'，说的是你吧？"

"是。"

"听闻岑先生精通《周易》，擅演天象，甚至——"他话未说完，却见岑照朝后退了一步，拱手再行礼。

"樊笼虚名而已，实是人间微尘，徒囹残身，不足挂齿。"话语声平和温柔，姿态谦逊有度，但却克制、疏离。

赵谦一时尴尬，进退皆不合适。但好在与张铎相交已久，张铎的话若劈山冷刀，他都敢张嘴去接，这会儿把那跨近的一步适时收回来，便又从新自如起来。

"岑先生若是微尘，吾辈当借何物来喻己，怕是连猪狗粪土都不如了。"说罢拱手还礼，"刚才实在冒犯，呃……实因……哦，实因先生与我一故人极似。"

岑照笑了笑："岑照有幸。"

音若叩玉，似是应赵谦的话，却似看向车中的张铎。

佛讲，世有五眼，肉身所具之眼为最低，见近不见远，见前不见后，见外不见内，见昼不见夜，见上不见下。凡是人的生老病死、江山的气数寿命，肉眼皆不可探。其人已失肉眼，其眼所见究竟为何？

张铎偏头，避开垂在车帐前的一枝梅花的影子，凝向那道无形的目光，说道："难得，一贤公子长年隐居于北邙，从不露真容。"

岑照抬起头："不过奇货可居，自抬身价而已。"

赵谦还在咂摸这句话的意思，却见张铎已从车上下来，撩袍朝那人走去。

那人听步声辨距离，又得体地朝后退了两步。张铎显然没有像赵谦那样体谅他，他两步跟上，逼到那人面前，那人抬头笑了笑，索性也不再退了。

"照不堪亲近，大人何苦？"

张铎寒笑，扬声道："兴庆十年三月，晋王命其美妾奉茶于青庐，请君出山。君若不饮，他便斩杀奉茶之人。三月间，青庐前共杀十余人，山流混着血水，淌了七日都不干净。然君仍自若，安坐青庐不出。你既有此性，今何故来？"

岑照侧面，似是为了避他的目光。

一时风扬青带碎发，从容拂面。

"六日不见吾妹，故来此寻。"

"你若有亲族，恐早已被晋王挟以威逼。"

"是，不敢欺瞒。"他声中带一丝咏叹之意，"世人视她为我家婢，然我待她甚亲，起居坐卧无一日离得她。"

"哼，腌臜。"

赵谦立在二人中间，听完这一段意味不明的言语交锋，额头莫名地渗了汗。

"呃……退寒，这是在你府门前，要不请岑先生——"

"拿下。"

"哈？"

赵谦看江凌要上前，忙闪身挡在岑照前面，压低声音道："有这个必要？青庐的一贤公子，晋王和河间王为了请他出山，差点放火烧北邙山，你即便不肯礼贤下士，也不要给自己留口实把柄啊。"

"你让开。"张铎眼风寒扫。

赵谦却硬着头皮顶道："你当我害你呢？"

"赵将军，还请避开。"

赵谦急躁未消："欸？不是。"他说着转过身，仍拦着江凌不让他上前，疑道，"先生不是看不见吗，怎么知道我是谁？"

话音刚落，却听见张铎的声音从后面追来："你如何知道席银在我府上？"

岑照松开拄杖的手，摸索着按下赵谦挡在他面前的手臂："看来，大人问过阿银的名字了。"

张铎没有应他这句话，只是看了一眼江凌。江凌会意，趁赵谦在发愣，单手摁住了岑照的肩，顺势操过盲杖在他膝上一戳，将人逼得跪下。

张铎低头看向他："在我面前，很少有人肯好好答话，但我总能听到真话。"

岑照肩头吃痛，声音稍有些喘息："洛阳城势力复杂，人思千绪，殊不知一叶障目。大人也时常受灵智的蒙蔽。吾妹阿银，和大人想的不一样，我虽养大她，却因眼盲，无法教她读书识字，只能传授她琴技，让她有一样营生之能。说来惭愧，照虽是男子，奈何身废，仰仗她照顾，为不惹城中瞩目，安稳求生，便教她事事退避、处处忍让，以致她胆怯懦弱，在大人府上，定受大人鄙夷不少。"

张铎沉默了须臾，"嗯"了一声。

"你还没有回答我，你怎么知道她在我处。"

"是，照深知她的脾性，她手无缚鸡之力，在洛阳举目无亲，绝无可能只身出内城。而晋王视她为弃子，并不会冒险庇护她。如今中领军内禁军集全军之力搜捕，连永乐里各大官署都要启门受查，以赵将军之能，莫说六日，三日便该有获，绝不该累赵将军受刑。"他说着，抬起头，"整个洛阳城，能让赵将军吃罪、独力能藏下阿银的，只有中书监大人一人，因此，照冒死一见。"

"我已经杀了她。"

"中书监若已杀人，必要曝尸，为赵将军了案。如今既不见人亦不见尸，照尚有所图。"

所谓肉眼之外，无非说的是对人性的揣测，对人与人之间关联的把握、分析。

这是赵谦最不喜欢的博弈。他之所愿意与张铎结交，是因为他不像所谓清谈玄学之士见微知著，喋喋不休，他浴过战场的血，也沾染过刑狱中的腥臭，不信猜测，只信剖肤见骨后人嘴里吐出来的话。但赵谦不知道，这世上还有像岑照这样的人，白衣盲杖，弱不禁风，看似漫不经心，却也能一语中的。

他不由得看向张铎。

张铎沉默不语，手指却渐渐握成了拳。他正要张嘴说什么，却突然伸手，一把扯下跪地之人眼前的青带。

好在是在梅树荫下，日光破碎，不至灼目。

岑照虽不适应，倒还不至于受不住，只尽力转向浓荫处避光，却又被江凌摁了回来。

张铎捏着松涛纹带弯下腰，看向那双眼珠灰白的眼睛，赫然道："陈孝。"

此二字虽无情绪，却令一旁的赵谦咂舌。

然而岑照却笑了笑，声若浮梅的风，平宁温和。

"照是颍川人士，仰慕东郡陈孝多年，少时便有仿追之志。今得中书监一言，不负照十年执念。"

赵谦忙上前拍了拍张铎的肩，小声道："要我说，是像，可陈——不是，可他是和他父亲陈望一道死在腰斩之下的，你亲自验明正身的，这会儿说这话，好瘆人。"

张铎松手，那松涛纹青带便随风而走。他直身而立，任凭风扫梅雪，扑面而来。

"东郡陈氏阖族皆灭，如今，就算装神弄鬼之人也不可容，既知冒死，为何出山？"

"阿银……"岑照轻轻地唤出这个柔软的名字，"实乃我珍视之人。她肯为照犯禁杀人，照何妨为她出山入世？"

张铎闻言拍手朗笑，跨步往里走："我不需要幕僚。江凌，绞死。"

"什么，绞死？张退寒，你给我回——"

赵谦急着要去追他，却听身后岑照道："中书监不想要一双在东郡的眼睛？"

张铎已跨过了门，一步不停，冷声应道："我不信任何人。"

谁知后面的人一扬声音："那中书监信不信自己刑讯的手段？"

张铎回头："嚄，你想试试？"

"照愿一试。"

"岑照，你若求利，大可应晋王之请，其定奉你为上宾，何必做我的阶下囚？"

其人在梅荫下淡然含笑，泰然如常，全然没有临山之崩、临肉身之碎前的惊惧。

"谁让阿银无眼，慌不择路，上了中书监的车辇？"

"好。"

张铎回过身："熬得过，我就让你去东郡，也给席银一个活着的机会。"

"等等。"

"想悔？"

"不是，在这之前，我想见见阿银。"

"可以，江凌，把人带到西馆。再告诉你爹，把那只半鬼也带过去。"

"是。"

"把两人都绑了。"

赵谦憨问了一句："绑了做什么？"

"捡来的女人，养了十年，兄妹？"他冷哼一声，"你觉得不脏？"

"脏……喂，张退寒……"

赵谦追着张铎一道穿过莲枝雕花垂门。

青石上苔藓湿润，险些让大步流星的赵谦滑一跤，他扑腾了几下站稳身子，追声道："哎，我说，你又要动那些血淋淋的东西啊？"

"你不是第一次见了。"

"我是不是第一次见了，我就是，唉，实觉并无此必要，你要不信他，大可撵他走，他虽名声在外，但……"他实在不肯说出口，但为了拉住寒荫下的人，还是昧心道，"他就是个山野村夫，还是那种什么……哦，废的，你硬不肯把那块小银子给他，他能怎么样啊？"

前面的人猛一止步，赵谦顾着自说自话，没留意一下子撞在他的背脊上。

"啊呀！没撞到……"

"你以为我是喜欢那个女人？"

赵谦看不见他的正面，不知其表情，只是觉这句话从张铎嘴里说出来，虽然冷冰冰的，却颇为好笑，于是他走到张铎身边，继续不怕死地续道："陛下能看入眼的，难道不是绝色？再有，认识你这么多年，你有过女人？你那清谈居，除了平宣，谁都不能进去，这六日，平宣来过吗？你那观音像染不得尘，我是知道的，平宣不在，谁在替你洒扫，你别说是你自己啊？"他越说越得意，"我是不如人家一贤公子，抽丝剥茧，清清楚楚，但男人的心思，我——"说着拍了拍胸脯，"我最会猜了。"

一席话说完了，身旁的人却沉默无语。

赵谦有些尴尬，拍在胸脯上的手尴尬地垂下，又悻悻地抬起来，抓了抓后脑勺。

"我这个……说错话了。"

"金衫关死局都教不会你，活而无畏，你日后还是死局。"

"哈……"他打了个哈哈，"这不有你嘛，我死不了。不过，话说回来，"他稍微收敛了些神色，正色道，"就算他熬得过酷刑，你真肯把他放到晋王身边去啊？'青庐余一贤'，这可未必是浪得虚名啊，你不怕东郡至此不受控？"

"如今就受控吗？刘家子孙，尽数蠢货。"他说罢，迈步前行，"东郡本来还该有两年气数，现而全泄，他若非浪得虚名，就是看得明白。不过，刘璧不尽信我，这是个暗疽，我剜不尽，要换一个人。"说完，低头理袖，"让他熬吧，试试，死了就算了，反正那女人也就活到四日后。"

赵谦追来道："都活了六日了，梅辛林不在，你那满背的伤也是她给你上的药吧，还杀什么呀？要不你留着做个小奴婢吧。毒哑？找根铁链子拴着？让她给你擦擦观音像也是好的啊。"

"拴着，你以为她是狗吗？"

"我可没这样说……不过，你以前那么怕狗的，如今怎么……"

话未说完，二人已至清谈居庭门前。

奴婢们正将大片大片的落梅扫出，见张铎回来，忙退避到一旁。

张铎低头看了一眼地上的落花，冷道："怎么回事？"

一个奴婢小声道："郎主，那位姑娘抱着矮梅死活不肯出来。江伯劝她也不听，问她什么也不说。"

赵谦见张铎跨步往里走，忙扯住他的袖子跟进去："哎……那是个姑娘，怜香惜玉啊……"

张铎一声不应，直跨入庭中。

那老奴见他进来，躬身行礼，而后又看向树下。

席银的姿态着实不雅，双臂环抱，死死抓着树干。树上满开的梅花被摇落一大片，因知张铎不喜欢庭院草木狼藉，大半落梅已被奴婢们扫了出去，剩下的则落了她一身。她似乎被拽过，身上那件宽袍松松垮垮的，半露出肩膀，一双雪腿也露在外头，腿上的鞭伤将将发黑，结痂。

赵谦惊道："你连女人都打，够狠啊。"

张铎侧身："江沁，拿鞭子来。"

赵谦听着要动鞭子，连忙挡住，大声道："我在呢！看不得这些！"

张铎冷笑一声："你以为我要打她？"

"那你要干什么？"

张铎懒得再应他，反手接过一柄蛇皮鞭，指向蹲在角落里的那只雪龙沙。

"过来。"

"不要！"

赵谦被那女人尖锐的呼声给刺疼了耳朵，忙伸手摁着耳后穴："啧，得了，和你以前一样怕狗。"

张铎回头道："早叫你不要多事，你给我出去。"

赵谦应其话，摆手噤声，退了一大步。

席银死死地盯着那只雪龙沙，雪龙沙也戒备地看着她，时不时地低吠。

"怕就松手过来。"

她闻言浑身一颤，手指却越抓越紧，眼中含着水光，不住地摇头。

"不想被咬死就给我松手！"

她吓得牙关紧咬，却还是死死不肯松手，甚至把头埋进臂弯，一副就死的模样。

张铎没了耐性，寒声道："你不是想见岑照吗？"

"公子……奴不能这样见他。"

"什么意思？"

"奴要一身衣裳，一身完整的衣裳。"

完整的衣裳。

他原本不打算让她久活，也就懒怠给她找身得体的衣裳。

相处六日，她也如同一个卑贱的娼妓一样，从来没在意过他随意给她的这件蔽体之物，今日忽要起"完整"的衣裳，他倒有些诧异。而这又是太琐碎无趣的想法，他甚至不知道怎么问缘由，好在她自己开了口。

"兄长是皎皎君子，是天下最干净整洁的人，奴……奴不能这样脏了他的眼睛。"

赵谦听了这话，忍不住道："姑娘，你兄长是个盲眼人啊，看得见什么？"

"不是！你们都欺他眼盲，但我知道兄长比谁都看得明白！"

"你这……"赵谦无话可说，看向张铎。

张铎放下鞭子沉默了一时，那只雪龙沙也会意，重新退回角落里。

"江沁。"

"是，郎主。"

"去平宣那里，找一身衣裳给她。"

"可是郎主，女郎怕是不喜——"

他不耐，出声打断了老奴的话。

"她要多少做不得？"

老奴也不再多语，躬身行礼，转身去了。

席银终于松了一口气，松开手，抱着膝盖喘息着坐下来，然后抬头，战栗地望着一步一步向她走近的张铎。

"多谢……公子。"

张铎没有应她的谢，偏头打量着她，突然冷声道："你仰慕高洁，却又身为下贱。"

这话令站在庭门外的赵谦一愣，只觉好生熟悉，似在什么地方听张铎说过。然而，他还不及回想，又听人道："在我面前放浪若娼妓，卑贱可耻，在一个盲人面前却要衣衫体面，你当我是什么？啊？你此心该诛！"声音震得人耳鸣，听起来像是动了真火。

赵谦望着他微微有些发抖的背影，却无论如何也想不明白他究竟在气什么，与此同时，十一年前的记忆猛地冲回，他一拍脑门，终于把那句"仰慕高洁，身为下贱"想了起来。那应该是张铎酒后狂浪的醉言。

那年金衫关困战，一关军士只余百人。

城中粮草殆尽，援军不至，赵谦开了最后一坛酒，与张铎靠在城墙上互灌。那年他们二人不过十六岁，月高秋风强劲，除了酒香，风里全是血腥味。张铎举着酒碗问他："你一个将军之子，为何要来赴这场死战？"赵谦把手举过头顶，敲了敲天灵盖，豪气道："北方秋野无人，英灵孤独，所以我来了。"

张铎一笑，举碗："说得好。"

赵谦却狂笑道："你少放我的香屁，这话，我偷我老子的。我就是傻，以为这一战能建功立业，回去我老子就不会再叨念他那什么'将门无继'的鬼话。哪里知道，要把这一辈子交待在这大冷风天里了。说起来，媳妇儿还没娶呢，真有些可惜。啧啧……"说完拍了拍他的肩膀，"我是个愣头傻子，被人卖了还蒙头大睡，那你呢？你早就知道金衫关是死局，西面的河间王不会驰援，朝廷也要舍我们，你为什么要来？"

张铎仰起头，头顶的寒月沁血，流云游走，天幕群星尽低垂。他抬起伤臂，一口饮尽碗中酒。

"仰慕高洁，身为下贱，所以上天无门，就来试试这条通天的死路。"

赵谦一时不解："什么意思？你是大司马长子，怎么叫身为下贱？"

他摇头不语，枕着一具尸体躺下来，架起一双腿。

"你知道什么人最高洁？"

赵谦靠着他一道躺下，周身的伤痛一下子全部卸下，酒气冲上脑门，飘飘欲仙。

"嗯……什么人最高洁啊……"

"君临天下的人最高洁。"

"嗐，这是什么歪话？你喝醉了吧？"说完，忍不住疲倦，闭上了眼睛。

身旁的人好像解释了一句什么，但他实在太疲乏，昏昏沉沉地睡了过去，并没有听清楚。

想至此处，赵谦难免心神混乱，再看张铎，他竟也肩头微战，似在竭力控制自己的情绪。

赵谦挠了挠头。想这天差地别的两个人，身份也好，所处的处境也好，明明都是不堪共情的，所以这女人的慌乱执拗怎么就勾动了张铎的火呢？

赵谦正犹豫要不要进去打个圆场，这边老奴倒是取了衣裳回来，躬身呈到张铎眼前。

霜色底绣菡萏的大袖衫，下衬月白与胭脂色相间的裙子，还有一件月白色的抱腹。

张铎看也没看，一手接过，径直掷到席银身上。他自己却丝毫没有要回避的意思。

庭中的奴婢倒都会意，相觑一阵后，纷纷放下手中的活儿，跟着老奴退了出去。

席银被大袖遮了头，看不见周遭，只听得脚步声窸窸窣窣地往外面退去。不多时，四下平静，她这才偷偷露出一只眼睛，正要伸手去解腰间的束带，谁想，却撞上了他如寒刃一般的目光，手不自觉地僵了僵，继而又想，他已视她为妓，绝不可能施舍一丝一毫的尊重，这会儿再僵持，怕是连这一身衣裳都不能得。

她正想着要认命，忍着羞耻去褪衣，却见门外面还堂而皇之地站着另外一个她不认识的人。刚才她太慌了没看清，这会儿定睛这么一看，竟也是个男人，腰间扯着束带的手又怯怯地缩了回去。

张铎见她胆怯，又不像是怕自己，便顺着她的目光回头，见退到门前的赵谦此时正直愣愣地盯着矮梅下的席银，不禁冷道："你当这是什么地方？"

还有什么比在绝境试探的女人更令人怜惜的呢？

赵谦一时看得呆了，听见张铎的声音，方抬手揉了揉眼，含糊地应张铎道："我这不是——"

"出去。"

"不是,我这就在外面戳着啊。再有,我不该看,你在这儿看什么?你——"

话还没说完,门突然"砰"的一声被推闭,赵谦没反应过来,顿时被撞得鼻子出了血。

他忙捂住鼻孔,龇牙道:"张退寒!你给老子记着!"这吼的声音虽很大,里面却一声回应也没有。

赵谦无可奈何,一手按住鼻子,一手接过一旁奴婢递来的绢子,揉成两团堵住鼻孔,回身往外走。他一面走一面怪声怪气地嘟囔:"还说要杀她呢,老子看你恨不得要杀我!"

翻墙而开的初春藤花被关门声震下了一大片,经风一吹,纷纷旋转起来。

赵谦最后这一句话,张铎是听清了的。然而他一低头,见那女人还揪着衣衫缩在树根那里,像是生怕他后悔一样。有那么一瞬间,张铎有一种剥了她扔到岑照面前的念头。但反应过来自己失控以后,他又极其自责。

多年习惯克制,张铎不喜欢没由来的情绪。

十几年前他靠着这种克制在乱葬岗里自救,和他一起挣扎的人要么疯了,要么死了,只有他,裸露着一身鲜血淋淋的皮肉,拎着一颗满是疮痍的心脏,活了下来。至此他断绝心绪大浪已经很久,甚至觉得肉欲意味着动荡并无益于内修,因此把女人一项也从人生里勾除了。只要远离有情的万物,便不会动情,不会手软。

但这个女人的"恐惧",他好像有点熟悉,可是究竟是什么地方令他熟悉,他却说不出来。

这没由来的失语,令张铎不安。

他索性不再看她,转身朝清谈居里走,把目光聚向观音像,冷道:"穿好了起来。"

"别走……"那屡软的声音钻入张铎的耳中。

她说了什么?

即便面对着观音像,张铎还是觉得自己脑中突然闪过一瞬的空白,回头喝道:"不要在我面前发浪!"

她吓得一愣,而后颤颤地指向墙角里的那只雪龙沙,结巴地跟他解释道:"你不在,它要咬我……"

张铎侧身,雪龙沙原本已经立起前腿,面对他的目光,又怯得趴了下来。

他突然觉得她傻得好笑,不由得嗤道:"狗比人蠢,你都怕,还敢信我会护着你？"

她没有回应他，像生怕他要后悔似的，缩到矮梅后面，慌乱地扯开束带，把大袖衫往自己身上裹，时不时地偷偷瞄一眼狗，又瞄一眼张铎。

矮梅的树干并不粗壮，无法遮挡她全身。

柔荑，玉腿，甚至时隐时现的一双玉山峰，都在寒风里婆娑。

张铎侧过眼，不自知地朝下走了一个台阶。他靴底踩断了一根枯枝，发出"咔"的一声，矮梅后的女人忙转过身来，抱着树干，拼命地要把身子藏起来。

"别走，我……就穿上了。"

"没走。"

他沉默须臾，吐了这两个字给她。

她如蒙大赦，赶忙专心地对付身上的凌乱。

张铎撩袍，在台阶上坐下，扬鞭把雪龙沙召了过来。

狗顺从地趴在他脚边，一动不动，他坐在台阶上随意地摸着狗的脑袋，一面看着矮梅后面的那道身影。

前几日，她还衣不蔽体地挂在这棵矮树上，被他打得皮开肉绽。今日她在树下理对襟，束腰带，穿鞋袜，拢长发……

他不知道为什么，就想到了《六度集经》第一卷"布施无极章"中佛陀割肉喂鹰的那一则。他猛地回神，竟觉背后有些湿润。

好在席银终于系上了束腰，扶着树干站起了身。

看着匍匐在他脚边的雪龙沙，她不敢上前。

"谢公子赐……衣。"

张铎一抬头，沉应："裹尸尚可。"

她闻言，抿着唇没有应声。

"不想求我点什么？"

"公子怎么对奴都好，奴都可以承受，但兄长什么都不知道，他是个体面的人，奴求您，不要侮辱他。"

他笑了笑："倒不蠢，猜对了一大半。"

"公子要对兄长做什么？"

"放肆！"

她猛一缩肩，声软了下来："求求您啊……"

张铎用鞭柄抬起她的下颌："我跟你说过，求人根本不足以自救，再让我看见你这副模样，我让你生不如死。"说完，松力撇开她的脸，对门外道："江沁，绑了带走。在西馆，给他们一炷香。"

＊　＊　＊

　　是时，西馆金乌即将坠落。
　　岑照静静地跪坐在玉石雕花屏风的后面，双手被绳子绑在膝前。
　　入夜前的风将息，细细地吹拂着他松束在肩的头发，那条遮目的青带不在，他便不敢睁眼，合目静坐，与那玉雕花鸟屏风相互映衬，当真人如佳玉，不容亵视。
　　赵谦抱着手臂站在屏风后面，一旁的江凌忍不住道："赵将军今晚要留在郎主那儿用晚膳吗？"
　　赵谦冲着他做了一个噤声的手势。
　　"催什么？"
　　江凌讪然。
　　"怎敢催促将军？"
　　赵谦回头道："我是替你们郎主来听听他们兄妹说什么。"
　　"郎主不打算听吧？"
　　"你懂什么？他信伤筋动骨那一套，我信真情实意这一套。你说，这两兄妹，相依为命这么多年，能不吐些真话？一边待着，别学你们郎主那副死人模样，说的话跟那棺材缝里透出来的一样，没点阳气。"
　　正说着，老奴已经将席银带了过来。
　　江凌上前道："你兄长在后面，郎主给你一炷香的时间，有什么话尽快说，时间一到，我们要带你回去。"
　　"那我兄长呢？你们要带他去什么地方？"
　　江凌向后让开一步道："姑娘，你应该知道郎主的规矩，该我们知道的，我们一点都不敢忘，不该我们知道的，我们一个字都听不见。姑娘去吧。"
　　这也算说得实在，席银再不敢耽搁，赶忙向玉屏后走去。
　　细软的裙裾曳过莞草，脚腕上的铜铃碰撞，声音碎乱。
　　"阿银仔细，前面有一张凭几，别磕疼了。"
　　那是极不同于张铎的声音，身在桎梏之中，却仍旧如泉流漱玉，静抚其心。
　　席银心里猛地一酸，顿时鼻息滚烫。
　　"哥哥……"
　　面前的人抬起头："磕着了吗？"
　　"没有……"
　　她的手被绳子束缚着，没有办法去拭泪，只能稳住哭腔。

"阿银又不是看不见。"

岑照眉目舒和，温言道："铃铛声那么急。"

席银低头看了看自己脚腕上的那串铜铃，那是岑照早年亲自给她戴上的。

他说："再久一点，我可能就看不见你了。你戴着它，好让我时时刻刻都知道你在哪里。"

后来，她大了，很多男人视这串东西为她淫艳的一部分，谈论、拨弄，令她在席宴上不堪其辱，但她不肯摘掉，也不肯告诉岑照。

"阿银。"

"嗯？"

"以后把铜铃铛摘了吧。"

"为什么？"

听她惊急，他忙柔声宽慰："阿银长大了呀，哪能还像个丫头一样叮叮当当的？放心，没有铜铃铛，我一样能找到阿银。"

她一怔，不由得握紧了交错在一起的手指。

"兄长不该来找我。"

"胡说。"

"没有胡说，阿银只想兄长好好的……"

"我这不是好好的吗？"

"不好……他们连你眼睛上的遮绸都摘了……还绑着你。"

岑照摇了摇头："所以我才知道阿银为我受苦了。"

席银拼命地摇头，抽噎不止。

"不不，阿银死不足惜，就是怕哥哥无人照顾……"

"傻丫头。"和煦如春风般的一声唤，"是我累了你。不要害怕，我们都不会死。"

"我不怕，我什么都不怕……"她一面说，一面挪动身子，试图替他挡住穿过雕花屏的碎光。

"他们要对兄长做什么？阿银也要跟着！"

"我要做的事，女孩子怎么能跟着呢？阿银不要问，也不要听别人说什么。"

"那阿银要去哪里找兄长……我好怕他……真的好怕他……我好想跟你回家。"

她越说越混沌。

"别哭。"

"没哭。"

"阿银,再撑一撑,一定会带你回家。"

* * *

春霜暗凝的屋脊上栖着两只翠鸟。

初春的晚来风吹得不平,随日落平息,又随月升而起,风高夜,云薄雾淡,御道西旁永宁浮屠的宝铎和鸣,铿锵之声,闻及十余里。张铎坐翻《四体书势》,博山炉中香雾在侧。簌簌的落花影,斑驳的窗纱。他举书至灯下,一手作笔,在桃笙上临摹韦诞的章草,腕压指移,似龙蠖螯启,伸盘复行。

庭中灯燃。

观音像被穿户光照亮了一半。

门外禀道:"郎主,内宫宋常侍遣人来请。"

张铎矮身书写,面前窗上映着一道袅影。那人影身上的衣衫为风所扯,猎猎作响,好像快把那衣料里包裹的骨头扯散。

"谁在外面?"

那影子一瑟缩,却并没有回话。半晌,江凌应道:"是席银姑娘。"

"进来。"

门开合咿呀,一阵丁零的铜铃声入耳,席银缩着身子走了进来。她有些咳,情绪起落过后,胃里十分难受,脸颊滚烫,眼睛也有些发昏。此时她的双手还被绑着,抬眼见张铎坐在陶案前,她一时羞恼,不知道自己该往什么地方去戳着。

张铎站起身,顺手取下刀架上的短刀,一把抓住她要往后缩的手,利落地挑进绳缝中,一面对外面道:"内宫有什么事?"

外面的人回道:"中领军从外郭抓了几个流逃的女犯,今晚要夜行考竟。"

席银看向张铎,他稍稍弯着腰,已经割断了一半的绑绳,面无表情继续问道:"大司马去了?"

"是,大司马主审,宋常侍监审。听来的人说,那几个女人都已经用过一轮刑了。"

听江凌说这话的时候,席银心肉一抽,喉咙失桎,她猛地咳出声来,手臂猛地一颤,顶得刀背翻转,眼见着锋刃朝他虎口滑去。张铎稳住刀柄,一把摁住她的手腕,锋刃掠过虎口,好在没有拉出血口子。

"怕了?"

她没出声。

"那都是你的替死鬼。"

一言催泪。

她望着自己的手腕，不敢动了。

张铎看了她一眼："杀人的时候怎么不怕？"

"我不想杀人……"

他没有理她，狠狠地捏住她的手臂。

"手抬高。"

她不敢违逆，忙忍痛将手送到他眼下，忍不住又嗽了几声。

"你咳什么？！忍着。"

他执刀呵斥她的样子是真骇人，吓得她忙应道："不敢了！"

一时刀刃反转，一气儿挑开了剩下所有的绑绳。

她提着在嗓子里的气还没舒缓，却听面前的人道："你当时如果手上力足，一刀结果了那人，就没有如今这些麻烦事。"

不知为何，这话听起来竟有几分不合时宜的埋怨之意。

席银忍着嗽意抬起头，见他正在灯下擦刀。

那白刃被擦得晃眼，一下子没入刀鞘。

张铎反手将其放回架上，又对外面的江凌道："只有几个女人吗？现如今都吐了什么？"

"听说还传讯了那日被剜眼的中领军军士，不过他被吓破了胆，只说在铜驼街见过郎主，其余都没出口。但女人们熬不过刑，大司马大人问什么，她们就应什么，说了好些对郎主不利的话，好在宋常侍见过那夜行刺的女人，不肯尽信，所以让人来请郎主一道听审。"

"在什么地方？"

"在廷尉大狱。"

"赵谦呢？"

"赵将军听说这件事，早就奔马过去了。"

"胡闹，把他给我绑回来。"

江凌为难，拱手回道："赵将军为人，从来都只听郎主的话，平日只有他绑我们的，哪有我们绑他的？再有，在廷尉大狱，我们也不好造次。"

张铎闻言沉默，稍含躁意地拂开莞席上的书，须臾道："备马。"

江凌应下，而后看了一眼室内的那道瘦影，犹豫一时，方追问："那个盲眼的人已经带去刑室了，郎主——"

张铎打断他："我在与不在都一样，不可取人性命，其余的你拿捏。只问他一个问题。"

他说着，声音突然一顿。一道不知是何物的青影落到他的鼻梁上，有些阴森。

席银抬头看时，却见那道影子是那尊观音像的手指，此时映在他的面目上，竟像陈旧结痂的伤口，逐渐狰狞起来。

江凌一直没有等到他的后话，侍立半响，终抬头试探："问他什么？"

张铎回身低头，摸向刚才那把割绳刀的刀柄："就问他：可是东郡故人？"

江凌一怔，轻道："郎主……想听他说什么？"

"不重要。用刑就是。"说完，随手拂开眼前的一道帷幕，径直朝外走去。

江凌不敢再问，眼见着他身后的女人神色慌张，几近崩溃。

也不知张铎是不是为了顾及她的感受，竟然与江凌一道刻意隐去了岑照的名字。然而她显然是听出了端倪，见张铎要走，忙奔到近旁，一把拽住了他的衣袖，拖拉之下，险些被他带倒。

"公子要对谁用刑？"

张铎头也没回，反问道："廷尉大狱有四个刑室，一日要死好几个受不住刑的人，你问哪一个？"

她被他问得愣神，诚然乐府稿里也有打诨之语，带着夹带人命的调侃。

"把手松开。"

她还在发愣，不松开，反而越抓越紧。

他倒也没急着呵斥，伸手抓住她的手腕向后一扯。

"我今晚回来要擦身，你会不会？"

"会……"

"那你备着。"说完，不顾她心慌意乱地煎熬，径直跨了出去。

席银追到门口，见张铎走到那棵矮梅下又站住，转身唤了江沁过来，不知吩咐了些什么。

后半夜，铜驼御道上楸影深深。

张铎弃车行马，马鞭纵情。

雪骢蹄子践着道上吹落的二度梅，寒香四起。

张铎骑马驰过永宁寺塔，已追上赵谦。

白月下，赵谦勒住马头，劈头盖脸道："大司马是真的要把你枭首弃市吗？他明知道陛下要向东边用兵，这个时候拿几个女人把你和晋王刘璧扯到一块儿，嫌你命硬是吧？你们可是父子！"

"是父子又如何？"

张铎勒住马缰，拦在赵谦前面。

赵谦喝道："你不要去，今夜我就算砸了那廷尉狱，也不能让什么乱七八糟的考竟证言送入宫。"

张铎笑了一声："大司马看得准。"

"吓！可那刘璧是个真蠢货啊，兵不强，马不足，以为在乐律里找了把温柔刀就能一本万利，结果呢？那是只三脚猫！给自己惹了祸不说，现在还牵扯上你。"他越说越火大，气得肩身颤抖。

张铎御马近前："你气性太大了，收敛些。这种事陛下会疑我，但并不会全信大司马。"

"疑也致命，你是最会用离间计的，当年陈家为什么会下狱，不就是因为那五百来人的部曲兵，老弱病残强凑起来，连个阊春门都攻不下来，却让陛下犯疑了吗？"

"张奚东施效颦，你怕什么？"

大司马的名讳径直出口。赵谦怔了怔，口气稍平。

"我怕你看那是你老子你就怯了。你看看你那一背的伤。"

话音一落，马上的人却冷然一笑，哂道："婆婆妈妈的，想得真多。"

"我婆妈？张退寒！"

"成了！少在这儿叫嚣，我不是陈望，有些事不跟你说，是不想给你惹事端。你也是实刀带过兵的人，难道不知道，不露破绽的诱敌之刀无以反杀？别乱我的分寸。"说完，打马起行。

赵谦忙追上道："哎，你把话说清楚啊，什么反杀？"

张铎不言，反将鞭狠扬，赵谦道："好歹说你去哪儿啊。"

马上的人回头："宋常侍要做我的人情，我不好拂他的老体面。我去廷尉狱听听考竟，你就不要去了，回营吧。"

"不是，我那儿内营刑室里不是还关着那谁吗，你什么时候去问话啊？"

"不想问，交给江凌了。你也不要去看，这种事不适合你。"

赵谦还要说什么，哪想人已经走远了。他只得勒住马，遥见张铎独驰入榆杨浓影，损了一句："溜得真快。"

与此同时，张铎后头的从奴终于上气不接下气地跟了上来："哎哟，可算见到将军了……我们郎主……"

赵谦拍着手上的灰，朝前面努了努嘴。

"去廷尉狱了。"

"哦，多谢将军。"说完便要去追。

赵谦忙喝住他们："回来。"

"是。"

"你们郎主今儿早些处置谁了吗？"

"啊？谁啊？"

"呸！你们郎主养了你们这群没眼的人，也是糟心。"

从奴们尴尬地赔礼："奴们是在外面跟着的人，里头的事知道得不多。您哪，该去问江伯。奴刚出来的时候遇着他，别的不知道，但看他拿了帖子像是请大夫去。我们也纳闷儿呢，要说咱们郎主有什么不好，那都是经梅医正的手，也没见给他下帖子，江伯这也不知道是请谁去。"

赵谦没想到，自己随口一问竟引出这番话来，突然忍不住捧腹，在马上放肆地笑出声来。

应声的那个从奴见他如此，倒是怔住了。

赵谦忙抹了一把脸："这个……没事，没事了，你们追去吧。"

从奴们摸不着头脑，又不敢多问，忙不迭地应话追自家主人去。

风里有些细细的草絮，赵谦"呸"了几口，把嘴里那些毛吐了出来，一面抱起手臂道："张退寒，变着法儿骂我啊，啊？老子看你这棵老铁树开了大花，会不会羞死。"

廷尉大狱中，廷尉正李继已经被大司马张奚逼到了"墙角"。

左右监官原本休沐，此时也返回官署跟查。偌大的廷尉大狱照壁前，众人或立或坐，或跪或匍匐，或摁眉心或掐虎口，或啜泣或痛呼，观音、修罗，十相俱全。

张奚对着照壁上复杂的人影咳了一声，侧面朝一旁的宋怀玉道："你看呢？"

宋怀玉摸了一把额头的汗，虽是料峭的初春夜，他却觉得两胁发腻、耳户滚烫，就连声音也有些哑。

"司马啊，这可是冲着您的大公子去的啊……老奴是万不敢呈见陛下的，还要慎重……还要慎重才是。"

廷尉正从声道："宋常侍的话有道理，虽然有女犯自认潜入洛阳，曾藏身于中书监官署，但这毕竟是一面之词，就这样把中书监牵扯入案，恐有后乱啊。"

张奚一面听二人应答，一面扫看手边新呈的罪状："那就是不敢再审了？"说着操手入袖，仰头冷笑了一声，"成吧。"

照壁前的气味着实不大好闻，汗的酸臭、血的腥味混着灯油燃烧的焦味，一层一层地镀在锦衣华服上。

张奚不语，却又没有让女犯还押的意思。宋怀玉面前的那个女人几乎跪不住了，刑后痛得作呕，身子向前一仆，耸起肩猛地吐出了一摊污秽。宋怀玉是皇帝的近侍，血污见过不少，自身却从不沾染，此时被这些呕秽溅上了身，差点弹立起来。

廷尉正见他狼狈，遂对狱卒道："来人，取水过来。"

狱卒还未及应声，竟见张奚赫然起身，落掌拍案而喝："取水何用？世道清浊不明，诸位哪一个身上是洁净的？哪怕是永宁塔中供佛的净水，也洗不干净吾等为臣……"他像是隐忍了很久，脱口即五官纠集，眉毛竖立，举臂横指，直向廷尉正的眉心，再提声，接着斥道："洗不净吾等为臣贪图私利，为禽兽驱策而漠视主君的大罪！"

一语毕，廷尉正僵在其位，无从辩驳。

谁都知道禽兽指的是谁，却想不到这位德高望重的国之股肱竟然把这两个字眼安在自己儿子的头上。

宋怀玉只得屏退狱卒，缓和道："司马大人息怒，我等并非有意包庇，实乃此罪过重，若贸然结呈，而引至陛下将中书监下狱……其余尚且不提，只此时正是对东面用兵之际，若中书监下狱，在朝的将领独中领军赵谦将军就依不得……"

"中领军护卫宫城，什么时候成了护卫中书监官署的？！"

"话是这么说，可是，司马大人，您是先帝托孤重臣，合该为陛下处境着想。如今北面羌人凶悍，东面又将起战乱，陛下岌岌可危，心忧不已，若在此时处置中书监，何人跨马提刀，替陛下御敌啊？"

他这话说得恳切。

张奚虽然已经气得肩膀耸动，听罢却猛地心生颓意，对于这个养子，他最后悔的就是少年时代没有把他留在洛阳教养，而是任由他同赵靳的儿子一道北上从军。去的时候是一只浑身冷刺的幼狼，回来时却已獠牙森然，再不受他压制。

当年，时任中书监的陈望直言，张铎培植军中私势，攫利，擅权于地方，实有乱政之兆。谁知，这种清谈席上的私话还未成文呈送皇帝眼前，陈望就已被定罪，阖族下狱，受尽酷刑后被腰斩于市。其状之惨烈，朝中一时人人自危。

张奚这才意识到，当年那个衣衫褴褛浑身是伤，跟着徐婉走进张家府宅，宁可饿死也不跪张氏牌位的少年，已决绝地走向了一个令河内张氏在门阀士族中大失儒雅之望的极端。

"两位大人，中书监大人来了。"

张奚尚在沉吟，女犯听到这句话，却吓得浑身筛糠般抖起来，手脚的镣铐哗啦啦作响，乱发之下目光闪烁。

张奚扫了一眼跪地的女人，摆手道："还押。"

谁知话音未落，就听照壁后传来一声："太早了吧？"

声落人现。

宋怀玉等人回身看去，张铎一身玄色燕服立在灯影之下。

廷尉正上前见礼，他亦以礼相回，而后走到张奚面前，弯腰深作揖。

张奚看向他的背脊，虽有衣冠遮蔽，可脖颈裸露处仍依稀可见六日前在张府所受的刑伤。他一时厌恶，不肯回应，操起手边的罪状，掷到他面前。

"你若是来自辩，就跪下。"

"无话可自辩。"面前的人说完，径直直背，转身朝那个跪在刑架前的女人走去。

女人拖着镣铐不断地朝后退，直到背抵刑架再也动弹不得，只能抬起头，惊恐地望着张铎。

谁知他竟噙着一丝笑，伸手拨开她额前的乱发，哂道："此等品貌，刘璧也送得进宫？"说着手指使力，掐住了她的两颊，冷道："张嘴。"

女人被迫仰头张口。谁知张铎竟随手取过淬在火中的一把舌钳，扯出女人的舌头，反手捏夹其鼻梁与下巴，向下狠力一扣合，女人的牙齿瞬间咬断了自己的舌头，只见鲜血迸射，众人却连一声惨叫都没有听到。

宋怀玉被眼前的场景吓得捂着胸口退了几步。

廷尉正尚算冷静，但看着那被张铎拎在手上的女人口似血洞，也不免心有余悸。

张铎松开手，女人身若抽骨，如同一摊烂肉仆倒在地。

他就着那女人身上的囚衣，擦了一把手，回身朝廷尉正道："好不好结案？"

廷尉正应道："女犯畏罪自尽。我这就写案宗。"

张铎点了点头，擦净手上的血，蹲下去捡起张奚脚边的那份罪状，屈膝跪下，双手呈回。

"虽无言可辩，但我任凭司马大人处置。"

张奚浑身战栗，良久方从齿缝里逼出两个字："逆子……"

跪在他面前的年轻人似乎笑了笑："我此行为解局而已。"

张奚抬头看向廷尉正和两个监官，他二人皆是一副如释重负的模样，不由得心灰意懒，仰头合目："惧豺狼如此，吾皇危……矣，危矣啊！"说罢，一把将罪状揉成一团掷地，怅然欲走。

"司马慢一步。"

张奚回过头，却见他仍未起身。

"你还有何话要说？"

"廷尉正，可容我与司马私谈几句？"

廷尉正与宋常侍早已如坐针毡，忙道："大人自便。"说罢，起身退了出去。

照壁上两道青痕刺目。

那女人的尸首还躺在一旁，双目圆睁，瞳孔外扩。周遭被血液浸过的铁镣散发出冲鼻的气味。

张奚胸口上下起伏，他看着行跪之人喝道："故作姿态，何必？"

"全父子名声而已。"

"不知悔改！"

他轻笑一声，应道："悔改什么？"

"吓！窃利者，虽入囹圄，尚有一日得恕；窃国者，千刀万剐，魂魄不聚，万劫不复。你竟不知道悔改什么？"

张铎抬起头："身后事身后说，入地狱我自有辩言。"

"狂妄！"

张奚早已不是第一次听他如此应答，盛怒之下，竟寻不出话来回应，一时牵连其母，喝道："果然是贱妇所生的逆子！"说完，猛地吸了一口血气，喱内腥呛，他抚胸急嗽不已。

面前的人手指暗握，未几，却伏地叩一首，抑声道："我纵有万罪，也与母亲无关，敢问司马，还要囚她至何时？"

"你还有脸问她？！"

张奚怒顶胸口，好不容易缓出一口完整的气。

"她一意孤行要带你认张家为宗，却把张氏百年清誉尽毁，此等罪妇，合该囚禁至死！她自知其罪，如今身在东晦堂不见你，无非赎罪！"

"赎罪？"

张铎突然仰头笑了一声。

"她怎么赎，就对着白玉观音？又或逼我在东晦堂门外受你鞭责？"他一面说，一面站起身，"你告诉她，她送我的那尊白玉观音，我早砸了！"

一言直逼面门，张奚也不禁向后退了一步，喉内腥甜涌动。

"你……就不怕报应？"

谁知张铎却跟进一步："我死过很多回，乱葬岗、金衫关、东晦堂门前，呵……"话至此处冷然一笑，其后声中竟带出一丝无名的悲悯，"死的时候，糊里糊涂，不知道是因为什么，也不知道是为了谁。所以，要说报应，哪个人没有？迟早而已。我也要劝司马大人一句，趁着后路尚通、报应未至，趁我还念母亲的情面，辞归河内，避世勿出，张氏阖族尚有余生可保。"说完，他撩袍蹲下，再次把那被张奚揉成团的罪状捡起，"你认为把这刑逼的供词呈与陛下，会令陛下对我生疑？"一面说一面将其抚平，"倒是会。只不过，我若获罪——"话声一顿，他看了一眼脚边的尸体，"东进征刘璧，你等去吗？"

是时二人眼风相对，张奚竟在张铎的目光中扫见了轻蔑。

他刚要开口，却又听他道："廷尉苦于结案，内禁军疲于追捕，都甚为疲倦，这封罪状，我亲交廷尉正呈送内宫，司马也不必夜审辛劳。"

说着，他拿过火堆旁的一块烙铁，挑开那女尸上凌乱的衣衫，视其刑伤，笑道："人不是这样打的，这种事根本不适合司马来做。改日请大人去中领军军营的刑房看看，不消半炷香，人能说鬼话，鬼能说人话。"

* * *

这厢，粗陶炉正在煎艾草水，炭命将尽，火焰已经明灭不定。

炉边此时不燥不冷，正好将息，席银抱着膝，蜷缩在炉边守着水，不留神竟睡了过去。

张铎跨进清谈居时，里内没有一点声响，只有一幅艳素两极的图景。白玉观音下，美人朝内蜷缩着，从脖颈起，至腰背、膝弯，都被照得时明时暗。其轮廓若曹不兴执笔的佛画线条，明明催情发欲，却又透着某种庄穆，就连那半掩在衣料中的伤痕也和廷尉大狱中那些同样身受凌虐的女犯截然不同。

张铎静静地看了她一会儿。

深夜幽静。她的背脊上映着些伶仃的花影，浓淡不一，被炉风一烘，便抖动起来。这实是一具被神灵关照过的肉体，难怪能令皇帝把持不住，险些成了她的刀下鬼。

张铎按下心绪，收回目光，走到她身旁盘膝坐下，伸手去拿陶案上的茶盏，不留意压住了她的手指。

席银猛地惊醒过来，见墙上映着他青灰色的影子，忙翻身坐起来。

"公子要什么，奴来取——"一句话未说完，扑面而来的铁锈气和血腥气，就几乎令她干呕。

张铎拿过茶盏看了她一眼，扯唇笑："觉得我恶心？"

她不敢回答，抱膝朝后缩了缩。

张铎收笑，倒也没逼她，自己伸手抽出腰带，对襟垮肩，露出上身，转道："烧了水？"

"是……"她忙指了指边上的炉子，"江伯教的，用艾草叶煮的水，把丝绢打湿，然后替公子擦身，不能触碰公子的创处。"说着反手绾起自己披散在肩的长发，起身去炉上取水。

张铎就着冷茶喝了几口，反身趴伏在凭几上。

席银用铜盆取了艾叶水，在他身旁跪坐下来。

铜盆内水声叮咚，不多时，沾着艾叶水的丝绢从他伤口的边缘拭过，不算太疼，却能偶尔引出些转瞬即止的痉挛。

张铎索性放松身子，任凭肌肉震颤。

他每一次从刑室回来，都要用艾叶水擦身，从前他习惯自己褪衣、自己拧帕，即便是后背看不到的地方，也从不假手于人。

虽然当世之人崇尚玄学中自由放浪的观念，追求宽袍松带、袒胸露乳的衣冠之风，但张铎并不认可。

只有囚徒才会被逼袒露身体，受荆条木杖，才会被裸缚于市，验明正身，受斩吃剐。所以他不喜欢在人前裸露，更不准奴婢们直视他的身体。

不过，她不算是奴婢，她是一只命悬一线的半鬼。

"你不咳了？"

席银跪坐在他身后，冷不防听他这一问，手上动作顿了顿，小声应道："啊……是，江伯给奴请了大夫，哦，不是……"

她以为自己辜负了江沁的好意，在张铎面前把他出卖了，急着要否认，却见他转过头来看向自己，知道遮掩不过，忙伏下身道："求公子千万别责罚江伯。"

"停下做甚？"他反手指了指后肩，"继续。"

见他没有发作，她赶忙直身从新拧帕。

淡褐色的水，不多时就被溶化的血染红了。张铎从新闭上眼睛，六根清净后，却听见她在背后念叨，似乎是在造什么腹稿。

"想说什么？"

"没……没想说什么。"

张铎翻过身来，面朝向她，撑开腿坐下来，朝她伸出沾血的手。

席银忙去从新换了一盆水过来，拧帕替他细致地擦拭手指。

表面的血大多已经被他擦掉了，剩下的渗在指甲缝隙里，极不好清理。席银只得用帕子焐热他的手指，再用一根银针裹着丝绢，伸进指甲缝里，一点一点地清理干净。

"你父母是哪里人？"

席银一怔，手也跟着颤了颤，那银针的针尖冷不防刺破了丝绢，直刺入张铎的指缝。

"奴——"

"嘶……别乱动。"他说着，把手抽了回来，含入口中抿了抿。

席银手足无措："奴……奴去给公子拿药膏来。"

"回来。"

席银被吓得不敢动，只得从新坐下，探头过去看那针扎之处。指甲后已泛出了乌青色，那得多疼，可他好像毫不在意，从头到尾只是吸了一口气，一丝失态之相都不露。

"公子不疼吗？"

他笑了笑，就着那只带伤的指头挑起她的下巴："能有多疼？"

她被迫仰着头："十指连心啊，我以前被琴弦挑翻过指甲，痛得几乎昏死过去。"

"比起前几日的鞭子呢？"

她下意识地摸了摸腿上的伤："鞭子疼……"

他松开手，将手臂搭在膝盖上，说道："我问你父母你慌什么？"

"不是，是……因为公子已经问过奴一次了。"

张铎这才意识到自己是第二次问这个问题。

其实有什么好问的呢？世人的出身，高贵的诸如陈孝，卑微的诸如死囚，其界限也没有那么清晰，也不是不能相互交替。若是换一个人，张铎绝无兴趣去了解他的来处。可今时今日，他不自觉地想去揭眼前人的疮疤，没什么道理，就是想让她也惨烈起来，以免他在清谈居里自悯。

"问了你就答。"

"好……好……"她不懂他的道理，却还是老老实实地重新答了一遍，"奴不记得父母是谁。"

"那你有没有想过，为何会被他们弃掉？"

席银摇了摇头："没有……有可能是家中太穷，不得已弃了我，又或者，家逢变故，比如……遇了瘟疫、水灾什么的，他们都死了。"

"若他们没死，还身居高位呢？"

"那我就要去找他们！问他们为什么那么狠心、为什么不要我，要他们补偿我！要他们给我兄长好多好多的金银！"

"他们若不给呢？"

"那就报复他们！我过得那么苦，凭什么他们锦衣玉食？！"

肤浅又实在的一段话，却说得他舒怀，不禁仰头笑出声："果然是个什么都不懂的蠢货。"

"如果是公子，公子不想报复他们吗？"

张铎没有回答。

他抬头望向那尊白玉观音，想起十年前陈氏灭族的那晚徐婉对他说的最后几句话。

"你以后，每日在观音座下跪一个时辰，哪一日观音像为你流泪，我就见你。"

张铎一把拽住徐婉的衣袖："你是不原谅我吗？"

"是。你罪孽深重，但你放心，你是我的儿子，我不会让你一个人受报应。你跪一日，我也跪一日。"

她说着要走，张铎不敢拽她，只能膝行跟上。

"你当年弃我，让我在乱葬岗和野狗抢食，我都原谅了你，我如今不过杀了几个有碍前途的人，他们和你有什么相干？你为什么不肯原谅我？"

张铎至今都还记得那双含泪不落的眼睛，充满悲悯、心痛，甚至带着一丝哀伤的笑，就是看不见一丝愧疚。

"我……"她甩开他的手，指向自己，"我当年就不应该把你接回张家，不对，我当年丢弃你的时候就应该再狠心一点，了结你的性命，这样，你就不会受苦，陈氏也不会遭难，张家也不会因你而背上累世的骂名……张退寒，错全在我，全部都在我！"

他至今没有想明白母亲的道理。可是，这个世界上也没有人真正理解他的道理，就连赵谦也是如此。赵谦虽不似张奚那样严词斥责他，也不似其他人那样敢怒不敢言，但他总是时不时地提起陈孝，言语之间满是惋惜。但眼前这个女人好像懂，不需要他做太多的铺垫，甚至不需要他自剖伤口，去回忆过去那段皮开肉绽的时光，她就已经和他站到了一起。真是奇怪，他们明明是两个天差地别的人啊。

"公子……我说错话了吗？"

他把思绪收回来，见她双眼通红地跪坐在他面前，像哭过一般。

"没有。"

他伸手摸了摸她的下巴。

她下意识地又在往后缩。

"其实……奴也就是瞎说的，怎么敢报复啊，还不等奴报复，他们位高权重，早就把奴打死了吧。不成的……"

"遇见岑照之前，你怎么活下来的？"

"行乞。"

她没有避忌，甚至有些诡异的自豪感。

"那时乐律里有几位老伶人，我去给他们磕头，说几句吉祥的话，她们就给我饼饵吃。偶尔也去偷张爷摊子上的米粥吃，被发现就挨一顿打，然后被绑在灶前熏烟子，不过后来，他们见我可怜，又会放了我……"

她看见了他慢慢拧起的眉，声音越来越低，渐渐不敢往下说了。

"这话……奴答过公子两遍了……公子听烦了吧？"

张铎拿过陶案上的蛇皮鞭，席银吓得一下子弹了起来，却又被他一把拽回。

"所以你就成了现在这副模样？"

他一面说一面用鞭柄挑开她上身的对襟。

"别打我……求你了，别打我。"

"呵呵，我告诉过你很多次，求人并不能让你活下去。"

她浑身发抖，不敢看他。

"可是，不求怎么能有吃食……怎么能有银钱？"

"你那么怕狗，你被狗咬过吗？"

"咬过……"

"那你会求狗不咬你吗？"

"我……我，我会逃……"

"然后呢？"

"有的时候逃得掉，有的时候逃不掉。"

"你求过那个把你送入宫的宦者吗？"

她一怔。

"求过……"

"他放过你和岑照了吗？"

"没有……"

道理被说破，她无言以对，捏着裙带像一只幼猫一样耷拉着头。

"我想见兄长……"说着忍不住咳了一声。怕他不快，她又连忙捂嘴竭力抑住。

张铎放下手上的鞭子，一手拉起垮在手臂上的衣襟，直起身提起陶案上的银壶，就着自己用过的那只杯子，重新倒满，伸臂递到她眼前。

六日来，这是席银受他第一份好，然而她想不明白其中的原因，反而越发不安，怔怔地不肯接。

见她不动，张铎索性将茶盏搁在膝盖上，借孤独的灯光看着她。

"你还剩四日的命，除了想见你兄长，不想做点别的事吗？"

席银抬起头来："奴……还能做什么事？"

张铎一笑，抬了抬手腕，没有应她的问，只道："先喝水。"

第三章
春华
...

衣不蔽体，满身是伤，却一个人行着不大不小的杀伐，
咂摸着嘴巴，尝到了洛阳城弱肉强食的滋味。

二月初十。洛阳实入初春，草茸絮软，北邙山一夜吹碧，洛水浮冰尽融。

赵谦叼着一根茅草，在内禁军营前的溪道里刷马，水寒马惊跃，溅了他一身的脏水。赵谦一下子跳到岸上，抹了一把脸。

"这软脚马，看老子不教训你。"

话音刚落，身后便传来一阵明快的笑声，赵谦忙回头看，见不远处的垂杨下立着一个女子，身着水红色大袖绣玉兰花的对襟衫，正掩唇笑他。赵谦的脸一下子涨红了，他忙把搭在肩膀上的鱼鳞甲穿好，抓着脑袋朝她走去。

"平宣，你怎么来这儿了？我这儿可都是粗人……"

"来找我大哥。"

张平宣探着身子朝赵谦背后看去："去他府上没见着他，江伯说他来你的军营了，我就过来了。"她说着，踮起脚朝他身后看去，"嗯……他在哪儿呢？我得了好东西带给他呢。"

赵谦忙挡在她面前。

"哎，他在刑室里。你姑娘家怎么去得？"

"刑室？"

张平宣蛾眉一蹙。

"你们又要杀人了？"

"不是我们要杀人……"

赵谦脑子浅，生怕她要误会，径直卖了张铎。

"是你哥在审犯人，你什么时候见我杀过人？"

张平宣撇了撇嘴："你少骗我，整个洛阳城都知道，大哥自请待罪，在行刺案了结前不主持朝政，这会儿他不该跟你喝酒吗，审什么犯人？"

这一番话说得倒是很通透。

自从前日廷尉正呈上廷尉狱夜审女犯的罪状，张铎便上奏自请卸去官职，皇帝见此慌乱了，一日三驳。谁知张铎又递了一道待罪不入朝的奏疏。他不在朝，赵谦等将士尽皆观望不言，以致东征的军务无法议定，连张奭都有些无措。皇帝更是心慌，口不择言地把辅佐自己多年的几个老臣都骂了一通。朝中一时人心散乱。好些人聚到中书监官署来请见，却又被张铎以待罪不宜相见的理由赶了回去。

张平宣是徐婉同张奚所生的女儿，虽不是张铎的同胞兄妹，但两人毕竟是一母所生，张铎纵与张氏不和，但到底信自己这个妹妹。换作平常，张平宣每隔一日便会过来，替他规整规整清谈居，擦拭观音座上的灰尘。这十日，张铎连她都避了，她也有些纳闷儿，于是找了个送东西的由头过来寻他。

赵谦见她这架势，大有一定要见到张铎不可的意思，多少有些后悔自己没守住嘴。

"你大哥是做大事的人，姑娘家知道什么呀？"

张平宣看了他一眼："对，你和哥哥都是一样的人，做大事做得人情、亲情都没了。这几年，母亲被关着，大哥和父亲都处成什么样了，你也不劝劝他，就知道跟进跟出的……"

她说着就往前面走，细软的草絮沾在她耳旁，赵谦忍不住想去替她摘下，谁知道她突然回头，吓得赵谦忙收手，下意识地捏住自己的耳朵往边上蹦了几步。

"你做什么？"

"没……没什么，耳朵烫。"

张平宣乐了，凑近他道："被我说恼了？"

"胡说，我恼什么？你大哥最近才恼呢。"

张平宣仰起头，头顶新归来的燕子从容地蹿入云霄，把她的情绪也牵引出来。

"也是啊，我在家听二哥说，父亲十日前又在东晦堂前责罚了大哥，接着就出了待罪的事。我原本想过来帮着江伯他们照料照料的，谁知大哥让江凌来说，不让我过去……咦？"她找了个话茬儿，转身问赵谦道，"这几日，都是谁在打理清谈居的事啊？"

赵谦尴道："还能是谁啊？江伯咯。"

张平宣摇了摇头："大哥从不让江伯和江凌他们进清谈居的。"说完，她像突然明白过来什么似的，眼光一闪，"你说，大哥是不是肯纳什么妾室了啊？"

"啊……我……我不知道。"

张平宣盯着他的眼睛道："你天天跟着大哥，连这个都不知道啊？"

赵谦被她盯得心虚："我又没住在他的清谈居，我知道什么啊？"

"你不知道就算了。我自己问他去。"说完，径直朝营中走去，一面走一面道："刑室在哪里啊？"

"哎哎！你怎么比你大哥还要命啊？你大哥要是知道我带你一个姑娘家看血淋淋的东西，还不打死我？你回来……去我帐内坐会儿，我去找你大哥。"

张平宣搂了搂怀里的东西，回头应道："那成，你快些。"

"是是是。"

赵谦摁了摁眉心，转身吩咐军士："带张姑娘去歇着。煮我最好的茶。"

中领军的军士大多知道自家这位少年将军对张家女郎的倾慕之心，哪有不上道的，立刻殷勤地引着张平宣去了。

赵谦这才摁着眉心往刑室走。走到刑室门前的时候，听见一声足以令人震颤的惨叫声，他惊得一下子顿住了脚步。

明晃晃的春光落在阴森森的铁刑架上。

岑照背对着张铎，从肩背到腿脚，几乎看不见一寸好肉。细看之下，每一寸血肉都在颤抖，牵扯刑架上的镣铐叮当作响。

四日了，连用刑的人都已经有些胆怯，生怕不慎碰到他的要害就直接要了他的性命。好在，现在哪怕是随意地挪动一下都能让他生不如死，于是，他逐渐把用刑的力道放轻了，但精神上的折磨一分都没有少。

张铎坐在他身后，拨动着垂挂的镣铐。

铁与铁磕碰一声，都能引发岑照一阵痉挛。

"还是那个问题。"

"我……不是……你说的那个……东郡故人……"

一声鞭子的炸响，刑架上的人抻长脖子，撕心裂肺地惨叫了一声。

江凌朝那落鞭处看去，却见张铎前面的一条刑凳上赫然现出一道发白的鞭痕，原来那鞭子不是落在岑照身上的。而岑照的身子却像疯了一般抽动着，整个刑架被他拉扯得哗啦啦响，他险些就要倒下去。

"扶稳他。"

江凌连忙上前摁住岑照的肩膀，却没能抑制住他喉咙里的惨叫。

张铎笑了一声，站起身走到岑照身后。

"叫什么？好生想想，那一鞭打的是你吗？"

"打的……打的是谁……"

"打的是东郡的陈孝。"

"中书监……照糊涂……糊涂了……"

"打的不是你，你为什么会叫？"

"呵……我……"

"你是陈孝。"

"我不是……我是岑照。"

他说得周身青筋暴起，从肺中呕出一大口污血。

江凌有些担忧，回头对张铎道："郎主，再这样下去，他要撑不住了。"

张铎抱臂退了一步："'西汉商山有四皓，当今青庐余一贤。'青庐的一贤公子，是举世清流，衣不染尘，可不是你现在这副模样。"

岑照抓紧了镣铐上的铁链，仅剩的一些好皮被血衬得惨白、耀眼，他竭力匀出一口气："张大人……我既然肯受……肯受你的刑，就不会在意什么清流……白衣……的虚妄体面……"

喉咙中的血痰没有力气咳出来，他索性吞咽下去。一时间，声音稍朗。

"连阿银都知道，怎么丢掉矜持、弃掉体面，在洛阳……洛阳的世道上熬——"

"住口！"

"呵呵……"他口中含着血，突然也笑了一声，"中书监大人，为何动怒啊……啊！"

话到末尾，引颈又是一声惨叫。他浑身乱颤，几乎要失禁。

江凌忙摁住他，顺手掐了一把他的脉，只觉脉搏凌乱，已不可平，他忙朝着张铎摇了摇头。

岑照将脸贴在刑架上，抽搐着道："中书监……大人……今日是第四日了，我……最多也就撑到今日……若……若大人……再受执念所困，那么……那么我，就不能替大人去晋王刘璧处了。"

张铎没有说话，只看了江凌一眼，示意他把人放下来。

岑照匍匐在地咳了好一阵，方得以稍稍支撑起头颅。

"张大人……你是不会信借尸还魂之说的，听说……当年陈氏灭族，阖族男丁……腰斩于市，大人亲主刑场，一个一个验明正身……如今……又怎么会信照是陈孝呢？"

张铎撩袍蹲下去，凝视着他那双灰白的眼睛。

"那你以为我在做什么？"

"喀……没有这一身刑伤，刘璧怎么才能信我……不是大人的人？"

张铎慢慢攥紧了手掌。

其实，到目前为止，除了被他提及的席银，张铎尚算喜欢这场博弈，彼此心照不宣，话不需要说得十分满，也可以顺畅沟通。

"送你去东郡之前，我问你最后一个问题。"

"大人……请问。"

"刘璧当初请你出山，你坐视十余人亡命在青庐亦不肯应刘璧，今日为何肯受我驱策？"

岑照抬起头。

"刘璧……无帝相，而你……有啊。"

"你给我演过命？"

"算是吧……除此之外，"他吐出一口血沫子，"也因为……阿银。"

"何意？"

"于刘璧而言……阿银若棋子，随意可杀。"说着，他使出全身力气抬起头，张口放慢了声音，"而于大人而言……"

一言未闭，人似已力竭气断，周身颓靡，如同一摊泥巴一样，瘫于地上。

江凌松开手，起身问道："大人，还问吗？"

张铎看着地上的人沉默了半晌，突然冷笑了一声："攻心，是吧？"

江凌在张铎眼中看到了一丝转瞬即逝的冷光。

主人过于阴毒内敛，底下人就会变得沉默，哪怕知道地上的人已命悬一线，他也不敢擅作主张。询过一遍，没有得到答复，他便不再出声。眼看着几团杨絮不知从什么地方吹了进来，迫不及待地在那人裸露的血肉上降落，不一会儿就变成了一丛狰狞的血芽。

珠玉一般的人物、猪狗不如的境地，他一时也有些不忍直视。

"把他带出去。"

半晌，江凌终于等来这句话。他松了一口气，正要去架人，却听门外传来一声："等等。"

赵谦随即撞了进来。他一把拽住江凌，缓了一口气，这才对张铎道："你妹妹来了，此时就在营中。"说着看了一眼岑照，"这人已经半死了，你不怕她看见了会吓着？"

张铎站起身，斥道："内禁军营，你也敢放女子进来？"

"她要进来，我有什么办法？"

这一句就红了脸，他索性丢了脸皮，认命道："你又不是不知道，从小我就怕她……她最恨我跟着你干这些血淋淋的事，在其他地方就算了，这可是我的地盘，我把你卖了，她也不会信。你就当帮帮兄弟啊，等她走了，你再搬挪。"

张铎笑了一声："人死了如何？"

"死得了什么？梅辛林今儿在署里，我去把他给你拎来啊。"说完，也不等张铎回应，转身风风火火地跨了出去。

江凌忍不住道："赵将军对咱们女郎还真是好，只可惜女郎心里想的——"

话未说完，却听张铎掰扯手指，"咔咔"地脆响。

江凌忙退了一步道："奴不该开口。"

张铎摇了摇头,抬脚从岑照身旁跨过。

"把他架出去。"

"可是赵将军——"

"他那是英雄气短!"

江凌不敢接话。他随自己的父亲来到张铎身边已近十年,多少知道张平宣的事。

赵谦小的时候就喜欢张平宣,可是张平宣爱慕的却是陈孝。

年少时,她在家中抄录陈孝的诗文不下百本,后来,甚至因此练成了陈孝那一手极难的字。十五岁那一年,张平宣不惜自毁名誉在陈府的清谈会上当众请嫁,却被陈孝辞拒,从此她由贵女沦为洛阳士族的笑话,纵然生得明艳无双,又有张奭为父、张铎为兄,洛阳城中也没有一个世家公子肯上门提亲求娶。谁愿意娶一个爱慕着别人还被人当众言弃的女人呢?她就这么被陈孝毁了。后来每每谈及陈孝,她必出恶言。

两族都是门阀大家,陈望甚至因为此事,携礼亲自登门致歉,希望后辈私事不伤世交之谊。

张奭倒是没什么可说的,张平宣却把作为致歉之礼的两对玉镯一气全砸了。

人们大多以为,这是少年情热过头,因爱生恨,再无转圜。

但陈孝死的那一天,张平宣在张铎家中醉得不省人事,又是大笑,又是悲痛欲绝地恸哭,衣衫凌乱,丑态百出。张铎回府后,径自杀光了近身服侍她的奴婢。从此再无一人敢提及那夜之事,也没有人知道,对于陈孝这个人,张平宣心中究竟是爱多还是恨多。

不过,这毕竟是主人家的隐晦之事,就算江凌比外人多看了一些,也是不配置喙的。

于是他收回思绪,望向张铎。

张铎此时立在独窗下,一下一下地扯着拇指。

"他这一身的刑伤虽然是造真了,但是由我们的人送他去刘璧处,无论怎么遮掩,都有令人起疑的地方。平宣在这里正好,把他送到她眼前,后面的事,就说得通了。"

江凌看向岑照:"女郎……会当他是陈孝吗?"

张铎笑了一声:"至少不会眼看他死。"

"那赵将军那里,郎主要如何应对?"

张铎捏拳,冷言道:"他是什么人,我有必要向他交代?问得多余!"

"是，奴明白了。"

* * *

营房这边，赵谦去了许久未回，茶喝了第二道，张平宣有些坐不住了，起身要往外走。营房外的军士忙阻拦道："张姑娘，您去哪里逛，我们陪您一道去。"

"我又不是你们抓来的犯人，你们跟着做什么？"

"不是这个意思，实是将军有吩咐，不准我们怠慢姑娘。"

张平宣径直朝外走，一面走一面道："你们将军去寻我哥，去了快一个时辰了，要寻个神仙也寻来了，我看他是跑哪儿躲懒去了，看我去把他抓出来。"

那几个军士连忙跟上道："张姑娘真会说笑，我们将军同张大人每日有好些大事要处置，怎么会躲懒？您瞧，那边刚审完犯人。"话一出口，那军士就后悔了，然而已经来不及了。

张平宣顺着他手指的方向看去，果然见江凌带着一个浑身是血的人朝西面走去。

"江公子。"

江凌停下脚步，拱手向她行了个礼："女郎唤奴的名字就好。"

张平宣走近他道："大哥都不当你和江伯是奴仆，我如何敢失礼？"她说着，侧身朝他身后看去，"这是……大哥审的犯人？"

"是。"他一面说一面抬手遮挡，"过于脏污，您不要看，仔细污了您的眼睛。"

张平宣却不以为意，她绕过江凌，蹲下去朝那人看去。

只一眼她就愣住了，身子向后一仰，险些跌坐在地。

江凌忙弯腰去扶她。

"吓着您了吧？人已经断了气，就要拖到乱葬岗去埋了。您还是别看了，奴送您回去。"说罢回头道："没见吓着人了吗，还不快架走？"

"都别动……"

张平宣摁着胸口，一手推开江凌，慢慢靠近那个浑身是血的人，伸手撩开他湿乱的头发，闭着眼睛深吸了一口气，这才睁眼朝那人的脸看去。一时间，脑子里如响炸雷。

"他……是谁啊？"

江凌站起身，退了一步，轻声应道："北邙山青庐，岑照。"

"岑照……'商山有四皓，青庐余一贤'的那个人吗？"

"是。"

"大哥为什么要刑讯他……"

江凌低头："郎主怀疑什么,您应该明白的。"

"那也不能把人打死啊！"

她说着,眼底渐渐蓄起了泪,忙不迭地用手去试他的鼻息。

还好还好,他尚存一息温热。

她忙收回手抬头对江凌道："这个人我要带走。"

"可是……若是让郎主知道,奴——"

"你就说他已经死了,埋了！如果他发现了,你就全部推给我！"

"不可啊。"

"没什么不可的。"她说完,掰开架在岑照肩膀下方的人手。

男子的重量过大,一下子转移到她身上,顿时压得她跌倒在地。

江凌忙蹲下去道："女郎何必呢？陈公子早就死了,这个人受了郎主那么重的刑,也不肯承认……"

"你什么都别说,照我说的做就行。其余的事情,我去给大哥交代。"

她刚说完,便听背后传来一声怒喝："江凌！你做什么？！"

江凌抬头,见赵谦翻身下马,上前一把揪起他的衣领："张退寒疯了是不是,怎么能让平宣见岑照？！"

话音未落,他自己背上却挨了一石头,他回头刚要发作,却见张平宣坐在地上,抓起另外一块石头照着他的门面扔了过来。他忙伸手挡下："我……"

"你骗我,是吧？"

"不是,我只是怕你——"

"若不是我今日过来,你和我大哥,是不是就把他打死、埋了？"

"没有……我根本动都没动他！"

"你住口！"

赵谦哑然。

张平宣撑着岑照,挣扎着从地上站起来。

"我要带他走。让你的人放行！"

"平宣啊……你不要那么执着,他不是陈孝啊,陈孝十年前就已经死了……"

"我知道！我知道陈孝十年前就死了,大哥替他殓尸,我亲自去看了的。"

"那为什么还要带这个人走？"

"我……"

有些道理无法说清,尤其涉及男女之情。

张平宣此时闻到了岑照身上令人作呕的血腥气,可她却觉得心安,这种心安并不是治愈性的，相反夹带着舔舐伤口时那种既疼痛又温暖的感觉。好像过去的笑容都是她逼自己露出来的，此时看见这个人，她终于可以痛痛快快地哭了。

"你没资格问。"

停顿了良久，她吐出了一句最绝的话。

赵谦听得几乎愣住，半响才回过神来，一言不发地转过身，朝刑室急走而去。

一入刑室，他就朝张铎抢拳，谁知被他一掌截住。

"你忘了你的拳脚是谁教的了吗？"

"那又怎么样？我是打不过你，可我没你这么无耻，连自己的亲妹妹都要利用！"

"你怎么知道，就只是利用她？"

"嗬，张退寒，当年陈孝是怎么伤她的，你知道啊。这几年，我好不容易看她在我面前有些笑容了，我有多开心，连我营里这些愣头青都看得出来。"

张铎冷笑了一声："你以为她是真的开怀？"说完，一把甩开他的拳头，力道之大，甩得赵谦踉跄了两步。

"平宜是我妹妹，她在想什么，我比你清楚。"

"不可能！"

"赵谦，辜负和被辜负，是她和陈孝之间的事，你要过问，也该想想自己有没有资格。"

赵谦耳背滚烫，他咬着牙，一拳狠砸在刑架上。刑架哗啦啦作响，他气不过，抬臂又是一拳，刑架上的一根倒木刺直插入肉，顿时见了血。

"你们不愧是兄妹。"

愤懑的一句话，却引来背后一声几不可闻的叹息。

张铎伸手拍了拍赵谦的肩膀，语气稍微缓和："我无非想说，强求无益而已。"语毕，径直出了刑室。

营房前的人已经散了，江凌在垂杨下等张铎，见他独自出来，忙趁机上前回话。

"郎主，人已经送走了。"

"嗯。"

"女郎不信梅医正，恐怕不肯用他——"

张铎摆了摆手："不肯用就算了，看她请哪一处的大夫，人治好了，料理干净。"

江凌拱手应是，又道："郎主回府吗？"

"不回。"他说完，回头看了一眼刑室，"去把赵谦叫出来。"

"这……奴怎么说……"

张铎负手前行，似不着意："说请他喝酒。"

这也算二人之间的默契，战场上过了命的兄弟，言不由衷不重要，自有真意在酒中。

张铎平时是一个酒不过三分的人，赵谦却是个酒上无限制，不醉死不罢休的人。这会儿两坛花雕酒下肚，他已然醉得不省人事，糊里糊涂地唤着张平宣的乳名。张铎随手从奴婢手中拿过一方绢帕，塞入他的口中，他也不反抗，咬着帕子，渐渐地不出声了。

张铎撑着额头，掐着酒杯独自坐了一会儿。

对着一个醉昏头的人独饮，哪怕自己已是酒意三分，思绪却异常清晰。

窗外月明星稀，无风无云。营中正起灶做饭，处处炊烟升腾，直入云霄，一应风物和眼前这个男子的执念一样，清清楚楚。

张铎有了哂意，放下杯盏，望着赵谦笑道："你也就这点出息。"话音刚落，门外传来江凌的声音。

"郎主。"

"什么事？"

"哦，没什么，奴给您送袍子来。"

"进来。"

江凌推门入内，见这一片狼藉，轻声道："赵将军又醉了？"

"他最好的就是这一点。"他摩挲着玉杯上的明雕，喉咙里暗暗笑了一声，"醉一场起来，什么都忘了。"说着接过袍子一把甩覆在赵谦的肩上，又道："找人照顾好他。"

言毕，他仰头饮尽杯中残酒，大步跨了出去。

通幰车行过铜驼街，转入永和里。

张铎下车，穿过连洞门，却听见永和居的庭门外正响着杖责声。原来，几个奴婢被摁在地上，口里堵了布，被打得皮开肉绽。见他过来，掌刑的人停了杖，退避行礼。张铎扫了一眼地上的人，没有开口，径直从中间穿了过去。

江凌忙问掌刑的人："怎么了？"

掌刑人回道："女郎来过了，进了清谈居。这些人不懂事，没拦住女郎。"

"啊……那女郎岂不是见着——"话还未说完，便听前面传来一声："打完了攥出去。"

掌刑人忙对江凌闭了口，躬身应道："是。"

清谈居里如往常一样燃着孤独的一盏灯。

张铎推开门跨入，人影落向青壁。

席银在陶案前浑身一抖，抱着膝盖，抬头看向张铎，却没有说话。

张铎拂开面前的一层帷帐，走到她面前，静静地望向她的眼睛。

她似乎怕被他这样深看，低头避开了他的目光。

张铎的视线则在她身上游走了一圈，发觉她虽在尽力克制，却控制不住喉咙、手指、肩膀的颤抖。

"怎么了？"

她没有出声，摇了摇头。

"我看，你要哭了。"

"没有！"她极力地想反驳什么，可话一出口，气息又弱了下来，"我没有哭……我没有……"

张铎没再问话，而是把她的脸扳了起来，迫使她抬头与自己对视。

他逼视她的眼睛，她拼命地回避，却又不敢闭眼。一时间，两个人都没有再出声，观音像后映着两道青黑色的影子，一道沉静自若，另一道颤若幼兽。

良久，他终于冷冷地笑了一声，松开了她的下巴，起身解开袍衫，丢在陶案旁，自行到陶案后坐下，低头对她道："去取药吧，今日是最后一日。"

她坐着没有动，牙齿打战，咯咯作响，眼睛竟不知道什么时候红了。

"还不去？"

他说着又要去动手边的鞭子，她这才翻爬站起，向平常放药的暗柜挪去。

张铎看着她的背影，手中一下一下地抠着鞭柄上的花纹，突然开口道："席银。"声音不大，却惊得正开柜的席银失了手，瓶瓶罐罐全部翻倒，她慌不迭地去扶，却听背后又传来一句意味深长的话："看仔细，我教过你的，不要拿错了。"

席银心跳错拍，额头渗出了冷汗，握着手中药瓶，一时不敢回头。他却没有再说话，而是低头扯开腰间束带，脱掉中衣，像平时一样趴伏下来，闭上眼睛，等着她的动作。

席银深吸了一口气，狠狠地捏了一把手中的玉瓶，转过身，慢慢地走到张铎背后。

经过十日的疗养，伤口已经全部结痂，有些地方的痂甚至已经开始脱落，露出淡粉色的新肉。只有肩上的那两道伤因为时常活动拉扯，尚未完全愈合。

席银望向那两道伤口，半晌没有动作。

张铎仍然静静地趴着，没有催促也没有回头。

良久，抽拔瓶塞的声音打破清谈居内的宁静，灯焰一闪，陡然熄灭。她还不及出声，就已经被一个极大的力道掐住了脖子，直撂向陶案，玉瓶脱手滚出，里面的药粉撒了一地。

她全然无法呼吸，只觉血气不畅，全部压顶在脑门上，头几乎要裂开了一般。

黑暗里，虽然看不见他的脸，她却能清晰地感觉到他的呼吸。

"我给过你机会，你自己选择不要。"

她说不出话来，也呼不出气，不由得腿脚乱蹬，谁知道却被他一手摁住，就这么毫无反抗之力地被拎到了生死边缘。

"我……我要……报……仇……"

她几乎是拼尽了全身的力气，从喉咙里挤出了这句话。

话音落下，掐在她脖子上的那只手猛地抽回。席银像被抽了骨一样跌伏下来，大口大口地喘气，喉咙里满是血腥气。

面前的人似乎站起了身，不多时，孤灯点起，周遭从新亮起。接着那只玉瓶被递到她眼前。随之而来的还有他听不出喜怒的声音："想杀我，是吧？"

她还没有缓过来，趴在地上大口大口地干呕。

张铎盘膝坐下，颠了颠那只玉瓶："还成，你现在分得清金疮药和牵机毒了。"

她撑着地直起身子，伸手想要去抢夺，他却将手往后一收，似笑非笑："恩将仇报？嗯？"

"你……你杀了我兄长，我……我要给我兄长……报仇……"

张铎将玉瓶放回案上，随手披上袍衫，一把箍住她的一双手腕，将她拽至身前："你就记得我杀了他，不记得我救了你。"

"你……你根本就不想救我……你……你只是……利用我……"

面前的人仰头一笑："可以啊，席银，不傻。你这副模样，比求我的时候顺眼多了。"

说完，他起身，顺势将人从地上带了起来。

观音像后的影子被低放的灯盏拉扯得巨大而狰狞。

"想要杀人，就要有杀人的本事。"

他说完，逼视她的眼睛。

"你要敢看你的仇人，无论你们的力量相差多少，无论他们的模样多么可怕，你都不能露怯，不能流露出你内心所想。"

"你……你放开我……"

她被揭露了原本就胆怯的妄念，一时六神无主，只想挣脱他。

谁知他却将她越箍越紧。

"我放开你，你要做什么？"

她愣住，整个身子都僵了。

头顶的话劈面追来:"在我面前自尽,还是顺从地受死,还是求我饶你一命?"

"我……"

"选不出来吧?"

她真的选不出来。

仇恨是明晰的,可除此之外,所有的一切都是混沌的。

她太肤浅,还理解不了"求仁得仁"的自我救赎,她只觉得很不甘心,没有杀掉他,反而自己要受死。

怎么办,求他饶命吗?他可是仇人啊。

一时间,极度的混乱令她耳根发烫,连心脏也开始绞痛起来。

然而,张铎根本没打算顾惜她,而是反手将她拖到门边:"求死的人好说,前两者中选哪一个不过是勇气高下的分别,求生者就难了,手起刀落,仇敌未死,求生就好比万劫不复,体面、贞洁、名誉,一样都不剩,最后甚至求不到性命,席银,你说你惨不惨。"

说完,他抬手推开了门。

庭中的寒风带着奴婢们的痛呼声灌入。

"你……你要对我做什么……"

张铎低头看向她,风吹起她凌乱潮湿的头发,半遮其面,却把那一双惊恐的眼睛映衬了出来。

"教你规避恐惧,然后再杀人。"

"什么……你到底要做什么……"

他没有再回应她,而是拖着她跨出了室门。

"江沁。把雪龙沙牵过来。"

席银闻言,脸色顿时煞白,拼命地想要挣脱他的手。

"不要……不要这样对我……不要放狗……我真的怕狗啊……"

张铎一把将她掷到阶下,低头冷道:"你还记得吧,我说过,我只让你活十日。今日就是第十日,所以,席银,我给你一个机会。"

他说着,指向那只已露尖牙的狗。

"在清谈居外面待一夜,明日你若活着,我就让你报仇。"

她一愣,迟疑道:"你说话……算数?"

"算数。"

"我——"话未说完,那雪龙沙突然狂吠起来,她吓得一把拽住张铎的袍角,"不……我不要,我不要和它待一夜……我不要……"

"听好了,不要求我,求我并不能让你活下去。"说完,他将那根蛇皮鞭递到她眼前。

"席银,试着,求求你自己。"

* * *

人在年幼时也许多多少少都有过和狗对峙的经历。

无论是被关在黄金笼子里的名犬还是流浪在荒野地里的疯狗,它们大多目光凶狠,四肢戒备,龇牙咧嘴,毛发耸动,露出锋利的牙齿,出于撕咬的本性,伺机而动。

席银早就不记得自己年幼的时候到底被多少只狗追咬过,但她记得它们的嘴,和眼前的这只雪龙沙一样,尖牙惨白,舌头潮湿,还散发着肉糜腐烂的腥臭味道,一旦追咬上她,不撕掉一层皮是绝对不会松口的。

任何记忆都会混沌,骨头和血肉的记忆却是无比清晰的。

席银此时瑟缩在门前,眼看着雪龙沙从矮梅下绕过来,耸着双肩,一步一步地朝她逼过来,不由得瞳孔收缩,一时想要尖叫,却又明知徒劳,她只得硬逼着自己挪动发僵的身子,连滚带爬地从地上挣扎起来,扑到门前。纤长的指甲猛地折断在门面上也全然不觉,她一味拼命地拍打着门板,哭喊道:"救救我!求你救救我。"

里面丝毫没有回应,甚至连灯焰都不曾晃动。

席银将自己的脸贴在门上,不吝哭腔,卑微地哭求着,试图换取他的怜悯。

然而,他始终无动于衷,把她的柔弱衬成了一个笑话。

席银从前一直活在男人们垂涎的目光里。岑照教过她,一个女人,尤其是一个绝色的女人,想要在这个混乱的世道活着,一定要善露柔弱,不要疾言争辩,也不要挺身抗争。不过,从头至尾,岑照并没有深刻地为她剖析过这样教她的因由,只是纵容着她生来的那分胆怯和脆弱,小心地把她推到了市井之中。而她也的确因此如鱼得水,不出一年,就成了乐律里炙手可热的乐伶,人们贪视她的美貌,喜欢她那一双常氤氲水光的眼睛,继而追捧她的琴艺,为她一抛千金。她也得以养活自身,甚至供养盲眼的岑照。

自从她识得男女之间的情爱,还没有男人像张铎这样对待过她。他不想搂搂她温暖的身子,不想摸摸她柔嫩的手,反而绝情地把她推给一只不通人情的畜生。

那畜生无情无义,识不出她的美,也不会理会她娇柔凄惨的哀求。它毛立眼吊,只会对着"臭皮囊"垂涎三尺。

席银心中渐渐生出一丝绝望,她膝盖一软,在门前跌坐,手掌猛地按在地上,便是一阵剧痛钻心,她这才后知后觉地发觉指甲折断处已经渗出了血。

那血腥气引得她身后的雪龙沙更加躁动。它仰头大吠一声,朝后退了两三步,作势扑咬。席银下意识地想要逃,奈何背后是门,无路可退……

"别过来!别过来……不要咬我!"声音之凄厉,令站在庭外的江氏父子胆寒。

"父亲,郎主真的是要这姑娘的命吗?"

江沁摇了摇头:"既要命,十日前又何必救她?"

"可这雪龙沙凶悍,她一个姑娘家哪里撑得过一晚上?即便不被咬死,胆儿也破了,还怎么活得下去?"

江沁叹了口气,侧身透过门缝朝里看去。

满庭的物影都被这一人一犬给搅乱了。她的惨叫声绝望、凄厉,一时清晰可闻,一时又被狂妄的犬吠拆得七零八落。

他不忍再听再看,转身扯了扯江凌的袖口。

"走。"

江凌绊了一跤,却又退了回来。

"不走,我得在这儿守着。万一郎主施恩呢?"

"施恩也轮不到你去护她,走吧。"

"什么意思啊?父亲,你把话说明白呢。"

江沁扯着江凌径直朝前走,仰面看了一眼头顶的流云朗月,本想回应他,但话到嘴边又觉得好像不必要。

树影张牙舞爪地爬满窗纱。

张铎独自坐在观音像下,单手挑药敷伤。

门上不断传来骨头和木头面碰撞的声音,也不知是人骨还是兽骨,力道时强时弱,伴随着越来越词不成句的哭喊声。他却充耳不闻,细致地将药粉匀满肩膀,这才披衣弯腰,亲手去收拾那一地的狼藉,而后取香烧熏炉,捡起今日在刑室穿的袍子,熏盖其上。

他转头时却径直迎上了那尊白玉观音的目光。

慈悲、怜悯,和徐婉留存在他记忆里的目光是那样相似。

其实他已将至而立之年。

这世上的家族、人情也好,权力倾轧也好,在他看来,大多都流于表面,肤浅,易于掌控。他唯一想不明白的是,自己温柔端庄的母亲为何会仅仅为了一道"克父"的批命就把他丢弃于市。

那时他才两岁，连说话都还不利落。没有人敢收留他，于是年幼时所有的记忆，除了城外连片的烟树，就是乱葬岗上的那个洞穴以及洞穴后面的一座观音庵……这些地方收纳了他的身子，至于每一口吃食，都是在乱葬岗上和那些野狗抢来的。最初他怕狗，只敢偷食，时常被追咬，后来他学会了拿石头吓它们，躲在它们看不见的地方，丢石头去砸，等它们被吓跑，他再过去捡食。可这样总是吃不饱。

于是，等他再大一点，他开始把柳条编成鞭子去和它们对抗。当那肮脏恶臭的狗皮第一次被"鞭子"抽裂时，他平生第一次有了"求生"的快感。他至今还记得，自己是如何用鞭子将那只狗勒死，就着鞭出的伤口在溪流边徒手剥开了狗皮，把肉撕下来，用竹签串起，拿回洞穴里烤熟。油脂滴入火堆中，吱吱作响，挑动口腹之欲。他迫不及待地塞入口中，里面的肉还没有熟透，可就是这种略带血腥气的鲜香，让他欲罢不能。

那年他十岁。

衣不蔽体，满身是伤，却一个人行着不大不小的杀伐，咂摸着嘴巴，尝到了洛阳城弱肉强食的滋味。

* * *

灯焰渐弱，观音的神色似乎也随之阴冷。

突然，一道沉闷的鞭声从外面传来，张铎猛地回神。

庭中风静，除了席银几乎嘶哑的哭声，还有一丝兽类的呜咽。

张铎望着那尊观音像沉默须臾，转身走到窗后，抬眼看去。

乱影袭窗。

她握着鞭子，浑身颤抖地站在阶上，胸口上下起伏，目光怔怔地看着手中已然染血的鞭子，眼神说不上惊恐，甚至带着一丝她自己都不曾察觉的喜悦。

张铎望了一眼阶下的雪龙沙，它也是四肢颤抖，拼命地想要回头去舔舐背脊上的伤，眼底凶光稍退，露出一丝怯意。

张铎没有出声。他背过身，靠着窗盘腿席地坐下，仰头露出意味不明的笑。背后又传来一声鞭声，接着就是那女子失态发狠的声音："我让你咬我……我让你我欺负我……我打死你！"

鞭声随着她失控的喊叫混乱起来，有些打在皮肉上，有些打在台阶、树干上，越来越急促，越来越没有章法。

雪龙沙的狂吠逐渐弱下来，慢慢被逼成了一阵又一阵凄惨的呜咽。

那女人的喊叫声也渐渐退成了哭声，抽抽噎噎，哀婉、凄凉。

东方发白，天色渐晓。
晨曦铺入窗时，庭中所有的声音都平息下来了。
张铎抬起手，松了门闩，使力一推。
大片大片的晨光与她的影子一道扑入，她坐在门口，一动也没动。
"活着吗？"
"活着……"声音之嘶哑，几乎吐不出别的字。
张铎站起身，撩袍从门后跨出。袍衫掠过她的手臂时，她几乎本能地抓起了手边的鞭子，却又被人一把握住。
"很好。"
好什么？
她松开鞭子，身子朝边上挪了挪。她的鞋已经不知道跑到什么地方去了，裙裾下面露出着一双惨白的脚，脚趾交叠在一起，惶恐又无辜。
庭院中，场面惨烈。
矮梅的最后一季花尽数散落，有些被踩踏成了泥，有些被吹上台阶，有些粘在她的伤口上。她把自己的头埋入臂弯，尽力抱紧了自己，手臂上的咬伤还在流血。
而那只雪龙沙此时浑身是伤地匍匐在她脚边，已然奄奄一息。
"为什么……"她没有抬头，也不知对着谁问了这么一句。
身旁的人蹲下来，托着她的下巴抬起她的头。
"什么为——"话还未说完，却被她一把抓住手臂，不及反应，就已经被她狠狠地咬了一口。这一口，她几乎把仅剩的一点气力全部用尽了。
张铎齿缝里"嘶"地吸了一口冷气，却没有试图抽身，任凭她像狗一样对着自己发泄，低头看着她道："如今再叫你杀人，你怕不会手软了吧？"
她不吭声，牙齿拼命地咬合，像是要把他的手咬断。
张铎笑了笑，伸出另一只手摸了摸她的头发："这么恨我？"
男人温暖的手指穿过她长发，在她敏感的头皮上游走。
她鼻息酸热，口涎滚烫，不知从什么地方发出一声极尖极轻的哭声，像一只被掐住了喉咙的猫。
"为什么……为什么要这么……要这么对我……"
她虽在说话，却还是"叼"着他的手臂。
张铎索性坐了下来，把手臂架在膝盖上。
"谁对你好过？"他说着，捡起她身边的鞭子，低头在她耳边道，"你还怕狗吗?"

席银怔了怔,低头去看那只匍匐在地的狗。

它四肢瘫软,眼光暗淡,鼻孔流血,全然没有了之前的凶相。

"还不松口吗?像只狗一样。"

头顶的声音带着哂意。

席银回过神来,这才慢慢松开牙齿,看向张铎的手臂。

他的绸袖下渗出淡淡的红色,显然是被她咬破了皮。

"第一次咬男人?"

他一面说,一面挽起袖口,一圈清晰的牙印露于席银眼前。其力之狠,令她自己都有些害怕。

"你不说话,我就当你是第一次。"他说这话的时候挂着笑容,抬臂自顾自地端详着伤处,哂道:"还成,虽然动作不雅,但好歹伤到我了,比昨晚下毒的时候果断。"

席银回味出了口中的血腥味,不由得作呕,干吐了好一会儿方渐渐缓过来,抚着胸口喘息道:"我……我想杀你……你为什么不杀我呢?"

张铎笑笑,伸手将她脸颊上的碎发别向耳后。

"因为你是女人。"

她一愣,抬眼望向张铎。

"你不杀女人吗?"

他摇了摇头,似笑非笑道:"除非女人骗得过我。"

这话不含任何刻意糅汰的意思,但并不动听。席银耳根一红,转开了眼。

"洛阳城要杀我的人不少,但我并没有必要把这些人都杀尽。中原逐鹿,原当有千军万马,若只一人挽弓,岂不孤独?所以——"他顿了顿,食指在其下巴上一挑,"你兄长还活着。"

"那为什么那位姑娘说……"

"她和你一样,对很多事看不清楚。"

席银苍白的面色稍显红润,声音也明显愉悦起来。

"我兄长如今在什么地方?"

"不日启程去往东郡。内禁军刑室是对他用了重刑,但那一身皮肉伤对他来说是一层保护。"

席银听不明他具体的意思,只是留意到了"东郡"二字。

"东郡离洛阳那么远,他为什么要去?"

张铎闻言笑了一声:"北邙山蛰伏十年,你以为,你兄长岑照真就只是一位眼盲公子？"他说完这句话，起身走进清谈居，从熏炉上取下袍子抛到门前。

"不想进来就自己再坐会儿，缓过来了就起来，把我的庭院收拾干净。"

* * *

清谈居留给席银收拾，张铎便在西馆。

燕居于府，仰赖书帖消遣。廷尉正李继跪坐在张铎对面，眼见那临摹起来极慢的秦小篆写了一行又一行，就是不见他开口。李继只得把已经重复了三遍的话又说了一遍。

"张大人，陛下命廷尉狱勾案了。"

张铎扼袖观字。"我听见了。"说着抬头看了他一眼，"你来是为了知会我一声？"

李继忙道："陛下昨夜密召我入宫，除议勾案之事，另有一样东西赐予张大人，让我带来。"他说完，端肃仪容，立身直跪，从宽袖中取出一红木莲花雕纹抽盒，双手呈上。

张铎半晌没有接下，李继也不敢出声。

正僵着，江凌从旁禀告道："郎主，赵将军来了。"

话音尚在，赵谦已经臂挂袍衫大步而来，走到李继身旁顿了一步："哟，李廷尉也在啊。"

他扫了一眼李继手上的抽盒，又看向观字不语的张铎。

"这是……"

李继有些尴尬，但又不能放手，端着姿势一言不发。

张铎卷书点了点身旁："你先坐。"

赵谦讷讷地坐下，见张铎没有接物的意思，便自顾自地伸手去接，一面道："这又是什么好东西？"

谁知李继忙膝行退了一步，喝道："赵将军，使不得！"

赵谦被李继突如其来的大喝吓了一大跳，像是摸了火一般撤回手，心有余悸地盯着那个盒子道："敢情是谁的人头不成？"

张铎放书捉笔，似不着意地回应赵谦。

"是，也不是。"说完，又对李继道，"李大人，此物放下，还请替我回陛下：'张铎罪该万死。'"

李继早就手僵背硬，见他终于肯收受，忙将抽盒放于案上，起身辞去。

赵谦看着李继的背影道："陛下今晨赐死了何贵嫔和萧美人，又命内禁军拿捕其二人的族人，看来是真的慌了。"

张铎问道："这二女是刘璧的人？"

赵谦摇了摇头："人是我看着赐死的。何贵嫔死前哭天喊地，大声喊冤，怎么看都不像是东边的细作。萧美人是内宫用的刑，我看见的时候，她已经奄奄一息，就剩一口气了。我问了宋常侍。他说，什么都没有问出来，但陛下就是不肯信她们，说那日席银行刺，她们二人在场，却无一人护驾，必是要与刺客里应外合，谋害主君。"他说完有些愤懑，"依我看，竟都是枉死的，一日不东征，一日不除刘璧，陛下一日不能安寝。"

张铎没有说话，运笔笑而不语。

赵谦拍了拍他的肩："连李继都被派来做说客了，你还不入朝议东征的事，难道真的要逼司马大人来跟你请罪啊？"他说着，又朝那只抽盒看去，"还有，他送来的究竟是个什么东西啊？我看他紧张得，跟捧着诏书一样。"

张铎收住笔锋："你自己看吧。"

赵谦忙摆手："我不看……万一真是什么人眼人手的。"

"倒不至于。看吧。"

赵谦得了他的话，这才放下手臂上挂搭的袍衫，挪来那只抽盒，挑开锁扣向外抽出，却见里面只有一张盖着印的空纸，再一细看，不由得抽了一口气。

"这是……还真是陛下的诏书啊。"

张铎点了点头。

赵谦忙放下盒子："你早知道了？"

"李继来之前，宋怀玉先来过了。"

"所以……这到底是什么意思？"

"当年先帝临崩时，为请张奚扶幼主、主朝政，用的就是这一礼。"

赵谦倒也想起一些旧事，这在前朝算一件美谈。然而朝中人皆知，自从门阀士族势力膨胀，主君之权逐渐旁落，到了先帝那一朝，不得不倚仗张氏与陈氏两族势力，方得以坐稳帝位，甚至不惜把自己的女儿十八岁的阳荣公主嫁给张奚做续弦。先帝临崩之时，为了保全幼子的帝位，更是亲赐空诏与张奚，直言："我刘氏江山，与张卿共治之。"

赵谦想到此处，不由得怅然道："你之前说反杀，我还听不懂。得嘞。"他以茶代酒，向张奚举杯，"你赢了，陛下要弃大司马了。只不过，你父亲恐怕也不会坐以待毙。你们张家真有意思，明明拜的是一个宗祠，却斗得你死我活。"

说完，他一口饮尽了杯中茶。

"既如此，我们也该东征了，趁着刘璧粮马不足，杀他个措手不及。"

张铎抬头看了他一眼，没有说话。

赵谦倒是习惯他那副样子，不以为意道："你稳得住，我倒是手痒了。"

"不急。"

张铎这一声当真是不急不慢。

炉上水将滚，他挪开纸墨，新铺一张竹卷茶席，又道："岑照还没有到刘璧处，而洛阳还有该死而没有死的人。"

赵谦听了后半句，背脊一寒，却不敢深问。

沉吟半晌，他掐着茶盏转了一个话题："对了，岑照的那个妹妹，你还留着啊？"

"嗯。"

"我就说嘛。"他一拍大腿，"若不是那姑娘在清谈居里，你那只雪龙沙也不会是那副埋汰模样。"

"埋汰？"张铎起疑，要说雪龙沙模样凄惨就算了，"埋汰"之说从何而来，"你怕不是看错了？"

赵谦像是想到了什么好笑的场景，忍俊不禁道："不可能，我过来的时候在清谈居门口看见的，那狗儿啊，被人用布条缠得密不透风，可怜兮兮地趴在门口，嘴边放着一碗吃食。我上前看过，那布条下面还裹着梅辛林给你配的药，江沁是不敢动你的东西的，这要不是清谈居的那个丫头做的，还能是谁？"

张铎暗笑。想到她到底是个性弱的女人，发了狠敢打狗，悲悯起来又敢偷他的药去给狗疗伤，他不禁批了句："糟蹋。"

赵谦从他眼中看出了一丝少有的无奈，打趣道："也是，她要是知道那药多金贵，管保吓死。不过，我说，张退寒，你不要妻妾伺候，一个人天天拿狗出气泄火也不是个办法啊。你看看，人家姑娘是看不下去，给你收拾洒扫清谈居不说，这趁着你不在，还要照顾被你欺负的狗，我都替人姑娘委屈——"他自以为终于在张铎面前逞到了口舌之快，越说越得意，说到末尾才反应过来，自己不留意之间竟说出了什么"拿狗泄火"这种虎狼之词，连忙闭了嘴。

"这话你可别说给平宣——"

张铎冷笑一声："你怎么不替狗委屈？"说完，递给赵谦一个似笑非笑的眼神，看得赵谦浑身发怵，忙翻爬站起身道："我今儿是来还你袍子的，既已搁下，我就走了。"

"站住。"

赵谦抹了一把眼睛。

"不是，你能不那么记仇？"

"跟我去清谈居。"

赵谦一愣："做什么？你要打她可别叫我去看，你当我什么都没说成吗？人家一姑娘应答你这老光棍儿真的不容易，不就是药嘛，你那狗儿费了多少，我给你讨多少。"

"赵谦，说话清醒点。"

赵谦抓了抓头："那你带我去清谈居做什么？"

"边走边说。"

二人一道走回清谈居。

张铎在清谈居庭门前看见了赵谦所说的场景。

席银裹着他的袍衫蹲在门洞后，手中撕了一块腌肉，小心地递到雪龙沙嘴边。雪龙沙一张嘴，她便赶忙松了手，戒备地蹲在一旁看着。见那狗儿老老实实地吞了，又抬起头来盯着她手中的肉摇尾巴，她这才又朝门前挪近几步。

那雪龙沙身上的伤处被她用布条缠得严严实实。它全身毛发不再竖起，也就没了平日里的凶相，可怜兮兮地趴在门口，那模样看起来竟然有些滑稽。

赵谦径直走上前，弯腰摸了摸雪龙沙的头。

席银见他来到近前，忙起身退了一步。

赵谦笑着抬起头："别怕，我在这儿，张退寒不敢打你。"

席银闻言，这才朝赵谦身后看去。

张铎负手立在门前，正低头看着地上的雪龙沙。

雪龙沙嗅到气味，忙收起前爪下意识地向后缩去，一时伤口擦碰，痛得呜咽出声。

张铎眉头一蹙，心中忽地泛起一丝异样的感觉。

同样是用暴力抑制兽类的凶性，他施暴之后毫无怜悯之心，甚至渴望饮血啖肉，以至雪龙沙一见他就恐惧得要躲。而她平复下来之后却还想着给那只畜生端一碗水、撕一块肉，于是那狗不仅不怕她，甚至肯愚蠢地对着她摇尾巴……

"我让你收拾庭院，收拾好了？"

"收拾好了……"

她应得有些踟蹰。

赵谦拍了拍手，站起身："张退寒，说话能不那么生硬吗？平宣是一段时间不会理你了，这可是你身边唯一的姑娘了，气走了，我看谁照顾你。"

张铎抬腿往里走，冷道："我让你来做什么你忘了？"说着，又回头对她说道："你也进来。"

赵谦抱臂，不以为然："为你操心你也不明白，算了。"说完，笑着冲席银招了招手:"别站在那儿吹风,关好门进来。"

赵谦一进庭中,就要去推清谈居的门,却听得背后一声冷喝:"站住!"

他伸出去的手又缩了回来,回头捏着耳朵道:"你这里面是有宝贝不能让人看吗?谁都不让进。"说着又睇向席银:"姑娘,说说他那里面有什么。"

有什么?

席银悄悄看了一眼张铎。他立在矮梅下一言未发,面目却有些骇人。她自然什么也不敢说,但细想之后发觉,他虽权极人臣,在生活起居上却简陋得很,若说家当,除了一堆治伤的瓶瓶罐罐,就只剩那一尊白玉观音了。可奇怪的是,他不许那尊观音像沾染一丝灰尘,但他自己又从不上香礼拜。

"姑娘。"

"在。"

她回过神来,却见赵谦的脸已然快近到她面前了,忙下意识地垂下头,绞着腰间的绦带。

"奴……奴不知道。"

"睁眼说瞎话。"

这句话却是出自张铎口中。

席银不及应声,却听赵谦回顶道:"还不是维护你?"

"你住口。"

赵谦摊手道:"好,我闭嘴,你们说正经事吧,说完,我好带她走。"

"什么?带我走?"席银一怔,不禁脱口问,"带我去找我兄长吗?"

谁知话声未落,却听张铎寒声道:"不要再让我听到你提他。"

这话果然奏效,她脖子一缩,把后面的话吞了回去,静静地等待他的处置。

张铎侧身对赵谦道:"你把她带到洛阳狱,先不要送去廷尉狱,等李继来提人。"

赵谦捏了捏鼻子:"成,洛阳狱怎么审她,伤成这样……"他说着,上上下下扫视她一遍,"已经可以装装样子了,别动刑了吧?"

席银心惊胆战地听着二人的对话:"公子要把我……交出吗?"

张铎没有说话,赵谦笑道:"别怕,他把你交给我了,就委屈你跟着我,去洛阳狱见识几日。到时候,他们问你什么,你就听着,知道什么说什么,别的就不用管了,交给我来应付。"

"什么意思……洛阳狱……我……"

张铎朝她走近几步,伸手抓起她被咬伤的手臂,挽起她的袖口,露出那触目惊心的伤口,对赵谦道:"她这是咬伤,洛阳狱有这种考竟的法子?"

赵谦撇了撇嘴，嘟囔了一句："人家是正经衙口，哪里像你那儿那么黑……"

"说什么？"

"哦，不是，我说，那倒是没有。"

张铎看了他一眼，续道："那就不像，她身上的鞭伤是前几日的旧伤，到了廷尉狱糊弄不过去。"

席银闻言，下意识地要抽回手，谁知又被他硬生生地握住。

"想跑？"

"我不想挨打……"

"我知道你不想挨打，但谁不是这样过来的？还想不想报复差点害死你和兄长的人？"

不知道为什么，他这话说得隐晦，她却好像听明白了，低头看向张铎那只同样受过伤的手臂，抿着嘴唇不再出声，眼眶微微发红，眼神却逐渐稳定下来。

"想……我要怎么做？"

"廷尉问你什么，你说什么就是。"

他说着就要转身，谁知她却主动拽住了他的手臂："我会被判罪吗？"

"不会。"

他说得利落。她却不肯松手。

张铎顺势将她往赵谦身旁一带："人交给你了。"

她被他扯得有些站不稳，赵谦想去扶，却被张铎冷冷扫了一眼，顿时不好触碰，手伸出一半就缩了回来。他一时气不过，索性斜眼睛瞪张铎："你再使劲嘛，一会儿人家手就给拧断了，我看你这屋子交给谁打理。"说罢，他又对席银道："姑娘放心，张退寒把他妹妹气得不理他了，他指望着你照顾他，他不会让你有事的啊。"

"你在胡言乱语什么？！"

"哪胡言乱语了？你给我实说，李继真要用刑怎么办，你不是不知道廷尉狱对女犯的那一套。"

张铎忍无可忍："我说，你是不是蠢，你交到廷尉狱的人，李继不问我的意思他敢用刑吗？"

赵谦笑道："那你吓她干什么？"

"我在教我的人，你哪儿那么多话？"

"哦，教你的人。"

赵谦阴阳怪气地重复了一遍他的话，说着说着笑出声来，看张铎青了脸色，连忙把席银挡到自己身后，正色道："你放心，话我是胡说的，但人我一定给你护好了。"

张铎冷道："你若误事，别怪我不留情面。"说罢，转身进了清谈居。

赵谦这才转过身，看了一眼席银手臂上的伤。

"得嘞，我得带你回中领军营拾掇拾掇，他不让动那些见血的东西，这伤就可以找梅辛林给你治治了。"

他一面说一面自顾自地往前走。

席银却愣着没动，赵谦却已经走出去好几步了，见她还在发呆，忙又转身道："张退寒不喜欢人家碰他的东西，好比这间清谈居，奴婢们好奇窥探一眼都会被他剜眼。所以你行个好，跟着我来成吗？我不想断手断脚。"

席银抬起头："公子究竟要做什么？"

赵谦摇了摇头："他要做的事，我也并非全然明白。不过，他每走一步都有他的算计，稳当得很。再有啊，他的话，只要不涉及大司马，差不多算是一言九鼎，所以他说不伤你，就没有人敢伤你。"

席银捏了捏手指。

"我不怕受伤。"

这话不说赵谦了，就连席银都有些心惊，不由得抬起那只受伤的手臂，又看了一眼悬在矮松上的鞭子……

雪龙沙匍匐着呜咽了一声。满园沉寂，她心里却起了一种无名而陌生的快感，飘飘忽忽，不可名状。

赵谦有些不可思议地上下打量着她道："张退寒给你灌什么药了吗？你知道廷尉狱怎么对付女犯的吗？"这话似乎吓着了她。

她悄悄吞了一口唾沫，声音轻了下来："只要不死就好，我要报复差点害死我和兄长的人……"

赵谦闻言，沉默一会儿，有些不快，哼了一声道："这一定是张退寒教你的。"

席银一愣："您怎么知道？"

"我怎么知道？这世上除了他，谁会教女人自己去报仇？要换作我，早就提刀替人家姑娘去了。现如今，我倒是真看不懂他了。不惜担大过救你性命，让你陪着他住在清谈居，还请大夫来看你……我还以为他这老光棍儿是要开大窍了，结果，就是为了把你也拖到他那道上去。你别理他，真活该他独死！"说完，他又觉得话好像说得过了，忙拍了拍后脖颈，"不过也是，他这人就这样……"

究竟是哪样呢？话到嘴边，他又说不上来。

反正自从认识张铎以后，赵谦再也没有遇见过和他相似的人。

从前陈孝活着的时候，他似乎还有个对照。

清俊疏朗的名门公子和身世坎坷的权臣后代，一个身在玄雅之境，受万人追捧；另一个手段狠辣，举国诟病。清流、浊浆，泾渭分明，互为映衬，互为佐证。可自从陈孝死后，人们谈及张铎，都不知从何评起。失去了一个绝对清白的佐证，他做的事就变得道理混沌起来，虽是替天子行杀伐，大逆不道，但却也为家国御外敌，舍生忘死。是以没有一个人认可他，但也没有人敢斥责他。而他也从不屑于剖白自己。

赵谦当真说不上来他是一个什么样的人。

"公子以前一直这样吗？"

赵谦闻言回过神来，反问道："啊？什么样？"

"这样……"她悄悄看了一眼清谈居，拿捏了一下言辞，轻声道，"这样对待……女人。"

赵谦笑道："从来没有过，除了他妹妹张平宣，张退寒从来不与女人接触。"

"从来不与女人接触"，席银在心中默复了一遍此话，随即朝清谈居中望了一眼。

十几日的回忆如浮光掠影。

张铎这个人的饮食起居，和清谈居中陈设一样，十分简单。他喝寻常的茶，熏香也只烧沉香；平日过午不食；从来不吃果子，不吃糕点，但一日两餐皆是无肉不欢。不过，即便他是这样一个啖肉饮血的人，也从来没有对席银起过一丝肉欲，哪怕二人衣衫不整皮肉相挨时，他也如同一副无灵的骨架，静静地坐着。他甚至直接斥过她，不准她在他的面前发浪，于是在他身边待得久了，她竟也开始收起少女心中那些存在阴阳之间湿漉漉的妄念。

赵谦见她陷于沉思之中，不说话，便伸手在她眼前晃了晃。

"回神啊，姑娘。"

"是。"

她想的是些春水流腻的事，猛然被打断了，多少有些窘迫。

赵谦只当她在自己面前局促，笑道："我又不是张退寒，你别这么害怕，你还有什么想问的，咱们路上慢慢说。不过……先得让你受点委屈。"

"什么委屈？"

赵谦抓了抓脑袋："既然要带你去洛阳狱见识见识，那你就得有个逃犯的模样。"说完，他转身走向江凌："上回我落在西馆的镣铐，张退寒搁哪儿，你晓得吗？"

江凌道："奴收着。"

"成了。"赵谦伸出手来,"正好。"

* * *

这日正是二月初洛阳城的斗草会,药香满城,铜驼御道上人来人往。

赵谦牵着马,席银戴着镣铐坐在马上。

城中百姓见中领军的大将军亲自押送人犯,且是自己甩腿,让人犯坐马,不由得议论纷纷。

席银在人声之中垂着头,面色羞红。

赵谦咬着一截甜草根,抬头见她不自在,便出声宽她道:"你不用想那么多,这洛阳城里啊,每一日都有人从云端掉下来,掉到猪圈马厩里。也有人像张退寒那样,从乱葬岗里爬出来,一夜之间位至重臣。"

话刚说完,前面忽然传来一个伶俐的声音。

"赵谦!"

赵谦一听到这个声音,差点跳起来。

"平宣……"

马受惊扬前蹄,险些把席银颠下来。赵谦原本想上前,此时只得退回来拉马,手忙脚乱,没好气道:"你赶紧回去找你哥哥。"

张平宣抬起头,看向马背上的席银,一下子认出了她就是自己去清谈居里找药时遇见的那个女子,又见她手脚皆被镣铐束缚,忙伸开手臂拦住赵谦的去路。

"不许走。"

赵谦好不容易拉住马头,急道:"你可别给我添乱了行不行?"

张平宣不以为意,径直走到他面前,抬头道:"我哥要干什么?他那些药是我偷拿的,拿去给那人救命用的,跟这个姑娘有什么关系?他这是又要处置人了吗?"

"不是,你哥有你哥的大事。"

"什么大事?我问你,我哥让你把她带到什么地方去?"她说着,看了看她手臂上的伤口,猛地提声,劈头盖脸地冲着赵谦道,"你还是人吗?她可是个姑娘家!把人伤成这样!"

赵谦的头都要炸了,他赶忙摇手:"不是我伤的,不是,我说,张平宣,你什么时候见我为难过女人?是你哥……也不对,也不是你哥——"

"是我自己不留意,被雪龙沙咬伤的。"席银突然接了赵谦的话。

赵谦忙附和:"对对对,是雪龙沙咬的。"

张平宣回看席银，放柔了声音道："你别替他们开脱，我知道他们干的那些伤天害理的事。"说完，狠狠地瞪了赵谦一眼："把人家青庐的公子打成那样……"

席银闻言，忙道："他还好吗？"

张平宣愣了愣："谁？"随即便反应过来，"哦，岑照吗？"

"是啊。"

"多亏清谈居里你帮我翻出来的那些伤药，真是有奇效，这会儿人醒过来了，热也见退……"她说到此处，又有些戒备、疑惑，转而打量起她来。

"我那日取药走得急，也没来得及问你，怎么你那么关心岑照？"

席银隐约觉得她的语气有些微妙，忙道："他是我哥哥。"

此话一出，张平宣的肩膀一下子松弛下来。

"你是她妹妹啊。"说着，认认真真地打量了她一番，"我第一次见你就觉得吃惊，天下好看的女子，我见过不少，可生得你这样的，还真是第一次见。原来你是岑公子的妹妹啊，怪不得呢。"说至此处，面容也明朗起来，"你放心吧，他如今在青庐养伤，等伤再好些，就要启程去东郡。他还跟我说，若我能见到他的妹妹，帮他带一句'勿挂念'。今日可巧，还真让我遇见你了。"说完，她又扫了赵谦一眼："把人放了。"

赵谦恼火，但又着实不敢对她发作，气得翻了个白眼。

"你添什么乱，上回那个岑照就算了，半死的人，你哥不计较，我也就不说什么。今日我这是职责在身，押送人犯回内禁军营，不日就要提解洛阳狱，你胡来不得。"

"你们眼里谁都是人犯？她一个姑娘家，生得这么柔弱，怎么可能是人犯？再说，如果她是人犯，大哥把他放在清谈居里做什么？"

"这……"

"你说啊！"

"我……你大哥的事，我不是都清楚，你给我条路让我升天吧，少过问。"

"那你带着她，跟我一道问我大哥去。"

说到这会儿，铜驼御道上已有好事者驻足张望。

赵谦实在为难，求救似的看向席银，压低声音道："我说不过她，你……说……句话。"

席银举起戴着镣铐的手，交叠于胸前，弯腰以额相触，朝张平宣行了一礼。

"张姑娘，多谢您照顾兄长，您的大恩，奴一生不敢忘。"

张平宣见她如此，忙道："你别这样说。我也是……"

话及此处，她耳根有些发烫，不由得伸手去按了按，不再出声。

席银续道:"还请张姑娘不要为难赵公子。奴是……"她拿捏了一下言辞,寻了八个适当的字,"求仁得仁,罪有应得。"

她自己这样说,张平宣也没了话,抬头又剜了赵谦一眼:"不准折磨女人。"

"我都跟你说了很多次了,我和张退寒不一样,我不打女人!"

"闭嘴,让开!"

"……好好好……"

赵谦抿着嘴,松开缰绳,无奈地让到一旁。

张平宣从袖中取出一方绢帕,替她包扎手臂上尚在渗血的伤口,面色有一些犹豫,半晌,方低声道:"我有一件事想问问你。"

"姑娘请问。"

"你……和你哥哥一直住在北邙山中吗?"

"是。"

"住了多久呢?"

"十年。"

张平宣手指一颤:"那十年前呢?"

"十年前,我在洛阳乐律里,兄长……在颍川。"

"哦……这样。"她面色怅然,不再续问,"没事了,你放心,我这就去找我大哥,定不让他伤你。"

席银摇了摇头:"多谢姑娘,奴……也有一件事想问姑娘。"

"你问。"

"兄长从未出过青庐,姑娘怎会认识他?"

"嗯……"

这一问,连赵谦的目光都扫了回来。

张平宣却全然不知,一门心思地应付这个不是那么好回答的问题。

"那个'商山有四皓,青庐余一贤'嘛,我……仰慕一贤公子很多年了。"说完,她扎紧了席银手臂上的绢帕,对赵谦道:"这样只能将就一下,她这咬伤深,还得找大夫来治。"

赵谦面色不快,顶了一句:"还用你说,赶紧回。我办正经事。"

"等等,梅辛林呢?"

"在他的官署。怎么,你之前不是不信他吗?"

"你少管。"说完,又看了席银一眼:"我走了。"

席银按了按包扎处,低头道:"多谢姑娘。也请姑娘替奴给兄长代一句'勿挂念'。"

"好，一定。"

赵谦目送张平宣离开，这才扯马头前行。他一路上耷拉着头，不似之前那般话多。

"你喜欢张姑娘？"席银轻声问了一句。

赵谦笑着摇了摇头："你都看出来了？"他说着抬起头，吸了吸鼻子，"只不过你也听到了，她仰慕的是你兄长。什么'青庐余一贤'，长得倒是……倒是清俊。"

"是啊。"

她声中带着一丝叹意。

"兄长是个洁净的人，奴也仰慕他。"

赵谦忙道："你还敢说？别说我没提醒你啊，这话你可千万别再在张退寒面前说。"

"为何？"

赵谦道："从前陈孝就是个极洁极净的人，结果被他杀了。"说着，他抬起头来续道，"你还记得，你那日为了要一身体面干净的衣服而把他惹恼的事吧？"

他这么一说，席银倒是回想起了矮梅树下那一幕，依稀记得自己当时说了相似的话，说兄长是"皎皎君子"，而张铎却怒不可遏，甚至斥她说："你仰慕高洁，却又身为下贱。"那个复杂神情，包藏着不甘、愤怒、怜悯种种混乱的情绪，但用意用情都实在深沉，以至席银至今都还能回忆起来。

"哎。"

"嗯？"

"无论如何，今日我要谢你。"

"奴不敢。"

"真的，不然今儿又会被张平宣斥得没脸。"

席银抬手掩笑，镣铐叮当作响，她脸一红，忙又缩回了手。

赵谦忙道："走走走，到了洛阳狱我就让人给你摘了。"

洛阳狱与廷尉狱不同，后者隶属廷尉，主理国之要案，前者则置于洛阳令官署。

李继先后遣了两个监官去提解人犯，都被辞回。他气不打一处来："这洛阳令是灌了浑汤？廷尉狱过问的案子他也敢拿捏？"

监官道："赵谦在洛阳狱，这个人犯，怕是与中书监有关联啊……"

李继立时有些明白，负手踱了几步，回身道："既然如此，你跟我一道再走一趟。"

一行人至洛阳令官署，李继下车，正冠理襟直入正堂。

却见赵谦坐在案后，洛阳令无可奈何地立在下面，看见李继进来，忙拱手行礼。

"李大人，下官实在冒犯。"

李继压其手以作安抚，示意他退下，不须多言，他自抬头对赵谦道："赵将军，既然拿住了行刺大案的要犯，为何不即时押解廷尉狱，反至洛阳狱？"

赵谦起身大步走到他面前："廷尉狱避不开大司马。"

李继闻言，知道张铎是在问责上次廷尉狱考竟之事，不由得背脊一寒，拱手道："还请大将军转告中书监，上回考竟，下官诚不知实情。"

赵谦道："实情是什么，中书监已不想过问，此举无非不想廷尉正大人难做。"

李继听出了这句话的言外之意，忙道："此女牵连甚大，廷尉狱必然秘审。"

赵谦道："倘若司马大人问起？"

"必无可奉告。"

赵谦拍掌道："好，既如此，洛阳令，把人带上来。"

堂外传来脚步声。李继回身，见一女子身着囚衫跟着狱卒走进来。她眉眼盈盈，身段风流，自成一副媚态，见了堂中人，模样有些局促，不自觉地搅着十根柔软的手指。李继也算是见识过不少洛阳城的美人，然而恍一见她，仍不免神魂离身。

"看什么看？"赵谦喝了一声。

李继吃窘，忙回身掩饰道："戴镣，带走。"

"慢着。"说罢，赵谦跨一步挡在人前，"我亲自替你们把人押过去。"

李继道："如何说得过去？"

"中书监不喜欢不相干的人碰她。"

李继一愣，又看了席银一眼，压低声音道："既要审问，难免脱一层皮。不可触碰是何意？赵将军今日在这儿，不妨把话说明白，也省得我叨扰中书监大人养病。"

赵谦朝席银招了招手："小银子，你过来。"

席银应声走到赵谦身后，悄悄抬头看向李继，见他也正看自己，便又赶忙垂下头。

赵谦回身对她道："这位是廷尉正李大人，为人无定……哎，这个……不对，'为人无定'是张退寒说的，要我说，是刚直不阿，定能解你的苦衷。去了廷尉狱，大人问你什么，你就说什么，不准隐瞒，也不准妄言。不然你们郎主饶不了你。"

席银细声应道："是，奴明白。"

赵谦笑道："懂事。"说完，又对李继道："我说明白了？"

李继恨不得翻个白眼。

此话无非在说，这女人是张铎的人。

想到这两"父子"明面上认他掌管刑狱，暗地里对他唯有利用，难免心中不快，但奈何他忌惮张奚，更惧怕张铎，面不敢表，口不敢言，只得悻悻地点头道："那就有劳赵将军。"说罢，挥手令廷尉狱过来的人退下。

* * *

有赵谦在，廷尉狱提审的那套规矩一概免了。

廷尉狱的狱卒难免失望。

在洛阳，进了廷尉狱的女犯都是身犯重罪，几乎没有活着出去的，所以但凡出身贱口或佃客，没有士族关照的女人，多数会在狱中沦为"官妓"。如今见到这么一个绝色的女犯，侵犯不得也就罢了，竟然连刑也不让动，狱卒们连看其皮肉意淫的乐趣都没了，个个心痒难耐。几个不怕死的日日寻碴儿在其牢室外走动窥视，但凡瞧见其腰臀，就能回去秽论一整日。

是夜，天降暴雨，铁针般的雨水敲打得满城青瓦啪啪作响。

雨声嘈杂，物影凌乱，地面反潮，到处都是黏黏腻腻的。一个刚刚受过刑讯的女犯被拖行而过，浓厚的血腥气勾引着腥臭的欲望。

看守的人肆无忌惮地在牢室外淫谈。

席银闭着眼睛坐在莞草上，望着牢室外唯一的灯火。

那些浑话入耳，令她身上渐渐黏腻起来，耳后生痒，两胁生汗。没有人教过她如何分辨男人的恶意与好意，而她从前又听了太多这样的淫言秽语，过早地了解了自己的身子，识到了情欲的"甜美"。此时走出了清谈居，远离了那个狠厉却无欲的人，被迫收敛的浑念好似又滋生了。但一想起张铎的目光，她又慌颤，不由得拢紧了囚衫的衣襟，拼命地将手交握在一起，不让它们摸向不该去的地方。

忽然，人声戛然而止，接着便听到一阵类似骨头断裂的声音。她惊得差点掐断自己的指甲，忙起身奔到牢门前，却只看见玄袍的一角一扫而过。她认得那件玄袍，是张铎的。

此时照壁灯影下，张铎与李继对立。李继低头看着那个被江凌拧断脖子的狱卒，不敢接话。张铎没有在此事上纠缠，只道："抬走。"

回身走到照壁前坐下。

"她招了些什么？"

监官应道："据其招供，她的确是十六日前入宫行刺之人，不过，她说她是受人胁迫，而胁迫她的人是内宫的宦者。"

张铎低着头没有出声。

李继接道："我问过宋常侍。当日是陈昭仪生辰，宫中宴饮，从乐律里接了一批伶人入宫奏乐助兴，走的是阊春门。出宫办这件事的是郑皇后宫中的常侍陆还。张大人，宫中拿人兹事体大，又牵连皇后，已然越过我廷尉狱的门界，今夜请大人过来，是要大人的意思。"

张铎沉默须臾，抬头道："不必拿人，按住风声就是。再等等。"

李继看了他一眼，见他折臂撑颔，食指拇指相互捎捏，目光阴鸷无情，不由得眉心发冷。

"刚才的人，污了大人的清听……"

"无妨。"他放下手臂，目光稍稍缓和，"她关押在什么地方？"

"最后一间牢室。下官让人引大人过去。"

"不用，看守她的人也都撤走，她不敢跑。"说着，他已经站起身从李继身旁走了过去，一面走一面抬手解下身上的玄袍，搭于臂上。

牢狱中的霉臭味很重，但也将他身上的蜜木香气衬得十分浓郁。

席银抱膝坐在角落里，夜深人昏沉，她已然有些意乱情迷，却陡然被那阵熟悉的蜜木香气惊回了神。她抬起头，一大片青灰色的影子就落了她一身。

张铎立在她面前，没有戴冠，只用一根素带松束其发。灯枯焰弱，人寂影残。

"公子……"

"手。"

他什么都没说，只吐了这一个字。

席银怔了怔，这才猛地发觉，自己的手竟不知什么时候伸进了自己的衣襟，手掌下压着一团柔软的凸起……她吓得连忙将手抽了出来，面色绯红，恨不得找一个地缝钻进去。

张铎没有再出声，将臂上玄袍抛到她身下的莞席上。

她哪里还敢接受他的好，慌道："奴不冷。"

"我知道你不冷。但你要知羞耻。"

她一怔，五脏乱撞，什么也顾不上了，拼命地夹紧双腿，试图把身上那些"卑贱"的知觉逼回去，然而还未见效就听他喝道："捡起来，裹好！"她不敢再辞，连忙伸手去把那件玄袍捡起来。

她实有一身老天恩赏的身段和容貌，饱满的双乳在单薄的囚衫下若隐若现，腰肢柔软，乱了情的眉眼盈盈若含秋水。

　　张铎看着她裹衣，冷声道："轻贱自己的女人，最易被这洛阳城中的男人凌虐至死。你在青庐，看过那十二个为岑照奉茶的家妓是什么下场？"

　　席银十指紧捏，顺着他的话回想起青庐前血腥的那一幕。

　　当年晋王刘璧欲请岑照出山做其幕下客，奈何无论遣何人做说客，岑照都不肯答应。于是刘璧使了一个非常极端的法子，从自己的家妓中挑选了十二个美人，替他奉茶青庐。其言："若先生饮茶，则全刘璧所求，若不饮，则杀奉茶者。"就这样，刘璧在青庐前斩杀了十二个美人。

　　血流成河，数日不净。

　　想起当时的场景，席银心中仍骇，不肯再忆，只顾拼命地摇头。谁知他却冷冷地抛来一个字："说。"

　　直逼得她心肺颤动。

　　"说！"

　　他提声又喝了一遍。

　　她肩膀一耸，喉咙失桎，脱口道："她们奉茶不成，都被……都被枭了首……"说着说着，声音颤抖，浑身战栗，她忍不住把头埋入臂弯之中，张口咬紧了袖口。

　　面前的人低头看着她，伸手扯着她的衣襟，猛一拢紧，其力之大，几乎勒住她的脖子，她被迫仰起头，看见了他那双眼睛。

　　灯焰辉耀其中，其意则有九分不明。

　　"记着她们的模样，穿好你的衣服。"

　　她不敢说话，拼命地点头。

　　他这才松开手，直起身："席银，清谈居有多干净，你是知道的。你是清谈居的人，我不喜欢你身上脏，哪怕是言语沾染也不行。所以，侮辱你的人，我已经杀了。但倘若这些污言还能脏你的心，那我也会剜你的心。"

　　"我不敢了……我真的不敢了……"

第四章

春潮

...

为人则贱。

白玉作观音,也有碎裂的那一天。

席银下意识地扯住了张铎的衣袖,怕他心生厌恶,又忙不迭地缩回。他反而一把捏住她的手腕,居高临下,却无倨傲之态:"你怕我可以,但你躲不了。"

怕却躲不了的东西……

她突然想起那只被她打得遍体鳞伤的雪龙沙,一恍惚,竟脱口道:"狗……"

张铎闻言猛然捏紧了手指。席银觉得自己的腕骨几乎要被他捏碎了。

"奴知错,知错……"她连声认错。

谁知,他却在鼻腔中轻笑了一声,拎住她的胳膊一提,把她从地上拽了起来。

"说我像狗?"说着猛一抬手,将她的手举过头顶,而后一把摁压在牢室的墙上。

席银被迫挺直了身子,一双腿绷得如同两根僵硬的火棍。

"奴不——"

话未说完即被他打断。

"可以,但对我,你用鞭子是不够的。"

墙壁的冰冷透过单薄的囚衫传遍席银周身,他的呼吸扑面而来,直入她的鼻腔。

也许是因为他这个人生性过于冰冷,此时就连他的鼻息都裹挟着寒气。

"你该拿刀。"

一句话说得席银心肺战栗。他却不放手,低头看着她那双水光盈盈的眼睛,直盯得她胸口起伏,气息混乱。

"郎主。"

江凌在牢室外试探地唤了张铎一声。

张铎瞟向他,问道:"何事?"

江凌不敢抬头,连眼光都转向了一边:"廷尉正大人说,宫里来人了。"

"谁?"

"金华殿常侍,陆还。"

张铎眼底寒光一闪,这才慢慢松开席银的手腕:"来得是时候。告诉李继,跟我一道回避。"

"是。"

江凌应声而去。

被松开桎梏的席银忙侧过身去,拢紧了身上的玄袍,再不敢看他。

冷不防她又被抓起袖子,一下子提到眼角。

"自己把眼泪擦了。"

席银这才发觉自己刚才哭过,泪痕此时还冷冰冰地挂在脸颊上,忙就着袖子去擦拭。

身旁的人低头问道:"你还记得带走你兄长,逼你入宫行刺的宦者吧?"

"记得……"

"好。一会儿不准害怕,不准求饶,引他把该说的说了,我让你亲自报仇。"说罢,他又拢了拢她胸口的袍子,遮住她胸前的皮肤,随即转身朝外走。

席银下意识地唤住他:"您去哪儿?"

张铎顿了一步,却并没有回头。

"我没走。"

* * *

金华殿内侍陆还是皇后郑氏的人。

华阴郑氏系东汉名臣之后,非以儒家出身,族人多历练于军中。郑皇后之兄郑扬时任河西郡外军都督,手掌十万州郡兵,是皇帝甚为倚仗的外戚势力。因此,陆还虽为内官,却仗势跋扈。一入廷尉狱,他便不顾监官阻拦,径直要提见那夜行刺的女犯。

张铎与李继立在暗处,张铎闭目不语,李继却有些坐立不安。

"中书监大人,他这是要来灭口啊。"

张铎道:"如入无人之境,你这廷尉狱从来都不是陛下的廷尉狱。"

此话说得李继耳红,他无奈,只得转话道:"大人是不是早就料到此女行刺之事与金华殿的郑皇后有关?"

张铎笑了笑:"刘璧的反心是明了的,但毕竟势单力薄,在洛阳,尤其是洛阳宫城,他还少一借力。之前尚不明了,但如今,"他扬了扬下巴,"他们自己到明处来了。"

李继道:"陛下倚仗郑氏,皇后又何必与晋王同流?"

张铎睁开眼,看着陆还的背影道:"陛下宠幸陈昭仪和昭仪之子刘定,易储的心早就起了。自从去年河西临重关一战,郑扬伤重,一病不起,好在那一战大挫了羌人，才不至于趁其危作乱，但看前月寄来的探报，郑扬阳寿也不长了。太子有痴症，不堪大任，从前全靠这个母舅一力相撑，朝内早有非议，此时他母舅病笃，皇后能不惧吗？"

"如此一来，陛下危矣。"李继感叹道。

张铎却冷然一笑，眼底露出一抹寒光："郑扬尚能一战，还早。"

吃人不吐骨头，连个病鬼的命都要用到极致。李继不敢直言，只得在心中腹诽。

洛阳春夜，大雨倾盆。地面反出的潮气湿了地上的淤泥，粘人的鞋底。

席银听着黏腻的脚步声由远及近，慢慢朝墙角退去。

不多时，牢室外的阴影中走出一个瘦高的人影，声音尖细却利落。

"来啊，把人绞了。"

说时迟那时快，席银还没来得及出声，几个宦者已经把白绫绕到她的脖子上，她只觉呼吸猛窒，眼见白绫一下子收紧了。

她眼眶一红，忙拼命扯住白绫，给自己挣出一丝气口，竭力道："你们不想知道……奴……奴这十几日躲到什么地方去……吗？"

陆还闻言，忙一抬手，喝道："慢。"

众人松手，席银跌伏在地，捂住脖子干呕了几口，然后撑着牢室的墙壁，大口大口地吐着气。

陆还走进牢室，弯腰伸手抬起她的脸："倒是忘了问你，中领军几乎把洛阳城翻了过来也没有找到你，你躲在什么地方？"

席银好不容易缓和过来，红着眼抬头道："我……我兄长呢……"

陆还扬手给了她一巴掌，直打得她的脸偏向一旁。

"你这个贱婢，要我，是吧？"

"不是……奴知道你要灭奴的口，但奴要死得明白……奴的兄长在什么地方，你告诉奴……奴就告诉你奴这前几日在哪儿……"

陆还捏紧了手指，忽觉莫名地不安。他转身对跟来的人道："你们去外面守着。"说完蹲下身来："你兄长是难得的贤才，我主还有用，所以你大可放心，他尚活着。"

话刚说完，他正要开口再问，却见地上的女人猛地扑上来，狠狠掐住了他的脖子。陆还一个不防，竟当真被她扑倒在地。

"你……你们要杀皇帝，自己去杀就好，为什么要逼我去杀？我杀不了，你们就让人追杀我……你们从一开始就没想过要让我活命！"

她原本就是奏琴之人，养了十根水葱般的手指，这会儿似是拼尽了全身的力气，也不顾指甲会不会折断，死命扣着陆还的脖子，指甲陷入皮肉之中，痛得陆还眼前发昏。情急之下，他只得照着她的肚子狠狠地踹了一脚，这才把她踢踹开来。

　　想到自己差点被这个女人掐死，陆还气不过地站起身，又朝着席银的背狠踢了两脚。

　　"妈的贱人，敢跟我动手了！你当天夜里就该死了！来人，动手。"

　　众人一拥而上，摁住席银的手脚，白绫再次绞紧，力道比之前大了很多，顿时令她一口气都呼不出来。

　　此时席银只觉得胸口憋闷，眼睛胀痛，几乎要一起爆开了。她拼命地扯着白绫，张口想要喊一个名字却发不出声音。就在她意识将混沌之时，终于听见背后传来熟悉的声音。

　　"下次你想杀人，找我要一把刀。"

　　虽然是调侃之言，却连一丝轻蔑的意味都没有。

　　陆还闻声一怔，还不及回头，就觉一把寒刃抵着自己的脖子。回头一看，却见是江凌，再往后看时，不由得心脏漏跳。

　　张铎未着外袍，立在孤灯之下，回头对李继道："你听到了。"

　　李继点了点头，拱手应道："是。下官都记下了。"

　　陆还肩头耸动："中书监……"

　　张铎应声从灯影下走出来，径直从陆还身旁走过，沉香厚重的香气随之一扫而过。

　　李继跟道："张大人，今夜要审此人吗？"

　　张铎摇了摇头："先锁了，明日送入朝。"

　　陆还道："这是中书监设的圈套？"

　　张铎走进牢室，蹲下去撑起席银的身子，让她靠在自己的膝上，说道："是圈套，本来还要更复杂些，不过你运气好，遇见我来看我的人。"

　　"你的人……"陆还喉咙哽住，低头朝他怀中的女人看去，见她身上裹着一件并不合体的玄袍，又见张铎只穿里衫，不由得暗恨自己，咬齿逼声，骂道："贱人……"

　　席银听了此话，竟抓紧张铎的袖子，挣扎着起身。

　　张铎试图摁住她，却不想她抿紧嘴唇朝着陆还"呸"了一声，奈何受惊过度，力竭气弱，她刚"呸"出口，就咳得弓起了身子。

　　陆还见此变了脸色，就连江凌和李继也有些发愣。

"我……我……不是贱人……你才是狗宦……狗宦！"

张铎闻言笑了一声，抬手将席银摁住，又对李继道："把人带走。"

李继这才回过神来，命人押着陆还出去。

牢室之中人退影静。

席银的呼吸也跟着渐渐平息下来。

张铎扶着她靠墙坐下，弯腰伸手绕到她脖子后面，去帮她解那几圈白绫。

"没必要吐那一口。"

席银缩在墙边，怯怯地说道："他骂我。"

"我知道。"张铎看了她一眼，"人立于世，可以无德，但不能没有修养。这一次就算了。"

他还在帮她解白绫，这话便是在她耳边说的。

席银看不见他的脸，只能看见他一丝不苟的衣襟。一时间，沉香的香气扑入鼻中，沉重厚实，竟让她紧绷的精神慢慢松弛下来。

她缓缓闭上眼睛，屏声道："无德……又有修养……是……是什么样的人？"

"斯文败类。"他解释得彻底又痛快，不禁引出了她的笑。

然而刚一笑开，她便顿觉喉口腥甜，猛地又咳出声来。

张铎没有再说话，扶正她肩膀等着她慢慢平息下来，方道："你很聪明。"

席银捂着脖子上的伤，抬头看向他。

"要是奴有一把刀就好了。"

他闻言，笑而不答，起身道："明日跟我进宫城。"

席银一怔："可是奴……奴刺杀过陛下，进宫城会……"

"不会。"

不会如何，张铎没有明说。她也问不出来。

她的精神松弛下来以后，肠胃里逐渐开始翻涌，稍微一动，便激出干呕的欲望，后来甚至真的呕出很多污秽之物。

张铎不回避，看着她作呕难受时眼眶发红的模样，并不言语。基于四肢五脏之中与此时相似的肉身记忆，此时他不觉得席银很脏。

春夜的暴雨浇溶淫言秽语，此间没有人敢再对着席银浑说。

牢室内外，静听针落。

张铎认真地看席银脖子上的勒痕，而她则试图抱来莞草遮盖地上的秽物。这些举动，倒是让他回想起铜驼街上初相遇，她也是这样慌乱地收拾马车上那些潮腻的春流……他突然明白过来一个他从来不屑深想的道理，想那世人狎妓携伶多是为此。

没有名分的女人身体里这些流质的东西，诚实地向男人们陈述欲望，表达痛苦，对门阀里的尔虞我诈皆不沾染，实不失为生死局中人的一剂良药。

为人则贱。

白玉作观音，也有碎裂的那一天。又好比他那一副酒肉肠胃，偶尔也会期待一丝果肉的酸甜。

张铎此时有两个冲动，一是摸摸席银那双柔若无骨的手，二是杀了她。

两个冲动同样激烈，引动心绪，令他血脉偾张。

但最终，他连一句话也没有说。

* * *

云开雨霁，天光大亮。

席银被锁链晃荡的声音惊醒，睁眼见赵谦蹲在她面前，把一副镣铐甩得叮当作响。

"银子，你们郎主带你去见大世面。"

席银盯着他肩膀上的镣铐，往墙角缩了缩身子。

赵谦直起身走进牢室："要进宫城，这个避不了。我先说啊，我可是统领内禁军的大将军，要不是看在张退寒求我的分儿上，提解人犯这种事我可不会干第二次的。"他刚说完，就听外面的江凌道："郎主什么时候求过大将军？"

赵谦翻了个白眼："你一边去。"他一面说，一面蹲下去，亲自给她张罗，无意间碰响了她脚腕上的铜铃铛，"这个东西，嘿，上回我就想说了……"他一面说着，一面伸手捏住其中一颗铃舌，"戴着这么个东西不硌得慌吗？趁我在这儿，要不替你砸了吧？"

"别碰它！"

这一声惊恐而尖细，惊得赵谦赶忙松了手，瞪眼道："又不是金的，你慌什么？"

席银不回答，只是把脚往回缩。

赵谦无可奈何："好好好，不砸不砸，你把脚伸出来。"

席银摁着脚腕，戒备地看着他，仍是一动也不肯动。

赵谦抹了一把脸，索性一屁股坐在她对面，指了指她的鼻尖："好，张退寒不准人碰你，你今儿又不肯自己伸腿，那我们就这么耗着。"

江凌在外面道："姑娘，郎主今日有大事，不得耽搁。"

赵谦闻言指向江凌："你看，是张退寒的大事。"

席银这才试探着慢慢地重新将脚伸出来。

赵谦埋头继续倒腾镣铐，嘴上不忘骂张铎："唉狗肠的张退寒，逼我伺候他女人。"

江凌闻言，忍不住道："赵将军，言语自重。"

赵谦也反应过来，自己瞎咋呼乱说话的毛病又犯了，忙提溜着镣铐的铁链，把席银从地上提起来，往牢室外牵去，一面面红耳赤地遮掩道："走走走，交人去。"

一行人从铜驼御道上徒步行过，至阊春门前。

负责守卫的内禁军都认识自己家的大将军，纷纷让道行礼。

赵谦示意众人各自归位，对守将道："中书监大人几时入朝的？"

守将道："已有半个时辰了。"

"廷尉正呢？"

"与中书监大人同行。"

赵谦点了点头，回头对席银道："张退寒说，见陛下也跟之前一样，知道什么说什么。"

席银肩膀颤了颤，垂头应了一声："是。"

不多时，宋怀玉亲自出阊春门，宣召二人入内城。

席银跟着赵谦踏上汉白玉铺就的宫道。

宫城内虽无杨柳，但春絮无骨，无视巨门高墙，漫天倾洒。

席银上一次跟着陆还走进此门的时候，还是个春雪如粉的寒天，转眼十几日，天风回暖，草木向荣，从宫城到清谈居，再到宫城，好似天地转换，令她应接不暇。

太极殿上，皇帝负手背向正门而立。他面前放着一座莲花纹的青铜博山炉和一道白鹤玉雕镶贝屏风，屏风后隐约可见一道纤瘦的女人身影。

张铎和与李继一道站在皇帝身旁，看着席银一步一步地走进殿中。

席银的步伐受镣铐的桎梏，有些蹒跚。

多日的折磨，令她面色清白、唇纹干裂，脖子上那道勒痕更是触目惊心。她周身都非常狼狈，唯一体面的是罩在囚衫外的那件玄袍。她那模样倒像是真的听了张铎的话，虽然胆怯，却没有退缩。

她战战兢兢地跟着赵谦走到殿心跪下，伏身叩拜。

赵谦拱手禀道："陛下，人犯带到。"

皇帝的手在背后狠狠地捏了一把，却没有回头的意思。

皇帝无话，张铎也视人不语，李继只得自己先开口道："宋常侍，验一验人。"

宋怀玉在宫宴夜是见过席银的，此时等候这一遭多时。他正要去扳人的脸，却听皇帝身旁传来一句："席银，自己把头抬起来。"

宋怀玉一怔，回头见说话的竟是张铎。

他半伸出去的手迟疑了一阵，又悄悄藏回宽袖里。

席银依言直起身来，宛如流瀑的长发下露出一双晶莹的眼，秋水在眶内，楚楚可怜。

宋怀玉见此忙退了一步，亦步亦趋到皇帝面前："陛下，是当夜那个女子。"

皇帝这才回过身，看向下跪之人，待识出她后，面色一时局促。

行刺之事发生在寝殿之中，此女又籍出贱口，非士族贵女，与之交合并不是什么光彩之事，若不是牵扯到皇后及太子，牵扯到逆臣刘璧，牵扯到迫在眉睫的东征大计，他万不愿把这事儿摆到太极殿亲审。于是此时他愧愤皆有，甩袖落座殿中正位，提声对李继喝道："彻审！"

李继明白皇帝心绪不佳，侧面扫了张铎一眼，竟见皇帝的余光也正扫向他。

而张铎的唇侧挂着一丝几不可见的笑意。

君臣之间，若狼盘虎伏，虽然都没有出声，却有刀剑切磋的铮然之声。

李继惶然地收回目光，又向女犯身后的那个少年将军看去。赵谦虽垂头肃立，却也是拇指顶刀鞘，手腕压锋刃。

这冥冥之中的剑拔弩张之势，令李继不由得吞了一口唾沫。

"廷尉正何以踟蹰？"

张铎声音中的情绪稀薄，目光却是落向殿心的，自始至终没有转向皇帝。

然而此一言毕，皇帝捏紧的手掌突然松开，他把眼神从张铎身上移开，对李继摆了摆手，缓声道："审吧。"

李继拱手应诺，撩袍走向殿心，低头对席银道："把你供述之事以及昨夜廷尉狱中的遭遇，从实招来。"

席银抬起头，昨夜的勒伤未愈，以致声音暗哑，但听起来另有一种孱弱的风流之美。

"奴本是青庐人家中女婢，不识宫中贵人。十五日前，一位青衣宦者带人扣押奴主，逼奴就范，听其差遣，奴若不从，他则要将奴与主人双双处死，奴无法，方行刺陛下，犯下此滔天大罪。那夜宫中宴饮，宫门前车马差遭混乱，奴趁乱逃出，在外郭躲藏数日，终被内禁军捉拿。奴自知死罪，不敢辩驳，只想留一命，在陛下面前喊一声'冤枉'，谁承想，昨夜竟险些被人灭口！"

李继道："何人灭你的口？"

"奴不知其姓名。"

李继对赵谦道:"带人。"

不多时,陆还被内禁军从殿外押了进来,口中勒着一根血迹斑斑的布条,下身鲜血淋淋,眼见已被施过刑。他根本跪不住,内禁军将一松手,他就砰的一声仆倒在地。

此声落下,那座玉屏后面几乎同时传来"当"的一声,一只青玉樽应声落地,摔得粉碎。

皇帝牙中闪过一丝疼痛,他捂腮唤了一声:"皇后。"

玉屏后的女人没有出声,宫内人入内收拾碎玉,碎片与地面刮擦,声响刺耳,竟逐渐逼乱了皇后的呼吸。

皇帝看向玉屏,雕花缝隙处露出皇后的一双手。此时这双手与腰间绦带搅缠,指节发白,指尖充血,看起来竟是如此丑恶、狰狞。皇帝不禁闭上眼睛,咬牙道:"皇后,你痛杀朕。"

"妾不曾!"

玉屏镂空处突然伸出十根手指。

宫内人忙入内搀扶,皇后却不肯退去,抓得屏风哗哗作响,她口中往复道:"妾不曾啊,陛下,妾不曾啊!廷尉正屈打成招,妾求陛下彻审啊!"

皇帝捏拳捶案,腕上青筋暴起。

李继一时不敢多话,却听站在席银身后的赵谦道:"陆还昨夜欲咬舌自戕,末将发觉以后,立即施以缠舌之物,奈何此奴凶悍,不肯就范,这才不得已对其动刑压制。此奴供陛下今日亲审,是以廷尉狱及内禁军至今皆一字未问,并无屈打成招之说。"

皇帝眼光寒烁,转而面向张铎。他却负手沉默不语,仿若置身事外。

"解开缠舌之物,朕亲自问他。"

"是。"

是时缠舌之物被解开,陆还猛地流了一地的口涎。他自知昨夜被席银诱出了实话,又被廷尉正李继亲耳听见,早已无机翻供,此时只求尽快地了结了自己,奈何力竭气弱,他连牙关都咬不住,又何以自戕?不由得哀目圆睁,仰起青筋凸暴的脖子,惶恐地朝那道屏风看去。

至此其实已无须再问。

皇帝顺着陆还的目光,回望白鹤玉雕屏。屏风后的人影战战兢兢。

三纲五常虽被颠覆,但为人夫的情意、度量尚且存一分。

皇帝沉默了良久,逐渐背脊弯曲,似有内痛。宋怀玉要上前搀扶,却被他摆手挡下,继而指向屏风后,低声道:"送皇后回金华殿。"

"陛下，妾实蒙大冤啊……"

话音一起，皇后顾不上张铎、李继等外臣在殿，从屏风后面扑冲出来，直扑到皇帝面前。

那身紫碧纱纹绣双璎裙从席银眼前翻滚而过，其人如同一只伤了羽翼的大鸟，仓皇地匍匐在地，缅子髻垂散，乌发披盖于肩，面上妆容湿乱，唇上的胭脂沾了眼泪，在下颔处糊成一团。

皇帝是王朝审美的顶峰。

席银看得出来，皇后年轻的时候应该是一个很美的女人。她发若流瀑，面如山桃，如此才得以入了皇帝的眼。即便此时罪无可恕，但她那痛哭流涕的神情、哀婉的声音还是令皇帝动容。

皇帝低头望向伏在自己脚边的女人，伸手抬起她的脸，用拇指拭去她的眼泪："你不去金华殿，是要让朕送你去掖庭吗？"

"陛下……不要……陛下，妾有大冤，妾……百口莫辩啊……"

不知道为什么，席银觉得这些话有些刺耳。

虽然眼前的女人身在极位，周身裹着一层又一层繁复华丽的纱绸，此时看去，却和那个曾经在席宴上眼波流转示弱谄媚的自己毫无分别。与之相比，她甚至觉得，如今这个身着囚衫、手负镣铐静跪于殿心的自己似乎更有底气。她这么想着，不禁抬看向张铎，张铎面含笑意，也正看着她。

席银说不上来那笑里暗含着什么深意，但她感觉得到那人很得意，这种得意关乎眼前这个局面，也关乎她这个人。

是时殿中无一人再言语，帝后相望，也是一人垂泪，一人沉默。

良久，皇帝方收回手，试图把她推开。

"你自己走，朕不想叫人押你。"

谁知却听见郑氏拖长的哭腔。

"不——"

一语未毕，她竟不顾内宦的搀扶，扯住皇帝的衣袖不肯松手，直扯得皇帝身子向前一倾，险些摔倒。

皇帝不禁失了耐性，反手抓袖猛地一抽，喝道："贱妇！"

郑氏被甩得跌坐在地，却还是不肯止声。

"陛下深思，妾何以自毁青天啊！"话音一落，却听张铎笑了一声。

"自毁青天，是个大玄的清谈之题。"他说罢，拱手礼道，"陛下，臣等回避。"

皇帝忙道："中书监不必如此。朕——"皇帝说着指向匍匐在地的陆还，"朕把此贱奴交给中书监，必要撬开他的嘴，朕要知道宫中为何有人与刘璧秘通。"

张铎哂然："此人不配受廷尉狱的刑，臣也问不出什么。请陛下把该交的人交给臣。"他说着，转身看向郑后。

皇帝闻言，背脊渗出了汗。

郑氏惊惶地看向张铎："中书监，你……你放肆！"

张铎并没有回应郑氏，而是对皇帝提声道："东征檄文尚无处着笔，但祭旗之人此时已有。"

皇帝牙关轻战："中书监，郑氏乃——"

话未尽已被张铎朗声打断："谋逆者当诛九族，女子不必杀，"他口中一顿，一直噙在唇畔的笑意终于挑明，"但其子可杀。"

所谓"其子可杀"，指的自然是郑后的儿子可以杀。

此言一出，立即令李继咂舌、赵谦背寒。

宋怀玉见皇帝手握成拳，不断地在大腿上揉搓，知其被张铎震骇，忙上前道："张大人，太极殿上，还请慎言啊。"

赵谦张口喝道："太极殿议一国之务，逆党祸乱内廷，危及我帝性命，此等大事岂有阉宦妄言之理？"

"大将军这——"

眼见赵谦顶起刀鞘，露出白刃，宋怀玉生怕他一个不仁，自己就要被斩于殿前，顿时失了声。

张铎离开东楹，朝着席银所跪之处走去，含笑道："东征军机在即，三月开春，河开路通，晋地粮马载途，此一战就没那么好打了。陛下尚有几日可思量，臣在家中敬候陛下明断。"

他说完，冲着席银笑了笑。那双清俊的眼中明光闪烁，恣意放肆，旁若无人。

"中书监……留步。"

博山炉喷腾出最后一丝烟气。皇帝扼袖，抬臂相留。

虽然牙齿打战，几欲落泪，他最终还是痛心开口道："朕……拟诏。"

郑氏闻言，不可思议地望向皇帝，惨声呼道："陛下！阿律是陛下的太子啊！"

皇帝忍无可忍，抚摁胸口，回身几步逼近郑氏，直把她逼得缩到屏风前面。

"你与逆臣密谋，指使贱奴行刺朕的时候，为何不想朕是他的君父啊？"

"陛下……"

"你给朕住口！如今何氏和萧氏二人的尸首尚未收殓，朕为你们错杀二女，正好，朕将她们二人随同你与太子一道大葬！"

郑氏浑身颓塌，瘫软在地。

"陛下……贱妾知罪了……一切都是贱妾的罪，受刘璧蒙蔽，犯此弥天大错……贱妾不敢求恕，但太子无辜啊，求陛下看在贱妾侍奉陛下多年、看在兄长常年驻守河西忠心耿耿的分儿上，饶恕太子……求陛下饶恕太子……"

她哭得撕心裂肺，身子扭曲蜷缩，像一条丑陋的虫子，哪里还看得见平日的仪态。

李继看了张铎一眼，见他略一颔首，这才出声道："陛下，太子年幼，不知实情尚有可原，况其正位东宫以来，并无……失德之处啊。"

皇帝一掌狠拍席案："养于此等贱妇手下，何以即位大统！中书监，朕——"话至此处，他只觉自己心肺一阵剧痛，腥气上涌，顿时令他作呕。

他分不清此时心中是大怒还是大悲，但为求说话顺畅，拼命地把那口散发着恶臭的气吞咽下去。

"朕……朕即废郑氏为庶人，押廷尉狱候审判罪，其子一并罢黜！赐……赐酒。"

"陛下啊！求您念恩啊……"

皇后挣扎着仆跪到皇帝脚边，以头抢地，声嘶力竭。一时钗环散坠，玉碎珠落，尽皆滚到席银的膝边。

戴在皇后头上的，一定是这世上最好、最光亮的东西，晶莹剔透，辉映着席银背后的天光，绚丽璀璨，耀人眼目。

席银不禁伏下身去，想要去捡离她最近的那颗东珠，谁知珠子却被一履踩住。

头顶旋即传来一个声音："不准捡。"

她骇了一跳，忙捏了捏手指，抬头见张铎正低头看着她："物凭人而贵，亦因人而贱，你自己慎重。"

要扭转一个人的习惯，总是需要些雷霆手段。

但比起深夜放狗，此时席银眼中的张铎倒还像个人。

"对不起……"她说着，垂眼伏地，向他行了一礼，"我以后不会了。"

他低头望着她的脊背，突然道："女人喜欢金银珠玉无妨。以后向我讨。"他的声音始终不大。

在皇后惊慌无措的哭喊声中，并没有人知道中书监和女犯说了些什么。

他就这样无情无欲地和一个女人在旁人生死局上相谈，甚至不自知地撩拨，让她跪着，也教她站着。

皇帝此时早已身心俱疲，命赵谦把郑氏押了下去，摁着眉心对张铎道："明日入朝，朕要和你与赵谦、裴放议东征之务。"说完，又看了一眼张铎身边的席银和那个几乎只剩下最后一口气的陆还。

"陆还枭首，此女……凌迟。拖下去吧。"

席银听到"凌迟"二字，瞳孔猛地一缩，下意识地唤道："公子……"

"住口。"他冷冷地压住席银的声音，"敢犯罪不敢受罪？你也有脸怕？"

他当着所有人的面，骂得席银满脸羞红。

可是，她能不怕吗？

她身处洛阳宫城，满身镣铐，身犯重罪，皇帝亲口下了诛杀令，一切都已经无力回天了。

殿外飞絮吹进，雪浪一般从她的膝前翻滚而过，终在张铎的履前停驻。她这才发觉，太极殿中，除皇帝外，众人为表恭敬，皆脱履穿袜而行，独有他不解履。而水性杨花之物果有灵气，就这么沾在其上，再不流走。

席银望着他履上的柳絮，情不自禁地向他伸出了手。她并不指望什么，只是因为身世漂泊，无枝可依，死之前，她想要拉一只温暖的手而已。

谁知手竟被人握住。

"起来，跟我走。"

这一句话，倒是阖殿皆闻。

李继错愕，忙道："中书监，此话何意啊？"

张铎没有应答，仍看着席银道："是不是站不起来？"

席银怔怔地点了点头。

张铎余光睇向一旁目瞪口呆的赵谦："过来，开镣。"

若不是因为身在太极殿，赵谦真恨不得拍大腿，心说这木偶终于开窍，心疼起姑娘来。他刚要忙不迭地上去替席银打开镣铐，抬头却见皇帝面色涨红，捏放在席面上的拳头颤颤发抖，赵谦这才回过味来——张铎在借这个丫头，逼看皇帝的底线。于是他忙拱手朝皇帝行礼道："臣请陛下示下。"

皇帝的面色由潮红转向青白，口中津液酸苦。他扶着宋怀玉站起身，朝前走了几步："中书监，这是行刺朕的大罪之人！"

张铎没有松开席银的手，垂眼笑了笑。

"是，但臣有怜美之心，陛下就恕臣英雄气短吧。"

第五章

春雷

...

浮屠之下净无尘,伽蓝之中无车马。
他徒行而过的场景落在席银眼中,
竟有一丝孤烈之感。

"英雄气短"。

一时间,皇帝脑中十方洞天,金铎轰鸣;五指紧绷,手背筋脉暴起,看起来十分骇人。可是他手掌明明高悬于案,却又迟迟不落。他不是不明白,张铎在探他的底线,是以这一巴掌,他不敢落,也不能落。

"朕……说过……"

这一句几乎是从喉咙的缝隙里逼出来的。

随后,皇帝终于慢慢地收回五指,从玉簟上站起身,走到张铎面前。他的嘴唇有些抑制不住地发抖,咬字十分不稳。

"朕说过……江山与张卿共治。中书监既有怜美之心,那此奴,朕就赐予中书监为私婢。"

张铎在席银眼底看到一丝不可思议的惊骇。

"先认罪,再谢恩。"

席银回过神来,想要松开他的手伏地认罪,奈何他将十根手指扣进了她的指缝中,没有一丝要松开的意思。太极殿上,她不能问他此举何意,只得这般握着他的手伏地下拜。之后,她倒是真的听了他的话,先认罪,把那合该千刀万剐、九族尽诛的罪清清楚楚地呈尽,而后才叩头,以谢皇帝宽恕之恩。

其间,张铎迁就她伏低的身子,一手握其掌,一手撑膝,弯着腰陪她,把那不算短的一番言辞一句一句、咬字清晰地说完。

很多年以后,席银在张铎面前回顾这一幕。她问张铎,太极殿上,为何要她先认罪再谢恩。张铎没有说话,翻了一本无名的书给她看,书上有一行这样写道:"既起杀心,则刀落无悔。人行于世,莫不披血如簪花。皮开肉绽,心安理得。"

席银至死最爱的莫过于"人行于世,莫不披血如簪花"这一句,狂妄无极,生死风流。

但每回品读,她又更在意后面的那一句——"皮开肉绽,心安理得"。

那年,洛阳城内,满城名士皆如寒山雪蕊,独这个作文之人是头热血滚烫的雄兽。可他未必不是这一朝的风流,是席银这一生的清白。

* * *

二月末，天转大暖。

皇太子刘律与其母郑氏因谋逆之罪，同被废为庶人，皇后因于廷尉狱，太子封禁于南宫。

众臣于太极殿上跪求，才求得皇帝收回了赐死的诏书。

与此同时，太子的母舅郑扬为替亲妹与外甥求情赎罪，拖着病体上奏请战东征，千里奔赴洛阳受令举旗，兴庆年间的东征至此拉开序幕。

三月三，临水被除。

洛阳巨贾魏丛山在私园芥园举办临水会。在野贤人、方外半仙，云集雾会。其间却独不见张氏父子。有传言称，张奚急病一场，已几日下不得榻了。至于张铎，他向来恨清谈玄学，是以他不在，众人倒正好尽兴。

洛阳永宁寺，九层浮屠百丈高，四角金铃迎风，声余十里。

席银立在塔下，双手合十，长诵佛号。

赵谦箕坐在茶案一边，冲着席银的背影扬了扬下巴。

"第一次见你带女人来观塔啊。"

张铎揭炉燃香："不是第一次，十年前同母亲来过。"

赵谦抿了抿嘴，端身跪坐："这座塔有什么好看的？"

张铎推过一盏茶："你还记不记得，陈孝从前演过一卦，但他不敢说？"

赵谦拍了拍大腿："哦，你说'浮屠塌，洛阳焚'那一卦啊。嗯，也对，他一举世清流，是不敢说这种话……"说完，他又觉奇怪，"咦，你今日倒是自己提起陈孝来了。"

张铎不言语，低头朝席银看去。

她身着一件绛花双璎裙，虔诚地跪在塔下，仰头望着那四角的金铃。清风知意，吹起她的绦带长发，使她宛若仙子。

"啧。"

赵谦顶着下巴，品评道："这块银子，越看越好看，不过，比起平宣，还是差点意思。"这话刚说完，眼里就被弹了茶水。

"闭眼。"

他忙不迭地用手去挡："魏丛山的临水会上，平宣在座，你不让我去，把我扣在这里陪你看塔。现在好了，连银子也不让我看。你就不信我一气之下，挂印东出，寻郑扬去？"

张铎抬手东指:"交印,去啊。"

赵谦咧嘴一笑,端茶道:"说说而已。"说完,岔开话道,"你说,你家这小奴婢,那么虔诚地求什么呢。"

张铎含了一口茶,说道:"无非关乎岑照。"

赵谦笑道:"你这语气真不善。"

"妄听慎言。"

赵谦一撇嘴,斜眼喃道:"老木头。"

"你说什么?"

"没……那个,说正经的事,岑照如今应该到刘璧麾下了。"

"嗯。"

"那平宣……肯与你说话了吗?"他试探着问了一句,却没有得到回应,多少觉得有些无趣,便挑弄着茶席上供着的一枝晚山桃道,"你逼陛下杀子囚妻,就是为了逼郑扬上奏东征吧?他都病成那样了,怎么上阵杀敌啊?"

张铎叉开腿,说道:"你也悯老怜病?"

赵谦悻悻地说道:"郑扬已老,听说他从河西回洛阳的路上就已有呕血症,即便有命和刘璧交锋,你让他拿什么命回来?"

张铎迎风道:"他是张奚的最后一个盟友,此去本就不必回来。"

赵谦闻言,一不留神掐断了桃枝,抬头道:"你让他送死啊?张退寒,我告诉你,路走穷了也不好。"

"穷路登天,你忘了?摁好你的刀,好好在洛阳城蛰伏着,有让你痛快围杀的时候。"

说完,他便要起身。

却听赵谦道:"我想问问你。"

"什么?"

"你是不是想在这洛阳城里取而代之?"

张铎压着茶盏:"你没有问清楚取谁而代之。"

赵谦摇了摇头:"我看不清楚。取大司马的位置,好像低看了你,取陛下……这话我也不敢说。"

张铎笑了一声,端正坐下:"你什么时候看出这一层的?"

"你在太极殿上带那丫头走的时候。"他说着,撑开手臂,指点梁顶,"你逼陛下以谋逆大罪杀子囚妻,却要带走真正犯下谋反大罪的女人,你不是要与他江山共治,你是要——"

话未说完,却听江凌拱手禀道:"郎主,女郎来了。"

赵谦一听这话，一下子从座席上弹起来。

"平宣？张退寒，我去帮你请她上来。"

"我说了我要见她？"

赵谦压根儿没理他的意思，慌乱地弯腰穿履，全然没有了适才的凝重之态："人肯来见你，肯来给你说话，你就暗乐吧，还不想见，你什么人啊？我去了啊，你等着。"

"不用了。"

清脆的女声入耳，张铎抬头，见张平宣已然端立在他面前，身后跟着席银。

赵谦忙起身道："今儿可是三月三，你没去魏丛山的临水会？"

"你闭嘴。"

张平宣直直地凝视张铎，眼眶通红。

赵谦顿时不敢再多言。

"母亲要见你。"

张铎沉默须臾，方轻问道："什么？"

"母亲要见你。"

她呼了一口气，又重复了一遍。

张铎点了点头。

"好。"说罢，理襟站起身，向前走了几步，又回头道，"母亲在哪里？"

张平宣道："你明知故问吗？母亲不出东晦堂。"

"好……"

他又应了一声，转身朝前走。

"哥！"

张平宣出声唤住他，他只是顿了一步，却没有回头。

张平宣忙追出去几步："你要不先别回去……等我再去劝劝父亲。"

张铎抬头望了一眼那浮屠四角的金铃，声送天际，铮然入耳。

"不用劝，你几时劝得住他？母亲肯见我就行，别的都由父亲。"

"这次不同！"张平宣顾不上赵谦在场，伸出手臂拦住张铎的去路，"父亲听宋常侍说了你在太极殿的事，知道你逼陛下杀子囚妻，迫使郑将军带病东征。父亲急怒攻心，大恸晕厥，今日醒来就去了东晦堂，后来又把二哥和长姐都召回了家中。我不知父亲意欲何为，便去问母亲，可是母亲见了我只是流泪，从头到尾就说了她要见你这一句。"

她说得急切，不免面色涨红。

张铎按下她的手臂，抬袖擦了擦她额头的细汗，笑道："你不是还在生我的气吗？"

张平宣心口一窒:"我知道,陈孝死了,那个人无非长得像他而已。况且,他和陈孝一样,都是没有心肠的人,他要走,我就放他走了。而你是我亲哥哥,我怎么能恨你?我是怕父亲发狠,怕母亲也弃你……"

头顶狂风掠过,金铃频响。

张铎垂袖笑望着张平宣:"母亲弃过我一次,我对母亲从不敢心存妄念。"

"哥……"

"你就别回去了吧。"他声音平和,抬手扶正她发髻上的玉簪子。

赵谦跟上来道:"张退寒,要不我跟你去,大司马见了我尚会——"

"我与张家的事是你一个外人堪置喙的?"

这一句语速极快,迫得赵谦强退了几步,不敢再说话。

张铎这才重缓声调:"席银。"

席银正在发愣,听到这一声忙应道:"奴在。"

"陪着她,在这寺中逛逛也好,去清谈居坐坐也成,或者你们想去临水会也行。"他说着,手伸向江凌,接过一包银钱抛给席银,"拿着。"说完,转身下楼而去。

"大哥!"

张平宣扶着楼上的栏杆,扯着嗓子连唤了张铎几声,也不听他应答。

浮屠之下净无尘,伽蓝之中无车马。他徒行而过的场景落在席银眼中,竟有一丝孤烈之感。

张平宣扶栏垂头,忍泪不语。

赵谦多少知道些其中的缘由,不好开口,便拿眼光睇席银。

席银上前,扶着张平宣在茶席旁坐下。

赵谦自觉此时不宜相劝,挠了挠头,不知所措,终听席银道:"将军去吧。奴陪着女郎。"

赵谦走后,张平宣坐在茶案后垂头不语,肩膀却抑制不住地耸动。

泥炉水已干,席银又取了一壶放上,从新烧滚,而后倒一盏,平递到张平宣手边。

张平宣吹着浮絮烫烫地喝了一口,情绪这才稍缓。

席银跪坐到张平宣身边,轻道:"女郎,奴陪您去临水会转转吧。"

张平宣摇头,仰面忍着眼眶的酸胀,望向那九层浮屠四角的金铃。

云翻白浪,日升中天。

张平宣拭了拭眼睛,撑着席簟站起身:"不行,我还是得回去。"

席银也跟着起身道:"可郎主让奴陪着您,不让您回去。"

"你一个奴婢懂什么!"她说得有些急了,见席银神情错愕,忙道,"我无意贬损你。"

席银淡露笑意:"奴也知道,您心里着急。"

张平宣捏着手上的杯盏,抿唇喃道:"每一回都这样。"说着,她一把用力将茶盏放回案上,声音一高,已然带了哭腔,"他真的每一回都是这样!把我支走,一个人到张家去见父亲母亲。他明明知道母亲始终不会见他,却又死犟,不见他他还是要去东晦堂跪求,没有一回不是被父亲伤得体无完肤地回来。一声不吭,不让任何人去照看。"

她说着想起了张铎受苦的场景,心里难受,忍不住抱膝坐下,埋首啜泣。

席银取出自己的绢帕递给她,陪她一道坐下。

张平宣口中的这个人和那个把她从太极殿上从容带走的张铎是割裂的,她不免有些疑惑。

"奴……看过郎主背上的伤。"

张平宣一怔。

"他肯让你看?"

"嗯。"

张平宣的面上说不出是喜还是悲。

"那就好……那就好。我听江伯说,大哥从前都是自己一个擦身上药。阿银。"

"嗯?"

张平宣就着绢帕握住了席银的手:"谢谢你。"

席银忙道:"不敢,您救了奴的哥哥,您是奴一辈子的恩人。况且,"她垂下眼来,声里有一丝轻颤,"况且,奴不是自愿的,是他逼奴的,奴很……怕他。"

"是啊……"

张平宣闻言,目光一暗。沉默须臾,她含泪叹了一声。

"世人都怕他,连父亲和母亲都怕他。"

"可是父母为什么会怕自己的儿子呢?"她说完觉得唐突,又添了一句,"奴没有父母……尚不明白。"

"那你和你兄长……"

"上回没来得及和您说明白,奴是兄长从乐律里捡来的。"

张平宣一愣,随即缓和容色。

"你也是个可怜的女子,难怪你不明白这些。不过,说到底,我也不明白。"

说完,她垂眼沉默下来,手指渐渐捏紧了膝上的衣料,再开口时,神色竟有些失落。

"也许是因为他的处世之道有悖我张家立族之道吧。有的时候，连我也觉得，大哥真的不像张家的儿子。我们张家，是举世清流，父亲一生疾恶如仇，二哥也是刚直不阿之辈，就连长姐和我，也肯分大是大非。张家上下，从未有一人似大哥那般做派，尤其是他灭陈氏那件事，虽然已经过去十年了，可每每回想起来，我还是胆战心惊。"她说着仰面吐了一口气，"我一直都不知道他要干什么。他杀陈家阖族，却又为陈孝殓尸，葬于北邙山。后来他甚至带我去过陈孝的坟，在坟前他问我：'陇中白骨，够不够偿还吾妹的名节？'那时我不知道该说什么，也不知道该恨他还是该谢他。"

席银扶住张平宣发抖的肩膀。

"要是奴，奴就会谢他。"

张平宣一怔，有些不可思议地看向她。

"你说什么？"

"要是奴，奴会谢他。"

她重复了一遍，声音却弱了下来，不禁回忆起少年时的一些事，那个时候她真的以为，受罪是因为她自己卑微，被羞辱是因为自己低贱。她从来不敢喊叫，也从来不敢报复。

但她到底想不想报复呢？她想啊。

就好比在清谈居前，有那么一瞬间，她真的想打死那只追咬她的狗，又比如廷尉狱中，她也很想把口水啐到那个骂她"贱人"的阉宦脸上。这么一想，她又有些后怕，想起岑照曾经对她说过的话："阿银是这世上最温柔、最美丽的女子。"不由得脑内惊响。

"奴……说错话了……"

张平宣凝视着她摇了摇头："没有。"她神色渐渐缓和下来，又道，"阿银，我好像能想明白大哥为什么会带你来此观塔。"

席银心中尚未平静，忽又闻金铎鸣响，下意识地抬头朝塔顶望去。

"你怎么了？"

"没有。"她慌乱地找了一句话，掩饰道，"郎主喜欢这座塔吗？"

"嗯，他应该很喜欢。"

是时一阵风吹过，金铃频响，风送百花，卷香如浪。

张平宣抬手指向宝瓶下其中一角的金铃，问道："阿银，你识字吗？"

"奴……不识。"

"宝瓶下的金铃，也叫金铎，那个'铎'字就是大哥的名字。"

席银闻言回想起，从前岑照在教她音律乐器的时候也曾说起过："铎，大铃也。依军法，五人为伍，五伍为两，两司马执铎。《淮南子》中又论：'告寡人以事者振铎。'所以，铎是乐器，因属金之物，声寒而气正，是以也作宣发政令、号召军队之器。"

可惜后来席银并没有学会击铎，一是气力过小，不得其宏大精妙的奥义，二是世人沉迷于丝竹管弦，并不愿意听此类振聋发聩的天外来声。所以，她浅尝后就放下了。

"这个名字是谁给郎主取的？"

张平宣叹了一口气。

"是大哥自己。"她说着抿了抿唇，"我记得，大哥被父亲责打得最惨的两次。第一次，是母亲带他回家，父亲要大哥跪拜宗祠，大哥不跪，那一回，父亲险些把大哥的腿打断。结果大哥还是不肯就范，父亲就把他锁在宗祠里饿了三天。我和长姐看不过，偷偷去给他送吃的，父亲发现后把我们带了出来，长姐被夫人训斥，我也被母亲责骂了一顿。至于第二次，就是大哥为自己更名。那年大哥十六岁，私改族谱，更己名为'铎'，父亲知道后，又将他打得皮开肉绽，好在那日陈孝与其父陈望来府造访，才救了他的性命。阿银，名字是大哥自己取的，但你一定想不到他的表字是谁给他取的。"

席银低头念了一声："退寒……好像赵公子喜欢这样唤郎主。"

"你知道这二字的意义吗？"

席银摇了摇头："奴尚不知，这二字为何字？"

"'退'为'除去'之意，'寒'为'寒凉'之意。"张平宣见席银面有疑色，进一步解道，"铎为金，质寒，性绝，所以'退寒'二字实是规劝。这个表字，是陈孝赠给大哥的。"

席银怔了怔，开口问道："奴听兄长说过，表字大多为长辈所赐，平辈之间若堪互赠，则为挚友。郎主和陈孝也曾是挚友？"

张平宣不置可否。

"这个我并不知道。洛阳的世家名门子弟，总会被人列序评论。陈孝……"她说至此处，目中蕴着柔情的光，"陈孝，他不是赵谦，他是山中高士，是我大哥此生不可比拟之人。所以，他们做不成挚友吧。"

席银再次望向浮屠。

那是洛阳城中最高的建筑，孤独、沉默，立十年未倒，塔身上有历年雨水狂风肆虐过的痕迹，但却被它的高度遮掩得当。其上金铎，人不足以撞打，唯高风有此力，可陪之共鸣。她一时觉得那从塔上吹下的风寒冷得刺骨，哪怕是在阳春三月，仍带着一股肃杀之气。

"阿银。"
"在。"
"大哥是个经历过大悲的人，也是个与世无善缘的人。世人之中，哪怕是我，也并不认可他。可他毕竟是我大哥。母亲在他年幼时弃了他，我不敢问他那几年他是怎么在乱葬岗活下来的，也不敢问母亲她到底有什么苦衷，我只知道，自从大哥回家以后，他不肯要旁人一丝温暖。阿银，你在清谈居住过吧？"
"是。"
"你看那儿像个什么样？不让奴婢洒扫，也不让江伯他们照看。除了母亲给他的那尊白玉观音，连一样陈设都没有，十年如一日，跟个雪洞子一样……"
"奴明白，郎主在做一些大逆——"她觉得将要说出的词语似乎太过了，却又一时寻不到一个合适的词来替代，索性不再出声。

张平宣叹了一口气："看吧，连你这样一个丫头也会这样看他。"

席银没有反驳，静静地垂下了眼睑。

张平宣握住她的手腕。

"阿银，大哥肯让你留在他身边，你就替我们照看照看他吧。"

席银抿了抿唇。

"郎主救了奴的性命，让奴活下来了。但奴还是想回到青庐，想去找兄长，陪着兄长安安稳稳地生活。"她说完揉了揉眼睛，"奴什么都不懂，奴……真的太怕他了。"

"阿银，惧怕都有因由。父亲怕他是个乱臣贼子，母亲怕他伤天害理，我怕他终有一日万劫不复，那你呢，你怕大哥什么呢？"

是啊。她唯一怕的是死，可是，她渐渐明白张铎好像并不会杀她。

* * *

东晦堂在张家宗祠的后面，与祠堂相连。

一丛巨冠的海棠连栽数年，将其深掩在后。

张奚认为，墓乃藏形之所，祠堂才是安魂之地。因此，张家的宗祠不设在河内祖坟，而是置于厅堂，后又修东晦堂，引为内祭之所。

自从张铎斩杀陈望一族，徐婉就住进了东晦堂，再也没有出来过。

堂中除了祭祀之物，只有一座白玉观音供奉在佛龛之上，每日的香由徐婉自添，除此之外，只清供时令鲜花，冬为素梅，夏是菡萏，秋取白菊，春插海棠。

此时正逢阳春，海棠正艳。

树冠下有一个身着白绫禅衣之人，履袜尽除，退冠散发，赤足跪在堂门前。

门上悬着一幅竹编帘，帘后朦胧地映着一个女人绰约的影子。

"既唤我来，又为何不肯见我？"

竹帘轻晃，先是散出一缕叹息，而后才有人声应道："我还有何面目见你？哪怕是隔帘而语，我都恨我自己。"

"可我究竟做错了什么？"张铎十指紧扣，环视周身，"你要让我以这样一个戴罪之态跪在这里，我跪了，既然与我隔帘而语，也让你愧恨，那你为什么不肯看我一眼？反正你也不会放过你自己！"

他说着，抬起一只膝盖，伸手就要掀帘。

"跪下！不准起来！"

门后的声音尖锐起来，带着哭腔。

张铎一怔，上下牙酸疼地咬合了两下，牙齿相磨，脏腑痛得难以言说。他屈膝重新跪下。

"好，我跪。你让我跪到什么时候都可以，只要你不哭，不为我哭，也不为张家哭。"

帘后又传来沉重的叹息声。

一只雀鸟穿帘而入，瞬间摇乱了那道人影，张铎的目光追着那只鸟，静静地落在帘面上。

海棠花的影子，随着日头的方向渐渐移开，把他曝于温暖的春光之下，他不由得眯了眯眼睛，慢慢地仰起头来，禅衣遮蔽不了脖子，露出年轻而分明的喉结。

这世上，从来就没有什么铁皮铜骨。每一寸血肉，都知冷知热，识疼识痛。

"退寒。"

"还请母亲不要这样叫我，唤我名讳，单字为铎。"

里面的声音忽然变得急促起来："这个字就这么好，没有血脉相继，没有亲恩寄望，就你一个人认的这个字，就这么好？啊？"

张铎笑了一声："我有亲族吗？"

他抬起头来，反手指向自己的胸口。

禅衣的宽袖退下，露出他骨节分明的手腕，月余的那道鞭伤伤疤犹在。

他喉咙一哽。

"我配一个有亲恩寄望的名字吗？"

"你原本配，是你自己不要。这条路，从头到尾都是你自己选的，即便如此，你之前尚可回头，可是……可是你却越走越偏，越走越万劫不复。"

"我有的选吗，母亲？"

"为什么没有？！我让你每日在白玉观音面前跪一个时辰，你跪了吗？我让你去陈家坟茔祭拜谢罪，你又做了吗？"

"呵呵。"他分明冷笑了两声，抬头道，"白玉观音，我早就砸了，至于陈家坟茔，陈孝的墓是我赏给他的。"

"住口！"

帘后人气息紊乱，甚至有些站不稳。

一时花深风慢，天光与云影悠然徘徊。远处传来永宁塔上的金铎音，伴随此声入耳的还有一记沉闷的巴掌声。

"退寒……"

徐婉扶住竹帘朝外看去，只见他抬袖擦了擦嘴角的血，向她伸出一只通红的手。

"我知错，我自罚，不敢再妄言。母亲，你满意了？"

"……"

"母亲，我不知道你自困于此究竟是要为我赎什么罪，但我尚不至于昏聩，不明白你对我的用心，所以你要我怎么样都好。"他说着闭上眼睛，"只要你肯跟我说话，我可以这么一直跪着，陪着你。"

"你既然明白我的苦心，为何还要执意行这般恶道？"

张铎笑了笑，扯起后肩滑落的衣襟。

"不想回头罢了。"

此一句，竟有生死在度外之意。

"回头就是当年的腰斩台，我死了，你会开怀吗？"

"怎么会，母亲不会让你死……"她动容之下说出了此话，脱口又深觉荒唐，不该对这么一个有罪之人妄存温情，不由得低头垂泪，沉默不语。

他却还在笑，转而轻蔑又自负。

"你已经弃过我一次了……"

"我——"

他没有让她说下去，断其声道："或者你去问问父亲，他信吗？"

话音一落，一奴婢在张铎身后行礼道："夫人，主君来问，您与中书监大人可话毕？"

"没有！"帘后的声音有些急促，"你去回郎主，我与大郎，还有话说。"

"还有什么话说呢？"

张铎掸了掸身上的海棠落花。

"你不是说，即便和我隔帘而语，都觉愧恨吗？"

"大郎，我——"

"你准我起身吗？若准，我就去了。"

"再等等……"

帘后的人手指抓帘，一下子揉乱了自己映在帘上的影子。

张铎望着那道被揉皱的影子，眼角也有一丝皮肤胀裂的痛感，他不由得抬手揾了揾眼角，似不在意地笑道："哪一次来看你，免得过一顿打？你让他打吧，打完了，他才会对你好些，你心里也会好受些。"

春阳明好，徐婉面上覆着被竹帘切碎的光。那光啊，竟和张铎的话语是一样的，听起来饱含温情，却如同寒刃一样凌厉。

他见母亲沉默，便弯腰撑了一下地面，直膝站起身来："母亲，这和跪观音像是一样的，无非一个伤筋动骨，一个穿魂刺魄。相比之下，我觉得前者更好受些。"

他说完，赤足踩在石板地上，转身朝祠堂外的正庭走去。

外袍已被剥去，禅衣单薄，几乎得以勒出他周身的每一块肌肉，背脊上的伤疤透过衣料，依稀可见。

徐婉含泪合上眼睛，手中走数的佛珠越拨越快。

风乍起，天边金铎之声大作，竹帘掀开，露出一双在海青之下合十的手。

观音座下清供的海棠花迎风摇枝，落下一大片红。

张铎踩着满地红棠，走进东晦堂外的正庭。

张家长女张平淑、次子张熠以及正室余氏皆在庭中。张平淑抿唇垂头，张熠则站在一方莞席的旁边，望着席旁的刑杖沉默不语。

发觉张铎从东晦堂前走来，张平淑唤了他一声："退寒……"

张铎笑向张平淑，偏头道："长姐，你这唤的是何人名姓？"

"放肆！来人，把他绑了。"

张奚拍案，惊得庭中众人都为之一战。

张平淑扶住张奚的手臂道："请父亲三思啊，女儿听平宣说，大郎上次受的鞭刑还未好全——"

"我已好全。"

张铎打断张平淑的话，屈膝在莞席旁跪下，抬头迎向张奚。

"我有一句话要问父亲。"

张奚站起身，低头看向他道："你问。我倒要看看，你有脸问什么。"

张铎抬手拈着胸口的衣襟，抬头道："母亲让我剥衣褪履，以戴罪之态候见，否则不会与我说话。我愿听母亲之教，但我也想问父亲一句，行刺之案勾决，罪人罪有应得，而我究竟有何罪？"

张奚拄杖点地。

"你以为没有人知道你的阴谋？你逼帝杀子囚妻，已是大逆不道。更堪万诛的是，你竟然利用皇后母子逼郑扬东征。"

张铎疾声道："郑扬长守河西，如今河西里内安定，为何不可调兵东进？！"

"那为何你不让赵谦领旗？"

"中领军维安洛阳，何敢轻易换职！"

"呵……"张奚笑了一声，低手指向他，"这几年，你费尽心思把赵氏父子摆入中护军和南方的外护军，你告诉我，中护军是护卫陛下的中护军还是护卫你张铎的中护军。南方的军户，有多少吃的是你张铎的粮饷？中书监大人啊，维安洛阳？你也说得出口！"

他说得力竭身晃，张熠连忙搀扶着他回席坐下，回头对张铎道："大哥想想徐夫人，跟父亲认个错吧。"

张铎摇头笑道："子瑜糊涂，大司马与我论的是国事，认错可解今日之责？"

张奚颤抖着举起手，向东指。

"你倒是不糊涂，如今郑扬抱病东进，若兵败，你就可以问罪于他，拔了河西这一根硬刺，这尚算是上苍留情，若他病死战中……中书监，下一个，你要灭谁？"他说着，反手摁住自己的胸口，"是老朽吗？啊？"

张平淑被这一句话吓到了，忙道："父亲，大郎怎么会这样对您？"

张奚并不应她，看着跪在地上的张铎继续说道："你母亲当年带你入张家，我何曾不将你视为亲子，潜心教导？所授子瑜的，也尽数授你，亏过你一样吗？难道你真的要毁了张家门楣，令你母亲、你的亲妹妹也沦为罪囚你才甘心吗？想我张奚，枉读几十年圣人之言，竟教化不了一个少年，我张家养你，诚如养……养……野狗！"

言尽于此，张奚浑身乱战。

余氏忙上前道："郎君，保养身子，不要为一个逆子如此动气啊。"

张铎闭上眼睛，没有再出声，转身在莞席上趴伏下来。

背面日光正暖，而胸前的石板却传来一阵刺骨的冰冷。他将双手握成拳头，合于头顶，忽道："父亲要我如何？"

张奚颤声道:"诛杀行刺之女,奉头上殿请罪。"
张铎笑而摇头,扬声道:"我不会杀她,请父亲重责!"
"好……好好……"张奚连喊了几声好,"我今日非打死你不可。"

算起来,张铎早已不是第一次在东晦堂外受这样的责罚。
平时,无论责罚有多疼,他都绝不肯叫喊。因为他知道,他与母亲不过一门之隔。母亲就在那道永不会为他卷起的竹帘后面。不论是鞭声还是杖声,她理应都听得见,他不出声,是不想逼她哭。
自从东晦堂被张奚闭锁以来,张铎时时都在与内心的矛盾纠缠。
母亲不哭的时候,他会觉得她身因于东晦堂是罪有应得,甚至不时恶言以对,可当她一流泪,他却希望自己没有长这一副喉舌。就好比当下,他又要面对一场疾风骤雨,然而周遭并无任何可供堵嘴之物。他只得将随手从身下抓起的一把饱含海棠香气的土揉捏成块,含入口中,以此缓解牙关生咬的疼痛。即便如此,他还会妄想,母亲是不是能走出东晦堂来,看他那么一眼,就一眼。
然而堂门虽开着,那道竹帘仍在,帘后的影子像一段无情的树影,一动也未动。
张铎自嘲般地笑了笑,垂头收回目光,再一次闭上了眼睛。
家法原本不似廷尉狱的刑责那般刮皮,然而张奚这回施与他的是一顿几乎要送掉他性命的脊杖。他被奴仆剥去上衣,风凉飕飕地从他脊梁上掠过,令他不自觉地绷紧了浑身的皮肉。背脊上的伤痕尚在,触目惊心。
张平淑不忍再看,以袖遮面,退坐在张奚身后,伏身啜泣不止。
余氏忙伸手将她揽在怀中。即便她不是张铎的生母,见此场景也不免肩头颤抖。
张奚见张铎如此行径,不认罪,不求饶恕,一副生死坦然的模样,气得越发厉害。他抬臂指张熠道:"让他们行家法,给我打死这个逆子。"
脊杖不比鞭刑,痛并不是痛在皮肉上。
第一杖落下的时候,张铎觉得自己肺间一炸,喉咙里陡然涌出了血腥气。然而根本由不得他去计算自己能在这顿杖刑下活过几杖,第二杖便接踵而来,力道之大好像要砸碎他的脊骨。
张熠见这阵势,好像是冲着受刑人的命去的,不由得大骇,忙扑跪到张奚面前:"父亲,您这是要打死大哥吗?"
张奚喘不匀气,断断续续道:"他包庇行刺陛下的女犯,甚至把那女犯……收为私婢,藐视君威……置陛下颜面为无物,他……不该死吗?"

张熠魂颤，还不及言语，便见莞席上的人身子一耸，猛地呕出一口鲜血来。

张平淑见此哭叫出声，挣脱余氏的手，环住张奚的腰身道："父亲，您不看徐夫人的面上，也想想平宣吧。您最疼她的，您若杀了大郎，您叫平宣如何再回家中？父亲，我求求你了，饶了大郎吧。"

张奚沉默地听着她的哭求，指关节处捏得"咔咔"响。

莞席上的人上身震颤，牙关已然咬不住了。

张平淑急道："父亲，您让平宣情何以堪啊……"

"够了！"张奚掰开张平淑的手，抬手令杖停。

张铎胸口抽搐，脖子上青筋暴起，十根手指全部捏入泥中。一时遇刑停，他竟全然无法喘息，只觉一股又一股的血腥气从喉咙中腾涌出来，直冲入五官内腔。

"我问你，你为什么不让平宣回来？"

张铎愣是抽搐了良久，才勉强张得开口。

"我……我不想……她恨你罢了……"

"你以为她恨的不是你？"

张铎吐出口中泥块，艰难地抬起头来："她恨我……无妨，她母亲在你……你府上，她有朝一日，还要从你这里出嫁……我这个做兄长的，什么……什么都管不了她，所以……她什么都没看见……最好……"

一席话，说得张平淑泪如雨落，她不顾奴仆在场，扑挡到张铎身前，对他道："你既明白，为什么不肯认个错？阿姐也求求你好不好？大郎，认错吧，不就是个私婢，她敢行刺陛下，哪里是什么好人家的姑娘，你把她留在身边，之后也是大患。我们大郎是什么样的人物，洛阳城里，何处寻不到好女子服侍你，为什么要独留她呢？阿姐求你，你就答应父亲，处死她吧。"

他含血一笑，口腔里喷出来的血溅到张平淑的手背上。

他张开五指轻轻地替她抹去，笑道："我不会……杀她……"

"平淑，让开！"

张平淑不肯起身，回头凄声道："让我劝劝大郎，他会听的，求您不要再打了！"

张奚惨笑道："女儿啊，他官拜中书监，连廷尉正李继、常侍宋怀玉等人都驱使无度，你一个妇人之理，他听得进去吗？啊？"

"可是……他是……"

她想说他是自己的弟弟，可转念一想，张铎是徐婉与前夫所生之子，与自己实无血脉之亲，生怕言及此处，求情不得，反而再惹恼张奚，于是话说了一半，跌坐在地，再也说不下去了。

"子瑜，把你姐姐拉开！"

张熠只得上前扶起张平淑,一面把人向后拽,一面忍不住劝道:"大哥……子瑜也求你了。"

张铎闭上眼睛,一时间,这些人的话在他耳中都有些模糊了。

又是一下拍心砸肺般的疼痛把他的思绪拽回,他只觉眼前蒙了一层血雾,分不清是他口中吐出来的还是眼底渗出来的。接连几杖没有章法地落下,打得他根本绷不住身子,随着刑杖的起伏震颤起来。他这才确信,张奚此时也许真的对他动了杀意。想至此处,他只得顶出浑身仅剩的一丝力气,艰难地抬起手,抽声道:"等……"

张平淑见状忙道:"快停下,大郎有话要说。"

张奚扬手,起身走到莞席前。

张铎背脊处已然血肉模糊,然而他明白,这还是表象惨烈,重伤全在里内,照着这个力道再几杖下去,就能毙了他的命。即便如此,张奚还是不指望他能说出什么话来。

"你还有什么可说的?"

"'浮屠塌,洛阳焚',父亲还记得陈孝当年这……一卦吧?"

张奚一愣,万没想到他会说出这样一句话。

"你……你在说什么?"

"我……我若死了……东征则无继兵无继策……尔等玄学清谈,尽皆误……国,若我死……东征……必……败!浮屠塌,金铎堕,洛阳……焚……"

张奚闻言气极,夺过奴仆手上的刑杖,狠狠地朝着张铎的背脊砸去。这一杖,终于逼出了他的恸呼。只见张铎身子猛地向上一仰,接着口鼻淌血,他惨叫了一声,身子便应声跌落在莞席之上,再也动弹不得。然而在意识混沌之前,他终于听到了一阵撩动竹帘的声音。接着有人赤足奔扑而来,扑跪到他身边,至于她口中说了什么,他却一句都没有听清。

* * *

永宁寺中的夜静谧、深沉。

席银与张平宣一道靠在楼栏上,张平宣哭过一场,已经睡熟了,席银用肩膀撑着她的下巴,静静地相陪。

风里尽是沉厚的佛香,百花过夜境,神佛休憩,伽蓝之中活色生香。

席银正看着楼下发呆,忽见赵谦奔上楼来,满脸惊慌地喘息了几口,撑着膝盖对席银道："没想到，你们还在这里，我……都奔到魏丛山的临水会上去找你们了。"

席银道："女郎睡着了。"

赵谦站直身："出事了，赶紧跟我回中书监官署。"

张平宣惊醒过来，忙从席银肩上抬起头："怎么了？大哥……大哥回去了吗？"

"回去了。"

张平宣闻言正要松一口气："回去就好，回去就好……伤得重吗？"

她刚问完，谁知赵谦一掌拍在茶案上："都快没命了，还说什么伤得重吗？人是被用一张莞席抬回官署的，我去看的时候，连气都要没了！好在梅辛林来得及时，这会儿……也不知道是什么光景。"

"什么！父亲……父亲是疯了吗？大哥可是中书监啊……"

"你也知道他是中书监，平日里只有他把人打得皮开肉绽的份儿，哪里见过他自己落得如此，他好歹姓张啊，大司马也太无情！"

说完，他一把拽过席银："张退寒是个怪物，他的身子谁都碰不得，这一回若是死了就算了，若是没死，醒来知道有人在他伤时触碰过他，定又要杀人。反正你也是他的私婢了，我就交给你了，我也索性给你说清楚，东征已启，整个前线军务如今尽系在他身上，他若死了，让那些只懂得摇扇说玄话的人来继论军策，我朝必乱。你赶紧跟我走，务必要把人给我救活了……"

"我……"席银还未来得及说完，就已经被赵谦拖下了佛塔。

张平宣跟上道："我也去官署。"

赵谦回头道："你还是回张府看看吧，张熠跟我说，你母亲和大司马——"他说着，眼见她慌了神，忙转话道，"你可别哭啊，我如今……哎呀，我如今说不出什么好话来劝你，你赶紧回家自己看看。"

席银挣开赵谦的手，上前宽慰她道："女郎，您先回去，奴一定照顾好郎主。"

张平宣心神乱了，一时也担忧母亲，闻言忙应道："好好……务必看顾好他，我先回府去看看，若母亲无事，我再过来。"

"好，快去吧。"

张平宣走后，席银被赵谦拖上马背。

赵谦正想趁这个时候叮嘱她几句，谁知她却突然低头问了一句："他真的要死了吗？"

赵谦闻言一怔："你在想什么？"

"没有……我就是觉得，他怎么会死呢……他是……"她说着，回头望了一眼身后高塔上的金铎，"他是那塔上的金铎啊……"

赵谦不明白她在胡言乱语些什么,只当她被吓住了,打马喝道:"坐好了。你记着啊,我今儿是情急……之下……我也不想碰你的,如果张退寒活了,你这银子可不能告诉他,我这是救命,知道?"

"知道。"

官署门前,赵谦扶席银下马的当口儿,梅辛林提着药箱从正门出来,见了赵谦迎面便吼道:"人要寻死,以后你别拉着!"

赵谦被他吼得一愣,随即反喝道:"老医仙,你说的是人话吗?人到底怎么样?"

梅辛林搓了一把血迹斑斑的手,把药箱掷给奴仆,挽袖举臂道:"以前就算了,这回起码是胳膊这么粗的棍杖,照着背脊实往死里打的。"他说着,回头又朝后面看了一眼,恨道,"不是第一次了,中书监到底执念什么?!"

赵谦悻然道:"您问他,还不如问司马府那个当爹的。"说完,他反手把席银牵了过来,"我还得回营,您交代这丫头几句。"

梅辛林扫了一眼席银。

"清谈居她进得去?"

赵谦磨着舌头小声说了一句:"人就住那儿。"

"你叽咕什么?"

"哦,我说,这是张退寒近身伺候的人。您教教她,别让她犯禁。"

梅辛林这才移来眼,上下打量着席银,直看得席银挪着步往后躲。

梅辛林扯唇哂道:"他守了十年,就守这么一个?"

赵谦眼皮一翻:"都这时候了,您老能留点口德吗?"说着见席银已经躲到自己身后,只得回身去拽她:"小银子,你别躲。"

"成。"梅辛林收回打量人的眼光,踏上前道,"他亲爹、继父没一个管他,我这糟老头儿多管什么事?"说完,看向赵谦身后:"姑娘,内服的药,一日三道,我留在清谈居了,但他五脏有损,不要灌他,能喝得下就喝。外敷的药他尚不缺,你寻得到吧?"

"奴寻得到。"

"那我没什么可交代姑娘的,只一句——不要挪动他,让他安安静静地养。"

"是。"

见她一连串地应下,梅辛林点了点头。

"成吧。人是长得好看,模样上,中书监恐怕还配不上你。"说着又拍了拍手,接过药箱往背上一拐,"交代完了,我明日再来。"

赵谦看着梅辛林的背影倒是松了一口气,低头对席银道:"你别在意啊。他是你们郎主生父的故人,照看他身子好多年了。人是很好的,但说话一向如此直接。不过,他这样说,好歹张退寒还没死。你赶紧去吧,有什么事就叫江凌来内禁军营找我,记住我说的啊,一定要救活他。"

赵谦走后,席银笼着手走进清谈居。

雪龙沙趴在门前,听见动静一下子戒备地站了起来,待认出席银之后又趴了下去。

席银挽着裙子蹲下来,试探着伸出手去轻轻揉了揉它的脑袋。

雪龙沙没有动,头枕在交叠的前爪上,耷拉着耳朵,吸了吸鼻子,眼睛看向室内哀怨地呜咽了几声。

席银缩回手,跟它一道朝室内望去,轻声道:"还以为你那主人多厉害,结果这会儿就你和我守着他。"

雪龙沙蹭了蹭席银的手臂,似在回应她。

席银端了一碗水放在它面前,又摸了摸它的头:"喝点水吧,明日我再给你找吃的。你夜里别闹啊,我顾不上你。"

雪龙沙站起身抖了抖身上的毛,之后把整个脑袋都埋进了碗里。

席银这才推开隔扇,弯腰脱履,走进室中。

青灰色的帷帐后面,一个人静静地伏在观音座下的莞簟上,上身一丝不覆,背脊上旧伤新伤叠加,又是乌肿,又是血口,流出的血将他腰下的丝裤浸湿了一大半。他赤着脚,即便尚未醒,脚趾也呈弯曲的形态,可见受责时有多疼。

席银点了一盏灯,小心地放在观音座上,抱膝在他身旁坐下来。

张铎气若游丝,安静得很。

"你……今日……杀得了我了。"

席银一怔,未及反应,又听他道:"放心,狗不会……再咬你……"

他的模样虽然很惨,可话中分明有笑意。

席银将头枕在膝盖上,望着他那张因疼痛而略略有些扭曲的脸。

"您教奴自珍自重,没有教奴恩将仇报。"

"你……这么听我的话……"

"听您的话,可以痛快地骂那只阉狗。"

她刚说完,却听他好像笑了一声,然而这一笑直接引发了他身上的痉挛,从背脊直到脚趾抽搐着。

席银不知所措,下意识地摁住他的手,急促道:"痛得厉害吗?"

"痛得……想死。"

"奴去让人请大夫回来。"

"别去，别松手……"

"好……"

她不敢动，拼了全身的力气去摁张铎的手腕，半响，他才渐渐平复下来，然而好似耗了过多力气，鬓边的头发被汗水濡得发腻。席银松开手，就着袖子擦了擦他的额头。他有那么一个瞬间想要避开，后来不知道怎的又作罢了。

灯火就在眼前，他不想睁眼，口里的土星还没吐尽，令他十分恶心。

"去倒杯水……"

"你喝得下东西吗？若喝得下，奴去给你端药来。"

"呸——"他口中吐出一口气，"我不喝药。"

"你……乖。"她突然出声哄他，引得他一愣。

"呸，我……要……漱个口……"

席银听着这一声"呸"愣了半响，过后竟然学着他的模样也"呸"了一声，随即"扑哧"笑出声来。

张铎像知道她在笑什么一样，没有吭声，由着她稍显肆意地笑过，直到她逐渐惶恐地意识到自己在他面前失态了。

"奴……奴不该这样。"

"无妨，很……痛快。"

"痛快"不是假的，一个多月来，这是张铎头一次，在这只"半鬼"脸上看到了明朗，虽然转瞬即逝，仍旧如密云中偶尔透出的天光。

席银端来水，服侍他漱了口，安置好盆盂，抚裙从新坐下来，望着他背脊上的伤出神。

张铎闭目，忍痛不语。雪龙沙也在外面睡熟了，呼噜呼噜的声音，莫名叫人安心。

"你在想什么？"

就这么静了好一会儿，他突然开了口。

"在想，如果奴的父母还活着，知道奴弑君，会不会把奴打死。"

"那得看……他们是什么样的人。"

"他们……应该都是穷苦人出身吧，也有可能根本不懂奴做过什么。"

"你觉得……你有罪吗？"

席银沉默，倒真是认真地想了良久，迟疑道："奴不敢说……应该有吧……毕竟是大逆不道……"

"那你情愿以死谢罪吗？"

"不愿意！"她突然抬高了声音，"奴是为了活着才那样做！那样也该死的话，奴岂不是太委屈了？"

一句话说完，张铎却再也没出声，手指却悄悄地握紧。

她只当他是痛得厉害，忙放低声音道："奴不说话了，您缓缓，奴去给您拿外敷的药来。"

"不要去，不要动。"

席银无奈道："奴是去取药啊。"

张铎脑子里一混，脱口道："我让你不要动你就不要动！"

"好……好……不动。"

席银不知道他是怎么了，赶紧重新坐下。

"您……难道怕疼啊？"

"对，怕痛。今日不想上药。"

"那……您想不想……吃点什么？"

她突然没由头地转到吃食上了。

"牛肉。"

他心里有点混乱，这两个字几乎是脱口而出。

"那不行。大夫说您伤到了肺腑，还吃肉啊？忍忍呀，等您好了，奴给您做烤牛肉，以前在北邙山的时候，都是奴生火烧饭。"

她说到了底气足的地方，面上又有了笑容。

"是吗？"

张铎意识到自己刚才失态了，强平心绪，缓出一口气，轻续道："谁教你的？"

"不是什么都要人教的，这是过手的功夫。兄长眼不好，从前烧饭的时候时常伤到手，奴就不让他烧了，自己胡乱烧了几回，没想到慢慢就会了。您放心，太极殿上您都要救奴，奴不会扔下您不管的。"

张铎哂然。

"你……以为你自己是谁，你管我？"

"奴知道，棋子嘛。"

"棋子"二字竟令张铎吃了瘪。

席银似乎是趁着他今日不能动弹也不能打她，话也多起来。

"男人的事，奴都不懂，兄长也不肯跟奴多说洛阳城的事，但奴知道好看一点的女人或者出身高贵的女人都是棋子。那阉官拿奴做棋子，您也拿奴做棋子，相比之下，奴倒不是很气您，至少您领着奴——"说着，她抬起自己的手掌往下一劈，"领着奴报仇。奴在廷尉狱开口骂他的时候，心里可痛快了，那是奴第一次张嘴骂男人。"

"你以前没骂过男人？"

"没有，奴哪里敢啊？我这辈子，只爱慕过一个男人，还没恨过男人呢。那阉官不是男人。"

"爱慕……"张铎鼻中笑了一声，"你才多大……你懂什么是爱慕？"

"懂啊，就是……很想对他好但又觉得他配更好的人。"

"嘀，岑照。"他突然笑着吐出这个名字。

席银背脊猛地一冷，吓得再不敢开口。

人影在那道青白的墙上随着灯焰的颤抖游移。

此时张铎肺腑之中的疼痛似乎缓和了不少。他试着吸了一口气，尽力稳住自己的声音："爱慕一个人……是如此，那你……试着想想，你恨一个男人的时候会如何。"

席银闻言，颤颤地摇了摇。

面前的人却艰难地抬起一只手臂，慢慢地送到她眼前。

"你会咬他。"

她被这一句话吓得几乎要站起来。

"对……对不起……奴……"

"无妨，席银，你爱慕的人……你永远配不上。你只配清谈居、一座观音像、一方莞席，还有——"

"奴又没说……不愿意在这里待着。"她适时地打断了张铎已然说不下去的话，乖巧地抿了抿唇，将手肘撑在膝盖上，对着手心呵了一口气，而后托着下巴，抬头望向头顶的观音像，那观音在焰心之后慈目煌煌。

"奴这样的人，的确只配如此。可郎主……为什么要自苦呢？"

"我习惯了。"他说完，合眼噤声。

一室清冷寂静，只剩下他忍痛时偶尔发出的细喘。

孤灯照着观音像、莞席、莲花纹陶案、老根料凭几，除此之外，就剩下一箱寡素的袍衫。好像他已将外在的人生收敛于旁处，此间只不过是他容魂的一隅而已。

然而拥有偌大的官署、成群的仆婢，却自困于这一间素室，人无异于囚徒，席银觉得，他是那样狂妄，又是那样凄惨。

第六章

春铃

. . .

张铎本身却像一根鞭子,
把她那身褴褛的衣服打碎,
又逼着她去找体面的衣服自己穿上。

过后的几日，连降暴雨，隆隆的雷声如同炸响于窗边。

直至十五这一日，雨势方见减弱。

张铎在养伤期间几乎不怎么说话，有力则翻书，无力则养神。

刑伤像是真的伤及他五脏，除了粥米、汤药，他几乎吃不了别的东西。

他吃得寡淡，席银也跟着苦熬，一连几日守下来，隐约又犯了咳嗽。她不想搅扰张铎休养，便趁着雨小，在廊上生了炉子，拿桔梗煮水喝，正好碰见江沁戴着斗笠领着奴仆在雨中扫连日打下的败叶落花。

"江伯。"

江沁抬头见她只穿着一身禅衣，外头罩的是张铎的玄袍。

"姑娘不冷吗？"

"不冷，郎主尚穿不得衣裳，里面烧着炭火盆子，暖得很，奴一会儿就进去。江伯，雨还没停，你们就做这活儿？"

"是啊，趁着有雨水流得动，才好扫出去；若是等雨停了，这些花啊叶的，就都陷在泥里了，得让人用手去抠捡。"

席银面色微红。

"受教，奴竟不懂这些。"

江沁缓道："郎主喜欢庭院干净，姑娘既在清谈居，日子久一点，慢慢都会知道。"

席银颔首应道："是。"

她站得有一会儿了，面上沾了些雨，碎发贴耳，她忍不住抬手去勾绾，袖垂腕露，姿态风流。

江沁见此便收了目光，续着手上的活儿道："姑娘是出来透透气？"

"嗯。"

"也好，看姑娘闷了好几日了。郎主可好？"

"能起得身了，就是脾气不大好。"

她正说着，雪龙沙凑过来，叼了一嘴的桔梗撒腿就要跑。

席银忙摁住它的头。

"傻狗啊，这吃不得呀，吐出来，快吐出来。"

江沁看了雪龙沙一眼，拄着叶耙笑道："姑娘是真不怕狗了，都敢从雪龙沙嘴里掏食了。"

席银一怔，忙缩回手，在背后擦了擦："就见它也挺可怜的。"说着，她似乎又想到些什么，不禁失笑，"这几日连肉都没得吃。"

话音刚落，内室传出来一声哂笑。席银脖颈一凉，回头时，竟见张铎扶门站在她身后。

雪龙沙一看见张铎，顿时缩腿耸肩地趴伏在席银身后，一声也不敢吭。

"江沁，把狗牵下去喂食。"说完，随手拢了一下席银身上的衣襟。

"你什么时候出来的？"

"就刚才。"

"日后若我在清谈居，你不得私出，否则——"

"奴不敢了！"她应得比他的后话要快，耳根发红，看起来无措又可怜。他却还是不紧不慢地把后话补了出来。

"否则，受笞。"

席银浑身一战，不敢抬头，只觉得他之前被打散的那一身玄寒又敛了回来，比之前还要咄咄逼人。

庭中人都没有出声，江凌适时从外面走进来禀道："郎主，尚书令常肃来了，人已延至西馆。"

张铎听后却没有应声，仍看着席银，提声道："听明白了？"

"是。"

张铎这才示意江凌候在外面，又对席银道："进来，给我更衣。"

席银蒙大赦，忙擦了手跟着他一道进去。

虽将入夏，室内为方便张铎晾背养伤，还是置了炭盆，熏烤起来，人便穿不住外裳。

席银脱下适才裹身的袍衫，转头正要去打点他的衣衫，却冷不防又听背后的人道："你刚才说什么可怜？"

"狗……狗可怜。"

她心里发虚，谁知他竟直言道："我以为你是在说我。"

这话惊得席银手指一战，险些落了将从熏炉上取下的禅衣："奴不敢说是您。"

张铎没有再去纠缠她究竟有没有言外之意。事实上，有那么一瞬间，他甚至希望她不要否认。如果算上这次，她已经不是第一次拿他和狗作比了。

又怕又躲不掉的东西。连肉都没得吃的可怜人。这种层面的剖解无异于拿刀剥皮，只不过剥的不是肉皮，而是魂皮。他听了之后，难免暂时停在一阵错愕之中，不知道是该责怪她还是该赏她点什么。

"抬下手。"

张铎闻声回过神，见席银托着禅衣站在她面前。

"您是不是怕痛啊？奴轻点，一定不擦到您。"

张铎不由得自哂，背朝向她张开手臂。背上的伤全部拉展开来，如山河图上那些褐色的地脉沟壑，虽然已经过了十几日，席银还是不忍直视。实在太惨烈，不只有棍杖之伤，还有一些一看就是经年的刀剑之伤。

席银没有父母亲族，也没有相爱之人，人间大苦之于她，全部流于表面，不外乎就是这些可见的伤。所以，不管他是不是永宁塔上的金铎，他现在被打碎了，就是一堆破铜烂铁，还真的是很可怜啊。她想着，尽量小心地避开衣料与伤口的刮擦，替他拢好衣襟，回头又去取外袍，一面道："伤还没好全。郎主要见人吗？"

张铎"嗯"了一声，又道："扶我去西馆。"

"奴也去吗？"

"对。你也去。"

"可奴……奴怎么能见人？"

张铎的眼风扫向她："你为什么不能见人？"

"奴……奴什么见识都没有，见人……只会令您蒙羞。"

"住口！"

他这一声吼得突然，席银压根儿不知道自己说错了什么，招致这突如其来的呵斥，顿时手足无措地向后退了几步。

"奴错——"

"谁教你说这样的话？"

她不知道怎么应答，便含糊道："没有谁教奴，就是……奴从前在青庐，也只奉茶……不见人。"

"为何？"

"奴在乐律里抛头露面，兄长觉得奴不——"

"你再说！"

又要问，又不准她说，连张铎自己都不知道自己想干什么。然而火气一出来，不做点什么就露怯了，于是他反手握住了陶案上的细鞭。席银看见那鞭子就害怕，赶紧丢下替他穿了一半的袍子，拔腿就往门边跑。

张铎一怔，这倒是出乎他的意料。她是什么时候敢逃了？

念及此，他又看了一眼手中的鞭子，自己竟也有些错愕。

"回来。"

席银背贴着隔扇，摇头轻道："奴不……"

张铎无奈。他一把丢掉手上的鞭子，忍着痛，弯腰拉起被她丢下的半只袖子，吐了一口气，尽力压低声音，重复道："回来。"

"不！"

"席银，你要让我这样去见人吗？过来把衣裳给我穿上！"

席银抿了抿唇，望着外袍半裹、冠带不整的张铎，又看了一眼他丢在地上的鞭子，含着哭腔道："奴真的浅薄，连为什么会惹恼您都不知道……奴……"

"你先过来。"他强压着气焰对她道，"那是驯狗的鞭子，我以后不会拿它对着你。你先帮我把这袍子穿好。"

听他这么说，席银这才挪着步子回去，小心地接过他那半只衣袖，替他拢上，悄悄看了他一眼，忍着委屈道："让奴去见人，您就好好说嘛，别骂奴了。"

他似乎从来不会好好说话，于是，索性没有应声。

窗外雨下得很密，四方天昏地暗。

室内点着的孤灯，将席银和张铎的影子投在隔扇上。

席银半跪着替他理袖，头挨着他的腰。十年了，这是他唯一一次在隔扇上看到两道影子，可是此情此景，他又并不是那么喜欢。

席银不知道张铎在想什么，她掐着袖口的叠折处，小心地捋平，轻道："奴是不是无药可救了？"

她倒是乖觉，奈何就是根本想不明白自己到底错在何处。

"尚书令是个什么官啊？"她小心地发问。

张铎却反问道："这个把月你见的人少了吗？"说着，又把衣袖从她手中抽出来，反手自行整理，口中一连声说了四个人。

"陆还，陛下，郑后，李继。"

有名讳，也有尊位；有当下人物，也有女流之辈；有些已死，也有些尚在半死半生之间，但其顺序没有刻意排列，好似这些形色各异的人在他眼中并无分别。

然而张铎每说到一个人，席银的肩膀就忍不住一战。

从前在青庐的时候，这些人都是岑照偶尔口中闲谈谈及的天外之人，席银从没想过自己有一天能面对他们，更没有想过她能见证甚至参与这些人的沉浮与生死。她一时感慨，苍天过大，而自己过于弱小，强行其下，必要遭报应，所以她下意识地又往后退了一步。

谁知张铎却向她伸出一只手,一把拽住了她的手腕。

一退一进,拉扯时险些扯开张铎背后的伤口,他一咬牙,看着她的眼睛,沉声道:"扶我过去。"

她还想摇头,却听张铎紧跟道:"我告诉你,你弑过君,走出清谈居,离我十步之外,就会有所谓的忠义之士暗取你的人头,并引此为报国之谈。"

她忙抬头应道:"奴知道……奴不会走……"

"但留在我身边也并不是坦途。"

席银吞咽了一下,却感觉到了他手上实实在在拽拖的力道。

"不准自贱,不准怯。"

席银听完张铎的几句话,心绪混乱。

张铎与岑照实是背道而驰的两个人。相比之下,岑照并没有刻意对席银做过什么,他温柔地接纳了她的脆弱和卑微,张铎本身却像一根鞭子,把她那身褴褛的衣服打碎,又逼着她去找体面的衣服自己穿上。席银又累又怕,时常怀念在岑照身边的时光。然而,她也只敢对着张平宣说出这层思念,当着张铎的面,一个字都不敢吐。

他要她扶他走,那就扶吧,还能如何呢?席银真的不想再挨打了。

但张铎真的没有一丝怜惜席银的意思。他在伤重之下,难免步履不稳,几乎把一半的身重都压到了席银身上。

席银只得一手撑着他,一手撑着伞,靠壁往前挪,好不容易在跨门上见到了鳞甲未脱的赵谦。

赵谦是从军营里过来的,没有佩刀,一路走得十分利落,连伞都不曾撑。见到张铎与席银狼狈的模样,他径直打趣道:"啧,你能走啦。"说着又对席银笑道:"小银子,他不好照顾吧,脾气差得很。"

席银生怕张铎听入心,忙道:"将军切莫胡说,郎主不难照顾。"

赵谦笑道:"还这么怕他?他就想你对他好点,我跟你说,他这孤贵人,八辈子没人对他好了。"说完,又朝张铎得意地扬了扬下巴:"是吧?"

张铎不置可否,抬臂示意席银松手,站直身子道:"你跟着尚书令一道来的?"

赵谦收了笑,正色应道:"倒不是,一道出的宫,我回军营销了几笔贿赃钱,比他慢了一步。"

张铎道:"谁捧来的钱?"

"郑扬麾下副将庞见的小儿子,嗐,有道得很嘞,命人牵马驮来两个大瓮,说是黄酒。我看马累得喷气，随意劈了一只，里面泡的全是实银。你之前——"他说着，看了一眼席银，压声道，"你要不让银子回避？"

"无妨，让她听，她听不明白。"

赵谦玩味地看着席银，笑道："也是。"

"接着说。"

"哦，对。"赵谦收敛神色，"你之前让我教庞见杀帅自立，我看他是要动手了。郑扬病笃，又是战时，死了一点也不蹊跷，这事儿干净得不能再干净了。都说临战不换帅，我不会上奏遴选新将，大司马那里根本举不出别的人来。"

"嗯。"

张铎咳了一声。

赵谦道："我看你还难受啊。"

张铎冷道："接着往下说，我没什么。"

赵谦这才道："其他倒也没什么要跟你交代的，依我看，拔擢庞见统领东征大军的诏书，陛下应该是会拟的。不过，庞见的将职一贯是买的，领军的才能嘛，我看一点都没有，性子倒自负得很，郑扬一死，汇云关恐怕守不住。"

"把汇云关让了。"

赵谦忙道："把汇云关让了，云州不见得守得住，你怎么想的？要让刘璧的大军插到洛阳来吗？还是你和岑照之间有什么默契？若战火烧到云州，我必挂帅，到时候怎么打，你先给我个意思，不然我怕我勇武过人要坏事。"

他虽在说正事，人却依旧没正形。

张铎哂道："你没见过岑照演阵吧？去试试。"

赵谦心口一窒，他压声道："你这一说，我还真怵了。"

"所以，不急，先看汇云关战果。"

赵谦撇嘴道："你被打得下不来榻，当然坐得住，陛下和大司马他们坐不住了啊。这不，"他朝跨门后努了努嘴，"派了这个憨人来，代天子问病。这旨意我是亲耳听着陛下下的，我看那意思啊，是怕你装病不肯入朝，来探你的实情。你演好啊，别叫他看出端倪。"

张铎笑道："我如今用演吗？"

赵谦按了按鼻子，上下打量他道："也是，我现在都能一棍子把你敲趴下。"话一说完，就引出了席银的笑。

张铎回头道："笑什么？"

席银忙垂头："不敢，就是赵将军讲话，实在……"

赵谦道："我这照实说的。你问银子，当时梅辛林是怎么说的来着。他说，你是去找死,还差点就真死了。"说完,他突然反应过来,一拍脑门道,"你不会是故意去挨这一顿打的吧?"

张铎咳了一声,站得久了有些气促。

"不然,我避得开如今这个局面?"

赵谦如梦初醒,边笑边点头:"你对你自己也是狠啊。张退寒,我看大司马不打死你,迟早有一天要被你玩死。"

张铎鼻中哼笑。

"汇云关一丢就快了。"

赵谦莫名地打了个寒战,不好再续说什么,转话道:"对了,见尚书令,还带银子去啊,不怕常肃拔剑砍她?那可是个只有硬骨头,没有颅脑,把伦理纲常日日举过头的大君子,自以为是得很。"

赵谦这话一说完,张铎立即看见地上那抹清瘦的人影试图往后缩。他反手一把拽住席银的手。

"我刚才跟你说的什么,这么快就忘了?"

"奴没忘。"

"那你躲什么?"说罢,又对赵谦道:"你回营,我过后再与你详细说。"

赵谦冲着席银摊了摊手,露了一个满含"自求多福"意味的眼神,转身走了。

* * *

尚书令常肃是历经两朝的老臣,以直谏闻世。他自问是一朝文臣的中流砥柱,天子抚恤下臣,他的姿态自然是立得很足。

然而张铎不请他去正堂,反而把他晾在西馆,此时茶已奉了三巡,也不见张铎来,常肃早已等得不耐烦。他里内气愤,心绪不顺,本要发作,但陡然见了张铎,看他面色苍白、唇无血色,思及张奚公私分明,一分情面也不留,险些把这个儿子打死的传言倒不是虚的,他心里也有些伤感。然而他扫了一眼张铎身旁,悄然而生的这么一丝怜悯立即被那个艳丽的女婢摁灭了。

常肃最恨世家皇族的狎妓之风,甚至曾为此直谏过,在大殿上把皇帝逼得面色青白下不来台。从前听闻张铎独居清谈居,不近女色,他倒肯舍张铎青眼,唯恨他不识阴阳伦理,如今见他也是如此,鄙夷更甚。于是他整衣起身,并未寒暄,也不肯照皇帝的意思关照他的伤势而免除跪礼,只肃声道:"陛下亲下抚诏,中书监跪听。"

谁想张铎却抚袍径直坐下,反道:"重伤在身,实跪不得。"说完,回头看向身旁的席银："你跪下听。"

席银一怔,看着常肃,轻道："奴吗?"

"对,替我听。"他说得毫无情绪,抛袖理襟,交手端坐。

席银无法,只得怯怯地走到他身旁,靠着他跪下来。谁想他却伸手在她腰背处狠狠一敲,她吃痛,险些仆倒在地。

"奴——"

"仪态不对,不是听训的样子。"

席银无措起来："奴……奴不会啊。"

他伸手扶她起来,说道:"听天子训,背不可佝,腰不可折,叠手慎重触额,眼视前膝,敬屏息,不可耸肩,要有战战兢兢之态,但身不可晃。"

席银从前哪里知道这些,听他教授,忙顺着他的话去调整仪态。

常肃见二人如此,不由得耸眉而怒:"这是陛下的尊意,岂能让奴婢乱礼?!"

张铎点着席银的背脊弯处,头也没抬。

"何为乱礼?"

"你……"

常肃虽素知此人不尊殿礼,不想他今日竟冷狂至此,一时愣住,缓过意思来后,顿时气得牙战,怒目喝指道:"张大人,我替天子行抚下之行,即便你重伤在身,也该挣扎涕零,以表尊重,你竟携妓入堂,更以此妓为替聆听圣训,妄玷圣意,这是为臣的规矩?"

谁知张铎扶正席银的手臂,平续道:"如尚书令所见,我身边并无亲族旁系,通共此女一人,乃陛下亲赐,我感怀天恩,珍重之至。"

常肃怒斥:"难怪大司马要对你用此狠法,你简直枉为人臣、枉作人子!"

他说完此话,只觉目眦欲裂,还想再骂时却听张铎抬起头道:"尚书令不宣抚诏,罪同逆诏。"

"你说什么?!"

席银在二人交锋之时战战兢兢,渐渐有些跪不住。身旁人适时舍了一只手臂给她,抵在她的腰间,不让她偏倒,即便此时他因伤势痛到了极处。

席银侧过身想说些什么,却听他道:"回头,不要言语。"

常肃见此怒意攻心,他本就属耿直之人,心里有火时素不善压制言行,如今在言语和道理之间皆被人辖制,哪里肯就犯,他朝前踏步,引经史之文,携圣贤之言,鞭辟入里,强斥于室。说至最后,他更是砸盏泄恨,毒言道:"连刘璧等逆贼也知婢妾卑贱,股掌之物而已!"

席银不知避开,只觉一物迎脑门而来,她正要闭眼,却被人拂袖挡去。结果她面上只溅了几滴水,而那玉盏则"当"的一声打在屏风上,立即碎成了几块。

"尚书令,这是我的官署,尚书令自重。"

常肃忍无可忍:"我要入朝参你藐视圣恩之罪!"

张铎冷道:"既如此,江凌送尚书令。"

"不必了!"

席银看着常肃的背影愤懑地转过跨门,这才松了腰上的力,膝盖一软,跪坐下来。

回头见张铎面色青白,她忙又膝行扶住他:"可是刚才拽奴的那一下扯到伤口了?"

"别碰我。"

席银只得又松开他。

"对不起。"

"呵呵。"他抚着胸口笑了一声,忽然问道,"你是妓吗?"

席银一怔,旋即道:"奴跟您说过,奴不是妓!"

"你这会儿当着我敢说了,刚才呢?"

席银抿唇,眼底一下子蓄起了泪:"刚才……"

"你知道他为什么会说你是妓吗?"

席银含泪摇头。

张铎撑着席面坐直,挽起衣袖,伸手抬起她的脸来。

这一触碰,席银忍了半晌的委屈,顷刻间全部涌入口鼻眼耳。

谁知他竟忍着身上的伤痛猛地捏紧了她的下巴,寒声道:"你还敢对着我哭?可知洛阳城的女人,以媚相惑人、以眼泪求生的,都是妓。"

席银忙抬袖擦去眼泪。

"奴不做妓。"

张铎看着她那张慌张的脸,慢慢松开手指。

失了桎梏,她几乎瘫坐下来,悄悄地摸向下巴,发觉此处竟硬生生被掐出了五个指甲印。但她顾不上疼,追问道:"怎样……怎样才能不做妓?"

张铎没有说话,抬臂在她脊梁上一拍,撑席起身,拂袖自去了。

* * *

强迫自己融入一条恶犬的生活是很艰难的事,何况张铎过于严苛,然而整个清谈居没有人帮得了席银。

江沁等人甚至逐渐丢开手，连庭院都不怎么进了。席银一个人担起了张铎的起居，这才窥见了他生活的全貌。和岑照寄情于书画音律、舒放闲逸的性情不同，张铎在清谈居的日子清寡、枯寂，对他自己、对席银都很苛刻。比如他见不得庭中有落花。

但逢风雨夜，席银天不明就得起来，把花叶扫入花簸，再让江沁等人全部挪出去。

其实，既种树庭中，就该对四季轮回之中的开落、枯荣了然于胸。

席银自幼喜欢山中落英的时节，满山残美令人心颤。所以她实不明白，张铎究竟厌恶那些落花什么。

后来，她壮胆问过张铎一回："您为什么不喜欢落下来的花啊？奴觉得他们好好看。"

那时，张铎正在写字，扼袖走笔势，锋刃挫纸。他头也没抬，随口道："高悬的东西不好吗？你要去沾染那些零落在泥的？"

席银听后，不禁望向门外孤月高悬的庭院。

院中树影婆娑，木香浓厚，青壁回响着永宁塔上的金铎声。

不知为何，这些入眼入耳入口入鼻的东西，比他的言辞更加直接，点燃了席银的五感，让那种入世的"慧根"在她的心壤里破了第一层土。

席银抓了抓脑袋，竟忽地有些想明白张铎的意思了。

* * *

四月初，梅辛林最后一次看过张铎的杖伤后，拍了拍他的肩膀，一面收腕枕，一面笑道："养得不错，你身边那丫头用了心的。余下的伤在里内，需要长时间调理。"

席银正跪坐在张铎身后替他穿衣拢袖，起身要近前替他理衣襟，却被张铎挡下，他抬手自正衣襟，瞥了她一眼道："不用你，你坐好。此处不是清谈居，我在见客。"他情绪平和，没有刻意损她脸面的意思。即便如此，席银仍有些尴尬。她依言收回手，偷看了梅辛林一眼，见那笑面老头儿也正看着她，顿时腮红面赤，膝挪几步，垂头在张铎身后重新跪坐下来。

张铎亲手满了一盏茶，呈与梅辛林。

梅辛林扼袖端起，又看向他身后道："连茶也不让她奉吗？此女是退寒何人？"

张铎拣茶针挑壶嘴："私婢而已。"

梅辛林笑而不再问，喝了一口茶，开口道："陛下昨日召问了你的病势，我尚未如实回禀。"

"如何说的？"

"我只说五脏有损，尚在将养之期。"

"多谢。"他挑出渣滓，抬手替梅辛林添盏，复道："有劳医正。"

梅辛林看着清流入盏："新旧伤叠加，这一回几乎丧命，你该释然了吧？"

张铎望着盏中汤絮笑笑："我本无执念，有执念的反而是东晦堂的那个人，我只是想看看她。"

梅辛林道："这还不是执念？"

"不是。"他说着抬起头，"我无意为她改变什么。"

话说完，屏外传来江凌的声音。

"郎主，汇云关军报。"

"呈。"

江凌应声入内呈报，又在侧禀道："司马府的二郎君来了。"

张铎扫视呈报，一面问道："人在哪里？"

"在正门前。"

"那就让他等着。"

梅辛林道："你为何不见张熠？"

张铎笑而不答。

梅辛林放下茶盏："看来你知道张熠的来意。"

张铎合扣皮卷，平放于膝上："汇云关应该被破了。"

梅辛林点了点头："此时大司马肯遣张熠来见你，也算是低了姿态。"

张铎托盏哂笑。

梅辛林又道："所以，你不打算顾念你母亲了？"

"不是。我仍然顾念她，她要我和她一道自囚，我就听她的。那司马府的东晦堂是自囚，我这官署也是自囚，并没有分别。"

梅辛林不再深言，把看着手中的碗盏，半晌方道："我无意于军政，并不能同你畅言，就先走了。"

* * *

梅辛林辞出，赵谦接着便跨了进来，也不讲究，就着梅辛林用过的茶盏递向席银道："小银子，给我倒满。"

席银看了看张铎，轻声道："将军……自己倒吧。"

赵谦仰头翻了个白眼："我使唤你都不成？"

"郎主不准奴为他人奉茶。"

赵谦一怔，旋即看向张铎笑道："你这倒开窍，知道心疼她——"

他话未说完，眼前便飞来一物："那什么，张退寒，你扔什么？！"说着劈手接下迎面掷来的一只白梨，顺势拿袖子擦了擦递给席银，恢复笑脸道："你们郎主为了你都好意思跟我动手了！来，你吃个梨。"

"再没正形就滚出去。"

"成成成。"赵谦扔了梨子，理袍在他对面坐下，正色开口道，"你看了军报吧？郑扬十五万大军损了四成，余下六成全部随庞见退入了云州城，汇云关这次是惨败。今日殿上朝会大乱，大司马主张调动中领禁军驰援云州，以我为帅。"

"你如何说？"

"照你的意思，以护卫宫城、以防行刺之事为由对驳。陛下惊魂未定，不肯洛阳分兵力，当殿斥了大司马。"他一面说一面为自己斟了一杯茶，仰头灌了几口，又道，"如此一来，尚可调动的军力就只剩下河阳曹锦的十万外护军。"

张铎手指点案："曹锦是投机之辈，不会直赴云州的生死局，即便调遣，也来不及了。"

赵谦道："那你避到这个时候，差不多了吧？"

张铎道："云州也可以让。"

赵谦咂舌："我进来时见张熠在正门，这显然是大司马不肯对你低头，巴巴地把自己的儿子怂恿到此处来求你的。你让云州城是何意？云州城再失，张奚那些人怕是要疯了。你想怎么样？你是要让张奚亲自上门求你吗？"

张铎看了赵谦一眼："我与张奚之间，争的并非姿态高低。"

赵谦一愣："那你要做什么？"

"逼良儒忠臣死，不用刀戟。"

赵谦一时没有反应过来，撑案凑近，正要深问，却听屏后江沁禀道："郎主，张府二公子执意闯内，请郎主示下。"

赵谦闻此道："他恐怕是看我久入未出，知你刻意不见他才发的恼。啧，你这个弟弟也是根直火棍儿，你坐着，我去会会他。"

说着，他正要起身，却听张铎道："回来。"

赵谦抹了一把脸："你就让他在你门前闹啊，不好看吧？"

张铎没有应他，侧身唤道："席银。"

席银正拼命试图理解他们口中那段复杂的军情，忽听张铎唤自己，忙应道："奴在。"

张铎低头直看她:"我与赵将军尚有事议,你出去,挡下门外的人,不得让他在我门外喧哗,也不得令其在门内放肆。"

"奴?"席银惶然地站起身,"可是奴——"

她全然没有想到张铎会把此事落到自己身上,推托之话还没有出口,又听他追道:"二者若见其一,你就受二十笞。"

他这么一说,席银哪里还有推辞的余地,只得踟蹰地向前,搅缠裙带绕出屏风,一步两回头地跟着江凌往前门走去。

赵谦看着屏风后的那抹瘦弱身影渐渐走远,脱口道:"你让一个小奴婢去挡那厮?小银子才多大点,见识过什么,倘若不当,你说一不二,真要打?"

"我如何待她是我的事。还有,她叫席银,'小银子'也不是你叫的。"

赵谦听了这话,一时来了兴致。

"什么意思?哦,现在使唤不得、叫不得,以后是不是看一眼都不行?差点忘了,你还真为她剜过人眼。"

张铎不言,命人案上铺地势图。

赵谦捡起刚才没递出去的那只白梨咬了一口,挪膝坐过去,指图道:"说正经的吧,云州城如果真的被破,洛阳城的防卫就只剩下霁山这一条峡道,过后是外郭铺关,再然后就是洛阳内城了。"他说着,看向张铎,正色道,"你真的想好了,让云州?"

张铎抱臂而观:"让。"

赵谦提醒道:"你想好了?铺关虽险要,但毕竟是洛阳的最后一道屏障。这一让,可就没有退路了。"

张铎压平图角:"不需退路,我意不在守关。"

赵谦忙观图道:"怎么讲?"

"刘璧自命不凡,却是有勇无谋之人,有云州城在,则洛阳在望,这是名扬天下之一战,他必会亲自上阵,督铺关之战。如此一来,你才有机会——"他说着,伸手点了点霁山峡道,"在这个地方围杀他。"

赵谦看向他手指之处:"峡道围杀谈何容易,背倚云州,他好退得很。"

张铎笑了一声:"岑照在云州,他退不回去。"他说完又指向汇云关,"这个地方也不能白让,等云州城破,你即上奏,请调曹锦的外护军绕过云州回攻汇云关,告诉曹锦,我没有要他损兵夺取汇云关,他不必用全力,只要使刘璧分云州之兵回守即可。如此,即便刘璧侥幸退回云州,云州也是稀兵孤城。"

赵谦听完他的暗布,不由得在齿缝里"嘶"了一声。

"这种既保全军力又能立功的事,曹锦那人定不遗余力,这倒也打活了他那只软脚蜈蚣。你想得深啊。"

说完，他又觉得张铎在战事上布局实在缜密，虽远胜张奭等谈山议水的所谓名儒大家，但过于阴险难免令人畏惧。赵谦唏嘘之余，实觉一股莫名的寒意从足底起来，他忙起身跺足。

张铎看了他一眼："做何？"

赵谦道："筋麻了。"

张铎把盏哂笑。

赵谦倒不在意，又道："我在想啊，大司马若知道你谋局至此，却还故意逼他低下姿态来求你，恐怕恨不得自掴己面。"

张铎扶案站起身："张奭在洛阳，掣肘你我实在过多。"

赵谦靠向屏风："这也是，不过，他到底老了，等东征事定，你把陛下给你那道空白御诏写了吧，把他撵到南面去和我父亲做伴也成啊。"他一面说一面又抓了只梨递给张铎，"你与大司马毕竟有父子之名，你母亲又在东晦堂，况且平宣也在他膝下，你——"他顿了顿，侧眼观图卷，似不着意地问道，"不至于要让张家步陈氏后尘。"

"你知道你在说什么？"

"啊？"

赵谦毕竟认识张铎多年，立时听出了他话中的不快之意，忙拍膝打了个哈哈，打岔道："我能说什么？你吃梨啊。"

张铎没有接茬儿，转身往屏风前走，正遇江凌回来。

江凌拱手行礼，刚要退下，又听张铎道："你为何不在前门？"

"哦，奴见席银姑娘用不上奴，就回来了。"

赵谦闻话从张铎背后跟了出来，不可思议道："什么？她把张熠都弹压住了？啧，你家这小奴婢什么时候这么厉害了？"

张铎不语。

赵谦自顾自地对江凌笑道："她如何做的？"

江凌看了一眼张铎，轻道："将军……不如同我们郎主前去一看。"

赵谦兴致顿起，扯住张铎的衣袖道："快快，带我见识去。"

时近黄昏，鸟雀停鸣，前门紧闭。

官署的奴仆此时多数会集于此，有人掩面遮容，有人指点，但见张铎与赵谦过来，顿时各自噤声退后，把前门的空地让了出来。

赵谦陡然见到眼前的场景，险些没忍住笑出声。

门后的古柳下，张熠被绳子缚在树干上，嘴则被一条丝质的女绢勒缠，他拼命挣扎，却吐不出完整的话，憋得双眼发红。

席银蹲在地上，拢起了一堆泥沙，在手中捏成团，起身朝前走道："你再出声，我就——"话未说完，见张熠双眼瞪得吓人，她又赶忙退了三步，把泥沙块举到他鼻尖下，"你再出声，搅扰郎主和赵将军议事，我就用泥巴堵你的眼耳口鼻。"

张熠是张奚的嫡子，何曾受过这样的羞辱，何况面前的是个女人，模样明明胆怯，性子却比江凌等人还要难缠，他一时无法，只管舌头乱绞，哼叫不止。

张铎招手示意江凌到近前，偏头道："你绑的？"

江凌低声道："何敢？人是奴摁住的，至于绑人的……是席银姑娘。"

"堵嘴的呢？"

"也是席银姑娘。"

赵谦听江凌说完，抱臂凑到张铎耳边道："你可真厉害。我看，再跟你几天，她也要敢拿鞭子打人了。"

张铎看着张熠身上毫无章法的绑绳还有脸上那条用于抑舌却绞得极其勉强的丝绢，面上悄然爬上一丝笑容。他再看向那个耸肩戒备的女子，她看上去的确很害怕，但口中不肯罢休。

"你……你还骂不骂？还闯不闯？"

张熠气得双脚乱踢。

"不准挣脱！"

张熠哪里肯听，身上的绑绳活处甚多，加上他已挣扎了好一会儿，好几个地方都松动了。席银着急，生怕他要挣脱，情急之下，踮脚抬手折了一把柳条，手中胡乱地拧成一股，劈头盖脸地朝着张熠打去。

女人的力道毕竟不重，可柳条韧劲十足，隔着单袍鞭到身上还是疼。

张熠长这么大，几时被一个奴婢打过，几乎要被气疯了，他抻长脖子，挣扎得更厉害，谁知腿上又遭了更大力的几记，与此同时，又听那女子底气不足地呵斥他："你不要动了，你再动……绳子要开了！"

这是什么乱七八糟的话？张熠气得七窍生烟，不可思议得瞪圆了眼睛。

席银见此又缩了一步："你不要瞪我。是郎主吩咐的，不准你喧哗，你若肯安静，我……我……也不会绑你，也不会打你。"

赵谦闻话，一手扶着张铎，一手捂着肚子，闭着嘴巴笑得前仰后合，笑过后喘息了好一会儿才吐出话来："真打人了。哈……张熠这火棒子，还给她打愣了。"

张铎道："今日换你呢？"

"我？"

赵谦摇头退后："我可不敢跟张家的二郎君动手。"

张铎笑笑，不再与赵谦多言，抬头扬声道："席银。"

席银听见张铎的声音吓了一跳，回头见张铎站在不远处，她慌得丢了手上的泥块和柳条，无措地将手背到背后去搓拍。

"奴是怕他吵嚷你们。"

"我知道。"他面上仍然挂着笑，"做得尚可。"

张熠看见张铎，都要气炸了，使劲挣脱了手臂上的绑绳，反手要去解口中搅缠的丝绢，谁知后脑勺上竟是一个死结，强扯反而越勒越紧。

赵谦见他吃瘪，疑道："这是什么绑法？"

张铎对席银道："过去给他解开。"

席银看着张熠那几欲冒火的眼睛，往赵谦身后躲。

"奴……奴不敢。"

赵谦道："这有什么不敢的？来。"

说完，他上前一把将张熠的头摁向树干。

"快来给他解开。"

席银还在犹豫。

赵谦招了招手，啧声道："来呀，我帮你摁着他，他还动得了？"

席银这才挪了几步，绕到树干后面，伸手去解张熠后脑的结。

张熠感觉脑后松动，一把扯下堵嘴之物，吐出一口酸沫，推开赵谦，反身扬手照着席银脸面就要打。谁知他的手臂将一抬起，腕骨就几乎被人捏碎。

张熠吃痛回过身，见竟是张铎，顿时红眼喝道："中书监，士可杀，不可辱！何况我是你弟弟！你竟让一个奴婢当众羞辱我！"

"'士可杀，不可辱'，这句话在张家、在我身上落证过吗？"

张熠哑然，眼见张铎臂抬袖落，露出手臂上陈旧的鞭痕。

张熠见过张铎在张府裸身匍匐猪狗不如的模样，当下听到他说这样的话，竟不知何言以对。

好在张铎没有再逼问，而是摁下他的手腕，问道："来我官署何事？"

张熠忙整肃被席银折腾得乱七八糟的衣襟，抬头道："父亲有话与你。"说着，又扫了一眼在场的奴仆，终把目光落在席银身上，实觉她碍眼，"兹事体大，我要入堂与你相谈。"

"入堂？"张铎朝前走了几步，"大司马有这个脸面？"

张熠急道："事关云州战事、家国苍生。父亲大义之言，为何无脸面述于堂上？"

张铎笑了一声，倚柳而立："所谓'大义之言'，无非让我入朝主军政，驰援云州，倒是不难，大司马为何不让母亲来与我说？"

"大哥……"

"母亲若要见我，我定亲往司马府。为何不借母亲的名义传唤，反让你来？"

张熠不知如何应答。他深知张奚对张铎的鄙夷、愤恨，此时若不是郑扬身死、汇云关大败、云州城危急，他万不会求到张铎门上。然而，毕竟是清傲惯了的儒臣，怎肯轻易朝一背弃家族的逆子低头？让他这个儿子来传话，无非就要他替父受辱。想到此处，张熠突然有些丧气。刚才被那女婢绑在柳树的一通羞辱，其实已经把张铎的态度说明了。

"大司马没脸面，是吧？"张铎笑了一声，踢开脚下的绳子，"没有脸借女人的脸，所以，借你的脸，你也真有脸来见我？"

张熠闻言面色涨红，火生于胸，忍不住斥道："大哥，你折辱我就算了，怎可辱没父亲？！"

"父亲？用我性命的时候，冠苍生天下在我名下，像是要尊我为主；不用我性命的时候，斥我是乱臣贼子，棍杖示辱，几欲私将我处死。呵呵……"他笑指青天，咄咄逼人，"这就是大善清谈的名儒，诡辩得可真痛快！"

张熠被他说得两腿发软："大哥，你这话——"

张铎却根本没给他自我开解的机会，直起身走到他面前，抬声道："我想知道，他是求我还是令我。"

第七章

春衫

...

浮屠塌，金铎堕，洛阳焚。

张熠觉得此话甚为刺心。他尚且年轻，不曾在朝内沾污，父子、君臣的道义被墨淋金烫，直愣愣、明晃晃地写在书册上。是以，他想不明白自己这个大哥想在又能在这些大义之间抓取些什么。

"大哥，我知道父亲对你和徐夫人过于严苛令你心生怨怼，但家事国事岂可混为一谈？！"

赵谦闻话在旁小声呲儿道："吓，竖子。"

张熠牙火蹿龈："你说什么？！"说罢，抡拳就要上前，但他踟蹰了几步还未近身，就已被赵谦撑臂一把截住。他顺势弯腰捡起席银丢掉的那把柳条，在手里抡了几转儿。

"小二郎君，我劝你还是回去，不要在这儿丢人现眼。"

张熠看着那把柳条，又看向立在张铎身后的席银。

"纵婢辱士……"他话语切齿，说至恨深之处，难免两股打战，"还要纵党羽误国，张退寒，你根本不配立我张家之门！"

"那你们要我如何？"张铎抬眼，指向席银，"哪怕浮萍流云，傍了我也被污了，是吧？要如何？绑了她交给你处置，还是，"他说着反手指向赵谦，"还是绑他上殿请罪？"

张熠顿足道："你这是顾左右而言他，父亲要你为国行大义——"

"听不明白！"

"你装聋作哑！"

"谁在装聋作哑，你心里清楚！"

"张退寒！"

"不要叫我的名字。张熠，你回去问问张奚，他认不认'浮屠塌，金铎堕，洛阳焚'。"

"你——"

"拖他出去。"

江凌等人听令，立即上前架起张熠两胁，向外拖行。

张熠红眼梗脖，拖行之间，口中仍斥骂不停："张退寒，你入我张姓，受父亲言传身教十几年，你为什么就不肯从张家门风？为何非要倒行逆施，辱自己，辱家门？！你如此行径，为父母所耻辱，亦为兄妹所耻！"

赵谦听了他这番骂，挽起袖子几步跨上前去："吓，你这人，你骂就算了，扯上人兄妹做什么？你怎比得了平宣……"说着亲自拽着人往外拖去。

一群人哄闹而出。前门围聚的婢仆也都各归己位。

月东升而出，独照二人影。

席银一个人站在月影下，试探着唤张铎。

"郎主。"

她本不期待张铎回应，谁知他却应了一声。

"嗯。"

"奴……是不是做得不对？"她孤零零地站在他面前，看着脚尖，不敢抬头。

"我不是说了嘛，你做得尚可。"

"纵……"她有些犹豫，吐了一个字便咬了唇。

"问清楚，我一向不猜女子藏下来的话。"

"是。"她低头应了一声，这才抬眼望向他，"纵婢辱士……是什么意思？"

"婢，指的你。"

"啊？"

张铎低头看向席银："婢，隶属士族，担劳做役。士，指的是礼乐之下的儒生，他们心奉'修身，齐家，治国，平天下'之道，并以此为大义。婢仆不得辱没士者，是因为奴仆心私，而士者为公，国之大器皆倚仗士者，因此尊卑有别，上下分明。为婢者，若辱国士，则罪比辱国。"

他话音刚落，席银便扑跪下来。

"奴知错了。"

张铎低头看向伏跪在地的席银，问道："你为何会在意这一句话？"

席银身子伏得极低，手指在额前悄悄地抠握。

"因为……奴听了他与郎主说的话，奴……虽然听不懂，但奴心里很惭愧，他……他不是清谈居的雪龙沙，不是狗，所以奴不该这样对他。"

张铎闻话，沉默无言，良久，方道："你还有什么想问的吗？"

她膝头一缩。

"奴愚笨，实在……实在是全然不懂，不知道从何问起。"

风平月静，席银忽觉眼前落下一道青灰色的影子，接着，话便直接落在她的耳旁。

"你第一句就问得很好，错，也认得对。"

席银抬起头，见张铎半屈膝蹲在她面前。

"知愧方识礼。席银，这一层没有人教你，是你自己悟到的。"

"奴自己悟到的……"

"对。你自己悟到的。这个道理，可延为'刑不上大夫'，出自《礼记·曲礼上》，说的是，大夫犯了法，可以杀死他们，但是不要折磨他们。后面还有一句话，恰可恕你。"

"是……什么？"

"'礼不下庶人'，说的是，不向庶民苛求完好的礼节。"

席银觉得这话中似带有某种贬斥的意思，但她不敢明问也不敢质疑，神色黯然地看着地上的影子。

"奴……懂了。"

谁知话刚说完，却又听他道："但这两句话，我向来喜欢反说。刑上大夫，礼下庶人，你听得懂吗？"

席银怯怯地摇了摇头。

女子离儒家《周礼》过于远，哪怕张铎解得浅显，席银还是不甚明白。但那句反说令她莫名地有些兴奋。刑上大夫，礼下庶人。她的观念很粗陋，但正因为如此，恰好不会拘于文字上的解释。所以，她理解的意思是一幅图景——常年困于泥淖的燕雀，忽听金铎撞鸣之声，振翅奋起，继而化为鹰，直冲云霄。

"蠢物。"张铎干冷地吐了两个字，除了三分斥责，剩下的竟是七分失落。

这世上，慧明如陈孝，赤忱如赵谦，他们都能听明白他所指，但他们永不会认可他。他很想要眼前这个女人听明白他在说什么，奈何她不识字，没有读过一日的书，所以她被他骂了就悄悄的，不敢大声说话。

"席银。"

她受了重话，忽又听张铎唤她，忙轻声应道："在。"

"从明日起，江沁教你识字。"

"奴愚笨。"

"愚笨就苦学！"

她被他吼得肩膀一战。

"是。"

"从《急就章》开始识起，千把个字，一日百字，十五日为限，我会亲考。届时若一字识错——"

"奴不敢！奴一定用心。"

* * *

席银习字的日子，过起来如流云翻覆，一晃多日过去了。

江沁入不得清谈居，便在矮梅下给席银搭了一座石台，书刀、砚、笔、官纸都是张铎给的，江沁不能私用，便用一根梅枝为笔，以清水为墨、石台为纸张，教席银写字。

那本《急就章》是张铎临摹皇象章草的写本，字体去蚕头留燕尾，凝重、含蓄，笔画虽有牵丝，但有法度，字字独立、内敛，笔画多作波磔，纵横自然。但其用笔之力过于刚硬，极其不适合女子临写。江沁原本说替席银找一本楷书，张铎却不准许。而席银也有几分执意，写得不像就拼命地写，光一个"急"字就写了百遍有余。

一晃十日即过。

女人手中的字迹，不过是笔画架构端正与否的差别。

而清谈居外，却是风云变幻。

云州城一战，庞见大败，郑扬留下的十万大军，在这场战役中几乎折损殆尽。刘璧果真亲临云州城庆贺，叛军士气大受鼓舞，直入霁山山麓安营扎寨，剑指洛阳的最后一道关隘。

前线军报传回时，皇帝在太极殿上惊骇呕血，被抬回了寝殿。张奚与尚书令常肃立于太极殿外。

那一日，流云如绸，头顶失孤的燕雀之辈哀鸣盘旋。张奚望着地上苔藓潮湿的青缝，沉默不语。

常肃道："中书监的杖伤还未痊愈吗？"

张奚握拳道："尚书令有话直言。"

常肃道："你我皆不熟军务，连曹锦的军队驰援不及都算不到……这实在是……唉！"他愤而拍股，"云州城已破，我等该为陛下上何策？难道真的要南渡迁都？"

"失洛阳则是失帝威，万死之言，你也敢说？！"

"那大司马有何良策？"

张奚仰面而笑："陛下曾遣你去问过中书监的伤吧？"

常肃一怔，而后斥道："竖子，狂然无礼！"

"你既对他如此不齿,为何又要问他的伤情?"

"我……"

"呵……"张奂轻笑了一声,跨下玉石阶,走到流云影中,"你也无非看着,云州城被破,叛军逼至洛阳,放眼朝上,除了那竖子,再无人可倚吧?"

常肃跟下玉阶道:"话不能这么说,此乃国之生死存亡之际,若他能担平叛之大任,其罪自可旁论。"

张奂转身道:"枉你也是刚毅直言之辈,竟也说出此等无道之言。他上逆君威,下结逆党,如此大罪,死有余辜,怎可旁论?!"

常肃上前一步,恳切道:"大司马,我知道你视中书监为你张氏逆子,但我们为臣者忠的是君,眼下国将不国,何来君威可言啊?!"

张奂顿住脚步。

一只孤雁哀鸣着飞过二人的头顶。

天风之中竟然带着一丝淡淡的血腥气。

张奂突然仰头笑了一声。

"尚书令,你知道,中书监让犬子带了一句什么话给我吗?"

"何话?"

张奂望向那只孤雁,雁身背后是孤独的九层浮屠,金铃振出的寒声,为风远送十里。

"他问我认不认'浮屠塌,金铎堕,洛阳焚'。"

常肃一愣,旋即道:"竟狂妄至此!"

张奂闭上眼睛:"你说,我该不该认?"

常肃张了张口,不知如何应答。

太极殿外,宫人肃穆,但幡旗影乱,张奂望着凌乱的旗影,笑了一声:"你早已不是第一个言不由衷之人了。不过,有一句话,你是对的。"说着,他睁开眼睛,"我们忠的是君。"

常肃听出了张奂话中的萧索之气。明明是拳拳之意,偏说得孤绝得很。他蹙眉深想,却见张奂已经走到玉阶下面去了。

"大司马,我还有话没说完。"他扶玉栏朝下唤了一声,旋即一路追撵下去。

张奂却没有回头。

赭色的官袍携风翻滚,但那人影在常肃眼中逐渐凝结成一块陈旧干硬的血渍。

一声悠扬的金铎鸣响穿破重重宫城之墙,送入人耳。常肃闻音,脚下一绊,险些栽倒。他勉强稳住身子之后,前面的张奂已经走到阖春门前了。

* * *

西馆日暮。

博山炉中的流烟渐散。

张铎铺开霁山地图,手抵着下颔,看图不语。

赵谦则坐在他身旁,端着茶盏,望着白玉屏风后的两个女子,笑得一脸痴蠢。

今日张平宣来看张铎,恰巧碰见张铎因为席银写错字,罚其在屏风后跪默。

张平宣便铺了一张席垫在席银身旁,陪她一道默字。

席银已经跪了快一个时辰,早已跪得浑身发潮,眼睛泛晕,捏笔的手也有些颤了。

张平宣偏身看了一眼屏风另一面。她见张铎一手压地图,一手提标,像是忘记了外面还有人在罚跪,便向赵谦使了个眼色。谁知赵谦只晓得傻望着她,压根儿不明白她是什么意思。

张平宣无法,只得侧身对席银道:"要不……你别写了吧?就错一个字,大哥至于吗?"

席银揉了揉眼睛,把袖口朝后挽了挽:"女郎可别害奴。"她说着,用手滑过那个错字,"今儿不把这个字写像了,奴夜里就睡不得了。"

张平宣翻了翻她压在手下的《急就章》,撇嘴道:"皇象的字体本就不是女人写的,况且这本一看就是大哥的写本,那就更难了。他有二十来年的功夫,你从前没捏过笔,就凭这几日,哪里能写得像?"她说着,取过一支笔,照着张铎的字蘸墨临了一行,而后提笔自嘲道:"你看,我也学了好几年,还是写得不像。"

席银望了一眼张平宣的字,又看了一眼自个儿的字,不禁惭道:"女郎,你真厉害。"

张平宣搁笔笑道:"我的字是大哥教的。"

说起这个,张平宣忽然有些落寞,架笔低声续道:"大哥从前倒也不像如今这样,对我、对子瑜,还有长姐,都很照顾。"

席银也顿了笔,抬头望向张平宣。

张平宣知她写得累了,索性跟她打开了话匣。

"大哥小的时候就比我们稳重。我们顽劣得很,时常闯祸闹事,兜不住了就去找大哥。后来父亲问起来,大哥就替我们顶罪,挨过父亲很多家法。如今回想起来,我很惭愧,也不知道是不是因为我们当年不懂事,不晓得体谅大哥的处境,才让大哥和父亲之间隔阂日深,到了如今,挽回不了——"

"不是——"

席银脱口而出，说完才觉逾越，忙收住声音，不再往下说。

张平宣却犯疑道："你为何说不是啊？"

"奴……奴是觉得，郎主不是记这些仇的——"

"席银。"

话尚未说完，席银就被屏风后张铎的声音吓得肩膀一缩。

"字默完了？"

"不曾。"

"那为何停笔？"

"奴知错。"

她说着忙捉起笔，埋头铺纸。

"平宣。"

张平宣抬头，硬声道："做何？"

"过来，让她自己跪着写。她蠢笨至极，你教不了她。"

张平宣一听这话，面上恼红："大哥也太轻看我了，不就一行字嘛，你等着。"说完，对一旁侍立的江沁道："你再去取一块松烟墨来，还要一刀官纸。"

席银有些无措："女郎，这……"

张平宣捏着她的手道："来，你跟着我写，我就不信了，我还不教了一个小奴婢。"

一双倩影落在屏风上。

赵谦托着下巴看张平宣，一时忘了自己手上的杯盏，一愣神翻了杯，撒了自个儿一身的茶水，忙"哎"了一声起来抖。

张铎抬头看了他一眼。

"赵谦。"

"得得得……我没看你那小银子，我看你妹子！"

他说完，抖掉袍衫上的水重新坐下。

张铎反扣地图，手掌霍地在赵谦面前一拍。

赵谦忙把目光收回来。

"好了好了，不看了，你的东西，真的是一样都不让人看啊。"说着，百无聊赖地转起空杯。

张铎说道："你故意寻得今日来？"

赵谦忙撑起身子道："那倒不是，军机延误不得，碰巧而已。不过，说来也怪啊，大司马……似乎没有跟平宣说过云州城的事，我看她今日来不像有要劝你的意思。"

张铎道："张奕再无法，也不会逼平宣。"

赵谦回头道："对了，刘璧真的到云州城了，而且狂妄得很，竟没在云州城内安营，而是直接把营扎在了霁山山麓。这一来，只要岑照肯照你的意思锁闭云州城，把刘璧逼封在峡道里，我就有七成的把握拿下他。"

"七成够了，但我要活人。"

"活人？那就只有五成把握。你一会儿若能让我去给跟平宣说句话，我就再拼一成出来。"

他说着说着，嬉皮笑脸起来，却张铎冷道："赵谦，军务不得儿戏。"

赵谦一时泄了趣，叹道："行，不儿戏，要活的，我就尽量拿活的。不过，说正经的，你算的时机差不多到了，要我请旨吗？"

张铎没有立即应他。

茶香已淡，昏光将近。屏风后面的两个女子皆已写疲了手指。张平宣揉着手腕，松开腿坐下来。而席银仍然直身跪着，手臂悬提，手腕僵压。

"不急。"

张铎望着席银的手，平吐了两个字。

赵谦道："还要等什么，等张奚来求你？"

张铎沉默不言。

赵谦见此，欲言又止，半晌方拍股叹了一声："大司马历经三朝，文士之首，你要让他向你低头，无异于要他的命。明知不可为而为，你执这个念，何必呢？"

"那你呢？"

张铎似是刻意要岔开这个话题，反将了赵谦一军。

"我？"

赵谦一时没接住话茬儿，愣道："我哪有什么执念？"

张铎看向屏风。

"明知不可为，何必？"

赵谦一怔，随即反应过来张铎的意思。但他并不在意，而是举起茶壶给自己倒茶，一面道："你这人就是这么没意思。我在说你和大司马的事，你反过来揶揄我。"说着抬头灌了一口茶，竟头脑清明，似有饮酒之畅快，不禁咂摸着道："我知道，我比不上陈孝，但我犯不着和一个死人纠缠。平宣，多好的一姑娘，就算我这粗人不配，搁心里想想还不成吗？说不定翻年我就娶亲了，那时候心……一死……对吧？"说完又冲着席银扬了扬下巴，"你眼前那姑娘也好，别老折磨人家，几个字嘛，你是这一项的大家，她笨，你耐心，和和气气地，慢慢教嘛。"说完，他撑着席面站起身，也不管刚才那一席话张铎听没听进去，"让我跟平宣说几句话吧,看在我要上阵领兵拼命的分儿上,啊?"

张铎不置可否,赵谦便乐呵呵地当他默认了。他穿好履,从亭栏上一跃翻下,不留意踩翻了两盆海棠,吓得张平宣起身朝后退了好几步。

"你做什么?"

赵谦有些尴尬地从碎陶片中间走出来,正要上前,突然又想起什么,几步退回去,弯腰在碎片乱土里拣出一枝海棠花,仔细地抖去脏泥,递到张平宣面前。

张平宣怔道:"无耻。"

"什么无耻?"他咧嘴一笑,毫不在意她的斥骂,"以后,每次和你告别,我都送你花。"他说着,把手一扬,"拿着呀,你不接,我就帮你戴发上。"

张平宣闻言,忙一手夺了花:"你什么意思?什么叫告别,送我……花?"

赵谦拍了拍手,没多做解释,回头对张铎道:"我回营了,你查这丫头课业吧。"说罢,甩着袖,大步出了西馆。

张平宣望着他的背影消失在跨门处,捏着手中的海棠回头,见张铎已绕出屏风,立在席银的案前。

"大哥。"

"嗯。"

"赵谦什么意思啊?"

话一说完,身旁的席银忍不住笑了一声。

"你笑什么?"

头顶的人声严肃无情,一下子逼退了席银的笑容。

"猫抓狗扒之迹。"他说着,一把抖开她的字,拍在她手边。他实在言辞犀利,偏声音里又听不出歪酸和调侃,是苛责,也是实评。

席银什么也辩不出来。好在他只翻了一页,把其余的暂时压回手下,对张平宣道:"你也回去吧。"

张平宣还在发怔,听张铎这样说,这才想起席银,忙道:"我看她写得也不算差了。"

张铎笑笑:"她今日逃不过,你也帮不了她,回去吧,好好想你自己的事。"说罢,他扬手召江凌道:"送送她。"

张平宣被那朵从泥土堆里捞出来的海棠花惹乱了心绪,此时突然回过味来,她一跺脚喝道:"赵谦!下流之徒!我要去把这花砸还他!"说完,转身慌忙追出去。

张平宣走后,江沁在席银手边点了一盏小灯,而后退立到一旁,把席银身边的位置给张铎留出来。张铎借着灯光,捡起案上厚厚的一沓纸,捏住一角,哗啦啦地，一扫就扫过去几十张。

席银仍然跪着，小声道："写得不好……奴还写……哪怕今日不休，奴也一定会写出模样的……"

翻纸之声陡然止住。

"手。"

"啊？"

"伸出来。"

席银捏着手指，望向张铎。

"能不——"

"我师从钟璧十年，后改习皇象章草。拧转字体之时，几乎挫腕，所以，不疼是记不住的。"他说着，从笔海中取了一支长杆狼毫笔，"手。"

席银认了命，挽起袖口，慢慢地将手伸了出来。

那是一双天生习乐的手，手指纤长，骨节分明而风流，留着干干净净的指甲。

不得不承认，岑照的确关照了她的天赋，没让她受太多的苦便已在琴瑟一技上造极。而在张铎身边的一切，无疑是一场遍体鳞伤的拧转，不痛，还真的是记不得的。

因此张铎没有留情，笔杆反转，直劈在席银的手掌上。

"啊……嘶……"

席银痛得眉心一跳，一时顾不上他的严苛，下意识地要抽手，谁想却被张铎一把扣住。

"我说了，你今日躲不过。"

席银抿了抿唇，抬起发红的眼睛，啜泣道："十五日……奴就算识得完《急就章》，也习不好郎主的字啊，求您让奴换一帖别家容易的吧。"

"不准。"

他抓着她的手腕扣向陶案，接着又是一杆子劈落掌心，席银疼得肩膀都耸了起来。

"不准避难就易。"

"是，奴懂了。"

字以见性。

张铎初习小楷，后涉猎行草、隶、篆多样，但他始终偏爱笔画雄浑、落笔时锋削刃挫的字风。这种字风难在架构，也难在笔力，对于女子而言，诚然是过于

163

艰难了。

　　席银迫于威势说自己懂了，实则糊涂。然而事实上就连张铎自己也不明白，小楷适于初涉，隶书适于架字骨，为什么就非要逼着她写自己的这一手章草字。绝不是因为恨什么"避难就易"，那无非口上的说辞。背后藏着某种欲望和妄念，张铎此时尚不能自解。深想之下，他竟慢慢松开了她的手腕。

　　席银忙缩回手，低头朝手掌呵着气。

　　张铎下手没有轻重，也没有权衡女子的承受力，更不是所谓的世家门第之中打婢取乐的那些花架子，而是实打实地责罚处置，所以哪怕用的是笔杆，席银的手掌仍被他打得肿起了两条红痕。

　　"重新铺一张纸。"

　　好在他终于放平了声音。

　　席银闻话，连揉手的工夫都不敢耽搁，赶忙抽了一张新纸，铺开压平。

　　张铎走到席银身旁，盘膝坐下，抬臂挽袖。

　　"取笔。"

　　他坐在席银身边，席银连跪都有些跪不住了，僵着背脊握着一支笔却不敢下笔，悬臂愣在案前，连墨都忘了蘸。

　　张铎握住席银的手，这突如其来的触碰立即引得席银背脊轻颤。自从张铎强抑了她的情欲，这是第一回他亲自破席银的戒。然而张铎本人并不为所动。虽有暖玉在怀，他却依旧枯容端坐。这一时间，竟似神佛遇艳妖，妖物扯着艳皮，却罩不住神佛，反被剥了皮剔了骨，剩一缕魂暗收金钵之中，再也无力修炼。

　　相形见绌。

　　席银被张铎那张病容未尽消甚至略显苍白的脸照出了自己的荒唐，恨不得将头埋入衣襟。

　　"我见不得你对我起心动念，你是知道的。"他又直戳她的痛处。

　　席银张口结舌，耳根通红。

　　"临字之时，当如何？"

　　"当……当净思，平心气。"

　　"那么，你在抖什么？"

　　"……"

　　他气定声寒。

　　席银不敢再发颤，便将背脊挺得笔直。

　　"奴不抖了，奴……好好跟着您写字。"

　　"那只手伸出来，把我的袖口再挽一层。"

幸好他适时转了话头，没有把她最后的那层脸皮也撕掉。

席银松了一口气，抬手去周全他的袖口。

他的手腕因为伤病而消瘦了一圈，露出清晰的尺骨，分明夹带声色的风月之相，席银却再也不敢多看一眼了。

"行了。"

"是。"

宽袖挽折妥当，他也自如地摆开了架势。

"看好了，我只教你写这一回。"

话音刚落，笔已落了纸。

二人一道走笔，墨色在官纸上匀净地晕染开来。

张铎从来没有教人写过字，不知道怎么迁就旁人的功力。他从前对自己狠，不说字的笔画之中有不周道之处就要弃掉重写，就算写字时姿势不正，也是绝不能容忍的。于是他逼席银悬臂压腕的力道几乎要把席银的手折断了，席银受不住，自然要使反力来自保。

"肘。"

"什么？"

"不要别我的手臂，抬平。"

"是。"

席银几乎是被他压着写完了一个字。但不得不说，张铎的一手字是真的登峰造极，即便席银不懂其中奥妙，也被那墨透纸背的笔力所震撼。她拼了命地去记那笔画的走势以及笔锋的拿捏力道，竟渐把刚才那些令人面红耳赤的知觉抛下了。

夜渐深，树影苍郁，幽花暗香。

不知不觉，张铎握着席银的手写满整整一张官纸。

江凌跨入西馆，见自己的父亲正侍立在跨门前，上前问道："郎主……在做甚？"

江沁笑了笑："教席银写字。有个把时辰了。"说着转身，却见江凌面色不佳。

"你要禀事？"

"嗯。"

江凌呈上一封信。

"大司马府差人送——"

"什么信？"

二人闻声忙回过身，见张铎未松席银的手，只侧身朝江凌看过来。

江凌趋行几步，走到陶案前，将信呈上："大司马府遣人送来的。"

张铎暂时搁笔。

"什么时候送来的？"

"就是刚才。奴送女郎回府时，正遇司马府的人前来送信，奴就带了回来。"

张铎松开席银的手，接过信，顺势抛给席银。

"撕了。"

席银一怔："郎主不看吗？"

"不看，撕。"

席银不敢再问，拾信将要撕，却被江凌止住："郎主，您还是看看信吧。听说今夜司马府有事，大司马入朝回来后，径直去了东晦堂。不知道徐夫人和大司马说了什么，徐夫人……受了重罚，女郎归府听说后，也去了东晦堂。"

张铎手掌猛地狠握，一把揉皱了才写好的一页纸。

席银低头望向那封信，信封上写着张铎的名讳。

"拆开，念给我听。"

"奴……尚识字不全。"

"念，识得多少念多少！"

席银忙拆开信封。

然而信中并未写明任何具体的事，只有月日和时辰，外加一个地名。

月日是明日，时辰在辰时，地名则是永宁塔。恰巧，信中每一个字，她都认识。

席银一气念完，张铎却沉默无话，夜风吹着那无数的官纸哗哗作响。江沁怕纸张飞卷，忙上前来用镇纸压住。那堆叠的纸张被压制了大半，边沿处则翻出了蝶翅震颤般的声响。

席银望向张铎。

他肃着一张面无表情的脸，忽笑道："我知道了。"说着站起身来，低头对席银道："撕吧。撕完了起来，你今日逃过了。"说完，抖下挽折在臂的袖子，大步跨出了西馆。

席银踉跄着站起身来，看了看手中的信，又看向江凌。

"这是……"

"郎主让你撕，你就撕吧。撕了赶紧回清谈居去。"说罢也要跟出去。

"江公子。"

江凌顿步，转过身："何事？"

席银有一丝迟疑。

"徐夫人……是郎主的母亲吗？"

江凌点了点头:"是,你既在洛阳谋过活路,应当有所耳闻。徐夫人是大司马的妾室,也是郎主的生母,自从陈氏灭族,就一直住在东晦堂。"

席银垂下眼睑,想起张铎刚才的神情,转而又想起他曾经问过自己:若是她的父母弃绝了她,她会如何?不禁失神。张铎和她此生遇见的男子都不一样。

温润谦和如岑照,下流放荡如市井浪客,都没有半分与张铎相通。他是一个矛盾内敛的人,看似冷绝,为人执念,却好像是寒暖参半的。

次日,洛阳城大雨倾盆,张铎不至辰时便已出了府。

席银在廊上临字,雨水哗啦啦地打在青瓦上,几只避雨的老鸟缩在她的裙摆后面。

雪龙沙也犯了困,连鸟雀都不招惹,就趴在廊角处酣睡。

席银临完一行字,正要收拾起来,忽听张平宣在廊下焦急地唤她。

"阿银,大哥在清谈居吗?"

席银扶栏探出头道:"不在。这么大的雨,女郎怎么来了?"

张平宣收了伞,走上门廊,急促道:"昨夜里家中出了些事……唉。"她知道此时不该细说,索性又问道,"母亲让我来寻大哥。你可知道他去了什么地方?"

席银想起昨夜那封信,应道:"许是去了永宁塔吧。"

"永宁塔?"

张平宣愣了愣:"这个时候,去那儿做什么?"

"奴……不敢细问。"

张平宣冒雨就要走,席银忙追道:"女郎,到底出什么事了?"

张平宣回头道:"我也不甚明白,只是听二哥说,云州城破,朝中无将可遣,如今朝内朝外都在议舍洛阳南渡的事,父亲反对此事,在殿上招了些话。他回家后,也不知道母亲在东晦堂说了什么,惹恼了父亲,当夜就被责罚了。我问母亲,母亲却什么也不肯说,只要我今日务必寻到大哥,令他前往东晦堂一见。"说着,她有些焦急地扯了扯绦带,"且这会儿想想也巧了,父亲下朝之后,也不曾回家。"

雪龙沙莫名地躁动起来,突然扑到席银裙边,那几只躲雨的鸟雀全部被惊起,振翅嗖嗖地蹿入了茫茫的大雨中。

席银忙蹲下身摁住雪龙沙的头。

"别闹。"

雪龙沙狂躁不安,不停地扭动着身子。

张平宣见此也跟着犯了急:"不耽搁了,我去永宁塔那里看看,若大哥回来,你遣个人去告诉我一声。"

"女郎，等等……"

说话间已经迟了。

席银望着雨幕，心里跟着不安起来。

与此同时，雪龙沙也浮躁地在廊上转来荡去。

席银拿了一块干肉去喂它，它也不肯吃。它鼻息混乱，吠声蛰伏在喉咙里，发出一阵又一阵怒颤。

席银束手无措，不禁问江沁："您看看它这是怎么了。"

江沁在旁道："上回这般，是司马大人寿宴那一回。"

话音刚落，雪龙沙竟然蓄势要跑。

席银见状，忙一把拽着雪龙沙的尾巴，强逼它在自己身边坐下来，一面顺毛安抚，一面回头道："寿宴？"

江沁在席银身边蹲下，帮她摁住雪龙沙的脑袋，说道："前年，是司马大人的六十大寿，席间有人醉酒舞剑，刺伤了郎主，伤在要害，若不是郎主避挡及时，夺剑反制，恐怕真的会危及性命。"

席银一怔："是谁蓄意谋害吗？"

江沁叹了一口气："项庄舞剑，意在沛公。洛阳城想杀郎主的人何止一个。"说着，他摸了摸雪龙沙的头，"后来此人被锁拿，交廷尉问罪，但却下狱的头一夜在狱中自尽而亡。我记得，那一日这雪龙沙被锁在清谈居外头，吠了整整一日。"

席银闻言，眉心一跳。

江沁抬头看向她："郎主是行孤路的人，注定无人作陪，独面刀剑。姑娘若要行在他身旁，也不能避开各样冷器和各色人心。"

"不……我不想行在他身边，等哥哥回来，我就要回去的。"

江沁摇了摇头："姑娘若要回去，那清谈居就又剩下郎主一个人了。"

席银抚着雪龙沙背脊的手指微微一握。

雪龙沙突然抬起头，哀怨地朝着清谈居的隔扇门呜咽了一声。

席银抬头朝那重重帷帐之后望去。帐后寥落寂静的一切，她都已经熟悉了。

他素朴至极的起居、单一的饮食、执着而不肯变通的性格，人欲尽断，伤痕遍布的筋骨血肉毫无保留，尽曝于数月的相处之中。

"江伯，朗主伤还没好全，哥哥也还没有回来，我……没有说现在就要走。"

江沁站起身，向她拱了拱手："如此，老奴该谢过姑娘。"

雨水哗啦啦地冲刷着地面，各色落花汇成嫣流，顺着廊沿朝低洼处淌去，逐渐汇成了一片浅洼，远看似血泊。

席银凝着那一摊"血"，轻声道："江伯，您别谢我。其实我一直有一件事想不明白，但我又不敢问郎主，所以我想问问您。"

"姑娘请说。"

"我想知道，郎主究竟做错了什么，为什么洛阳城有那么多的人要斥责他，甚至要杀他，为什么大司马大人要对他动刑罚，还有为什么，小二郎君，甚至是……女郎，都不齿他的行径？"

江沁摇了摇头，轻道："姑娘觉得他有罪吗？"

"没有！"她应得很笃定。

江沁一怔。

席银见他沉默，起身道："江伯，怎么了？"

"哦……没什么。"他说着揉了揉眼睛，"我只是不明白，整个洛阳都不敢直言的话，姑娘为何这般笃定。"

席银道："我不懂洛阳城的事。我只知道，他救过我。在太极殿上，他也没有放弃我。这几个月来，我没有见过他恃强凌弱，反而他自己成了个遍体鳞伤的……孤……"

她想说"孤鬼"，又觉不敬，猛地想起了赵谦给张铎的判词——孤贵人，太贴切了。

江沁沉默须臾，方开口："姑娘焉知郎主不曾凌弱？他甚至杀——"

"洛阳城里杀人的人还少吗？"她忽地提高了声音打断了江沁的话，"刘璧为请兄长出山，在青庐前杀了十二女婢。陆还和皇后要杀皇帝，甚至我……也曾想杀人……谁说杀人就是罪人？若这般论处的话，洛阳城里有几个人配活着？那些不曾杀人的人又有多高洁？靠着祖宗的荫封，收了佃客们的粮银，日日夜夜，狎妓乐游，殊不知，路中冻死饿死的佃客奴婢都是……"她很少说这么长的话，说着说着泄了底气，蹲下来顺着雪龙沙的背毛来掩饰心虚，"我见识短浅，我就是觉得……大司马不该那样对他。"

这确实是浅薄粗陋的见识，是一个奴婢想要求存于乱世的私心，贵在她毫无掩饰，实实在在地吐露出来，顺着一条人眼不见的娑婆暗流，流入市井的轰鸣之中，也混入高风送来的金铎声中。

江沁明白，张铎此时一定很想听到这一席话。

奈何，何以有风送铎声，但无孤雁寄人言呢？

* * *

永宁寺的九层塔中，张铎与张奚相对而立。

海灯的灯阵之中，流焰如滚金，燎烧着两道极不相似的身影，蹿上塔壁，在塔顶上如鬼魅般缠斗。

塔外风雨不断地撞向那四角的金铎，其声冷锐刺耳。

然而，佛像前的两个人已经沉默很久了。

张奚是一个身形清瘦的人，但目光炯明，虽然已年过六十，却依旧精神矍铄。他身上穿着一身簇新的黑袍，其上讲究地绣着松涛纹，袖藏老料檀香，冠帽下的发髻一丝不苟，像是刻意整理过的。

"父亲想好了，要与我说什么？"

张铎的声音划破寒寂。

张奚仰面望向那壁上狰狞的金刚壁绘，反问道："中书监以为，我要对你说什么。"

"云州城破，南渡在即，先帝托孤，而孤将覆灭。父亲身为人臣——"他说着笑了笑，"罪极。"

张奚手扶佛案，不顾灯焰灼热、灯盏滚烫，低头看着灯油中的倒影。

"所以我该向中书监请罪吗？"

"不敢。"张铎拱手退了一步，"我受张家教养多年，即便受过责罚、训斥，也从无记恨之处。但我所行之道为家门不齿，为母亲不容，这一样，张铎诚不甘心。"

张奚冷笑了一声。

"你无非想我认那一句'浮屠塌，金铎堕，洛阳焚'。"他说着，转身望向他，"何须如此？你如今是中书监，整个洛阳的中领军全掌于你手中，你大可将刀架在我的脖子上，逼我向你下跪，逼我认同你的妄念和痴道！何必拿江山来和我这个老朽……和你那柔弱的母亲斗气？！张退寒！这江山不是张家的，也绝不能是张家的！"

"为何不能？"张铎上前一步，"我虽不是你的亲子，但我既然随着母亲拜了张家宗祠，我就自认是张家子孙。十几年来，我对子瑜何处亏待，对长姐何处不敬，对你、对夫人，何时不尊？可当年我身陷金衫关，曹州护军明明可以驰援，你为何要向陛下进言弃守金衫关？！"

张奚摇了摇头："你是领军之人，你不懂吗？"

"我懂！我知道陛下驻跸于北关山，曹州护军驰援金衫关会使北关空虚。可是那又如何？陛下，还有你们，在北关做甚？行猎，游山？就为了护卫这一行涉春之人，你们让我，还有赵谦以及金衫关十数万将士全部殉关？父亲啊，君就是这么忠的？子嗣的性命笑谈间即可交付？军将的性命随性就可弃掉？还是说，你根本就没有认过我是你的儿子，根本就没把那些拼命的人当成人？！"

"你住口！"

"为何要住口？我说错了吗？"他说着，步步紧逼，几乎将张奚逼入灯阵，"功高震主是罪过，我心里清楚。是，我是养寇自重，我是抓攫了地方军力物力，但那是为了自保，是为了防范陈望和你张奚之流。你们身在洛阳，躲在血肉之躯后面，却能言辞惑君、卸磨杀驴！"

张奚气血翻滚，伸手颤抖地指向张铎的眉心："你……你竟如此厚颜无耻。你拥兵自重，枉杀忠良，逼胁陛下，你还……你还有脸训斥我？"

"我不杀忠良，难道等着忠良杀我吗？"他言及此，忽然笑了笑，"父亲，你已不是第一次对我起杀意了。"

"你……你在胡言乱语……"

"前年，父亲的六十寿宴，有人拔剑祝舞，父亲应该还记得吧？"

"你说什么？"

"那个人，受过我的考竟，不过，最终没有写入廷尉狱的卷宗。父亲以为，真的有忠义之士肯为国杀奸而清白自尽吗？沾了肉刑，一样吐得干干净净。无非是我……"他反手指向自己，"无非是我，不想伤父亲的清白之名罢了。"他说完，肆然笑道，"张奚啊，你和我有什么区别？这十几年，我戍守过边关，杀过胡人，但我犯过谋反大罪吗？谁给我扣的这个罪名，谁让我站上风口浪尖的？谁害得我的兄弟姐妹视我为叛逆，谁逼我走到这一步的？啊？"话音刚落，他一把捏住张奚的手，"父亲，你不该给我一个交代吗？"

说着，他提声直呼其名，又重复了一遍："张奚，你不该给我一个交代吗？"

张奚慢慢抬起被张铎握住的手，捏捏成拳。

"兴庆十二年，官学不兴，礼仪教化散于各地名都大邑。我张氏一门、陈氏一族，门下子弟，从无一日废《周官》，而你……你……你也曾秉笔与我同研一经，是时，我何曾不当你是张氏子弟？！是你行歧路而不知返，以身入修罗界，陷此众叛亲离、万劫不复的境地，如此还要在佛前吠嚣，怨怼世道亲族？张退寒，你要我给你交代……哈……"他张臂荒唐笑开，旋步仰面叹道，"想我张奚秉承家学，却养子如你……如豺如犬！"他说着，颤巍巍地指向张铎，"我又如何向我张氏先祖交代，如何向先帝交代？！"说完，他甩袖跨步，踏出高塔。

塔外大雨倾盆，张奚还不及跨入雨中，背后的声音旋即追来。

"父亲忘了今日之行所为何故？现在就要走了？"

四角金铎撞鸣，朱漆门前的鎏金铜灯忽明忽灭。

张奚脚步下一绊，身子前倾，踉跄间险些跌入雨中，回身之时，已目眦欲裂。

"君……为臣纲，父为子纲。逆子！你不得妄想！"

张铎撩袍向张奚踏近："君为臣纲？君若亡于战乱，国若毁于嚣斗呢？"他虽在笑言，可眉目之间却分明有伤意，"有那么难吗？"

张奚浑身颤抖，几欲顿足。

"不得妄言！"

"认我的道理有那么难吗？"他全然不顾张奚的怒状，逼行于漆门前。

朱漆门在风雨之中"咿呀"惨呼，把海灯照出的残影尽数扇乱。

"你既忠于君主，可以弃我性命，如今……何妨为君，求我一回？"

"你……"

张奚只觉胸胀欲崩裂，所有的气血都涌到头顶，颅内滚烫欲炸，永宁寺中无数的梵音佛号也压不住他此时的冰冷。他不得不闭上眼睛，谁知脑中却回想起昨夜徐婉跪在他面前的情景。

白玉观音目光慈悲，寡素的窗纱上映着那女人因多年茹素而越发消瘦的影子。徐婉跪在观音像下，含泪说："妾弃过他，你也弃过他，可是你我都知道，他从未想过要做张家的逆子。是妾……是妾把他逼到孤道上去的。这么多年过去了，他无非是想妾给他认个错。"

张奚低头问道："你要去给他认错？"

徐婉含泪恳切道："若可以解你之困，妾情愿。"

"不准去！"他陡然动怒。

徐婉抬起头，眼睑青肿如核桃，哑声道："为何啊？"

张奚几乎有些不忍再看地上的女人。他索性站起身，走到窗前，背向她负手而立。

"你自囚于此这么多年，是要教他分是非。我重你人品，从不轻视你为女流之辈，如今你竟也说出这般言辞，枉我信重你多年！"

"是妾疑了！妾知道他有罪，可妾不能眼见他死啊。"

张奚闻言，直呼其名："徐婉，你若生疑义，我即离弃你！"

徐婉在他的雷霆之怒下，颓然跪坐下来，声泪俱下道："这一朝的是非……就重过你和他的性命啊？"

"妇人之仁！"

"他是我的儿子啊……"

"你还敢认他？！"

"我对不起他……你让他来……见见我吧，他一定会听我的话的，我求你了。"

"你想都别想。"他说完便要走，徐婉却膝行过来抱住他的腰道："郎主跟妾说句实话，郎主究竟要与他如何了结。"

如何了结？

此一言，竟令张奚默然。

东晦堂前的那株海棠摇曳生姿，溶溶的月色映在天幕上，流云席卷，时隐时现，如同《易》中那些玄妙而难以勘破的章句，偶见于日常之外的灵性，不过一时，又消隐在破碎的山河、征人的残肢之中。这是头一回，他觉得玄学清谈皆无力。

"放手，也放心。"他最后吐了这五个字给徐婉，掰开她的手，朝东晦堂外面走去。

徐婉怔住，随即抬头，凄厉地朝他喊道："你要做什么，你到底要做什么？"

张奚已经行至海棠花下，花荫在身，阴郁难脱。他没有回头，一步一字，应她的问："我只想给张家，留个清白之名。"

清白这个东西，是没有具象的，很难说明白。好比他眼前痛恨的这个人，穿着月白色的宽袍，免冠，以玉带束发，满身是刑伤，却无一处见血污。

"张退寒。"

他收回思绪，张口唤了他一声，本不指望他应答，不想，他却应了一个字。

"在。"

张奚不由得笑了。

"你还记礼。吓，可惜你学儒多年，从来都不明白'士可杀，不可辱'究竟是何意。"

"你并没有教过我。"张铎说完，往后退了一步，"乱葬岗、东晦堂都是我的受辱之地。我不为士，何必在意士者如何？父亲，你既无话与我说，我即告辞，至于洛阳如何，我与父亲一道，拭目以待。"

说着，他跨过朱漆门，独身赴向惶惶的雨幕。

"你……你站住……你给我站住！"

垂老悲绝的声音追来，而后竟有顿足之声。

张铎顿下脚步，回身看去，张奚还立在灯阵之前。

"你已决意不调中领军驰援云州城？"

"是。"

"好。"张奚转过身，踉跄地朝佛像行了几步，喉咙止不住地吞咽，半晌，方仰起头道："士不可辱，但可杀之，我……可以做第二个陈望。"

张铎背脊一寒，忙朝前进一步。

"你是活在锦绣堆中太久，所以视性命如虚妄，是吧？明明有生门你不入，你要向地狱，父亲，我真的不懂你。"

"我不需要你懂，你也不配。你有一句话是对的，于国于君，我张奚罪极，再无颜面苟活于世。但煌煌六十年，我自守底性，无一日愧对先祖、上苍。而你，必遭反噬而致万劫不复，你不要妄想我认你的道理，也不要妄想你的母亲向你认错。"

"与我……母亲何干？她是她，我是我！"

"她是张家之妇，奉的是我的法，我不准，她这一辈子都不敢为你走出东晦堂。"

"我不信！"

"你不信，就拭目以待。至此我只有一句话与你。"他说完，转向塔柱，"让赵谦驰援云州、护洛阳！"

塔外风声大作，从天空劈下的惊雷照亮了永宁塔上的鎏金宝瓶，四角金铎与悬链上的铜铎碰撞，尖锐的声响灌入人耳。

红木塔柱下，张奚匍匐在地，那动魄的撞柱之声被惊雷隐去。此时张铎耳中有雷声、金铎之声、风雨之声，独没有了人声。

血从张奚的额前流淌出来，沾染了他的发冠、衣袍。张铎突然明白过来，张奚今日为何刻意周正了衣冠，又为何不肯行于雨中。所谓士可杀而不可辱之，衣冠、仪容，皆应慎重关照。所以，在来之前，他就已经想好了。

"呵……"张铎回过头，"懦夫。"

一言毕，他虽是在笑，却也笑得渗出了泪。

江凌见状，忙走到柱下查看，一试鼻息，抬头道："郎主，人尚有息。该如何……"

张铎抹了一把脸上的雨水，返身走入塔中。

雨水和血水混在一起，蜿蜒流向海灯阵。

张铎蹲下身子，一把扶起张奚的身子，望着那道丑陋的撞伤："所以，你说你们这些儒者有何用，杀不了人，连自尽都无力给自己一个痛快。"他一面说着，一面伸出手，掩住张奚的口鼻。

江凌惊道："郎主……您这……"

"摁住他。"

江凌不敢违抗，慌忙丢剑，俯身摁住张奚的四肢。

果然，不多时，张奚的身子便抽搐起来，然而须臾之后就彻底地软塌下去。

半晌,张铎才松开手掌,站起身,低头道:"送他回去。"

说完,他整衣转身,却赫然发觉背后立着一个浑身湿透的人——张平宣。

"你……弑……弑父……"

她已然口齿不清,说话间甚至咬伤了自己的舌头,一面说,一面朝后退去。

张铎没有说话。

张平宣抬手指向他,哭喊道:"你是我大哥啊!"

"你看错了。"

他无情无绪地吐了四个字。

张平宣几乎扯破了喉咙,尖声道:"没有……没有……我都看见了……你……你……你怎么会是这样的人?"

张铎朝她走近几步,一把将她从雨中拽回,寒声道:"我说了,你看错了。"

张平宣拼命地捶打着他的肩膀:"我是看错你了!你不要碰我,你放开我!放开我!我要回去!我要带父亲回去!"

张铎扣住她的手腕,喝道:"不准哭,他此生懦弱,自戕而死,你有什么好为他哭的?!"

张平宣拼命地挣扎着,鬓发散乱,满面凄惶。

"你放开我,不要碰我,求你了,你放开我……放开我……"说着,身子便失了力,一点一点向下滑去。

张铎一把扶住她的肩膀:"我不能让你这样回去。"

"那你要干什么?你……要灭……我的口吗?"

她凄哀地看向张铎。

"你在胡说什么,什么灭口?!"

张平宣腕上吃痛,心绪大动,被他这么一骇,凄厉地哭出声来,后面的话语全然含混不清。

"都怪我……都怪我……母亲让……我来……找你,让你回家……都怪我没有找到你……都怪我……父亲,母亲,都怪我……"

第八章
春蛹
...

"你们的生死，连铜驼御道上的一朵雨花都不如。"

张平宣声泪俱下，拽住张铎的袖子，一点一点屈膝，整个人滑倒于张奚身前，匍匐在地。

张铎看着她那痛不欲生的模样，不忍再对她使力，便松开手上的力道，撑着张平宣与她一道蹲下去，强压着心头的气焰，逼着自己放平声音道："张平宣，这跟你没有关系，要有错也是大哥的错。"

张平宣哑了声，脸几乎贴在地上，她挣脱张铎的手，朝着张奚的尸体膝行而去，扑伏在张奚胸前，哭得肩背抽搐。

"你为什么是这种人啊……为什么……为什么大哥是这种人？"

她语无伦次，顾不上张铎说了什么，口中断断续续地哭喃着重复的句子，散乱的湿发搅缠在一起，狼狈而无措。

张铎眼前的鎏金灯盏耀目，与漆门外的雨幕一道，展延出一片潋滟的水光。

他将手搭在膝上，转身望向张平宣。

"你从前以为我是什么人？"

"我以为你是个好人……"张平宣说着，颤抖着直起身来望向张铎，目光凄惨，每一句话都似从喉咙里拼命挤出来的，"你……你是我最尊重的大哥，我以前以为……无论你对旁人多狠，你都不会背弃母亲和我们这些兄弟姐妹，你不会做对不起张家的事，你会一直护着我们。所以每一回父亲责罚你，我……还有姐姐……我们都偷偷地怪父亲对你太过严苛，就算是子瑜，私底下也在处处维护你，我们这样待你，还抹不平你对父母的怨恨吗？"

"我并不怨恨他们！"

"那你为什么要杀父亲？！"

"我说过了，你看错了！"

他突然猛地一拍佛案。海灯震颤，人影猛地被撕乱。

"江凌！"

江凌困于此局无解，忽听张铎厉声唤他，也怕张铎要对张平宣不利，立在雨中，一时竟不敢应声。

张铎转身看向他："你也忘了身份了吗？把她带走！"

"不！不要碰我……"张平宣的声音若碎瓷刮地，说完，她伏尸抱紧了张奚的腰，"我哪里都不去，我要在这儿陪着父亲，我要跟父亲一道回家。"

江凌看着面前的惨状道："郎主，这……如何……"

张铎闭上眼睛，握拳的手背上青筋暴起。

"张平宣，我是张家长子，父死，我即是宗族之长，你今日胡言乱语，我姑且念你受惊惶恐，但你不要在我面前过于放肆！起来，跟江凌回去！"

张平宣拼命地摇头，用尸体的腰束狠狠地勒住自己的手指。

"你还有什么脸，做我的大哥……你还有什么脸，去面对母亲和夫人……你要杀我，就趁现在吧，否则，我一定会把今日所见全部都说出去！"

"张平宣！你以为我会对你念兄妹之情？"

他被触怒，一时也口不择言起来。

张平宣忽然咳笑了一声，惨道："对啊，兄妹之情……我可真蠢。当年你灭陈家满门的时候……我就该听父亲的话，看透你是一个什么样的人，亏我……亏我后来还顺着席银的话往下想了，猜你会为我意不平，恨陈孝辜负了我……让他偿我……今日我看出来了，什么生的恩、养的情、手足、同胞，在你眼中，都是虚妄，都比不过你的野心，张退寒！"她提起胸口最后一股气，喊出他的名字，后面的话几乎从心肺中呕出来的，"你不配有亲族，你不配有！"

这番话从张平宣口中说出来，顿时令张铎气闷，他拍膝起身，几步跨到张平宣面前，一把将张平宣从张奚的身上拽了起来，一手扣捏住她的手腕，一手抽出她腰间的绦带，两三下就绑住了她的手。

"把她带回去，锁起来！"

"是。"

江凌应了声，忙上前扶住张平宣。

张平宣已力竭声哑，失了张铎的支撑根本站不住，一下子扑跌入江凌怀中。

江凌生怕她再惹恼张铎，赶忙架着她的胳膊，半扶半拖地将她带出了永宁塔。

夜已渐深，佛唱声也渐渐停息，雨却没有停息的迹象。

雨幕之下，悬铃孤独。

人眼不见的云阵，一刻不停地在雨上热闹翻涌。

塔中海灯耀眼，血流丑陋。

张铎扶着灯案，慢慢地在张奚的尸体旁坐下。他被张平宣顶乱的气息，此时尚未平息。好在生死两分、高下立见，赢了此局的快感很快占据了心头。

张铎望着张奚的尸体，半晌，终于从牙齿缝里透出了一声笑："你的女儿，还真像你，至于我……"他说着，仰面吐了一口气。

若问这一世他二人有没有父子缘分，张铎认为尚且算有。

正如张奚所言，张铎少年时，张奚教过他如何研一本经，传过他释道。但最后，张铎把这一切都背弃了，选择北上金衫关，弃精神，操练血肉。至此，这一世父子缘分好像就尽了。

不留意间，张铎触碰到了张奚蜷缩的手指。人一死，气息尽，就剩下一副无趣的皮囊。张奚的身子已经开始变凉，身上衣裳被张平宣刚才的那番抓扯掀乱了，露出胸膛的皮肉。

张铎想起，张奚执本讲授时曾说起过："儒家以衣冠寓道，衣冠即'礼'之外化，是以，士者不得一刻渎衣冠。"张奚将他自己所讲的道理践行得很好。

二十多年来，张铎今日才第一次看见张奚裸露身上的皮肤。他不禁放低身子细看。

名义上的父子，也着实有一身全然不同的皮骨。张铎疮痍满身，如同几经焚毁又被反复重筑的城池，而张奚的身子瘦弱而完好，诠"刑不上大夫"的儒家之理，从没有被金属、木竹羞辱过。

"'死生亦大矣，而不得与之变；虽天地覆坠，亦将不与之遗；审乎无假而不与物迁，命物之化而守其宗也。'你教我的，我从没有忘记过，不外乎阐释不同，你不认我，我不认你。"

说罢，他伸出手臂，拢好了他的衣襟。

* * *

席银一直等到深夜也不见张铎回来。

雪龙沙躁动了一日，终于在起更的时候伏在她脚边睡了过去。

庭中雨声不绝，席银抱着膝盖坐在廊上，望着漫天的雨帘怔怔地出神。

起二更时，前门终于传来了消息。

几个奴婢在庭门前唤她："席银，江凌带女郎回来了。人好像不大好，江凌不让我们伺候，你赶紧去看看。"

话音刚落，雪龙沙陡然惊醒，对着庭门狂吠起来。

席银忙摁住它的头："你不要叫了。"

那几个仆婢赶忙退了几步，惊惶道："这雨下到现在都没停，连畜生也跟着躁动，怕不是要出事吧？"

席银本就心里乱，赶忙将雪龙沙拴在廊柱上，取伞向前门奔去。

前门上，江凌正手足无措地扶张平宣下车。

张平宣双手被绑在身前，周身无力，浑身湿透，目光无神，行尸走肉一般，一下车就往地上瘫。但她毕竟是女郎，江凌不敢冒犯她的身子。

席银忙打伞迎过去，撑住她的身子对江凌道："这是怎么了，为什么要绑着她？"

江凌接过伞道："你最好别问。郎主的原话是，把女郎锁起来，但她这样……我……"

席银迎着雨抬起头，雨水的力道几乎逼得她睁不开眼睛。

"为什么要锁起来，到底怎么了？"

江凌道："让你别问你别问！不过，你可算救了大命，若让其他的奴婢见她，我怕郎主那儿还要多几条命债，你在最好，赶紧扶女郎进去，给她换身衣裳。"

张平宣一丝力气都使不上，席银逐渐有些撑不住她。她扫看了一眼张平宣的身子，又不见伤处，回头对江凌道："那也得请大夫来看看啊。女郎是伤到什么地方了吗？怎会如此狼狈啊？"

"还请大夫呢？千万别提。放心，女郎身上没有伤。今晚你好好守着女郎，无论外面有什么动静，你都不要管。"

席银听完江凌的话，还想再深问，谁知张平宣脚下一绊，席银一下子没拽住她，令她猛地仆倒在地。席银忙蹲下去扶她，张平宣却根本无心起来，身子软得像一团泥。

席银心里焦急，惶道："都这样了，还要锁起来吗？"

江凌低头道："她看了不该看的东西。席银，我也要告诫你，不该问的别问。"

"好好，我知道。"

席银点着头，把张平宣的手臂架到自己肩膀上，踉跄地撑着她重新站起来。

"我带女郎去她的屋子。大夫不能请，那你……那你吩咐奴婢们去替我熬些汤水来。"

"什么汤？"

到底是照顾过病人的人，席银此时倒是比江凌要冷静一些。

"不拘什么，要滚烫的。"

"好。"江凌一面说一面前跨几步，帮二人推开房门，"一定要守好她，她是郎主唯一的妹妹。"

"我明白。"

江凌应声正要回转，袖口却被张平宣那双绑住的手死命地扯住。

江凌一时不敢轻动。

张平宣靠着席银，半晌方憋足了一口气，哑咳了几声，抬起那张被碎发贴附的脸，眼底透着凄凉。

"你去，你去……告诉他，我……我张平宣，再也不是他的……妹妹。"

席银一怔，望向江凌。

江凌也是一脸惶然。

"女郎……实非你所见那般……"

张平宣口中含着雨水，呛笑了几声，转向席银，手指抓紧了席银的肩膀，指甲几乎嵌入她的肩肉里去。

"阿银，你也骗我……他杀人……怎么会是为了我们……他都是为了他自己。"

话未说完，她实在心碎力竭，手指松垂，晕厥在席银身上。

席银费力地将她扶进内室，捏着她的下巴灌了她一杯热汤，又用毯子裹紧了她的身子，她的体温才慢慢回升。

席银松了一口气，撑着陶案坐下，让张平宣靠在自己的膝盖上，拿绢子替她擦拭湿发。

原本体面明艳的一个女子，如今这般痛苦地瑟缩在她身边。这个场景，让她不禁想起了太极殿上的那位皇后。

张铎的话是对的。

姻缘也好，血缘也好，女子身在男人为主的阵中，实太易被搓揉凌虐了。

* * *

张奂的死讯，在次日传遍了整个洛阳。

第三日，赵谦奉敕令点中领军三万，驰援霁山。

出镛关前，赵谦在城门后见到了一身重孝的张铎。他满身披麻，腰系丧带，勒马盘桓在万军之前。

赵谦传令军队暂时休息，打马驰至他面前，劈头便道："我真想替平宣给你一巴掌。"

张铎看着他身上的鳞甲，抽出腰间的剑，在他胸口点了点："霁山峡道擒人归来再说。"

赵谦引马逼近他："听说你把张平宣关在你府上，不准她服丧，不准她行礼，到底为什么？"

"她犯了我的禁。"

赵谦忍无可忍，马鞭猛一空甩："犯禁？你也说得出口。她是你唯一的妹妹！"

"对。"张铎抬起头，"所以，她不得背弃我。"

残阳迎暮色，晚霞前旌旗翻飞。

赵谦抬手挡开张铎的剑，偏身道："她知道什么，是吧？我问过服侍她的奴婢，大司马死的那一日，她去永宁寺塔找过你和大司马。她是不是看见了什么，张退寒？大司马是怎么死的？"

"疾重不治。"

赵谦道："你对我也不肯说实话，是吧？若是疾重而死，你为什么当夜就要行入殓之礼，既不正寝，也不裹尸，更把张府所有的人都禁锁在府内，不准他们靠近棺椁？"

张铎并不正面应他的问题："父有遗命，令薄葬。'殓以法服，载以露车，还葬旧墓，随得一地，容棺而已。'我既为张家长子，此举有何错？"

猎风翻马鬃，战马不知受了什么惊，马蹄躁乱起来。

赵谦一把勒住缰绳："好，这是你张家的事，连陛下都不敢过问，我也没有资格置喙。大司马死了，郑扬的军队也损耗殆尽，放眼整个洛阳，无人再掣肘你，然我今日奔霁山，归期不定。趁此时，你不妨自己看看，你身边到底还剩下谁。"

说完，他打马归军阵。半道返身，他又道："张退寒，你好自为之。"

大军步伐齐整，排行齐出镛关。

张铎身沐残阳，随着大军的去向，远眺关外的霁山。

眼前红霞流转，风情万种，天际无人处，映着洛阳城中永宁寺塔。

关山外，似有一独琴，独奏送行军，那声音和铜驼御道旁无名的路祭青烟一样，升腾出的都是无人堪慰的私情。

张铎勒马回城，江凌正在司马府前等他。见张铎下马，他忙上前牵住马道："宋常侍刚走，之前在正堂上替天子奠酒，因不见二郎君和余氏等人，询问过父亲一回。"

张铎跨过门槛："江沁如何答的？"

"父亲说，他们悲恸神伤，不能勉力前来。"

张铎不置可否，撩开堂门前的一道灵幡。

江凌跟着他朝前走，继续回话道："郎主，明日就要送灵了。各族皆有路祭，寒门亦设私祭，都已遣人来问明日的灵道图。"

张铎笑了一声："你传话，张府不兴私祭。"

江凌追上道："可这也是儒士们对司马大人的哀思之情。"

张铎顿步回身，声里透着一丝恨意。

"名门路祭，都不是出自真心。这也就罢了。可寒门士者仰他为尊师，真心敬奉，而他一个自戕之人根本受不起这些人的真心。"话音刚落，背后竟受了重重的一拳。

张铎不防，身子朝前一倾，脚步却没有乱。

"父亲已死，你还要污蔑他！"人声愤极。

张铎回头一看，见张熠满眼通红地站在自己身后。

江凌正要上前，却被张铎抬手挡下，顺势一掌截住张熠的拳头，向旁一带力，便将他掷在地上。

张熠狼狈地撑起身，却不肯消停，扑爬过去拽住张铎腰间的丧带怒道："你把这东西解下来，你不配为父亲守丧。"

张铎低头看着他，屈膝顶着他的下巴，便逼得张熠向后一仰，跌坐在地。

"不让我戴孝，你想张奚无人发丧？"

张熠怔坐在地："我……我才是父亲的嫡子！我还活着，你凭何？"

张铎不言语，伸手一把将他从地上拽了起来。

"等他安棺，我会准你们去祭拜。"

张熠道："你不过是张家的养子，你以为，为父亲主持丧仪，张氏一族就会认你为长吗？你有本事就杀了我，否则，我绝不会让张氏一门受制于你。"

张铎闻言突然笑了一声："一个二个地，都逼我杀你们。你们当自己是何人？子瑜，你也好，张平宣也好，你们的生死，连铜驼御道上的一朵雨花都不如。"说完，他反手系好被张熠扯了一半的丧带，理了理衣襟，从他身边跨了过去。

谁知后面追来一句："那你母亲的命呢？"

张铎脚下一顿："你说什么？"

"我说，你母亲的生死。"

穿堂风撩不起沉厚的孝麻。

张铎欲前行，却又听背后的声音道："东晦堂的人已三日不曾饮食。"

张铎闻言，胸口猛窒，鼻腔中猛然充盈着香火纸钱的气息。

* * *

此时洛阳城中的气息是相通的。

张奚身死，洛阳儒士沿道设了很多处私祭，纸灰烟尘越过高墙，散入永和里的各处敞居。

张平宣房中，席银替张平宣换好孝衣，又陪着她用了些粥。

张平宣自从醒来之后，就不怎么说话，抱膝坐在玉簟上，一坐就是一日。

席银无法劝慰，只能在饮食上多加留心照顾。

这日她收拾了碗碟出来，已经起了更。

五月的夜晚，虫鸣细细，云淡风轻。无数细碎的纸灰浮在夜色里，惹得人鼻痒。

席银揉着肩膀，走进清谈居的庭院，却赫然发觉清谈居里燃着灯。江沁立在庭门前，雪龙沙也安安静静地伏在矮梅下。

张铎回来了。

算起来，他好像已经有五日没有回来过了。

"江伯。"

江沁闻声回头："席银姑娘，从女郎那儿回来吗？"

"是。女郎刚睡下。郎主……是……什么时候回来的？"

江沁道："哦，有一个时辰了，也没有用膳。听江凌说，在东晦堂……唉……"他有些说不下去了，摆了摆手转道，"你进去吧。"

席银望着那盏孤灯。

张铎多年的习惯，无论什么天时、节气，清谈居中，都只燃一盏灯，照一行影。

她轻轻推开门进去，里面却没有人声。

观音像的影子孤零零地落在地上，和一个蜷缩的人影连在一起。

席银绕过观音像，朝陶案后看去。

张铎朝内躺着，身上的麻衣未除，丧带紧缠在腰间，似乎勒得太紧了，以致他气息不平。他好像睡着了，但睡得很不安好，屈着膝弯着背，恨不得把自己缩成一团。

席银借着灯光，看向张铎的脸。他神色扭曲，眉头紧蹙，嘴唇也僵硬地抿着。

席银有些错愕。

之前哪怕受了重刑，他也会稳住自己的仪态和颜色，这还是席银第一次看到他这副狼狈不安的模样。

席银收敛起自己的裙衫，在他身旁席地坐下，望着他隐隐有些发抖的背影出神。

她是个孤女，除了岑照，这个世上没有人与她有深刻的关联。所以，此时此刻，她也想不明白，张平宣、张铎，这些骨肉至亲，为什么会相互折磨到如此境地。

"母亲……对不起。"

灯火一颤，席银吓了一跳，忙回身朝张铎看去。

张铎的声音很轻，却并不含糊，他一面说着，一面抱紧了肩膀，麻衣与莞席窸窸窣窣地摩挲着。

"求您重饮食，请您责罚我……不要……不要弃我。"

他的手指越抓越紧，几乎扯破身上的孝衣。

席银忙握住他的手指。触碰之下，张铎的肩头猛地一耸，他反手捏住了席银的手，之后竟慢慢平息下来。

席银望着那张扭曲的脸，失声道："你究竟做了什么，为什么要请罪，为什么这般痛苦？"没有人声应答她。

漫长而寂静的夜，他就这么扣着席银的手，时而惊厥，时而喃语地睡了一夜。

次日天明。

张铎睁开眼睛，见席银一手撑着地，一手僵在他的肩膀上，靠着陶案，睡得正熟。她身上像张府其他奴婢一样，穿着麻衣，腰缠丧带，一丝粉黛都未施，素着一张脸，因为连日疲累而显得有些憔悴，如一朵为劲风所摧的荼蘼花，透着一种饱含疼痛的残艳。张铎松开她的手，她猛然惊醒过来，身子一偏，险些扑到张铎身上。

"郎主，奴……去给倒杯茶。"

她说着，刚要起身，却听张铎问道："谁让你进来的？"

"清谈居……不是奴的容身之所吗？奴不在这里，能去哪里？"

是啊，她能去哪里？换而言之，他又能去哪里？

"你不是一直很想走吗？"

"啊？"

"岑照若回洛阳，我就放你走。"

"郎主的话当真？"她面上的喜色彻底刺伤了张铎。他猛然回想起镛关外赵谦在马上对他说的那句话。"你不妨自己看看，你身边到底还剩下谁。"想到这里，他不禁前额发冷，有些踉跄地站起身，一步一步走近她。

"你再问一次试试。"

席银被他的样子彻底吓住了，心里却是糊涂的。不是他要放她走吗，为何又这般言辞？

"奴不走……奴的字还没有学完。"她被张铎逼到了门壁上，胡乱拿话去搪塞他。

谁想张铎听完她这句话，肩头竟慢慢地放松下来，他倒真的不再纠缠，转身盘膝坐下："你过来。茶。"

席银顺着他跪坐下来，倒了一杯茶递给他。

她叠手于膝上，坐直身子，轻声道："其实……奴也就是想念哥哥了，看着女郎和郎主这样，奴心里也不好受。如今女郎没人照顾，您昨夜又那样，奴怎么敢走啊？"

张铎捏了捏杯身。

"我昨夜怎么了？"

席银不敢看他。

"您像是……哭过。"

张铎鼻腔中哼笑了一声："你没听错。"

"您怎么了，为什么会那么难过？"

张铎喝了一口茶。茶是认真温过的，不滚，也不凉，像是刻意为他备着，用来疗愈他喉咙里的哽痛的。

"你什么时候会难过？"

席银接过他饮过的杯盏，仔细地放好，一面应道："奴好像从来没有像您那样难过过，能活着就不错了。"她说着，抬头笑了笑，"奴很多事都不懂，不知道怎么开解您。但是，您也别害怕，奴听哥哥说过，好的人，都有福气遇到一个懂得他悲欢喜乐的人，您这么好的一个人，一定会遇到一个姑娘，能开解您，能陪着您。"

张铎听完，沉默了须臾，猝地抬头："那你呢？"

"奴？"席银低头缠搅着丧带，"奴这样的人，哪里配啊？奴只配照顾好您。"

"照顾我？你知道我是个什么样的人吗？"

席银点了点头："奴知道。您是洛阳城里一言九鼎的人。"她说这话的时候，眼底很诚恳，"您也是一个念父母恩、念手足情的人。您对奴……也很好。您教奴做一个知礼、懂事、不自轻自贱的女子，还教奴写字……虽然，有的时候严苛了点，但奴知道，您的心是好的。"

张铎闻言，抬臂在陶案上拍了拍，而后反手捏着鼻梁暗笑。

"那你为什么还想走？"

"您……别问了吧？奴一答，您就又要恼，奴不想惹您恼。"

她这么说，张铎竟无言以对。

她为什么要走，为了谁要走，他心里没数吗？但除了一副镣铐、一把锁把这具身子留下来，他好像什么也做不了。为了一个奴婢起这份心，张铎甚觉羞耻。

室内一时气氛僵硬，好在须臾过后，席银主动打破了沉默。

"郎主。"

张铎放下手来，应道："说。"

她捏了捏手指，大着胆子问道："听江伯说，您今年二十八岁了，为何不娶妻呢？"

张铎抬头望向头顶那尊白玉观音，半晌，方道："娶了她也不配住在这里，再辟一个东晦堂，没那个必要。"

席银听张平宣说过东晦堂，但是，听张铎亲口提及还是第一次。

"东晦堂是什么地方？"

"我母亲自囚的地方。"

他说得很平淡，说完便倚在凭几上。

"夫人……为何要自囚呢？"

张铎笑了笑："我不明白，我也不想明白。"说完，他侧面看向她，撩起她鬓边的一绺碎发，"你以为，清谈居又是什么地方？"

席银抿了抿唇："像是……郎主自囚的地方。"

张铎怔了怔。

这话解得真可谓剖心剖肺啊，他不知有多久没有被一个人用寻常的言辞扎得这么痛快过了。

"嗬，你真的很聪明。"

席银环顾周遭的陈设："奴只是没有见过哪位贵人住在如此朴素的地方，和廷尉狱的牢室都没有区别。"她说着，似乎联想起来了什么，抱着膝盖仰头望着张铎，打开了话匣，"您上次带奴去观塔，奴看到了永宁塔上的金……铃铛。"她刻意避开了他的名讳，"塔的四角各悬一个，塔顶四四方方，它们彼此不相见，只有起风的时候才得以相闻。奴那糊涂的想法是……那四角塔顶也像一座囚牢，那拴着它们的铁链就是镣铐。在那里，虽然可以俯瞰整个洛阳，但看洛阳城的人会被铁链子绑住。"

她自顾自地说完一席话，见张铎抱着手臂静静地凝视着她。

"你在影射什么？"

席银忙垂下头："没有，您知道，奴不敢的，其实奴说的这番话，自己也没有想明白。就是……莫名其妙地想到了，脱口就说了……奴知道其中有您的名讳，如果有冒犯，奴给您请罪，您不要怪罪。"

张铎垂下手，道："没有，你可以接着说。"

席银却不敢再说了，低头看向自己的脚踝。

张铎顺着她的目光看去，那串铜铃铛静静地蛰伏在她的脚腕上。她平时行路是极轻的，生怕那铃铛声搅扰了他，以至张铎几乎忘记她身上有这个物件。

"摘不下来了吗？"

"对啊。"

她垂手摸了摸脚踝。

"我很小的时候,兄长给我戴上的,他怕以后他看不见了找不到我,所以希望我行走时能有声响,这样他就能跟着声音来找我。后来,我长大了,这个就彻底拿不下来了。"说着,她晃了晃腿,铃铛丁零地响了,"它们都是些不起眼的东西,但比起永宁寺塔上的那四个大铃铛,它们有人情味多了。"

"席银。"

他突然冷冷地唤了她一声。

"嗯?"

"你是真的什么都不懂吗?"

他莫名地问了这一句。

席银忙将脚腕缩入裙裾之下。

"郎主……是什么意思?"

"我姑且信你。"

张铎凝视着席银的眼睛,席银受不住这道目光,下意识地要低头。

"不要躲,抬头。"

"奴……"

"席银,若有一天我知道你是在骗我,我一定让你生不如死。"

席银不明白他为什么突然间又说出这样狠毒的话,不敢再问,只得小声地分辩:"奴真的没有骗过您。"

"还有,"张铎径直打断了她的话,"你敢私逃,你就试试。"

* * *

所以,自命孤绝的人,就不应该去倚赖另外一个人的存在。这种倚赖是扭曲而不被理解的。

对于张铎而言,席银是一个令他很矛盾的人。她卑微、懦弱,挨过很多打,不敢跟他大声说话,斗大的字识不了一箩筐,甚至时常听不懂他在说什么。可是,他却莫名地喜欢听席银说话。

没什么章法,也没有什么深度,但就是时时刻刻都切中要害,扎得他心肝脾胃又痛又快活。她身上有着和张铎相似的挣扎,她不明白什么是儒士风骨,但她好像天生就不齿于此。好比她将张熠绑在垂柳下施以鞭挞,那种直截了当的对抗和张铎自己所谓的"刑上大夫"的观念是那样相似。即便他认为那种方式过于粗鄙,他也不得不承认,她是自己身边唯一一个说不出一点大道理却可以与他站在同一立场的人。她再多识些字就好了。他时不时地这样想。然而她的字真是丑,看着那些丑字，他就忍不住要打她的手。为此，席银时常肿着一双手，照顾他的起居。

夜里他休息的时候，她就悄悄燃着灯缩在陶案后面，一个人反复地临摹那本《急就章》。

清谈居里，没有床榻，只有一张莞席，是张铎的就寝之处。

自从席银住进来，张铎从没关照过她究竟是怎么睡的，然而她好像也没什么讲究，有的时候为了交差，一写就是一个通宵，有的时候就抱膝靠在观音像下，陪在他身旁，一直坐到天明。总之，张铎在的时候，她从来不敢沾席，至于他不在的时候是什么光景，张铎就不得而知了。偶尔，他会在席面上嗅到一丝淡淡的女香。若换作从前，整个官署中的女婢都要落一层皮，然而如今他并不想过问。

* * *

六月，镛关传来捷报。

刘璧声势浩大地率军直逼镛关，谁知竟在霁山峡道遭遇了大将军赵谦的伏杀。峡道地势如口阔之袋，赵谦在山壁两面设下箭阵，顷刻之间就全歼了叛军先头军。刘璧领着残军败逃云州城，回到城门前却发现云州城城门紧锁。青带遮眼的素衣人立在城门上，迎着霁山北下而来的暖风，手扶石垣嘴角噙笑。赵谦在月底追至云州城门下，一举将刘璧生擒。大军在云州城门前庆贺，城楼上的人素衣人扬声道："赵将军辛劳。"

赵谦勒马仰头："一贤公子，谢了。张退寒在洛阳候着你。"

素衣人声润若玉，与那沙场上的壮声格格不入。

"阿银在洛阳还好吗？"

赵谦笑道："就知道你会问起小银子，照我说啊，她竟好得很，我离都之前，看见张退寒都教她写起字来了。"

岑照笑了笑。

"那阿银定是吃苦。"

赵谦抓了抓头，也不好说什么。好在，岑照其人仍然温和谦卑。

"照玩笑而已，有劳张大人照顾阿银，我必当面一谢。时辰不早了，将军进城吧。"话音刚落，赵谦身旁便有军士递来一封信。

"将军，洛阳来信。"

赵谦一眼认出张铎的字，将手中的剑插回剑鞘，一面拆信一面道："你等等，我看看中书监还有什么指示。"

信尚未拆开，他便听城楼上的人道："赵将军读完信，切要遵行。"

赵谦抠掉火漆，迎着风冲岑照抖开信纸，明快道："你又看不见，怎么知道中书监写了什么？况如今是我领军，他管不了我。"

岑照含笑扶垣："忧你赤忱。"

赵谦笑道："听不出来这话是夸我还是骂我。"

说着，他展平信纸，低头扫看，不过几眼，果真立了眉，一把将信拍在马背上："这过河拆桥的无赖！"

城门洞开，战俘们被铁链串铐着，从城门内鱼贯而出，岑照也从城门上走了下来，青衫素衣行在他们身旁，径直走到赵谦马下。

赵谦耳郭涨红，有些不愿看他，半晌，方迟疑地问道："先生……是不是猜到了信里的事？"

岑照立在马前，仰头道："大致知晓。"

赵谦扼腕："此次霁山峡道伏击，之所以能生擒刘璧，兵不血刃重取云州，全仰赖先生。我赵谦不过献匹夫之勇，如今要我将先生视为俘虏锁拿，我做不到！"

岑照摇了摇头，松涛纹青带轻拂于面，声平容静，坦然无畏："中书监尚不信我，赵将军不须为难，遵行即是。"

赵谦恨道："他还执念于十年前被腰斩的那个人。"

岑照向赵谦伸出手臂，含笑道："其实也好，至少还有一魂魄让中书监畏惧。"

赵谦低头看向岑照的手臂。素袍宽袖垂落，露出一双手腕。那种苍白的皮肤，在男人身上并不多见，如同重伤之后大伤元气，羸弱，却自成风流之态。

赵谦欣赏岑照这一身雅素的气质，这和张铎的阴郁孤绝全然不同。他人如春山英华，即便是在尸堆成山的城关外，仍然不染一丝血腥气。

"别回去了。"

"赵——"

"你听我说！"赵谦翻身下马，急道，"刘璧是谋反的叛臣，押解洛阳，必受五马分尸之刑。你是他的幕僚，如果中书监不肯给你一个身在曹营心在汉的身份，你必将下狱问罪。你一旦入廷尉狱，张退寒要杀你易如反掌。先生，不是赵谦不自量力，在我的军中，军令大过诏书，他这封破信算不上什么，我今日就可以放你走。你不要再回洛阳。如今世道混乱，各王拥兵自重，各怀心思，你名声在外多年，不怕没有容身之地。"他说得言辞恳切，又看了一眼呈信的军士，又道，"你能说一句忧我赤忱，那中书监对我也应该有所防范。这样，云州后面是汇云关，今夜我亲自送你出关，出了关，中书监就鞭长莫及了。"

岑照摇了摇头："将军实不须为岑照违逆中书监。"

"违逆？"赵谦斥道，"他又不是陛下，说什么违逆他？"这话他也就在云州城敢说，说完还扫了一眼那个呈信的军士："你……退下。"

军士应声退走。

岑照欠了欠身，抬头道："岑照多谢赵将军，然，吾妹尚陷于洛阳。"

赵谦还在心虚，听他这样说，旋即喝道："你也这般英雄气短？"

岑照笑了笑："算是吧。残身囿于樊笼，所念之人，只有那个丫头。她亦孑然一身，我若不回去，她岂不是难过？"

"我……"赵谦在马背上一拍，愤懑道，"唉！我是真不知道怎么劝你。你不了解张退寒那个人……"

"不是，岑照了解。"

这一句了解，倒令赵谦愣了。要说这世上了解张铎的人，除了他赵谦，几乎都死了。他一时感到背脊恶寒。

"我……我劝不了你。不过，先生，即便你回了洛阳，你家那块银子，你未必能见到。我跟你说，张退寒稀罕银子得很。"

岑照疏朗笑开："我知道，若中书监不喜欢阿银，阿银活不到如今。"

赵谦抓了抓头，似乎明《周易》擅推演之人都过于冷静、坦然。

当年的陈孝如此，如今眼前的这个盲眼人也是如此。比起那些前途未卜的战俘，他一眼看穿了自己的前途命数，穷途末路也好，柳暗花明也好，总之，他了然于胸，以至赵谦觉得自己的考量肤浅而多余。

"你这样说，我也没什么好说的了。"他说完举剑道："来人。"

"在，将军。"

赵谦朝后退了一步："拿下，与叛首刘璧一道，押送回洛阳。"说完翻身上马，低头对岑照道："入了洛阳，我就帮不了你了，只能再徒道一声珍重。"

岑照温顺地垂下眼睑："是，也请将军保重。"说完拱手深作揖。

赵谦见此，胸口郁闷，却也再无话可说，索性打马举鞭，前奔高喝："大军入城！"

* * *

云州城在收编郑扬与庞见的余兵，押解战俘，修缮房屋，安抚百姓。

洛阳则仍然因为张奂之死，而陷在一种士人自危的悲戚之中。

六月，张奂已下葬月余，依照他的遗命以及张铎的意思，只用法衣裹尸，而后裹以青席，封入木棺，薄葬于北邙山下辉亭旁。张府的大门，直至七月初，才重新开启，张熠、张平淑等子女号啕于墓前，大斥张铎不孝——私行葬仪、囚禁张奚妻子、不准后辈亲奉老父西归。

洛阳城的各大士族虽对此颇有微词，奈何张奚一死，其嫡子张熠并无官职在身，而张铎借主丧仪之事，理起了整个张氏在洛阳的势力，张氏的各大姻族，包括张平淑的夫家王氏，都为张铎所用。

另一边，赵谦在云州大胜，朝中正由张铎起头，议如何迎大军班师及处理一应封赏之事。

郑扬、张奚双双身死之际，张铎在朝，已无人可出其右。

一时间，洛阳城中，除了张奚之妻余氏，以及她的几个子女，无人敢质疑张铎的行事章法。

七月初，天气燥热。

席银手执团扇，陪着张平宣在石阶上静坐。

头顶榆杨郁郁葱葱，风盈广袖，木香入鼻。

张平宣静静地靠在席银的肩头，紧紧地闭着眼睛。

席银侧头轻道："郎主不关着女郎了，女郎为什么还是不肯见他？"

张平宣摇了摇头："我不知道如何面对他，也不知道如何面对母亲、余夫人，还有二哥他们。"她说着，额头渗出了细细的一层薄汗，席银忙抬起手中的团扇，替她遮日，"阿银，别这样对我。我也是个罪人。"

席银摇了摇头："奴在这里容身，不就是要照顾好郎主和女郎吗？不然就该被拿去当柴烧了。"

张平宣闭着眼睛笑了笑："也就你还肯照顾他。"

"从前，女郎不也照顾他吗？"

"那都过去了。"她说着，睁开眼睛望向庭门，"我和他，再也做不成兄妹了。他是一个……"她不得已地顿了顿，抚摁住胸口，方接着说道，"是一个没有心的人。"

席银顺着她的目光看去，庭院寂静，半开的庭门外落着半截影子。

张平宣在病中时，胡乱地吐露过她心里的事，有关岑照，也有关张铎。席银在她身旁照顾，也就听了个七七八八，但她并不敢明问张平宣。然而，当听到张平宣说起"他是一个没有心的人"时，她却忍不住想出声去驳。

"他……有心的。"

"你懂什么？"

"奴看他哭过。"

张平宣冷笑了一声:"我已经有十年没有见过他的眼泪了。你怕不是……呵呵,看错了吧?"

席银垂头道:"不是,奴看过他身上的伤,之前张大人的那场杖刑真的差点将他打死。女郎,奴是一个愚笨的人,也不知道郎主究竟犯了什么不可饶恕的罪行,要被张大人如此对待,可是张大人身为人父,未免太不近人情了。"

张平宣一怔,随即直身喝道:"住口,不准污蔑我的父亲!"

席银缩了缩肩,却没有因张平宣的呵斥止声,反而续道:"即便是奴这样低贱的人,被犬类撕咬也想要反击,被人陷害也想要报仇,可郎主那样一个权柄在握的人,却甘愿受屈辱、承重刑,甚至以身受死,奴不觉得郎主有什么对不起张家——"

话未说完,席银只觉耳旁"啪"的一声脆响,脸上结结实实地挨了张平宣一巴掌。她的肩膀撑着张平宣的身子,原本就没有坐稳,此时被这么一扇,顿时偏扑在地,心里的委屈冲出来,一下子逼红了眼眶。

张平宣看着自己发红的手,又看向脸颊红肿的席银,一时愣住了。

张奚治家森严,张家家学传承百年,上行下效,无一人敢违逆。张平宣虽是女流,却也是自幼承张奚之教,视父亲的言行为圭臬,这么多年来,她虽然心疼张铎,却也只是出于手足之情,她从来不能认可张铎在洛阳的行径,是以,她也从来没有真正质疑过父亲对张铎的狠刑。如今,她听人这样大声地质问张奚,而这个人还是一个身份低贱的奴婢,极怒之下,她竟然对人动了手,自己难免错愕、无措。

"你给我出去!"

席银忍着眼泪站起身,朝她行了一个礼。

"是奴放肆,还请女郎——"

"出去!"张平宣抬手指向庭门。

门后那半截人影微微一晃。

席银不敢再出声,只得退了几步,捂着脸颊朝庭门外走去。

她刚行至门口,却见张铎一身素孝立在门后。

席银回身掩住庭门,垂头遮住脸上的伤,促道:"奴去给女郎取些水来。"说完便要走,谁知却被人一把扯住了腰间的丧带。

"转过来。"

席银抿着唇,狠狠地吸了吸鼻子,却怎么也忍不住眼中的泪。

"听不明白我的话吗?转过来。"

席银摇了摇头,反手一点点去扯被他抓住的丧带,肩膀一抽一耸,似乎是哭了。

张铎松开手，不再逼她，随即几步走到她面前，伸手抬起她的脸。

"说得出口，就不该怨这一巴掌，这会儿做这个样子，是为了给我看吗？"

席银被迫踮起了脚。

夏日的风细细的，吹拂着她脸上的细绒毛，还未除服，她粉黛未施，即便如此，仍然眉翠唇红，如同荼蘼沾了雪，从惨白里透出残艳来。

"奴又不是您。姑娘家有委屈还不能哭吗？"

也是。选择行一条孤道，就不能怨道上无人提灯。选择与血亲背道而驰，就要承受孤绝。但她是个姑娘家，有委屈还不能哭吗？

张铎的手指沾到一点湿冷，这令他不舒服，索性松开了她。

席银抬手揉了揉被他捏疼的地方，这才重新按住被打得发红的脸，小声道："女郎不开怀，您也拿奴出气。"她一面说，一面拿袖子去擦泪，谁知却越擦越多。

张铎望着她，说道："我没有拿你出气，我不过是不喜欢看人后悔。"

"奴没有后悔，奴说的是心里话。"

"那你想哭就哭吧。"他说完，又莫名其妙地添了一个称谓，"姑娘家。"

半年来，这是席银从这个如金属般寒冷的男子口中听到的最温暖的一句话。她像一只时时捏紧爪子的猫，忽蒙大赦，猛地松开了爪牙，不由得浑身一战，抱着膝盖蹲下去，把这半年间在他面前的胆怯也好，委屈也好，恐惧也好，全部放肆地哭了出来。

"席银。"

头顶的声音唤出了她的名字。

席银口鼻里全是眼泪的苦咸，只能含糊地应了个"嗯"。

"我没有弑父。"

席银一怔，她不明白张铎为什么要对她说这句话，可她分明听出来了，这并非一句单一的陈述，简短的五个字背后，他似乎还想问她要什么回应，但好在他并没有把这一层意思挑明。

"你以后不用维护我。"

席银将脸埋在袖中，哭得缓不过来，啜泣道："奴……哪里配维护郎主？"

张铎低头看着她，又道："我习惯有人恨我，恨意向来比爱意真。"说完，转身就要走。

背后却传来断断续续的哭腔："可您……孤零零的一个人……"

"我习惯了。"他说着，朝前走了几步，回头又添了一句，"但你可以跟着我。以后你可以哭，可以偶尔躲在我身后，写过字以后，也可以奏琴。不过，以后你说出的话，都不准收回，做过的事，都不准后悔。还有——"他顿了顿，声音陡然转寒，"岑照那个人，你给我忘了。"

"兄长……为何啊？"席银抬头想追问他。

然而，等她踉跄地从地上站起来时，他已经走到另一道跨门外去了。

接下来，席银便接连有三日不曾再见到张铎。

赵谦即将从云州城班师回朝，张铎奏请皇帝亲至镛关受献俘之礼，皇帝忌讳路途有险，一连驳了两回。然而云州以刘璧叛军残部未尽除为由，屯主力在霁山山麓，迟迟不肯班师回朝，与此同时，曹锦的军队从汇云关折返，同赵谦会师于云州城外，对洛阳隐隐形成合围之势，人心刚定的洛阳城因此又起了浮浪。

皇帝迫于情势，又受了中领军几个将领的联请，最后被迫应承了镛关献俘礼之事。

张铎连日在外，清谈居中的事便少了很多。

这日，席银正在写张铎留给她的字帖，江凌扛着一只长木盒在外面唤她。

"席银姑娘，过来看看。"

席银忙起身走出去，却见江沁也在，父子二人正围看那只长盒。

"你怎么没跟着郎主？"

"郎主在朝内，兴许要晚间才回得来。这个，"他指了指长盒，"这个是外头送进来的，说是郎主的东西，还劳姑娘带进去。"

江沁对江凌笑道："好几年了，郎主从来不肯在清谈居里添置陈设。"

江凌道："盒子是乐律里送来的，扛着实有些沉。"

席银弯下腰，发觉盒子并没有扣锁，伸手就要去掀盖。

"哎，姑娘使不得……"

江凌忙制止。

席银直身央求道："就看一眼。郎主也不在。"

江凌不好再说什么，毕竟眼前是个好看的姑娘家，一说软话，他也没了辙。

席银掀开盒盖，江凌也凑上去看，只见里面躺着一把弦琴。

"这是……是瑟？"

席银蹲下身，一手摁弦，一手挑拨，弦声铮然，回响空灵。

江凌闻声，不由得展颜道："可真是好听啊。"

席银细品着弦声的余韵，明眸悦道："这不是瑟，是琴。"说着，她细抚琴身。琴身为青桐木制，弦有七根，周身无饰。

"瑟有琴码，一弦一柱一音，只能于奏时透过左手之按、压、放等指法，于琴码之左，方奏出滑音、变音，而琴无琴柱，可用左手按指成音。一弦多音，且可用空弦、按弦、泛弦成音。"她一面说，一面演了几个音。

江凌道："从前竟不知你识此物。"

席银抬头笑了，说至自己所擅长之物，话也流顺起来。

"对于乐器，奴尚有一些眼力。这把琴，应是仿蔡邕的焦尾所造。相传蔡邕在'亡命江海、远迹吴会'时，曾于烈火中抢救出一段尚未烧完、声音异常的梧桐木。他依据木头的长短、形状，制成一张七弦琴，音色绝于凡尘，后人多仿他的造琴之法，也就有了'焦尾'传世。这是名士之琴。"她说完，抬手合上琴盒起身，"不过，都说士人鼓琴于静室，伶人鼓瑟于闹市，我虽能奏几个音，却不甚通。我兄长是此道之圣，他焚香鼓琴之时，连北邙山中的野鹤都会栖下静听。"

江凌听席银说完，不禁生疑道："郎主……好像不通音律啊。"

江沁笑了笑，看着席银道："自然是买给席银姑娘的。姑娘抱进去吧。今日的字啊，不消再写了。"

席银不禁想起了几日前张铎在张平宣门前的话。

"写过字以后，也可以奏琴。"

她一时出了神，不自知地摊开自己的手。

这几日他不在清谈居中，也就没顾上查她的功课、拿笔杆抽她的手，张平宣也不肯见她。席银手上的活路清闲起来，之前的伤倒是渐渐好全了。

江沁见她立在日头底下不言语，轻道："可惜，赵将军尚在云州，不然，郎主的心意，他或许尚可为姑娘一解。"

"江伯的话，奴听不明白。"

江沁笑笑："他想姑娘好，但又怕姑娘过得太过艰难，被郎主逼走。这琴瑟放在外面，就是世家子弟哄女子开心用的，只不过，他这样正儿八经地买回来，姑娘倒看不明白了。所以，老奴说啊，该早些迎赵将军回来，他能开解姑娘，或许也能开解咱们女郎。"

席银没有说话，江凌却应道："快了吧？我在外听说，陛下要同郎主一道去铺关。献俘礼后，赵将军就要押解刘璧和岑照等叛贼回——"

"你说什么，押解谁？"

江凌一不慎，说出了岑照的名字，忙转身拍嘴，然而席银显然是听清楚了，转到他面前道："你将说要押解兄长回洛阳？兄长为什么会成了叛贼？"

江凌看着江沁，迟疑着，不敢开口。

江沁摆手示意他退后，自己上前道："一贤公子叛入刘璧麾下，如今霁山和云州城一战，刘璧大败被擒，其麾下众谋士将领自然都要被押解回洛阳判罪。"

席银闻此，突然明白过来张铎让她把岑照忘了是什么意思。

"江凌。"

"什么？"

"你刚才说，陛下要在镛关受献俘礼，是吧？"

"是啊。"

江凌之前说漏了嘴，此时正心虚，忽又被她问及镛关的事，答应过后忙不迭地追问道："姑娘要做什么啊？"

"你想去镛关？"这一声从庭门外传来，惯常地寒凉，如同一阵朔寒的风，穿破夏庭。

席银和江凌肩脊一抖，二人不及回身，张铎已经走到席银面前。

江沁见状，忙示意江凌跟着自己退出去。

席银下意识地退了几步，不防踩到了雪龙沙的前爪。狗痛得一跃八尺远，蹿到那琴盒后面舔舐起来。

"你还记不记得，我跟你说过，好人，根本就不配活在洛阳城？他的生死不由你，看开。"

席银望着他，摇头道："奴不求你救他，奴只是想去见见他。"

"我让你把他忘了。"

他说完，冷冷地凝视着她的双眼。不知为何，此时他竟然想在她眼底看到些胆怯。然而，令他不曾想到的是，她竟然捏紧了手掌，抿唇道："凭什么？"这一声音并不大，却无比刺耳地直钻入张铎的耳中。

"你再说一遍！"

若换作以前，席银一定不敢再与一个男子言辞相撞，可此时她也不知道何时拾得了勇气，竟直身朝前走了几步，抬头望向张铎。

"您也有家人，您梦里也会哭。奴虽是您的奴婢，但奴也有家人，您凭什么，要奴忘了他？"

"你这样跟我说话，你不后悔？"

琴盒后的雪龙沙似乎也感知到这一句话极力压制的怒意，埋头匍匐下来，悄悄地望着席银。

"我在问你，后不后悔？！"声音炸雷一般。他终究没能压下情绪，最后一个字几乎破了音。

张铎向来是一个仪态肃穆、喜怒不形于色的人，这还是仆婢们头一次在他的额头看见暴起的青筋。然而，里外都没有一个人敢出声。

庭中日头正好，席银的额头渗出了薄汗。她喉咙里胡乱地吞咽了一口，迎着他的话道："是您要奴以后说出话就不能后悔的。"

张铎听完，彻底怔住了。

十年间，他行在一个又一个闭环之中，从来没有做过自认矛盾的事情。但此时此地，再多的处世立身之道、再多的古事典故，都成了虚妄。他竟被这一句毫无杀伤力的话抵得张不开口，他被这一个手无寸铁的女子逼得动不了刀。混乱之中，他忽然想起了一个词，叫"养虎为患"，可细想之下又觉得很不贴切。她并不是什么虎，甚至连一只兔子都算不上，无非市井之中的一只蝼蚁。只是她爬到了要害之处，蛰伏了下来。而且，她敢下口咬他了。至于她为什么敢下口……

一番想来，张铎颅内血气翻腾不止，手腕上曾经被她咬过的地方突然传来一阵钝痛。他抬起手腕，那几个淡淡的齿痕此时格外刺眼。

席银没有看出张铎陷于何等纠结矛盾的境地，她捏着一双手，对峙一般地凝视着他。

两方势力的悬殊，使她以卵击石的模样看起来着实有些可怜。然而没有人能点化二人。

"江凌。"

"在。"

"拿鞭。"

"您又要打我，是吗？"

江凌还不及听清张铎说什么，却听见她脆生生地仰头顶了一句。她一面说着，一面又摊开手，手上被他那笔杆子抽过的地方还泛着淡淡的红。

"您教我写字，我写不好，您罚我是应该的，可我今日没有过错，我不该被您羞辱。"

"你说什么？"说完，张铎一把抓住她的手腕，将她摁在矮梅的树干上。他着实比席银高出不少，手臂抬举，几乎要把席银提起来。

今岁的初春，她就是在这里被张铎剥得衣不蔽体，挨了一顿令她至今想起来都不免浑身乱颤的鞭子。时隔半年，梅香不在，满树葱郁的叶子在张铎脸上落下斑驳的阴影。其人还是一样暴戾，但席银清晰地在他眼中看到了一丝犹疑。

"您说过，不准自轻自贱，不准怯。"这句话，她是望着张铎的眼睛，一字一顿地吐出来的。

江凌在门外听见这句话，头皮一阵一阵地发麻。

谁知她竟然还紧跟来一句："您还打不打我？不打就放开我。"

二人头顶的叶丛发出了窸窣的声响。张铎扣在席银手腕上的手指咔地响了一声。就在席银要疼哭的时候，他忽然开始摇头，笑得胸口起伏。不知道为何，他心底突然莫名泛起了一丝诡异的快感。而且这一丝快感竟然把他扎实的观念宇宙破出了一个通往人欲的口子。眼前的女人，发丝潮润，眼眶发红，玲珑有致的身子贴在树干上，被迫踮着脚，她周身扭曲，背脊却是挺直的。肉身若柔花，骨骼若玉架。数月之前，她还抱着树干，低声下气地向他讨一件体面的衣裳。如今，她倒是真的挺直了脊梁骨，哪怕知道要挨打，也不再求他。于是，与快感并行的，还有失落。

张铎笑至最后，甚至有一丝气喘。他慢慢松开手，朝后退了一步。

"你想跟我去镛关，是吧？"

"是。"

"岑照被押解回洛阳问罪，你呢？"

席银喉咙哽咽："陪他……"

张铎抱臂偏头："廷尉狱考竟之后，是凌迟刑。你呢？"

席银的膝盖撞在一起，发出"叩"的一声。

张铎低头朝她的膝盖看去，冷道："一起死吗？"

席银怔在树下，良久，方含泪抬起头："您为什么就不肯说一句好听些的话？"

张铎抬手，胡乱地抹去她的眼泪，却擦痛了席银的眼睛。

"不准哭。"

她一把撇开他的手，掩面夺路而走，经过张铎身边的时候，甚至撞到了他的肩膀。

庭门前的江凌见此，忙抬臂将人拦下，却听张铎道："让她出去！"说完，几步走到她背后："你过于愚蠢，话不说明白，你听不懂。但你如果觉得难过，也可以一个人静静。至于镛关，你想都不要想，你就一条路可走，把岑照给我忘了。"

席银咬着嘴唇没有说话。

张铎扬了扬下巴，示意江凌让开，他自己转身朝后走去。

琴盒还放在矮梅下。盒中的琴是张铎在外鬼使神差之下买下的。

张铎从来没有习过音律，毕竟那是修心却无用的东西。但看着她那几根逐渐被笔杆磨出茧的手指，他又觉得，偶尔准那个姑娘消遣一下也无伤大雅，不能让她总是念着岑照一个人的好吧？然而买下这把琴的时候，张铎就已经后悔了，如今，他甚至想把它烧了。

想到这里，他一把掀开木盒，琴盒后面的雪龙沙却哀怨地叫了一声，抬头看着他。不知道为什么，他突然觉得很讽刺。以人为鉴，可以正衣冠。那以狗为鉴呢，是不是可以照见人的窘迫？

雪龙沙是他养的狗，好斗，凶狠，平时见了活物只知道扑咬。前几年，在临水会上，它把洛阳巨富豢养的一只白毛高丽母犬的耳朵咬了下来。所以，至今它还是只孤狗。

孤狗，寡人，一起乱七八糟地活在清谈居中。

比起琴，张铎此时觉得，这只狗更碍眼。雪龙沙似乎也感觉到了他的敌意，悄悄地往后缩去。

"趴下！"雪龙沙被他这么一吼，忙低头趴下。

张铎挪开琴盒，走到它面前，低头道："你那晚为什么不咬死她？"

雪龙沙闻言，站起身叫了一声，声音似乎有些委屈。

张铎看向它的背脊，鞭伤虽已好了，但伤疤仍在。是了，它咬不死她。因为那一晚，他把她扔给了这只狗，但同时也把制狗的鞭子扔给了她。

庭门外，江氏父子望着这庭中的一人一狗，双双无话。

良久，江凌方回头对江沁道："怎么觉得，人……不……怎么觉得狗有点惨呢？"

* * *

那日后半夜，张铎醒来时发觉席银还是回来了。她仍然抱着膝靠着凭几，身上盖着一件玄色的袍子，闭着眼睛，脸上还有白日里的泪痕，额头上腻着薄薄的一层汗。张铎重新闭上眼睛，却怎么也睡不着，心跳得厉害，听不得一点响动。他不知道自己在不安什么，索性又翻爬起身，赤脚踩地，在她面前来来回回地走了几圈。

最后，走到隔扇门前，他把锁给落下了，这才回身走回莞席旁，却见席银睁着眼睛望着他。

"你把门锁上，是要关着我吗？"

"你未免太高看你自己。"

席银抬起头，指向门："那你为什么挂锁？"

"……"

张铎几步跨回去，一把卸了门锁，猛地将门推开。

"你私逃试试！"

满庭幽静的夜花香气穿门而来，撩动席银细软的碎发。

张铎则像一只失了猎物的野兽，彷徨地立在门口。

席银望着他，没有说话，夜幕孤灯之下，她的眼睛亮亮的，如含星月之光。

"你以为你是谁？"

席银还是没有应答他，反而将头埋入玄袍中，闭眼沉默。

"为什么不说话？"

"我知道……"她的声音有些闷，"我知道您救过我的性命，我也答应过您，如果您能救我，我为奴为婢服侍您一辈子。可是，我拼命拼命活着，就是担心兄长一个人无人照料，如今，他身陷在镛关……我不敢骗你，我很想找他，去照顾他。郎主，在您眼中，我是个愚蠢的人，字写不好，书也念不好，听不懂您说的话……您一定也看不上我，为什么又一定要让我留下？"

"谁说的？"他脱口而出，顿觉失言，转而上前几步喝道，"谁准你这么说的！"

"是您自己问我的，您问我，我以为我自己是谁。"

"你是我的人！"他说着，蹲身抓起她的手，"字写不好就把这双手写废，书念不好就不准睡觉，听不懂我说话就往心里记，一遍一遍地想！有那么难吗？我就不信了。"

"但那又何必呢？"

"你说什么？"

"您是中书监，赵谦说过，连陛下都惧怕您，您以后一定会娶洛阳城最好的姑娘，她出身高贵，知书达理，根本不用您费心去教。"

"……"

张铎一巴掌拍在陶案上，案上的孤灯应声而灭，室内陡然黑下来，连人的轮廓也看不见了。黑暗给席银带来了不安，令她往角落里缩去。

"您……您要做什么？"

"你之前不是很想吗？"

"我没有！"

"你以为我在说什么！"

"您……"

"你不想睡吗？"

"睡……什么……"

"睡觉！"

第九章
春关
...

上穷碧落下黄泉,
世上再难寻到比那更柔软、
更愿意包容他那双血手的地方。

席银隐约记得一个成语——玩什么……自己烧自己。奈何她当时没有记明白，此时惶急，越发想不清楚。

然而，她被人扼杀的人欲，如今在对张铎的畏惧之下冒泡般地鼓动着，不敢勃发而出，又不甘蛰伏，周身的血气冲上脑门，一时间，她耳根发烫，脸色涨红。

张铎并不能看清这些。眼睛适应黑暗以后，他只看见一个抱着双肩拼命把自己蜷缩起来的女人。

"把手松开。"说着，他伸手想要掰开她死扣在肩膀上的手，然而却在昏暗之中无意触碰到了一处无名的温软。虽有凌乱的衣襟堆叠，仍旧能感觉到它浑圆的形状，张铎颅内闪过一道雪白的雷光，还没想明白究竟是为什么，他就已感觉到面前的女人惊惶地挪动身子，试图躲开。

张铎也不知道自己只是想搞明白颅内为什么闪过一道白光，还是根本就不想放手，他不但没有退，反而出自本能地一把抓握住了那一处温软。

"我让你躲了？"

席银觉得自己浑身的皮肉都因这毫无道理的一个抓握而绷紧了。触碰的体验，她早已有过。毕竟她天生身段曼妙，一双美乳实为坊间男子意淫自足的恩物，哪怕遮在轻纱之下，掩在琴瑟后面，依旧令人六根不净、神魂难安。男人们太爱看她羞红着脸小心地躲避着他们不安分的手，她也曾经在这些腌臜动作之中体尝过酸甜难言的滋味。但那一切和此时这个莽撞的抓捏所带来的感觉绝不相同。要说疼，是真的有些疼。可席银并不能哀求他，她记得，张铎不喜欢她卑微的模样。然而，她也不想斥责他，因为她虽然不明白张铎为什么抓捏着那个令她尴尬的浑圆不肯撒手，但她没有在这一举动之中感觉到丝毫的羞辱和作践之意，反而从他略略颤抖的手指上觉出了一丝与张铎本人全然不合的慌乱。这种慌乱，莫名令她生出了一丝得胜的快意。

"能……放开我吗？"

张铎一怔，这才看见席银正看着他那只荒唐的手。

窗外月破层云，斜光穿门户，头顶的观音像借着月光将深灰色的影子落在她的脸上。她的手无措地抓着腰间，偶尔试图伸过来掰扯他的手，但又在行动前几次犹豫，最终没敢碰他。

"我……我很羞耻。"

张铎听得这一句，猛地松开了手掌。与此同时，他终于看明白自己抓捏住了什么。

她很羞耻。这一句话，看似在自怨，实则却像一个冰冷的巴掌"啪"地拍在张铎的脸上。女人一旦知廉知耻，那男人的莽撞就显得极其猥琐。

张铎低头看着自己那只荒唐的手，恨不得自抽一顿。

"把……把衣服穿好，自己……"他话还没说完，只听身旁一阵窸窸窣窣的声响，席银捂着衣衫连滚带爬，逃也似的奔了出去。

张铎怔怔地蹲在观音像下。背后的门尚开着，月溶，风淡，庭中的物影静静地印在张铎身前的白壁上，角落里存着席银身上无名的香气，冲散了室中厚重的沉香气。

张铎怔在窗前半响，才将刚才那句未说完的话吐干净。

"把衣服穿好，自己过来。"话音一落，手边拱出一团雪白。那柔软的触感，令张铎脖颈一僵。他低头一看，竟是雪龙沙。

"我不是让你过来。"

雪龙沙显然没听明白他的意思，低头在张铎腿边趴伏下来。

张铎看着它的模样，突然生出一丝浅薄的自悯，无关亲缘浅薄，也无关胸中沟壑无人理解的不甘，但是很酸，酸得眼睛和鼻子都不舒服。

* * *

七月中旬，霁山山麓的焚风吹得人两腋黏腻。

皇帝率领百官及嫔妃，从铜驼御道亲出洛阳。满城的榆杨叶声如涛，华盖似云。

张铎随帝出行，此月虽已除服，但他仍在腰间系着丧带。城中士人见他如此"道貌岸然"的行径，皆敢怒不敢言。

霁山镛关。

赵谦在关前迎驾，皇帝亲自出辇相扶。张铎骑马并行在皇帝仪仗的三檐青罗伞下。赵谦谢过皇恩，抬头扫了一眼皇帝身旁的张铎，见他并没有像洛阳的传闻那样，在张奚死后冷面无改，反而在眼眶下露着一抹不易察觉的乌青。

"你怎么了？这肿眉泡眼的，纵欲……呵呵……我忘了……你还在孝中，该打该打。"

镛关营帐连扎五里，大片大片的灯火辉映在张铎眼中。他站在帐外，赵谦端着一壶酒并两个酒盏出来，放在篝火旁，拍了拍火边的一块石头，解甲席地坐了下来，倒了一杯酒递给张铎。

"我还是第一次见你这副德行。怎么了，我不在洛阳，你就睡不安稳了，是吗？"话才说完，腰间的剑就被拔了出来，剑锋直逼咽喉，刃处瞬间断了他的几根头发。

赵谦忙道："我这玩笑一句，你还真要命了？！"

"不要与我作此玩笑。"他的声音寒若冰霜，落在燥闷的火旁风里。

赵谦抬起一根手指，轻轻撇开剑芒："我搞不明白，从前我也不是没拿不正经的话揶揄你，你倒好，跟听不懂似的，如今怎么了？谁开了你的天灵盖，打通你阴阳大穴了？谁啊谁啊？那块……银子？"

一个"银"字刚出口，剑芒便重新回到赵谦的脖颈处。

"好好好……我不问了，我嘴巴……我嘴巴臭，嘴巴臭啊！把剑放下，喝酒，喝酒，好吧？"说完，他向后挪了挪身子，站起来避开张铎手中的剑，走到他对面，重新坐下来，一面嘟囔道，"你也是个奇人，过去我捅再大的娄子，没见你对我拔剑，为这么些男女之事臊成这样？"

张铎扔了剑，倚着帐门，冷道："岑照在什么地方？"

赵谦朝不远处森严戒备的营帐扬了扬下巴。

"和刘璧一道，锁在那儿。不过，他是盲人，我没给他上刑具。"

张铎笑了一声："你可怜他，是吧？"

赵谦吐了一口钻入嘴里的灰土："你就是不会说好听的话，什么叫可怜，我那是惜——"

"住口！"

赵谦一怔，压根儿没有想到那"好听的话"四字戳到了张铎的"隐痛"，只觉自己无端被他呵斥，气不打一处来，站起身旋即顶道："我又踩到你哪条尾巴了？！我说我这次见你怎么看怎么觉得你别扭。"

"你坐下。"

张铎意识到自己失态了，咳了一声，又恢复了冷漠。

赵谦愤愤地把手中的酒壶往地上一扔："我就是看不惯你这么对岑照。你之前和人家合谋生擒刘璧，如今刚破刘璧叛军，你就过河拆桥，把他判为反贼。张平宣拼了命地把他的命捞回来，就这样被你绑到洛阳杀掉，你让她心里怎么过得去？"

张铎低头看向他，抱臂道："我杀他，不是该如你的愿？"

"我是如此卑鄙之人？"赵谦抹了一把额头的汗，手指挑起酒壶的把儿，抬头迎向张铎，"还有，他可是席银唯一的亲人，你把他杀了，你还怎么把那姑娘留在你身边？张退寒，你还没孤寡够啊？差不多得了，有哪个姑娘被你打成那样，过后还愿意在你重伤的时候照顾你啊？"他这话倒说得有些语重心长。

张铎抬起头。

"酒。"

"什么？"

"倒一杯酒给我。"

赵谦捻了捻手指上的灰尘，倒满一杯酒递给他。

"我还有一件正事没问你啊。"

"说。"

"你把皇帝架到镛关来是要干什么？"

"为什么这么问？"

"啧。"赵谦撇嘴，"我是蠢，想不明白你要做什么，但岑照是个人物啊，他跟我说，你逼陛下来镛关，绝不仅仅为了一个什么献俘礼。"

张铎眉心一蹙："他还跟你说了什么？"

赵谦摇了摇头："我往下问过，但那人也是有意思，叫我最好不要知道得太清楚，免得像他一样，犯你的忌讳。"

张铎闻言，不留意地掐掉了杯沿一角，那缺口处的边险些划破他的手指。

有的时候人的嫉妒过于具象，会令人不自觉地怀疑自己的境界、格局。

席银直言爱慕的那个男子，是个眼盲的废人，但如果他眼盲心盲，又或者生得面目可憎倒也罢了，奈何他是一个清俊无双的人，且身在囹圄亦能洞悉大局，和当年的陈孝一样，堪称"英华"。这就令张铎愤恨起来。然而他马上意识到了这种愤恨令他看起来多么可笑。他深吐了一口气，仰头闭眼，强迫自己平息心里暗起的波澜。

赵谦倒是没看出来什么，自顾自地继续说道："你……不会是想弑君吧？"

张铎仍在闭眼沉默。

赵谦垂下头道："我虽身在镛关，但也听说了洛阳城的传言。"

"什么传言？"

"哎，还不是和张奚之死有关的？有传言说，大司马临死之前在永宁寺塔见过你。你……弑父？"

张铎睁开眼，低头看向他："你和我一样是带兵的人，在你看来，玄学清谈安得了国吗？"

赵谦摇了摇头，却没有应声。

"无所谓。"他朗然笑了一声，"人言可畏，但我听不进去。把岑照带来，我要见他。"

月悬中天。

赵谦带着岑照走入中军大营的时候，张铎正用一把匕首挑着青铜盏中的灯焰，焰影跳跃在人面上，致使他面目明明暗暗。岑照的影子落在他面前，与此同时，镣铐摩擦地面的声音戛然而止。

背后传来轻咳。

张铎举目，见岑照身着一件暗青色的禅衣，额前仍然系着松涛纹青带，清瘦的骨骼透过单薄的衣料，清晰可见。他捏着镣铐的铁链，以免行走时磕碰出声。脚腕上的镣铐是赵谦带他过来的时候新上的，尚不致磨损皮肉，只在镣铐周围露出些淡淡的红印。看得出来，赵谦虽没刻意让他受太大的苦，但连日的禁锢也磋磨了他。

"坐。"

张铎放下匕首，指了指对面一方莞席。

赵谦体谅岑照看不见，上前扶着他的肩膀道："来，我扶先生一把。"

岑照含笑推开他的手道："不必劳烦将军，我站着与中书监说话便是。"

赵谦无法，只得退了几步步，对张铎道："我出去守着。"说完抬剑撩帐，两三步跨了出去。

帐中二人一坐一立，对峙般地沉默着。

良久，岑照终于忍不住喉咙里的嗽意，连嗽了几声，镣铐哗啦作响，他甚觉失仪，挪出一只手稳住铁链，勉力将嗽意压回。

"岑照失礼。"

张铎看着向他的手腕，突兀道："你是一个在囹圄之中也能守着风度气节的人，为什么教出了那样一个身边人？"

那个身边人指的是谁，岑照与张铎尚有默契，因此他也没有多此一问，径直应道："那是个姑娘家，教得多了，她反而不能自在地活着。"说着仰头笑了笑，又道，"张大人，喜欢我家里那个丫头吗？"

张铎的手指在案上一敲："她和你一样，该杀时则杀。"

岑照点了点头，并没有在意这一句听起来没有什么情绪的话，含笑应了一个字："是。"转而又道，"后日献俘礼，是大人改天换日之时。"

张铎抬头看了他一眼:"你猜到了多少?"

岑照拱了拱手:"镛关西望洛阳,如今全在赵将军的掌控之中。大人若要取当今皇帝而代之,非在此处不可。即便皇帝在镛关死于非命,朝内要问罪、拥护废太子即位,洛阳亦无兵敢叩镛关,问罪中书监。况且,若要弑君,此处还有一个绝好的替罪之人——刘璧。此人是勇夫,生擒为俘,胸有大恨,明日献俘礼上,大人只须推他一把,松半截绑绳,他便能助大人成事,此后大人斩杀弑君谋逆的大罪之人,再解决掉洛阳城中那个痴儿太子,便可顺理成章登极大位。大人今日见我,是想我替大人做说客吧?"

一席话,说得立在帐门外的赵谦头皮发麻。他自认也算了解张铎,却从来看不明白他到底在把着一个什么样的局。岑照不过寥寥数语便剖析至此,实令他心惊胆战。

张铎却面色不改。他将手搭在膝盖上,身子朝前稍倾:"我今日见你,还是那个问题。"说着顿了顿,抬头忽然唤了一个名讳,"陈孝,偷生安乐?"

素带被灯焰带出来的细风撩动了末梢。那双眼睛被遮在带后,他唇角未动,面上看不出丝毫的情绪。

"张大人还是不肯相信陈孝已死。大人怕什么?"

"你想错了,洛阳城再无可手谈之人,我亦寂寞。"

岑照笑了笑:"这话……若是陈孝泉下有知,听见定然欣慰。然而,要让张大人失望了,照……非擅博弈之术,亦不配与大人为对手。"

"你所言过谦。"他将手边的灯火移开,抱臂陷入阴影之中,"郑扬虽已垂老,但却是一朝难得的良将,刘璧手底下有些什么人、他自己又是何人物,我心里清楚。晋地粮草不足,战马不肥,你能领着这么一支军队攻破汇云关,直插云州城……你的演阵用兵之术,赵谦未必敢领教。"

"不敢。"他说着,朝张铎伸出一双手,"如今,是张大人身边的阶下囚而已。亏我在青庐研习数年,也只得大人赏了这一遭痛快而已。陈孝……其兵法心得应远在我之上,只可惜,陈家是大儒门阀,子嗣远战,否则,他尚能与赵将军一搏。"

"假话。"

这二字落下,岑照勾了勾嘴角。

"大人不肯放过岑照,是因为害怕……"

他的话没有说完,似乎在顾忌什么。

张铎抬头冷声道:"你既无畏生死,大可明言。"

岑照朝前稍显狼狈地迈了一步,声较之前放轻了不少:"生死,倒是无畏。但我家的阿银还在大人手中。"

张铎笑了一声:"我不屑拿个女人来威胁谁。"

"也是。大人在朝这么多年,不结姻亲,却能将大半个洛阳的门阀士族攥于手中,实令人叹服。"

"我用的是什么手段,你心里是明白的,你也领教过,不用再对着我说虚话,我没有这个兴致。"

"是,那照就说明话。"说着,他又忍不住嗽了几声,一时佝偻了背脊。

面前传来几下手指与杯盏碰撞的声响。

"你面前有一盏茶。"

不算是关照,也没有羞辱的意思,岑照也不推脱。他依言弯腰,伸手试着朝前面的茶案摸去,却始终不能触碰到杯盏。

张铎见此,顺手拿起手边的匕首,顶着杯身向岑照推去。

"端稳了,只给你这一盏。献俘礼后,廷尉狱中饮食不堪,这样的茶,你这辈子再也喝不到了。"

岑照端起茶盏笑了笑:"大人也这样对阿银说话吗?"

"我有何必要与一个奴婢多话?"

"那便好,阿银心气弱,平日我偶尔一两句重话都会惹她落泪。好在大人不屑理睬她,不然,她要哭成什么模样。"

一席话毕,其言辞云淡风轻,却像一块烙铁直烙在张铎的胸口上。

刚才的言辞交锋,二人皆在试探,互有来往。

然而,说到与席银有关的事上,张铎竟不自觉地说了一大堆乱七八糟的谎话。什么不与一个奴婢多话,天知道他对着席银说了多少原本他以为自己一辈子也说不出口的话,就更别论什么"该杀就杀"。他面对那个女人,甚至连口刀都飞不出来,怎么杀?

张铎忽地会出意思来。眼前的这个人,在用席银攻他的心,他不断地强调席银身上那些他看不顺眼的软弱和卑微,反复谈及他对席银的关照以及席银对他的倚赖。这些都是张铎急于从席银身上破除、急于要席银斩断的。岑照字字句句直插他的要害,打乱了他所有的思绪。

想至此处,张铎抬手一把握住岑照手腕上的镣铐,往案上一摁。

岑照扛不住这突如其来的力道,身子猛地朝前倾去,屈膝在案前跪了下来,不及出声,就听到头顶传来其意不善的话。

"岑照,世人都知道,张铎是个无心之人,亦不屑攻心之道。是以,与我博弈,攻心为下,你至多在死前为自己多讨得一层皮肉之苦。"

岑照跪在地上直不起身，只得被迫仰头道："大人当真不屑攻心吗？"

"何意？"

"大人利用阿银逼迫皇帝囚禁皇太子母子，并以此反逼郑扬东征，致使郑扬身死于战中。虽然大人因此受了大司马的重刑，几乎丢掉性命，却也因此避开了朝内军务，让叛军一路杀至云州城，将郑扬这支军队消耗殆尽。至此，各州郡外领军之中，再无可以掣肘赵谦的势力。这一连串的实棋，张大人走得绝妙。但照私猜，大司马之死，应是其中攻心的一环。"

"嚼，看得不差。"他说完，松开摁在案上的手，"那你试试，你的攻心之道能否在我这里给你自己博得一线生机。"

岑照扶着案，半响才慢慢站起来。磕碰之下，镣铐哗哗作响。

"阶下囚而已，哪里敢对大人使什么攻心之道？照……从未想过在你手中还能有什么生机，我不走，无非是不想我家里那个丫头伤心。她小的时候，不敢一个人睡觉，怕我再丢掉他，非要拽着我的袖子才肯入睡。我花了很长一段时间让她相信，北邙山的青庐是她的家，我永远不会丢下她。我不能骗她。哪怕死在洛阳，我也要让她明白，我回来找过她。"他说完这番话，面前却是一阵漫长的沉默。

良久，方突兀地响起咬牙切齿的一句："龌龊至极。"

岑照顺着声音抬起头。

"无非孤人求偶而已，中书监，言辞自重。"

"自重"二字，陡然点燃了张铎的心火。但他发泄不出来。男女之事和那些幽玄无用的玄学清谈一样，是过于浮于乱世表面的东西。张铎弃置多年，从未想过有一日竟会被人就此明斥，要他自重。若是他此时发作，无外乎把他这十几年的禁欲修炼全部焚了。他背过身，强抑住怒意，里内翻腾不止，他不由得握紧了手指，然而，那夜在清谈居中手掌捏握之时那种柔软温暖的触觉一下子全回来了。他继而想起了席银的脸——睫毛上挂着晶莹的眼泪，喉咙颤动，连吞咽的声音都几乎能听见。

"来人！"

赵谦在外听到这么一句，忙挡下摁刀就要入内的军士，挑开帐门跨了进来。他见张铎面色涨红，不禁道："你们这是饮了酒？"

话音一落，岑照竟笑了一声，朝着赵谦的方向道："赵将军，送我回去吧。"

赵谦命亲兵将岑照带出中军大帐，他自己径直走到张铎面前。

"你在洛阳见他时，可比我冷静。"

张铎看了一眼赵谦："与他无关。"

赵谦将剑别到身后，弯腰倒了一杯茶，侧身倚在茶案上。

"与他无关就好。对了，你那日问我的那个问题，我想明白了。"

"我问过你什么问题？"

"嘿，你这记性。"赵谦端着茶盏转过身，"你问，在我看来，清谈玄学，安得了国吗？"说完，他架起一双腿，仰头道，"我想过了，安不了。西北不安，各州郡的王各怀心思，蠢蠢欲动，陛下倒是有谪仙之姿，但却只顾着自己仙人做得雅，把常肃这些闲翻《周官》的人搁在高位上，对着军务指手画脚，迟早要乱。"他说着，低头看着茶盏中自己的面目，放缓了声音，"但我不想谋反，至少……我不想沾这个血。"

张铎冷笑了一声："你怕平宣？"

赵谦道："你知道，她是个刚性的女人，她喜欢正直良善之人，我不想她把我看成一个篡国的罪人。我——"

"赵谦。"

张铎突然打断了他。

赵谦晃了晃茶盏，没接着往下说。然而，面前的那道目光寒冷，又带着一丝不易察觉的悲悯，张铎的声音不大，却有灌耳之势。

"号令万军是最大的杀伐，为一个女人畏惧不前，必会遭反噬。"

"我知道……"

"且，你人在镛关，又与我关联甚密，你脱得开吗？"

赵谦抬头笑了笑："我就想对着你妹妹的时候，人清白点，心里坦荡点。"

赵谦脸上的这个笑容，在谈及张平宣的时候，张铎倒是时常能看见。他的确是一个坦荡的人，粗糙地在军营里滚了这些年，除了行军打仗，对别的事多不在意。他喜欢张平宣也不藏着掖着，张平宣不喜欢他吧，他也不难过，整日里嘻嘻哈哈，像啥苦也没吃过。

"你还是没听懂我的话。"

"我要是听得懂，我就跟岑照锁到一块儿了。"他说着直起身，"明日曹锦的军队就会入云州城，与我留在那里的守军会合，常肃这些人如今都在镛关，洛阳就只剩下那个废太子，根本不可能集结军力与你我抗衡。我就做到这一步，剩下的，别逼我了。"

张铎垂目，须臾之后，方点了点头："可以。把后日献俘礼的军礼部署移给江凌。"

"成嘞。"他放下茶盏拍了拍手，"那我走了。"说完，作死地在张铎头顶打了一个响指，趁着他没发作，转身脚下生风地跨了出去。

帐起长风入，一道清冷的月光袭地。

张铎短暂地陷入其中。帐外的背影畅快、清灵。

言不由衷，尚可自保。但言尽由衷，无疑是一种自我解剖。

洛阳城秋至。

浮云流变，山色迁黄。

自从张铎去铺关，张府的奴仆跟看守囚犯一般守着席银。江沁仍然每日教席银识字，偶尔也讲一些浅显的文章与她听。其余的消闲时光倒也过得飞快。

这日席银在张平宣的寝室外浣衣，江沁亲自送饮食来，见她手臂力气不济，忙上前搭了把手。

席银见是江沁，忙就着裙摆擦了擦被水冻红的手，小声道："江伯。今日的字我已经写过了。"

江沁笑着替她撑开竿子上的衣裳。

"郎主不在，我倒不想过于为难姑娘。姑娘每日要写字，又要做府上的活计，实在辛劳。"说着，他看了一眼内室，见层门紧闭，人声全无，不由得叹了一声，"女郎不肯见你，你还照顾她这里的事啊。"

席银解下袖上的绑带，理了理耳前的碎发，做了一个噤声的手势。

"她比我还可怜呢。"

江沁笑道："怎么说？"

席银将浆洗用的木桶提到一旁，直起身道："父亲死了，母亲又把自己关在东晦堂，有个哥哥……又是个霸王，不体谅妹妹，只知道磋磨她，真还不如我，至少，兄长一直对我很好。"她说到此处，神色暗淡下来，"江伯，你说郎主会放我去见——"

话未说完，却见一个奴仆跌跌撞撞地扑进来，险些撞翻席银脚边的木桶。

"江伯，出事了！"

江沁转身道："这是女郎的地方，慢慢说。"

那奴仆这才把声音压低，抹着额头的汗水道："陛下在铺关，崩了……"

一个"崩"字出口，庭中的奴仆皆怔住，继而有人脚下一软，跌跪下来。

帝王死，称"崩"。这是帝王的丧讯。无论庶人或大夫，闻帝丧讯皆要仆跪于地，哀号恸哭。

江沁给席银讲述《礼记》的时候，曾一语带过。而张铎在夜里听她复书的时候，却给这个字做了一个令她心惊胆战的注解。那时他握着笔，亲自纠她的笔画，一面运笔一面道："如果当时你手上的匕首落得不软，本朝的这个字，就该你来写。"他个子高，陶案又过于矮了，但是为了便于抓握席银的手，他并没有坐下来，席银缩在他的身下，头顶抵着他的下巴。她其实是有些发抖的，但是害怕张铎发觉她的怯意，只得把脖子僵得像一截木棍，尽力稳住声音道："我不敢写。"

张铎顿了顿笔杆。

"跟我同握一杆笔的时候，百无禁忌。"说着，他挥袖引着她的手臂肆意摆开，在官纸上大笔拖曳，力透纸背地写了一个"崩"字。

席银着实喜欢"百无禁忌"这个词，以及张铎说及这个词语时冷静自持的语气，并不十分狂妄，却又足以给她底气。冥冥之中，它翻转了很多原本放之四海而皆准的道理，毫不刻意地恕了她当年弑君的罪，让她不卑不怯地活了下来。

如今，再听到这个"崩"字，席银不由得看向庭中行跪的奴仆，他们惶急，匍匐在地，面相悲切而姿态麻木。这个场景，令席银恍惚想起，当日在太极殿上，张铎要她跪在皇帝面前，先认罪，再谢恩。罪也好，恩也好，在叩首之时一并清偿。

这个时候，她反而不需要再为那个故去的人一跪了。

皇帝在镛关遇刺崩逝的消息在洛阳传得满城风雨，然而除了市井之中人言喧闹，朝内竟静得可怕。尚书令常肃等人皆在镛关，洛阳各大门阀投鼠忌器，生怕镛关生变会祸及身在镛关的宗长，都不敢轻举妄动，而镛关除了丧仪，没有传回任何一丝消息。

席银再一次见到张铎时已渐近深秋。

那日她正在清谈居的廊下翻一本《集注》。秋雨声细细，敲着头顶的青瓦。

张铎身着玄袍，独自撑着一把伞，推开庭门，踩着雨水走了进来。

前几日，廷尉狱奏报先帝的废太子与其母郑氏因病而故。究竟是个什么病症，已经不需要再考证了。先帝驾崩，废太子亡故，各郡县的刘姓诸王一时间来不及反应，洛阳城里早已经传遍了张铎要登极为新帝的消息。

然而此时他却身着素袍，连腰间为父亡而绑的丧带都还没有摘下，身旁一个人也没有，看不出有任何的荣极之相。

偌大的秋庭，草痕寂寞，席银脚腕上的铃铛在风里丁零地响着。雪龙沙趴在她的脚边，百无聊赖地舔舐前掌，看见他伞下的脸，忙低下了头。席银抬头怔了怔。

"郎主……"

张铎没有应她，径直走到廊下，将伞放在廊下，伸手从席银膝盖上捡起那本书。

"我不在，你的字写成什么样了？"

席银站起来："我每一日都有写，写了就放在陶案上。"

"去拿来，我要看。"

席银依言转身进去，捧了字走出来，递到他手边。

"我听说，郎主要——"

"对，你以后要改口，称陛下。"

席银垂头没有说话，望着那一行一行深深浅浅的字。她在写字上没什么天赋，哪怕是照着他的字来来回回临了大半年，还是不见丝毫的起色。

"郎主。"

"做什么？"他说着靠在廊柱上，哗啦啦地翻过去了几页。

"我的兄长在什么地方？"

翻纸的声音戛然而止。

"席银，我今日还容许你问起他，过了今日，你再敢在我面前提起岑照，我立即对他施以五马分尸之刑。"话一说完，张铎突觉无力。

关于岑照，他只能用强权，用生杀予夺来压制席银。但他也逐渐明白过来，这无非是他越见卑微的恐吓。说了这么多次，他动手了吗？没有。她听他的话了吗？也没有。

席银不知他的懊恼，接过他的话道："您……难道不会杀他？"

不知道是不是她聪明，听出了张铎自己都不愿意承认的言外之意。如果换作从前，他从不在落刀之前犹豫，但如今，他却在犹豫。

杀了岑照，那眼前这个女人会怎么样呢？张铎不太愿意去想这个问题。

以前她是一个受制于鞭子的女奴，除了卑微地乞求他，她什么也不会做。但现在她不是了，他很久没有在她的口中听到一个"求"字了。"对。"他重翻官纸，"我不会杀他。"

面前的人抑制不住地露出了喜色："那让我见见他吧。"话音刚落，就听"啪"的一声。那一沓官纸猛地拍向了她的胸口。

"我刚才说什么，你是不是没听明白，还敢得寸进尺？！"

穿廊的风一下子把那些纸吹入雨中，席银忙挽起袖子去捡，却又被张铎一把拽了回来。

"还捡什么？！"

席银拧着胳膊想抽身："您让我写的，我写了那么久，一句话没说好您就生气来糟蹋。"

张铎心口一窒，旋即将人扣回廊内。她身上的衣衫已经被雨水沾湿了，藕荷色绸料透了水贴在她手臂上,透出了她的皮肤,那湿漉漉的模样像一只从水里拎出来的猫,既戒备着他,又小心地藏着爪子。

"你也知道是写给我看的,我回来了,也看过了,这些就是废纸。"

谁知她听完这句话,却抬起头道:"您就知道拿这些东西出气。"一句话,点破了张铎七成的心思。他的后背像被什么东西狠戳了一下,身子一下子僵了。

"我有什么好出气的?你的字,笔画不端,力道全无,十足败纸,我不过是看不上……而已!"

"而已"出口,雪龙沙立起身子朝着他吠了一声。

张铎看着雪龙沙那红眼要护席银的模样,忽然觉得自己有些可笑。

洛阳初大定,宫城内、朝内有无数大事等着他去处置,他竟然一个人在这里跟一奴婢争几张纸的意义。更可气的是,泼天的权势好像没有在席银面前给他带来前呼后拥的气势,反倒是她身边不知道什么时候多了一只原本惧怕他、现在却和这个女人一样令人讨厌、仗势欺他的狗。

张铎心里头恼火得很,正要再开口,却听她的声音突然软了下来。

"我不就想见见哥哥嘛,我又没说,我要跟他走。"她说着,摇了摇被他抓得生疼的手腕,"别抓着我。您不杀哥哥,我不会私逃。雨下那么大,一会儿纸化了,我要好久好久才清理得干净,您快松手。"

她倒还记得他的习惯,还记得要去收拾,还有她说她没有要跟岑照走。就这么几句话,将张铎顶到头的气焰一下子熄了。

他吞了一口气,低头看向席银。

她正看着廊下的狼藉,睫毛上的水珠已然分不清是雨水还是眼泪,如霜如雪的皮肤衬着不化而翠的弯眉,耳旁的珍珠坠子轻轻摇动。没有沾染情欲的时候,她容颜的美感带着一丝痛觉,虽不销魂,却有另一种蚀骨的力量。

张铎喉咙有些发热。

"您松不松手?"

她将手摇得更厉害了些。与她的手臂一道摇动的,还有她胸口的那一双浑圆。她家常只着一件单薄的绸衣,衣襟湿透,头发上的水流顺着胸口流入不可知之处。

张铎猛地回想起了清谈居里那荒唐的一夜。上穷碧落下黄泉,世上再难寻到比那更柔软、更愿意包容他那双血手的地方。

"您……在看什么?"

眼前白光一闪,张铎猛地闭上了眼睛。然而他面前的人趁着这个机会忽然抽回了手,张铎一时松力,竟真被她脱了身。不过她并没有立即逃开,只是惊惶地背过身拢紧了衣襟，耳坠乱颤，脸也红了。

"您看什么？"她又问了张铎一句，却没有听见应答。

转身再看时，她却见那玄袍人已踏入雨中，弯腰两三下捡起地上的纸。

"你不用捡了，回去。"

席银没有动。

清凉的秋雨敲打着青瓦屋檐，他撑着来的伞静静地躺在廊上。风里全是秋海棠的晚香。他握着一堆无用的纸，有些无措地立在雨里，背后是沉默的洞门。

席银一手捏着自己的衣襟，一手拿起廊上的伞，踮着脚踩下去，将伞撑到他的头顶。

"这是我的事，您不要干。"

张铎低头看向他，气息混乱，一个字也没有说。

"您怎么了？"

"你说我怎么了？"

席银捏着衣襟的手仍然不肯松。

"对不起，我以后好好跟您说话，您……您……"她说着，松手去接他手上那堆污纸，一面道，"您教我的，士人掌国家重器，所以受奴婢侍奉，这些事，您别做。"

"席银。"

"啊？"

"我不是士人。"

"我知道，您是洛阳城一言九鼎的人，所以我……我更不能侮辱了您。我……我……"她低头看了一眼自己的胸口，"我以后会自重衣衫。"

张铎无言以对。她足够听话，他曾经教她的每一件事——自尊自重、衣冠之道，甚至基于身份该有的立场和适当的姿态，她都学会了。可张铎反而陷入了某种矛盾，焦灼不已。

那晚是张铎和席银在清谈居的最后一个夜晚。

席银服侍张铎换过衣衫之后，张铎破天荒地允许席银与自己同席而坐。

席银穿着柔软的禅衣，散开一头长发，守着博山炉里的沉香，对着陶案上的铜镜篦发。她没有再提要去见岑照的事，只是说起张平宣的境况。

张铎盘膝撑颔，静静地听着她说话。

窗外雨声伶仃。

窗内的两个人，一个守着主人的规矩，不准自己起心动念，另一个陷在不自知的自我怀疑之中。

雨夜里，铜驼街的无名角落里传来一声野猫绵软酥骨的声音。

那声音入耳之时，二人陡然对视，张铎握紧了手指，席银的话声也跟着颤了颤。

卷二 ◆ 夏时饮

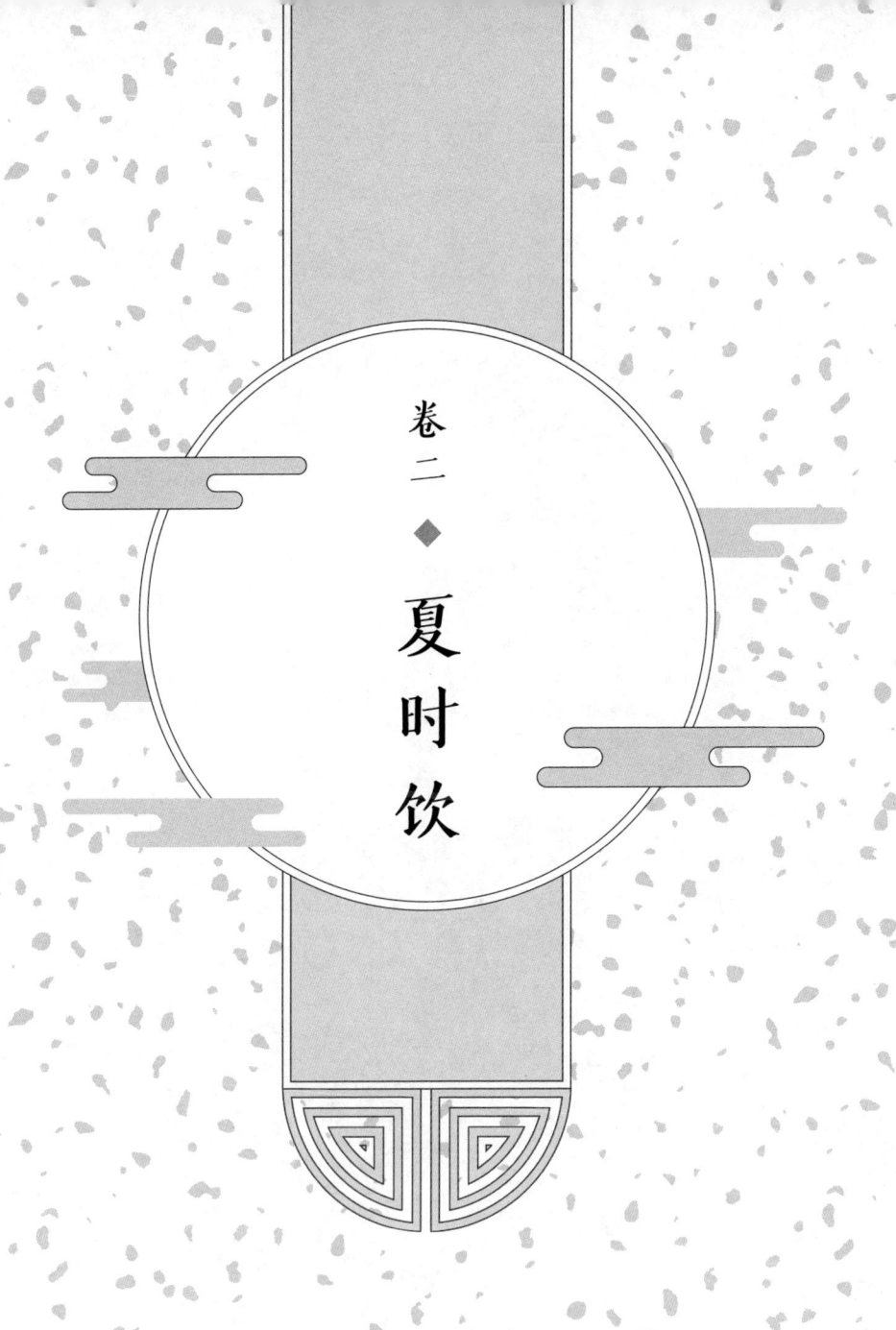

于是高贵辉映着卑微，
而卑微又何尝不是高贵的注脚？

第十章

夏菱

...

青庐的时光经他这么一拂拭，
如春袖扫过的琴台，落花伶仃，尘埃沉静，
柔静得如同薄梦。

兴庆最后一年，在洛阳城的一片杀戮之中结束。

废太子及其母亲郑氏死于廷尉狱中，尚书令常肃不肯尊新帝，脱冠携剑上殿直斥张铎谋逆之行，被内禁军诛杀在太极殿外。朝内外都知道张铎行事不尊礼法，常肃惨死之后，再无人敢出异声。

一朝天子一朝臣，张铎转而重置朝中官吏。

月余之后，张铎重理了刑狱，将该处死的处死、该赦的赦。一时间，廷尉狱大半空置。

赵谦挑着一壶酒走在空寂的狱中甬道上，一面走一面朗声道："这死牢里可就剩你一个人没死了。"

尽头的牢室里，岑照盘膝而坐。

赵谦命人打开牢室，弯腰走到岑照身旁，放下酒，扫了一眼岑照周身。他穿着青色的囚衣，看起来是受过考竟的，但刑伤并不重，除了脸色苍白，精神倒尚可。

"新帝登基，赵将军还有空来我这儿？"

赵谦笑了笑，从怀中取出一瓶伤药，放到他手中："要我说，你的命可真是好，外面有两个女人想着你。"说着，他也盘膝坐下，"张平宣听说你还没有被处置，就掐着我脖子逼我带她来见你。我这几日不敢回府，日日睡在军营。"说完，又指了指那只药瓶，"这个是席银从张退——不是……"他咳了一声，改口道，"从陛下那里偷来的，梅辛林配的伤药。你好好收着吧，你那妹子为了求我把这瓶药带给你，差点没给我跪下。"

"阿银在什么地方？"

赵谦提声道："阿银还能在什么地方？定然是跟在陛下身边，好得很。你就知道问席银，怎么不问问张平宣？"

岑照摩挲着那瓶伤药，额上的松涛纹青带松垂，他也没去重系："平宣姑娘……如今该称一声殿下了吧，如何是我这等囚徒可以妄念的？"

赵谦叹了一声："理该如此。不过……"

岑照却笑了一声。

"对于陛下而言，内乱可以动杀伐，外乱可以仗兵甲。唯一难解的局，是张府吧？"

赵谦闻言，一面笑一面点头："你倒是眼盲心不盲。徐氏不肯受封太后，仍然住在东晦堂。张平宣……唉……"他说着，顿了顿，"算了，那也是个蠢的，不过比她还蠢的是张子瑜。嘿，那人就是个疯子，入不了朝就写了一篇什么《无道章》，言辞无度，把陛下骂得……唉！我看，陛下要不是看在徐氏和平宣的面子上，早把他斩了。"

岑照依面向牢壁，笑而不语。

赵谦转道："我脑子虽然不好使，但是，岑照，这几日，我倒是看明白一件事。"

"什么？"

"我看明白了，当初在镛关，我要放你走，你为什么不肯走，反而要回来受死。"

"赵将军是如何看的？"

"因为张平宣。"他说完，声音忽然沉下来，"岑照，你的演兵布阵，我赵谦佩服，但你靠个女人活命，我就看不起你了。席银是你妹妹，为了你，之前连君都敢弑，如今她要救你，我也没什么好说的，毕竟你养大了她，也对她好过。但张平宣不同，你对她没有恩义，实不该利用她。"

"赵将军是这样看陛下的？认为陛下会为亲情所绊？"

赵谦道："张平宣为了求陛下赦免你，现在还在太极殿外跪着！岑照，陛下的确是个手段刚硬的人，你和当年的陈孝容貌相似、气度相似，照理，他根本容不下你，如今，他压着廷尉正李继的奏疏，一直没有判你罪。而你，一无兵权，二无官职，没有家族倚仗，也不占州县势力，根本不会入他的权衡范围，更别说，他向来就不喜欢权衡。所以，如果不是张平宣，你早就死了。"

岑照笑了笑："赵将军，爱慕平宣姑娘。"

赵谦一愣。

岑照的眼睛被遮在松涛纹青带的后面，赵谦一时分辨不出他表情的意味，但他不准备遮掩，直接对岑照说道："对。我是爱慕她，奈何她爱慕的是当年的陈孝和如今的你。"

上天大多数时候还是眷顾言自由衷的人，他们喜欢就大胆地喜欢，修不修得成正果先不说，好歹不矛盾、不后悔。

赵谦是这样的人。

张平宣也是。

席银在太极殿外看见张平宣的时候，天阴得厉害。

大片大片的云影落在她身上，她穿着一身绛色的云纹对襟，沉默地跪在汉白玉阶下。

席银冒着刺骨的北风从太极殿出来，常侍宋怀玉立在殿门前，见席银手上提溜着一件鹤羽氅，忙道："陛下有话了吗？"

席银忙做了一个噤声的手势。

"我偷的。"

宋怀玉皱了皱眉："哎哟，你这丫头够大胆的。陛下让你近身服侍，可没把这太极殿的掌事令搁你手里，你这么做，一会儿不是要挨责罚吗？"

席银把氅子递给宋怀玉："那毕竟是殿下，宋常侍，殿下不想见我，你把这氅子给她送去。午时刮了一阵风，这天一下子就变了，太冷了，殿下受不住的。若陛下怪责，你就押我过去。"

宋怀玉看了一眼席银，她穿着白色的宫衣，如同一朵料峭中的白梅。他是看着这个丫头从一个死囚走到太极殿中的，如今殿中那称孤道寡的人身边也只有一个她，她一时可谓荣极。但她与这座金碧辉煌的宫城仍然显得格格不入。所有宫人都战战兢兢地侍应张铎，同时还要撑着那份摇摇欲坠的宫廷优雅，她却在这一潭人与人相互试探的死水里越见鲜明。

"常侍去呀。"

宋怀玉叹了口气："你这也是徒劳，殿下……哪里肯受啊。"

风凛冽地袭上石阶。眼见就入冬了，殿前的一对铜鹤上结了一层薄霜。席银抬头望了望天上的阴云，开口道："那我也不能什么都不做呀，殿下是为了救我的哥哥。哎，宋常侍。"

"姑娘说。"

"我听说，太后……移宫了？"

宋怀玉摇了摇头。

"那不是移宫，是陛下强请的，东晦堂……被烧了。"

"烧了？"

"是。"

话音刚落，背后的殿门被宫人推开，风顺着门洞陡然灌入，席银身上的衣衫被吹得猎猎作响。廷尉正李继从殿中走出来。

席银见宋怀玉退后行礼，忙也跟着退到了阶下。

李继面色凝重，临下阶时望了跪在阶下的张平宣一眼，摇头叹了一口气。

宋怀玉目送他行远，对席银努了努嘴："你进去吧。"

席银穿过正殿前的黄花梨木雕麒麟纹屏风，走进后殿。

张铎端坐在柏木栅足案后，席银的影子落在他身上，他也没有抬头。

席银扫了一眼他案头的奏疏，大多是摊开的，但尚未见批红。

"你该写的字，写完了吗？"

他冷不丁地问了这么一句，席银缩了缩脖子，不敢应话。

张铎撑着额头抬眼看向她，指了指面前。

"过来。"

此处是太极殿的东面后堂，并不是张铎的寝居。东面是尚书省，张铎处置政务常在此处。起初席银很不适应这个地方，门帐层叠，每一道门前都侍立着内侍和宫人，与她陪着张铎在清谈居的日子全然不同。所以，即便是他开了口，她也不敢走近。

张铎见她戳着没动，反手取了一支长杆的雕柄笔在案上一敲，沉声重复了一遍。

"过来。"

席银看了看周遭侍立的宫人，每一个人脸上都没有表情。

前朝倾覆，天下改姓，时代改元，好在这座禁苑免于战火，得以保存。这位新帝也没有下旨斩杀前朝的宫妃与宫人，是以人人自幸，又人人自危。在他们眼中，张铎和那些承袭皇位的人不一样，他身上没有皇族几代传承的优雅气度，他像九层寒谷里掘出的一块冰，大多时候见不到生气。人们生怕一步行错，就追随前朝旧主一道去了。

席银绕过木着脸的内侍，挪到张铎面前，拘束得一动也不肯动。

张铎随手从那堆奏疏后面拿来她临的一沓字，摊在自己面前。

"我的《急就章》，你练了大半年了。"

他在自如地骂她的字丑。

但殿内的人都暗怔了怔，他对着一个奴婢，仍然沿用了从前的自称。

席银被他说红了脸，绞着腰间束带没有吭声。

"哑巴了？"张铎觉得气氛一时有些尴尬，放缓声音问了她一句，却见席银的余光扫着侍立的宫人，"席银！"

"啊？"她从混沌中回过神来，"我……我一会儿就将今日份的字补齐。"

张铎摁了摁额角，将手边的奏疏合上，对宫内人道："都下去。"

宫人应声鱼贯而出。

席银有些无措地立在张铎对面，窗户留着一丝缝，她耳旁茸茸的软发轻轻拂动。

"你心里怕这些人？"

张铎握着笔问席银。

席银老实地点了点头："在清谈居的时候挺好的，没有人盯着我的言行。"

"你坐下。"

"不敢。"

"为何？"

"宋常侍说，不能与您同席。"

张铎揉了揉稍有些僵硬的手腕。

"朕准你坐。"

席银闻言肩膀一缩。

"朕"这个字，《急就章》里有，江沁也教她写过，后来，他还补讲过《史记》中李斯的列传，说："初，赵高为郎中令，所杀及报私怨众多，恐大臣入朝奏事毁恶之，乃说二世曰：'天子所以贵者，但以闻声，群臣莫得见其面，故号曰"朕"。'"这个字意指"天下皆朕，皇权独尊"。

但是入居宫城以来，对着席银，张铎并没有改这个口。这是头一次吧。席银觉得张铎这个人有了一种观念上的意义，以前无论他如何行事，他都只是人间孤独的贵人，会受刑伤，会在伤后垂死挣扎。但"朕"这个字出口以后，他就成了一个不能被侮辱、不能被施以肉刑也不能再为亲情犹疑难受的君王。

"你不坐就站着答吧。为何会怕他们？"

席银不自觉地看向自己的脚尖。

"我也说不上来，我就是觉得，她们连行路的模样都规矩、好看，服侍您……不是，服侍陛下的时候，放盏、铺纸，一点声音都没有，跟她们在一块儿，我……实在粗笨得很。"

"你不需要怕她们。"他说着，抬起头凝视她的眼睛，"你是我带入太极殿的人，我无畏殿上群臣，你也就不能惧怕这些内宫人。"

席银怔怔地点了点头。

张铎抬手研墨，续道："席银，人的修炼和气度不是一时来的，这就像练字，手上的力道经年而成，撑过无果的五年，不出大成也能见小成。但有一件事是必要的，你要做一个有心握笔的人，否则，就像我告诉你的，"他顿了顿，冷声道，"你会被凌虐至死。"

席银的手指颤了颤。她不是第一次听到这一句话，"凌虐"二字过于恶毒，但又的确如雷贯耳。

"什么叫……有心握笔的人？"

张铎放下松烟墨锭，挽袖蘸墨。

"你身处的太极殿，和清谈居不一样，有很多事，你避不了，我也不会准你躲。你问我什么是有心握笔之人。我就是有心握笔之人，你好生学。"说完，他点了点手边的墨,"过来,把这一砚墨写完。"

太极殿的东后堂,少有地静谧。

席银缩着一双腿跪坐在席上写字,手肘旁边就是张铎的胳膊。他一直没有出声,偶尔翻动奏疏的时候,胳膊会与席银的手臂刮擦,隔着衣料的亲近,令张铎有一种莫名的踏实感。

席银写了一大半,望了一眼天色。

近掌灯时分,光线渐渐暗淡下来,她握着笔吞咽了一口,刚要开口,却听身旁的人已经问了出来。

"想说什么?"

"殿下……跪了很久了。"

张铎放下奏疏:"让她跪着。"说完,他转头看了一眼她写的字,"你知道我不喜欢你为岑照开口。"

席银埋下头,落笔又写了几个字。

一时气氛阴沉。她不说话,张铎心里却有些乱。

席银惯常不是一个有大气性的人,在言语上交锋不过,就会像如今这样沉默下来,然而,这并不代表她心里敬服。

张铎借着灯火,偷扫了她一眼,果见她眼底有伤意。他恼了起来,却又矛盾得不知道怎么发泄。他用了大半年的时光,把那个在他车辇里吓得瑟瑟发抖的女人教出了那么一点点堪配他的姿态,但她的本质还是没有变,不仅身骨柔软,而且精神脆弱。张铎忍不住地想要呵斥她,可是话到嘴边,他又说不出来了。正如岑照所言,她是个女人,何必要受那些罪。岑照那样惯了她十几年,所以她如今才对那个人念念不忘吧。

想到这里,张铎完全骂不出口了。他权衡了很久,最后,望着地上的一双影子干瘪地问了一句:"你怎么了?"

席银揉了揉眼睛:"没怎么。"说着,强打精神从张铎的胳膊旁从新拖了一张纸过去。

"席银,你敢怄我,是吗?"

"不敢。"

"那你好好对我说话。"

席银顿笔抬起头,她不知道眼前这个人究竟要怎么样。她是难过,张平宣为求张铎赦免岑照几乎跪了快一日了,她想要求情,却又被他严厉地堵了回来,如今,他还要她好好地对他说话,她能说什么啊?

"我已经不提兄长了,也不敢去见他,可我心里难过。我偷着难过,陛下都不准了吗?"

"对,不准。"

席银没有说话,只是搁笔,不再写字。

好在她不肯转头,张铎尚得以窥视她的颜色。她轻轻抿着唇,松开跪坐的腿,靠着身后的莲花纹博古架抱起了膝。这是她惯常的姿态,卑微孤苦的人没有什么聊以自慰的底气,所以畏寒的时候、委屈的时候、难过的时候她都喜欢这样坐着,不说话。

偌大的太极殿东后堂里,面对大定之初千头万绪的朝堂政务,她的情绪显得渺小又自卑,张铎原本可以毫不在意,但事实上,此时他因为席银跟她赌气而看不进一个字。

又过了好一会儿,她将脑袋埋进了臂弯,人没有动,也没有发出声音。

"不准——"

"没哭啊。"

张铎一怔,席银几乎猜透了他说话的套路,这就难免让他发怵。他不好再说什么,两个人就这么各怀心事地坐着,东窗透进溶溶的月色,那尊从清谈居移放过来的白玉观音就摆在窗前。

"席银。"

"在。"

"我让你去见他。"

身旁的那个女人打了个寒噤,不可思议地抬头转身。

"您说什么?"

张铎不想重复第二遍,如果可以,他甚至想把刚才那句话也收回来。他大可不必去迁就一个女人细腻的情绪,但是,看见她一难过,他又觉得自己不能就这么把她扔在一边。毕竟,在她开怀的时候,还是肯听他说一些话,继而不自知地帮他消化掉很多他无处排遣的情绪。只有她愿意包容他的言行举动,不斥责,不谩骂,也不虚与委蛇地奉承,是以,她不可多得。

然而,席银全然不明白身边这个权势滔天的人在想什么。她有太久没见过岑照了,这大半年的光阴,她照顾着张铎的饮食起居,时不时地还是会回想起当年在青庐的时光。岑照眼盲,人亦安静,她煮什么,他都说好吃,她服侍他穿上浆洗后晾干的衣服,他也会夸一句:"有一丝很好闻的香气。"相比之下,张铎从来不肯包容她的一点过错,字写得丑了,要挨手板,坐立之时背脊和膝盖不端直,也要遭呵斥。而岑照比张铎温柔太多。青庐的时光经他这么一拂拭,如春袖扫过的琴台，落花伶仃，尘埃沉静，柔静得如同薄梦。

一回想起这些，席银心里就很愧疚。

"你是有多喜欢为他哭，啊？"

灯火把席银脸上的泪痕照得亮晶晶的，此时她也意识到了自己遮掩得不好，忙别过头去用手胡乱地擦拭。背后的人声仍然冰冷，像是在命令一般。

"转过来。我已经看见了。"

席银生怕他生气要反悔，忙道："对不起，我——"

"宋怀玉。"

"在。"

"赵谦在何处？召他去廷尉狱。"

说完，他就着席银的笔，写了一道手谕。

"我给你们三个时辰，出去。"

他吐出来的话，全是冷冰冰的指令，说完扬手朝外一指，动作快得就像怕自己下一刻就要后悔。席银赶忙起身接过手谕，如蒙大赦般奔了出去。

殿外，天幕上星辰散如衾海。

张平宣仍然跪在白玉阶下，面前放着席银偷来的那件鹤羽氅，她看着席银走下玉阶，一句话也没有说。

"殿下起来吧。"

张平宣闭上眼睛，仍是一言不发。

席银走到她面前蹲下去道："殿下，陛下准奴去见兄长了。"

张平宣肩膀一动，抬头道："准你去见又如何？李继告诉我了，廷尉狱判下的罪名已经递到他面前了，我就在这儿等着，看他何时把那杀人的旨令送过去。"

"陛下是不会杀兄长的。"

张平宣睁眼道："你怎么知道？"

席银摇了摇头："若要杀，何必等到如今？镛关的谋反之人，已经被处决完了，就剩下兄长一个人。奴不懂陛下在思虑什么，陛下也没有跟奴说，但奴就是觉得兄长不会死。殿下，奴扶您起来，您不要再和陛下对峙了。"

张平宣冷笑了一声："席银，即便身为奴婢，也要分是非、明黑白。你以为我跪在这里，只是为了求岑照不死吗？"说着，她抬起手，越过席银朝面前的太极殿指去，"他是张家的逆子，是兴庆年间的逆臣，你为了求生跟着他，我不怪你，毕竟你不曾读过圣贤书，也没有受过孔孟的教化。你不懂纲常伦理，只求有人庇护，但我不同，我是张家的女儿，即便他要拿我的性命走，我也不能不顾良心、不顾祖先颜面，去享受他赐给的尊荣。"

席银被她说得羞惭起来。这些话对于她来说，如同巴掌拍脸。

是非向来基于立场的不同而有所差异，但孔孟之道、圣人教化，这是世人都知道的好东西，席银的确不懂。因此，面对张平宣，她有些无地自容。但她还是大着胆子，试探地开口道："奴微不足道，字……都还不曾识全，孔孟的什么……话，奴不懂，但孔孟既然是圣人，他们也不想教他们的弟子手足相逼、父子相残。"

张平宣一愣，竟不知道如何去驳斥她的这句话。

席银抖开那件鹤羽氅披在她身上，屈膝向她行了一礼。

"殿下，回去吧，奴会想法子救兄长脱困的。"

"你……"

"他是奴的哥哥，奴就算糊里糊涂地赔进去也是应该的，但殿下不同，殿下还要宽慰太后。"

"你在说——"

"奴知道殿下想跟奴说什么，您是有气节的女子，您不为偷生而屈节。奴在您面前自惭得很，但您总不愿意看见太后与您一样陷入死局吧？"她说着，扶着张平宣的手臂，弱声又劝道，"起来吧。殿下的心意，奴会说给兄长听的。"说着，她抬头露出笑容，"其实，我们兄妹本是北邙山的偷生人，也不知是得了什么眷顾，能在乱世苟全性命，兄长还能得到殿下的青睐……"

她说了一席丝毫不闻气性的话，手上使了些劲儿，不想竟真的把张平宣从地上搀扶起来。

"回去吧，殿下。陛下只给了奴三个时辰，奴要出宫了。"

说完，她朝张平宣行了个礼，垂眼从她身旁行了过去。

阖春门前，赵谦靠在马背上等席银。

已是深夜，楸木的影子布在城门下，席银的身影轻飘飘地从门中走出来："赵将军，陛下不是让你在廷尉狱等吗？"

赵谦站直身道："殿下呢？"

席银轻应道："已经起身了。"

赵谦松了一口气："我就担心殿下那性子，才过来看看。"他说完，神色有些黯然。

席银立在马旁朝他笑了笑："人家是兄妹，不至于的。"

赵谦被她这笑容安慰了，低头笑道："你这性子可真治陛下那个人。"

席银道："听你称陛下，还真有些不习惯。"

赵谦拽住马缰，一面道："这就叫改朝换代，他登了极位，我就再不能把他当兄弟，我是要替他开疆拓土的能将，要受他奖给我功，怎么还能像从前那样和他厮混在一起？"

席银似懂非懂地点了点头。

赵谦拍了拍马背："来吧，带你去廷尉狱。"

席银借着他的力跨上马背，低头问道："兄长还好吗？"

赵谦道："那得看你觉得什么算好。"

"什么意思啊？"

"受了些考竟的轻刑，但尚不妨事。一会儿你自己进去，我就不跟着你一道进去了。"

席银疑道："为何啊？"

赵谦抓了抓脑袋："为了你好，好不容易陛下松口让你见他一面，我跟那儿戳着，你们能说些什么话？我就想谢你，你算是个为殿下好的人。还有，殿下为他那样……我反正……"

他话没说完，席银也识趣得不再应话。

马蹄声"嘚嘚嘚"地在铜驼御道上回响。

行至廷尉狱门口，席银下马，赵谦交了手谕，狱吏忙开了门，引她进去。

"阿银。"

岑照的声音从黝黯的狱道内传来，席银步子一顿，还不及说话，便见他已经站起身朝着她的方向摸行了几步，直到手触到牢门。

"哥哥，你怎么知道是阿银？"

"铃铛呀。"他说着笑了笑，"虽然很久没听见了，但我还是记得这个声音。"

狱吏道："贵人有话就隔着门说吧。"

席银忙道："能让我进去吗？"

"别进来。"岑照垂下手臂，"我这一身多难看。"

"阿银什么时候嫌弃过哥哥？"她说着将手伸入牢门，握住岑照的手，"哥哥为什么要回来？"

岑照低下头，温言道："答应了要带你回家的，怎么能骗你？"

席银抿了抿唇："可我更想哥哥能好好地活着。"

岑照抽出手，摸索着，摸了摸她的头。

"那你怎么办，你一个人过得好吗？我怕阿银会受人踩蹭。"

"不会的，阿银长大了，阿银都会写字了。"

岑照听完这句话，手却向后抽了半寸，笑着摇了摇头，却不再说话。

席银忙道："哥哥，你怎么了，你生我气吗？"

"不是，我是自责，我看不见，不能亲自教阿银写字。"

"没有……哥哥，你要是不开心，阿银……阿银就不写了，等哥哥眼睛好了，亲自来教阿银写字。"

"阿银。"

"什么？"

"我只有你一个人。我会想尽一切办法，陪在你身边。"

"我知道，我也只有哥哥你一个人。"

岑照轻道："听说，你做了太极殿的人。"

"不是，我没有，我真的没有……"

她言语有些慌乱，甚至忘了岑照看不见，拼命地摇头否认。

"阿银不要哭，我没有怪你的意思。我知道，阿银身不由己。"

"不是，阿银真的没有，阿银很干净，哥哥，你要相信阿银。"

岑照摇了摇头："对不起，阿银，我不该这么问你。"

听完这句话，席银心里如同被浇了一桶冰水。明明是温暖的声音，她却从中听出了歉疚，听出了自责，听出了心疼，但同时也听出了惋惜和不信。

岑照不信她的清白了，然而，在这阴暗潮湿的廷尉狱中，她根本没有任何办法向岑照解释她和张铎的关联，换句话说，她甚至不知道自己有什么立场向他解释。

岑照是她的哥哥，人若山中高士，是一尘不染的山中菁华，席银虽然仰慕这份高洁十几年，但她从来没有想过自己有资格去染指。毕竟，她在充斥着男人体味和酒肉恶臭的席宴上摸爬了好几年，这一身皮肉早就配不上他的身子。所以岑照不信她，似乎也是理所当然的。可是，当她真正从他的话语中辨识出这种不信任的时候，她仍觉心如刀绞。

"我真的……真的……真的没有做陛下的人，阿银这辈子，只想陪在哥哥身边。"

岑照沉默，额前的青带有些松垮，席银下意识地伸手要去帮他系，他却不着意地向一旁偏了偏头，席银的手怔在他额前，脊背上如同被一根针狠狠地扎了进去，痛得她几乎想要将身子蜷起来。

从前，都是她照顾岑照的饮食起居，替他上药、遮目，他的每一条松涛纹青带都是她亲手绣的，是以这个动作对于她而言再自然不过。然而，不由得她去体味岑照那细微的躲避背后究竟有什么含义，便听面前的人温声道："我知道，阿银一直都是温柔的好姑娘。"

好姑娘。

席银闻话哑然,她不知道自己还能说什么。其实,哪怕岑照没有道理地去质问她,她心里也会好过一点,至少她可以平等地拿出情绪来回击,来哭诉她心里的委屈。但他用一些出自"善意"的言语回避了她急于证明的事,这就令她手足无措。

换成任何人,席银都不在意他们对自己"清白"的看法,毕竟风月场上遑论贞洁。可是,眼前的人是岑照。过去好多年,他一直是席银爱而不敢言的人。

这世上,就有那么一道城垣,横亘在低贱与高洁之间。这道城垣沾染上情爱之后,也是一把杀人的刀。界限两端的人,一旦爱慕上另一端的人,一定会受尽精神的凌迟。

席银觉得,她烧红的脸颊上此时有了切肤之痛。

"我……我不回宫城了。"

岑照笑了笑,摸索着点了点她的额头:"这说的是傻话。"

"真的,我不回去,我就在这里陪着哥哥。"说着,她扶着牢门慢慢地跪坐下来,"阿银以后再也不会去别的男人身边。如果陛下要处死哥哥,阿银就跟哥哥一起死,总之,以后哥哥在哪里,阿银就在哪里,再也不和哥哥分开了。"

狱吏听了这一席话,惶恐不已。她拿来的手谕上,盖着新帝的私印,足见她在新帝身旁的地位,再听她说出这样的话,唯恐自己窥听到了什么新朝宫廷的秘辛,连忙出去禀告赵谦,以求摆脱嫌疑。

赵谦坐在正堂的刑室里,正因为席银在里面待得太久而心烦意乱,忽听狱吏禀来席银的话,顿时拍案,"噌"地站了起来。

"什么不走?她是太极殿宫人。你告诉她,宫人私逃,罪当枭首!"

"赵将军,可那位贵人说,她情愿和那罪囚一同受死。"

赵谦气得火冒三丈,几步跨到岑照的牢室门前,提着席银的胳膊,一把将她从地上拽了起来。

"你给我起来。陛下给了你三个时辰,多一刻也不行。"

说完,拖着席银就往后走,然而在一个着实不小的对抗力道下,赵谦清晰地听到一声关节脱臼的声音,他慌忙松开了手,席银失去支撑,一下子跌坐下来。赵谦这才发觉,竟不知她什么时候死死地抓住了牢门的木栅,刚才自己扯拽她的力气过了头,已然伤到了她肩上的关节。

"你……"

赵谦忙蹲下去查看,她却别过身,不准他碰。

"将军别碰我。啊……嘶。"

赵谦慌忙收回手，抬头看向岑照："你跟她说了什么？"

岑照没有理他，轻声对席银道："阿银，怎么了？"

"没有，没怎么。"

席银忍疼压低声音，又对着赵谦做了一个噤声的手势。

赵谦看她维护岑照的模样就来气，径直站起身，一把打落了他朝席银伸过去的那只手，冲着岑照喝道："你知不知道你这样会害死她，张退寒只给了她三个时辰，如果三个时辰她还不回去，她就该被枭首！"他说得有些激动，连张铎的名讳也没有避忌。

岑照仰起头："我知道，所以我也在逼她回宫。"

"我不回——"她的话没有说完，就因胳膊上的疼痛岔了气。她憋住气，半天方勉强出声："我不回宫。"

赵谦见席银坐在一旁忍疼忍得出了眼泪，心里自愧，强摁住心里的气，蹲下去对席银下软话道："不要犟，你还没挨够打吗？回去让医正看看你的胳膊。"

席银听了这话，忙梗着脖子道："将军胡说什么，我什么时候……挨过打？"

赵谦忍无可忍，站起身对岑照道："当初在镛关，我要放你走，你就该走，你非要回洛阳。你回来也就罢了，殿下为你长跪太极殿，这个丫头如今又这副模样，这就是你想要的局面？"

岑照叹了一口气，朝向席银："阿银挨过打吗？"

"没有——"

席银不及说完，手就已经被岑照抓住，接着袖口便被一把挽起。岑照探手，立刻就摸到了那道被雪龙沙咬后留下的伤痕。

"对不起……"

"这跟哥哥有什么关系？"

岑照轻轻摩挲着那道伤疤："是哥哥没能护好阿银。"

"不是，你别这样说，你已经对阿银足够温柔、足够好了。你不要自责，阿银真的没事。"

她说完，回头看向赵谦道："我不会回宫的。"

赵谦急道："他对你说了什么啊，你要这样？"

"哥哥什么都没说，是我自己不想回宫，我想留在哥哥身边。"

"可你这是抗旨！"

"我懂，但我真的不能再留在陛下身边。"

赵谦几乎能料到张铎听到这件事会是什么样的反应。从他认识张铎起，张铎身边就从来没有过女人，但他在这个丫头身上花了太多不必要的心力。张铎喜欢这个丫头,除了张铎他自己不承认,有眼的人都当她是张铎身边未见名分的爱妾。

"成吧,我遣人回宫禀告陛下。你们两个不要后悔!"

张铎在东后堂,听到宋怀玉传来赵谦的话时,东方的天幕已经渐渐发白。

一夜就这么过去了,天将明时,寒气浓重,银红色的帷帐一掀,冷风便灌入他的袖中。

宋怀玉传过话后,交叠着手立在屏风后面,不敢挪动。

张铎原本是该回寝殿安歇的,但他一直在东后堂等到这个时候,他在等谁,自不必说。这会儿从廷尉狱传来这么个消息,宋怀玉心里明白,是主大凶。他不由得屏住呼吸,连个气声也不敢漏。

张铎手底下压着李继等人的奏疏,喉咙里似乎在吞咽着什么。等到这个时候,他的耐心已然耗尽了,可是此时他能做的事情却单一得令他绝望。

宫人抗旨,命宫正司的人绑回,打死了事。

他想来想去,思索了很久,发觉这竟然是他唯一能够也是唯一应该对席银做的事。

"宋怀玉。"

宋怀玉忙应了一声:"在。"

"让宫正司的人把她绑回来。"

"是。是……让宫正司的人处置,还是……"

"你在听什么,朕说了要处置?"

"是,老奴多嘴。"说完,亦步亦趋地退了出去。

天光透尽,东后堂内陡然亮了起来,张铎手边的灯盏也烧尽了最后一点灯油,火焰微弱,苟延残喘地挣扎着。

张铎松开捏紧的手掌,一夜未合眼,他的喉咙有些干疼,但最令他难受的是从四肢直至心脏的无力之感。在放席银去见岑照的时候,他没有想过她会不回来。他觉得,经过这大半年的相处,席银应该对他有真正的畏惧,然而现在看来,那些畏惧都是表面上的,都比不过岑照那个人在她心里的分量。

他此时尚不知道,岑照究竟跟她说了什么能把她留下来。他也没有想好,一会儿见到席银,是应该问她好还是应该按照宫规在皮肉上给她一顿处置。此时,他心里只有一种挫败感是清晰的。有意也好,无意也罢,他用了大半年的时间,教席银如何做一个挺直脊背的女人,然而岑照只用不到三个时辰,就让张铎所有所有的心力全部成了泡影。这不是政治博弈,也不是军事征伐。原本攻心为下,张铎素来不齿,但此时此刻他不得不返身自观。

席银到底拗不过强权，很快被宫正司绑回宫。

宫正司正要将席银押入掖庭，宋怀玉匆匆从太极殿赶来，在阊春门前拦住宫正司一行人。

"徐司正。"

徐司正拱手朝宋怀玉作了个揖，辨其来处，心里也有了些计较，索性直接问道："宋常侍，陛下对这个宫人有什么旨意吗？"

宋怀玉看了一眼被反绑的席银，她的衣衫有些凌乱，发髻也散了，束发的红玉簪松垂在肩头，眼眶红肿，脸颊上的泪痕还没有干，眼见是经历了一番徒劳的挣扎和抓扯。

"徐司正要带这个宫人去掖庭？"

"是，宫人私逃，恐涉大罪，宫正司有责问明因由，再行处置。"

宋怀玉收回目光，直身道："陛下有旨，要亲问，先将人带到琨华殿去。"

徐司正有一丝犹疑。

席银是张铎带入宫的女人，造册后就一直被留在张铎的寝宫琨华殿中。然而除了琨华殿，太极殿的东西后堂，张铎也没有禁她的足。白日里，有尚书台下祠部江沁亲自教她习字并授书讲学，至于宫礼，则是由宋怀玉亲自调教。所以，她一直是宫正司管制不到的一个宫人。如今她犯私逃的禁，被皇帝勒令绑回，按照宫正司的行事规矩，宫人私逃，除自犯死罪，还恐涉及内宫人与外臣勾结的不轨之行，处置之前都要在掖庭考竟讯问。但皇帝下旨要亲问，徐司正就不得不从新审视这个宫人的身份了。

"宋常侍。"

"司正请说。"

徐司正上前一步，轻道："这个宫人，该不该称一声内贵人？"

宋怀玉闻言轻叹了一声："陛下赦不赦她还不知道，司正如今不宜问这话，还是先将人带去琨华殿，好生看着。"

说完，他避开徐司正，走到席银面前，低头道："陛下要你在琨华殿好生想想自己的错处。"

* * *

她究竟有什么错处？

这个问题一抛向席银，她就莫名地猜到张铎不会要她的性命。

罪行是显而易见的，私逃、抗旨，堪当一死。但错处……比起罪行，这个词实在太轻了，席银跪在琨华殿外，反而想不出来。

琨华殿上的漆瓦、金铛、银楹、金柱、珠帘，穷极技巧。

然而在那莲花纹雕的玉壁后面，殿门洞开，迎向席银铺开一张莞席。莞席旁架着漆红的刑杖。宫人们屏息肃立，耳中连风扫寒枝梅的窸窣声都清清楚楚。席银望着那根冷冰冰的刑杖，抿紧了嘴唇。这显然是张铎用来破她心防的东西，换作从前，不等这硬木落到她身上，她就不知道吐了多少软话，然而如今，她却抿着唇，闭着眼，试图跟自己心里那本能的胆怯抗争。

有些改变是潜移默化地，人自身并不知道。跟着张铎的这段日子，如身后有人执鞭逼她行端立直，她好像因此长出了一截脊梁骨，可那却是执鞭人想要看到的也是执鞭人不愿看到的。

辰时过了。

席银身后响起一连串的脚步声。

接着，玄袍扫起地尘，一路扬至她眼前，终在莞席处落定。

琨华殿内，宫人皆跪伏。

席银还未及抬起头，便听张铎道："想明白你的错处了吗？"

席银松开紧咬的嘴唇："您放奴走吧。"

"朕问你错处！"

这一声之厉，引得在场的宫人缩了缩身子，席银也是浑身一战，抬头时，竟见他虽衣冠齐整，眼眶处竟有些发青。

"奴不该抗旨不遵，奴不该私逃，可奴不能再留在您身边，奴不想哥哥误会奴失……"

失了什么，她没说出口，但张铎猜到了。她不想岑照误会她在他这里失了贞洁。

猜到的那一瞬间，张铎懊恼地发觉自己竟然有一种冲动，这个冲动，他之前也有过——既想摸一摸她那双无骨的软手，也想就这么一刀杀了她。

"下去。"

这一声压得极低，跪伏的宫人甚至没有听清，面面相觑却没有一个人敢起来。

"都给朕下去！"他一声怒喝，吓得宫人们连滚带爬地起身，慌乱地往玉壁后面退，谁知又听张铎道，"宫正司的人站着。"

这句话一出口，席银喉咙里吞咽了几口，不禁朝那张莞席和刑杖看去。

张铎看着她的目光，竟开始自乱阵脚。

那些东西，他起初并不打算施加在席银身上，摆在她面前，无非要她一丝惧怕而已。而要来这一丝惧怕，只不过是想要逼她留下。可是，她好像做好了抗争的准备，咬着嘴唇，定定地望向他身后。

张铎骑虎难下。因为怕伤绝席银的心，张铎对岑照落不了刀，不想她过于难过，于是放她去见岑照。他自信她还会回转，但仅仅一面，她就决绝地抛下了他。

智慧、谋略此时化为虚烟，升入云霄，散了。他此生很少困惑，如今却不知道怎么留下眼前这个卑微的女子。

"你是不是忘了，你是我的人？"

"奴不是您的人！"

她像是被什么刺到了一般，赫然提高了声音。

然而却被同样厉狠的声音压了回去："你放肆什么！"

她一怔，腿一软，朝后跪坐下来，身上绑着绳子，无法靠手支撑平衡，险些朝后栽倒。

张铎下意识地上前几步，一把将她扶住，却不想碰到了她那条受伤的胳膊。席银一时没能忍住，痛吟了一声。张铎连忙移开手。

"松绑。"

宫正司见状，赶紧上前替席银松绑。绑绳一脱身，那只脱臼的手臂就垂了下来。

张铎抬头看向宫正司的人，一旁的徐司正会出了他面色上的怒意，跪下慎道："陛下恕罪。"

"传梅医正过琨华殿。"

张铎说完，看向地上的席银，她疼得整张脸都发白了，却强忍着，一声不吭。

"你有伤，朕今日不处置你。"

说完这句话，张铎当真庆幸她的手臂今日脱臼，给了他一个台阶，不然，他要如何才能撤掉这一顿能要了她命的杖刑。

可惜她却丝毫不领情，抬头看向他。

"您为什么，一定要把奴留在您身边呢？"

是啊。为什么呢？

张铎望着她那双蓄满眼泪的美目，月光星辉皆藏其中。但除了这副皮囊，她还有什么呢？没有学识，没有眼界，年纪轻，没有经年沉淀的智慧，经常根本听不懂他的话，他图她什么呢？难道就是那一身皮肉吗？可如果是这样，他为什么不直接要了她的身子，用根铁链子把她锁在床头，反而要这般困惑，不知如何把她留下来？

"陛下身边如今有那么多的宫人，她们比奴知礼仪，会好好地服侍陛下。以后，陛下会立皇后，还会纳好多好多的妃嫔。她们都会长长久久地陪着陛下，好好地照顾陛下。奴在洛阳宫,是一粒微尘。但哥哥身边,只有席银一个人。"

"所以你心疼他。"

张铎低头,竭力收敛着话中的情绪。

"不是……我很喜欢哥哥。"

"你不觉得龌龊吗?"

"很龌龊,所以我不敢跟他说啊。"

爱而不敢言。

张铎忽觉这句话似乎也很契合他自己的处境。可是这又很荒诞,他用了十几年的时间,从乱葬岗走上太极殿,位极人间,别说喜欢一个女人,哪怕是百个千个也不在话下,但为什么对着席银,他说不出口呢?

他想着,蹲下去,手搭在膝上,倾身逼近她的面庞。

"那朕呢?"

席银朝后缩了缩。

"什么?"

"你心疼过——"话一出口,他就后悔了。这是一副什么姿态?是在向她乞讨怜悯吗?可是他好像也只能在席银这个人身上才能要到零星真切的悲悯。

想到这里,张铎狠狠地捏紧了膝盖上的拳头,站起身,快步朝后走去,随之扬声道:"来人。"

守在殿外的宋怀玉忙迈了进来。

"陛下。"

"医正看过她的伤后,送她去掖庭,朕不想再见到她。"

"是。"

* * *

席银被带去了掖庭,入住琨华殿以来,这是第一日,张铎身边没有席银。

入殿伺候的宫人,心里既胆怯又喜悦,殷勤、慎重,生怕有一点不顺张铎的心,灯火、茶水、应答,都很周到,就连立在他身旁的仪态都比往常更加端正。但是,他心里不平静。

这些日子里,他好像习惯了耳边有些轻轻的铃铛声,伴随着席银的行动坐卧。他也习惯了在他政闲读书时,席银安静地伏在他身旁,皱着眉,练他的《急就章》。他如果看到有兴致的地方,偶尔也肯与她讲解些典故,她有的时候不懂装懂,模样很蠢,被揭穿之后,羞红脸的窘样又令人可怜。

"陛下。"

"朕在，说吧。"

宋怀玉侧身立在屏后："赵将军求见。"

"传。"

"是。"

赵谦尚未解甲，只将腰间配刀解下，递与宋怀玉，而后径直入殿行礼，开口道："我看李继在外面。"

张铎应声："嗯，朕今日要批复廷尉和尚书省并奏的奏疏。"

赵谦道："处置岑照吗？"

张铎将压在手臂下的奏疏递给他："你先看看。"

赵谦接过奏疏，与张铎迎面对坐。

"廷尉狱和中书省也说不出什么过于新鲜的——"他话未说完，扫到了两个刺眼的字，不由得皱眉，"凌迟啊？"

张铎就着笔尾，点了点那两个字："当初命你锁拿他回来，敲的就是这个罪。"

赵谦放下奏疏，抬头道："那如今陛下在等什么？"

张铎没有应声。

赵谦添问道："因为殿下？"

张铎不置可否，转而道："你去张府看过她吗？"

赵谦摇了摇头："殿下不肯见臣，张熠那爆炭差点拿剑来刺臣，臣也就不好去了。"

他的话说完，博山炉中的沉香将好烧尽，一胡姓宫人进来，跪在张铎身旁添香，间色裙的裙尾扫到了张铎垂地的衣袖，他不着意地抬臂避开。这一幕落进赵谦眼底，换作从前，他早龇牙调侃张铎了，但在琨华殿上，他必须刻意收敛，是以只得笑笑。

"席银呢？"

"交给宫正司了，在掖庭。"

那胡宫人听到这句话，添香之后竟没有退出，而是叠手退到博山炉后立着，那个地方是席银在琨华殿中给自己圈出的容身之所。

张铎不自在，斜目扫了一眼身后人的影子。

"朕准你留侍了吗？"

胡宫人闻话忙应道："是宋常侍命奴近侍陛下。"

"站到外面去。"

他声中的情绪不善，胡宫人退到殿外哪里敢站，懊悔地伏身跪下，一声也不敢吭。

赵谦看着那宫人的模样道："陛下使惯了席银，不如臣……替她求个情吧。"

"私逃宫禁，长会死囚，朕没有打死她已是仁慈。"

赵谦点了点头。

"那丫头这一回，着实气人，连臣都恨不得给她一巴掌。"这话刚说完，赵谦便觉额前一凉，他悄悄抬眼，陡然迎上了张铎寒箭一般的目光。

"臣放肆了。"

赵谦口中虽认失言，心里却把张铎那急火在肺的模样揶揄了千八百遍。

"不过，陛下，倒也不能全怪她。"

张铎没应声，却架了笔等着赵谦往下说。

赵谦咳了一声，续道："岑照从小把她养大，她若一点恩都不记，那不成白眼狼了吗？"

"养大？"

张铎想起第一次在铜驼街上见到她的场景。

那就是岑照养大的女人，卑微，淫靡，不知所措。

"吓，他是有多恨她？"

赵谦没听明白张铎这句没由来的话，但倒也没过多地在意，他顺着自个儿的话头继续说道："再有，岑照对她，也甚有耐心，温声细语，哪有姑娘不喜欢的？"

这话像是有意无意地戳张铎的脊梁骨，令他有些不自在地耸了耸肩，好在赵谦是无意的，不曾想到那一层。

"陛下如今打算如何处置岑照，当真要判凌迟之刑吗？"

张铎驳回那道奏疏，提笔将"凌迟"二字划了，朝外道："宋怀玉。"

"老奴在。"

"递给李继，让他不用进来，和尚书省从新议一本。"

赵谦看着宋怀玉捧着奏疏出去，不由得道："即便不是凌迟，也是枭首。"

"那就再驳，无非磨君臣默契。"

"陛下打算留他的性命？"

"言多必失，赵谦。"

赵谦跪直身道："陛下怪罪，臣还是要说一句实话，在铺关的时候，臣曾想过违旨放他走，那个时候，臣觉得陛下过河拆桥，实在有违仁道。可如今见陛下赦他，臣又担忧。"

张铎抬头看了他一眼。

"你担忧什么？"

"臣在廷尉狱见过他几次，此人言语之中滴水不漏，不现一丝深意，只认回洛阳是为了席银，然而他越是这般姿态，臣越觉得他心思不纯。"

张铎沉默地听完赵谦的话，应道："朕知道。"

赵谦紧接道："陛下既然知道，为何还要赦他？"

他问到了症结处。

张铎回头扫了一眼席银常立的那个角落。

这原本是一件斩草除根的朝政大事，留下岑照这个人，无异于给自己留下无穷的后患。正如赵谦所言，张铎早就做好了过河拆桥、卸磨杀驴的准备，原本不需要过多地思虑，将岑照彻底交给廷尉。然而，令他犹疑不定甚至最后被迫要赦免他的原因，却是一桩令他自己露怯的心事——他怕伤绝一个奴婢的心。

"还是顾及……殿下吗？"

张铎索性默认了。显然赵谦只是看出了他喜欢席银，却不敢去猜他能为那个奴婢让到哪一步。

好在，前面还有一个张平宣，给他赦免岑照的那道旨意添了一笔注解，否则，他不仅无法对赵谦交代，也不能在李继等人面前自处。

"哎。"

"说。"

"既然连岑照都赦了，席银也——"

"她不一样。"张铎打断赵谦的话，"她犯了朕的禁。"

赵谦叹了一口气，将手臂叠放在案上。

"掖庭那地方臣是知道的。当年，刘帝为席银行刺的那件事，处置宫里的几个宫妇，就是在那个地方。我去看过，里面的手段不输廷尉狱，她是被人从廷尉狱押回的，就这么一件事，就足够宫正司问掉她一身皮。陛下是什么时候送她去的？万……过不得夜啊。她是有旧伤的人。"

赵谦这一番话，张铎听入了心。他回想了一阵，自己昨日命人带她去掖庭的时候并未吩咐不准刑讯，也不知道宋怀玉能把他的心思猜到多少、后来有没有去掖庭传过保她的话。

"赵谦。"

"臣在。"

"你走一趟掖庭。"他说完又觉得不妥，紧跟一句道，"若未动刑就将她关着。"

"若动过刑呢？"

若动过刑……

张铎脑子里冒出的第一个念头是砍了考竟之人的手。然而，这念头过于荒唐，不堪言表，他只得强压下，冷道："那就押她回来。朕亲自问。"

* * *

席银觉得，自己这一回是真的惹恼了张铎，否则，他不会把她关在掖庭这种地方。

徐司正问的话，她都听不明白。

比如她为何要去廷尉狱，她照实而言，说是得了张铎手书，却被斥为满口谎话，受了一顿不轻的鞭责。

再比如，问她与岑照有何关联。她自认与岑照是兄妹。此话一出，又令在场的人面面相觑甚至咂舌，她不免又受了一顿皮肉之苦。

赵谦走进掖庭的时候，她已力竭，长发披散地匍匐在地上，身上只剩一件凌乱不堪的禅衣。

"先不要问了。"

徐司正见赵谦亲自过来，忙起身行了个礼，抬头道："这是宫人犯禁，将军过来，难道……此事有必要移交给中领军吗？"

赵谦顺着她的话点了点头。

"是。你们问了些什么？"

徐司正道："宫正司正要向陛下递录本，这个宫人，是刘璧叛臣的余孽。"

"啥？你们怎么问出这个罪来了？"

赵谦哭笑不得，心想这傻丫头定是在不防之下说了好些置自己于死地的话。

"销录本，销录本。"他摆着手连说了两遍。

徐司正疑道："将军何意？"

"这是陛下的意思，无论你们今日问出了什么，一并勾销。"

徐司正听出了这句的言外之意，忙回头对录官道："快，销录。"

赵谦看向席银，她静静地伏在地上，胸口轻轻起伏着，肩膀耸动，人在咳嗽，却好似提不上力。

徐司正在旁轻声道："她是琨华殿的内贵人，是以，宫正司也不敢动大刑……"

赵谦提声道："没动大刑就把人折磨成这副模样了？"

"是……我等有罪。"

徐司正不敢再辩，退到一旁，吩咐宫人去将席银扶起。

赵谦转身道："把人带走。"说完，又朝向徐司正道："徐司正，你自己去向陛下回禀吧。"

* * *

琨华殿里灯火通明。

宫正司的人跪在殿外,张铎则立在屏风后,身旁站着的人是梅辛林。屏风内是内医署的女医,正点着灯替席银上药。

梅辛林看了一眼张铎,转身朝后走了几步。

"陛下若要处置这奴婢,就不该让臣给她治肩伤,真是多此一举。"

张铎受了这句硬话,没有吭声。

梅辛林向来言辞随性,也不顾忌张铎如今的身份地位,径直坐下来,亲手研墨道:"果然是一登极位就不念旧恩了。"

张铎回头道:"医正有话直言。"

梅辛林一面写方,一面道:"臣的话,还不够直白吗?"说着,他抬头看了张铎一眼,"陛下也曾危在旦夕,那段时间,这丫头也是有功的,如今即便是犯了什么禁,功过不能相抵?"他说完这句话,顿笔陡然转道,"陛下也老大不小了。"

张铎一怔:"梅医正,慎言。"

梅辛林道:"慎言的人不够多吗?臣不做多余的人。"他说着,将写好的药方递到宋怀玉手中,起身走到张铎面前,"陛下的父亲临死之前,托臣关照陛下,如今,臣不敢说'关照'二字,但起码不能做那虚言之徒。陛下看重这个丫头,就少对她施皮肉之刑。姑娘家的身子,本就比不上男人,陛下当她是赵谦那愣梆子,胡乱摔打得了?"

张铎反斥道:"医正休妄言,朕何曾看重那奴婢?"

梅辛林仰头看向张铎笑道:"直言、慎言、妄言,陛下说得顺口,那臣也请问陛下,陛下是要辱没臣?臣是医正,何必看顾一个奴婢?"

张铎被说得脸色有些发白。

宋怀玉见状,便忙上前道:"梅大人,老奴送送您。"

梅辛林起身掸了掸肩袖,朝宋怀玉道:"夜里仔细,伤则易遭寒,这个时节,弄不好也是要出人命的。"说完,方向张铎拱手作揖,告退而出。

宋怀玉也跟着梅辛林退了出去。

张铎这才撩袍跨入屏风内。

翠纱屏是太医署为了给席银治伤上药而临时置下的。此时两个女医还在替席银上药,陡见张铎跨入,忙扯过薄毯替席银盖上,垂头双双退到屏风外。

榻边药膏还不及收放,清凉的气息散入张铎喉鼻。

席银醒着,却将身子拼命地缩成一团,朝角落里挪去。

张铎在榻边坐下，却不想压到了她脚腕上的铃铛，她痛得失声叫了出来。张铎忙弹立起来，掀开薄毯，眼见她的脚踝被铜铃压出了一道血痕。

"来人，把她脚上这串铃铛绞了。"

"不要！"

谁想她慌得顾不上身上衣衫不遮，坐起来伸手拼命护着脚腕上的铃铛。那雪堆一般的肩膀从薄毯里露了出来。张铎觉得自己的喉咙里此时竟泛出了淡淡的腥甜味。

"他究竟跟你说了什么，你要这样逆我的意思？！"

席银一手护着脚腕，一手捏着胸前的毯子，那背上的鞭伤经了药，泛出一片桃色。

席银抬起头来："你能不能……不要一直都逼我？"

张铎撩袍坐下："我逼你什么了？"

说完，他忽觉自讽。

难道不是席银在逼他吗？

"你逼我写字，我很努力地写，可你的字太难写了，我写不好。你还逼我留下，我留下做什么呢，服侍你和你妻妾吗？那我……那我不知道还要挨多少打。我每回做不好事，你都要打我……"她越说越委屈，却又不敢哭。

张铎沉默地望着席银，伸手捏住她压在手臂下的毯子，往下拉去。

席银忙夹紧了手臂："你要做什么？"

张铎使了些手力，却也没有过于粗暴，试着力道与她僵持着。

"我要看你伤成什么样了。"

"别……我……我……我没有穿……"

"松开。你根本不配。"

席银怔了怔。

此话刺耳是刺耳，倒也没什么毛病，他一再强调，不准席银对他起心动念，又怎会在席银身上自我作践呢？

席银的思绪一混沌，手臂就松了力，冷不防被他将毯子一路拖到了腰间。

席银失去了唯一的一点遮蔽，忙将双腿蜷在胸前，拼命地遮挡她不愿意让他看见的所在。

然而面前的人一直没有动作，也没有出声。那道影子静静地落在翠纱帐上。

窗缝里的风不劲，细细地，把席银背脊上的汗毛全部吹得立起。她惊恐，有本能的欲望，又迫于从前的训诫，不敢流露，转而变成了一种羞愧，以至她根本不敢抬头去看张铎，怕看到那楚楚的衣冠。

也不知道过了好久，耳边传来药膏盒与陶案面刮擦的声音。紧接着，腰腹还未及上药的伤处传来一阵冰凉的感觉，席银低头，竟见张铎正剜着膏药替自己涂抹。他低着头，宽袖挽折压在膝上，手上轻重适宜，力道像是刻意拿捏过的。

"虽然你这一次错得离谱，但是这顿打不是朕的意思。"他说完，仍旧没有抬头，手指握了握，脖子也有些僵硬，像在竭力忍着什么，"你心里是怎么想的，你已经直白地对朕说了，朕不需要拿刑具来逼问你。席银……"

她没有应他的话，只是惊惶地死死盯住张铎那只手。

张铎收回手，重声道："你有没有在听朕说话？！"

"啊……我在听。"

她胸口上下起伏着，袒露自身对着张铎，哪怕他并没有玩弄她，甚至连亵看她的意思也没有，席银还是被逼得浑身冒汗。

"你听好，朕这个人，锱铢必较。朕教过的人，朕……"

她听到"锱铢必较"这个词的时候，目光愣了愣，显然是没有听懂这个词的意义。

张铎突觉无力，甚至觉得后面的话都没有必要再说了。

席银见他沉默，又将目光落向他垂放在榻边的手。

两个人就这么沉默地僵持着。

张铎看着她腰腹处的伤口，席银戒备着他的手。

良久，张铎的喉咙哽了一下，脖根渐渐泛红。比起语言来，身上的知觉反而是更真实的，张铎觉得自己的脸、手掌都在烧，然而，最烫的地方却是……他下意识地要低头去看，回过神来之后又赶紧仰起了头。可她胸前那双美乳又撞入他的眼中，电光石火间，一种又麻又暖的感觉袭遍他的四肢百骸，令他差点从榻上弹起来。

食欲、权欲、爱欲，这三者纠缠演化出人生的种种苦果。

张铎以前认为最容易克制和压抑的是最后那一种，如今他却混乱了。

"你……过来……"

"你要做什么……"

"朕让个女人过来，你说朕要做什么？！"

席银缩在角落里，双腿一抖，那脚腕上的铃铛就丁零作响，她抿了抿唇，面上也是通红一片，张口想说什么，却又只见口形，不闻声音。

"你有什么要说的……"话一出口，张铎就恨不得立即收回。他要做一件自身畅快的事，何必管她有什么话要说。且这一句话意思诡异，竟如同在问一个罪囚又或者问一个临终之人，细想之下，他自己也不自如了。

"你到底在说什么？"他改了句式，似乎顺口了些，却失了刚才的气势，于是他又懊悔起来，不如顺着那股气焰，就……

谁知他还没有想清楚，却见眼前的女人撇着嘴，望着他道："你骗我……"

"什么？"

"你骗我……"

"我骗你什么？"

"你说，自轻自贱的女人最容易被凌虐致死。我听了你的话，可你还是要……"

张铎气得想给她一巴掌："朕要怎么样，朕怎么你了啊？"

她声音里带出了哭腔："你要我就这么光着身子过来，你侮辱我……"

有什么比被自己递出去的刀扎起来更痛的呢？

张铎从来没有想过，有生以来最慌乱的时候竟然是在这个奴婢面前。他慌忙站起身，六神无主地在屏风前来来回回走了好几圈，终于勉强稳住了自己的心神。

"朕教你自重你记住了，那朕教给你其他的东西呢，你记住了吗？"

"我记住了的。"她说着抬起头来，"你说，刑可上大夫，礼亦下庶人，你要我不要被一时卑微的身份束缚，你让我仰头做人嘛，我记住了。可是，我记着这些，你也没有满意过，你总是骂我蠢，嫌我字丑，斥我言行不规矩。"

张铎立在屏前望着她，忽然想起梅辛林刚才的话——姑娘家的身子本来就弱。不知道他有没有双关之意，张铎从其中隐约觉出了一丝埋怨，埋怨他过于严苛，过于急切地想要让她改变，以致忘了她是一个身骨柔弱的姑娘。

"陛下，其实我一直都记得殿下在永宁寺塔前跟我说过的话，殿下说，你的名讳里有一个'铎'字，和永宁寺塔上的金铎是一样的。那四个角上的金铃铛一辈子都看不见彼此，我觉得它们特别孤独，特别不开心，而你……也总是不开心。你之前在太极殿上救了我，我真的很想在我力所能及处好好地照顾你，可是我好像总是做不好，总是要被责罚。每次挨了打，我就想家，哥哥他从来不会打我。"

她说完，抓起薄毯笼住头顶，抱膝抵唇，试图把眼泪忍回去。

张铎站在她面前，不自觉地伸出手，却又在她的头顶上方停住。他实在不会用肢体的接触去安抚女人，在言语上就更是捉襟见肘。他将手握成拳，慢慢地放下，立在她面前想了很久。

"对不起。"

这一声细若蚊鸣，席银没听见。

"掖庭这件事，到今日就算了。"

席银将头从薄毯里钻出来，怔怔地望向张铎。他也低头望着她。

"但你抗旨不归，是大罪。宫正司也没有过错。徐司正现在跪在外面。一会儿你把衣服穿好，出去传朕的话，让她回去。告诉她，朕已经处置过你，其余的事，朕不追究了。"

"真的吗？那哥哥呢？"

"哥哥"这个称谓，怎么听怎么刺耳。但张铎今日实在不想让席银再伤心。

"岑照，朕也赦了。但是死罪可免，活罪难逃，朕之后怎么处置她，你都不准再置喙，否则朕随时都会取他的性命。至于你，这次朕让你受了这些伤，你想要什么赏赐，朕都可以考虑，但如果你敢说出宫的事，朕就立刻把你交还给宫正司。"

说完，他抬手在她额头点了点。

"躺下。"

"你要做什么？"

"药还没上完。"

"你让女医来上啊。"

张铎根本不顾她的挣扎，拖过一个软垫垫在她背后。

"不，朕要上。"

这话说完了，可却令人感觉好像没有说完。那蓬勃而出的虎狼之意，让席银脑中混沌一片。然而，张铎真的只是替她上药，连眼神都不曾飘移。

宋怀玉立在门前，并不知道里面发生了什么。他只知道那夜张铎传水的时候传了一盆冷水。至于大冬天的皇帝为什么要冷水，他就想不大明白了。

第十一章
夏湖

...

岑照羸弱而卑微,身忍辱,性高洁,
轻而易举地攫走了席银全部的怜悯。

转眼冬深。

北邙山覆雪而立，苍苍茫茫的雪影中，洛阳城却四处飘散着椒柏酒的香气。

腊月初八这一日，李继从尚书省出来，在阊春门遇见了赵谦。

"赵将军，亲自巡查？"

雪下得很大，在赵谦的鱼鳞甲上落了厚厚的一层，他骑马近李继的车驾，在马上抱拳道："太极殿朝会早散了，李将军怎么晚了一步？"

李继道："哦，有事要密奏。"他说完抬头望向赵谦，"听赵将军的意思，是刻意在这里等我。"

赵谦翻身下马："我想问一句，岑照的处置，陛下勾了吗？"

李继道："赵将军为何不直接面询陛下？"

赵谦闻言抓了抓脑袋，压声道："中领军不涉刑律。"

李继不以为然："尚书省拟的诏，我刚才在太极殿看过了，判的百杖，陛下看过后，施恩又改作杖八十。不过，刑后能不能活，我尚不敢说。"

赵谦点了点头，拉马让开面前的道："多谢大人相告，雪大，李大人好行。"

李继应声撩起车帘，踏车的脚一顿，转身又道："将军若能见到长公主殿下，能否替我劝劝殿下，廷尉狱隶属于太极殿。长公主殿下的训示，令我等实在为难，还望殿下体谅。"

赵谦一怔，忙道："殿下做了什么吗？"

李继道："无非妄求一见。唉……"他说着，仰头叹了一口气，摇头续道，"也是冤孽啊。"说完拱手，上车辞去。

赵谦立在楸树下，眼见李继行远，这才牵马走向城门拐角。张平宣裹着鹤羽氅靠在城墙上，低头望着脚边飞滚的雪末子。

赵谦蹲下去，冲着她的脸晃了晃手。

"哎。"

张平宣忙摁了摁眉心，抬起头道："你还敢玩笑？"

赵谦拍了拍肩上的雪："怕殿下闷着难受。"说着，他站起身，看着张平宣的神色，试探道，"李继的话，殿下都听到了吧？"

"嗯。"

赵谦将马拴在树旁,陪她一道靠在城墙上,轻声道:"你怎么想啊?"

张平宣抿了抿唇:"八十杖过后,人还能活吗?"

"能活,怎么不能活?十一年前金衫关那一战,我担罪挨了一百杖呢,不也好好的吗?"他乐呵呵地说完,见张平宣不出声,兴致一下子落了下来,"我知道我皮糙肉厚,岑照不一样。"越说越尴尬。

张平宣侧头看了他一眼,又避开了,仍然望着脚边的雪末,轻声道:"赵谦。"

"啊?"

"谢谢你。我也不知道该对你说什么。总之,无论岑照活不活得下来,我都会记着你帮我的事。"

赵谦忙立直身:"你放心,陛下心里一直在意殿下的感受,有我疏通,他一定能活。"

张平宣点了点头:"等他出了廷尉狱,我想把他接到张府。"

赵谦神色一暗:"你要让他住在你府上?"

"嗯。"

"可是殿下……"

"我知道,陛下不会允许,但我顾不上那些了。他太惨了,这一回无论如何,我也不能让他一个人。"

赵谦无言以对,半晌方道:"那这样,到时候,你不要遣人去,我让内禁军的人接他出来,送到你府上。"

"不必了,我不想他为难你。"

她疏离地用了一个"他"字来代替从前"大哥"的称谓,大有一种既不做亲族也不做君臣的决绝之意。

赵谦手心有些发冷,忙接了她的话道:"陛下为难个做臣子的不是该的吗?只要他不为难你就好。"

张平宣闻言,静静地垂下了头。她何尝不知道赵谦对他的好,只是"辜负"这两个字,她说不出口,赵谦也未必想听。

雪越下越大,依着风扫进了张平宣的衣领,她掩面轻咳了一声。

"你冷吗?"

"雪进脖子里了。"

"我送殿下回去。"

"不必了。你回内禁军营吧。耽搁了你几个时辰陪我在这里守着,我身边不是没人跟着。"说完,她直起身,抖了抖氅子上的雪,又理好被风吹得有些乱的额发,"况且,今儿是腊八,我还要去金华殿看看母亲。"

赵谦侧让道:"是……太后可还好?"

张平宣摇了摇头:"母亲不会受封太后。自从东晦堂烧了,母亲一直饮食甚少,很多时候连我的劝也听不进去。"

赵谦从张平宣脸上看到了焦惶的神色,但这已然不是他解得了的困局。

张铎虽对徐氏的事闭口不提,赵谦却看得出来,对于这个母亲,他看似放得下,心里却是糟乱的,无非是大定之初,四方又极不安定,军政上的事情千头万绪,他强迫自己狠心没去想而已。

"殿下……还是要尽力劝劝太后,大势已定,太后要陛下怎么样呢?总不能自贬为罪臣,把朝堂拱手奉还吧?"

张平宣听完赵谦的这番话,不知如何应答,轻声转道:"席银还好吗?我听说,她之前从廷尉狱回来,就被押到掖庭去了。"

说起席银,赵谦抱臂叹了口气:"她和岑照,可真是一对患难兄妹。"

"我之前,对她说话重了些。"

"殿下放心,银子那丫头不会记你和陛下的仇。我昨日听江伯说,她之前受了些轻刑,陛下为此把梅辛林都召去了,现已无大碍,她的功课,如今是陛下亲自看着的。"

张平宣点了点头:"如此我就放心了。"

她说完,接过女侍递来的伞,转身往阊春门走去。她走了几步,回头见赵谦还立在原地。

"我入宫去了。"

"哦。好。"

"你不回内禁军营吗?"

"我啊……我送殿下进去就回。"他说完,耳朵后面有些发红。

天上的雪飘洒若鹅毛,连天的树阵抖着干硬的枝丫,沙沙作响。

张平宣的人影在阊春门前消失之后,赵谦才悻悻地解开马绳,也懒怠地骑,冒雪归营。

* * *

琨华殿内,席银坐在张铎的坐处写字。自从她受鞭伤以来,张铎就不让江沁每日进宫来教她习字了,改由他自己翻着书本亲自讲授。他是个做事严谨的人,比起江沁,他时常显得咄咄逼人。但在席银看来,张铎讲得比江沁要有意思得多。

比如，他讲《论语》——明明是一部修身治国平天下的儒学大作，偏偏能听到某些逆骨铮铮刮擦的声音，时常听得席银心惊胆战，又欲罢不能。

当然，他责起她的迟钝来也毫不手软，笔杆子不顺手，他专门让宋怀玉去宫造司给他取了一把玉尺，平时就和书本一道捏在手中，席银应答稍有不对，他就抢起来径直朝她手上招呼。是以席银看着那玉尺就害怕。于是她时常期盼着太医署的人过来送药。

每到那个时候，张铎就让女医架个屏风，带她去后面上药。他自己则规规矩矩地坐在外面，也不敢往屏风那边看。自从那夜替她上过药后，张铎每回想起那个场景就要辗转折腾。要说怯吧，席银怯他，他又何尝不怯席银？

这个时辰，朝会虽然散了，但尚书省临时请见。

张铎回琨华殿换了一身衣就要去太极殿的东后堂。临走时，他看了一眼席银熬夜写的字，随手划掉几个实在看不下去的，拿起玉尺又要罚她。谁知席银可怜巴巴地举手道："你议事去吧，我又不会跑。"这么一句，轻而易举地把他的气焰摁了下去。也是，她应该跑不了，自己急什么？张铎想着，索性把笔搁在自己的案上，点着案面，命她坐下来重新写。

她乖觉地坐下，捏着耳朵问他："再写几个啊？"

"把手写断为止。"说完，他撩袍跨了出去。

宫人胡氏进来换香，见席银坐在张铎的书案前，惊道："你怎么能坐在陛下的坐处？"

席银被她的声音吓了一跳，忙站起身："我这就——"

"你好大的胆子！"胡氏放下手中的沉香料，"我们琨华殿的人，都是宋常侍过了好几回眼的，你虽在琨华殿落的宫籍，但我冷眼瞧了你这几日，你的举止言谈却半分没有琨华殿宫人该有的模样。"

席银望着胡氏，她不算太年轻，生得眉目端正、清秀，鬓发梳得一丝不苟，双手交扣在腹前，亭亭玉立。

席银从前最害怕这样的女人。她们就像当年她在乐律里中见过的那些恨自己丈夫不长进的年轻妇人，身份干净，立场无错，所以连带着仪态都端正起来，斥责完了男人又斥责她，说她水性杨花、不知羞耻。而她只能抱着琴低着头在那儿听着，心里委屈，却又没有立场说哪怕一句话。

"你还不退下？！要让我请宋常侍过来吗？"

席银忙放下还握在手中的笔，刚要退缩，却忽地想起张铎曾经问她："我无畏殿上群臣，你也就不能惧怕这些内宫人。"

"是陛下准我坐在这里的。"

她低着头轻轻地回了一句。

"你说什么？"

"我说，是陛下准我坐在这里的。我还有字没写完。"

她说完，又走回案后，抚裙从新跪坐下来，取笔蘸墨，强逼着自己把心里那阵羞怯推出去。

"无耻，放肆！"

"胡宫人，你自重！我如何无耻？你不得侮辱我。"

胡氏交握在腹前的手有些颤抖，她是在宋怀玉手底下磨过多年的人，除了宋怀玉，琨华殿的宫人都肯叫她一声姐姐，而席银非但视她为无物，言谈做派全不合宫中行仪，令她十分恼火，如今，还敢公然与她争辩。奈何皇帝的起居全是席银一人承担，其余的宫人都插不上手，去掖庭走了一遭之后，连宫正司都跟着私底下称起她"内贵人"来。胡氏气得一时手足无措。

两人正僵持着，殿外突然传来一声笑。

席银手上的笔被惊落，在官纸上画下了长长的一道。她抬头朝前面看去，琨华殿的殿门如同一个光洞，雪的影子像银刃一样，削过张铎的面庞。

张铎从殿外跨入，身后跟着的宋怀玉一个劲儿地冲着胡氏摆手。胡氏忙在帷帐前跪伏下来。

张铎从胡氏身边走过的时候，低头看了她一眼，抬头对席银道："写完了？"

"不曾。"

张铎跨到案后，撩袍坐下来。

胡氏在门外像一只割了舌的猫一般趴伏着。无论她刚才多么仪态端正，将席银衬得像一条陋虫，如今也像被抽去了脊梁骨，孱弱得连魂都没了。

席银不由得朝张铎看去，他正挑出一张她写过的官纸看，手在玉尺旁有一下没一下地敲着。她觉得怪了，他明明没有对胡氏说过一句话，看似一门心思都在席银的"陋字"上，胡氏为何会被吓成那个样子。

"你在看什么？"

一句话劈到脸上，席银这才发觉，他已经看完了那张字，捏着纸看着她。

"没有。"

张铎拍了拍身边的坐处，哼了一声。

"你这个竖笔啊，是所有字骨里写得最难看的，我怎么教你，你都没法把它立起来。"

他说这话的时候，席银发觉门前的胡氏连腰都撑不直了。

"席银，你到底在看什么？！"

"啊……我没有，我在听你说话。"

张铎扫了一眼她目光所落之处。

"宋怀玉。"

"老奴在。"

"带胡氏出去。"

胡氏听了这句话，重重地磕了两个头，求道："陛下，饶了奴……求陛下饶了奴。"

宋怀玉赶忙命人上前将她架起："陛下已经开恩了，你还不快闭嘴？"

胡氏泪流满面，已然听不进去宋怀玉的话。

"不……求陛下饶了奴，奴再也不敢了，再也不敢胡言了。"

张铎看了一眼宋怀玉，冷道："拖出去。"

胡氏在宋怀玉手底下做了好几年的事，宋怀玉有心维护，此时也不敢开口，只得亲自上前，用一条白绫卷了她的口舌，摆手命人把她拖下去。

席银怔怔地看着胡氏瞪眼蹬腿地被人拖出琨华殿，喉咙里不由得吞咽了好几口。

"你还在看？"

"我……"

"看朕这里。"他说着，狠狠地抖了抖手上的官纸，"朕刚说的，你听是没听？"

席银回过头，开口却是答非所问。

"胡宫人为什么会求饶，为什么会怕成那个样子？"

她的脸凑得有些近，鼻息扑面，张铎的耳郭陡然烫起来，他不着意地向一旁挪了挪身子，刻意冷下声音道："你说呢？"

席银摁了摁眉心，当真露了一副认真思索的模样，然而想了半天，似乎是想明白了，却又无法理顺一通话来表述。

"我……说不清楚，不过……"她垂头笑了笑，伸手将耳边的碎发细致地别到耳后，"我心里很舒畅，就跟喝了雄黄酒一样。"她说着，笑弯了眉眼。

张铎扫了她一眼，有些诧异。

"你……"

"陛下。"

谁知她先开了口，张铎只好收住话，含糊地"嗯"了一声。

"我以后不会怕琨华殿的宫人了。"

张铎道貌岸然地放下手上的官纸，刻意道："为何？"

席银抿了抿唇，抬头笑道："因为她们虽然守宫礼，但她们也会胡言，也会和我一样做错事，也会受你的责罚。我和她们是一样的人，只要我肯用心地学，我以后也会识很多很多字，也会说出大道理。"她的这一席话，乱七八糟，粗浅得很，却令张铎心生愉悦。他故意没有立即回应她，低头摩挲着那把玉尺。

维护女人这种事，张铎不屑于做得太明白。为了她，斥责胡氏，这种行径非但不能让她领情，还会令他自己显得肤浅而无聊。

对于张铎而言，最难的事，是用严法逼她立身之后如何再给这个女人处世的底气。这种事，张铎原本做不来，可今日无意之间好像又寻到了一层法门。

"以后琨华殿的事，你来掌。"

"啊？我吗？"

"对，你来掌。"他说着，侧面看向她，"朕的饮食起居由你负责。从太极殿送到琨华殿的奏报，宋怀玉不在时，你也可以经手。"

席银怔怔地坐在他身旁。

"可是，宋常侍教过我，太极殿来的东西，我们宫人不能碰。"

"对，因为那是国政，关乎百官沉浮、边疆战事，一旦出了纰漏，经手之人，凌迟亦不可抵罪。"

席银忙站起身："那我不敢碰。"谁知话一说完，却被他一把拽了回来，膝盖磕在席面上，疼得她不禁皱起眉。

"君无戏言。"

这一句话利落又无情。

席银望着张铎的眼睛。

平心而论，他对着席银认真说话的时候，席银总能隐隐约约地感觉到，那话语背后似乎藏着一种她尚看不明白的执念，其中有侵犯力，却又似乎没有恶意。

席银抿着唇，扯了扯几乎被他拽垮的衣袖。

"好，我做。但若有纰漏，你能不杀我吗？"

"不能。"

席银齿缝里抽了一气。

张铎松开了她的衣袖。

"坐好。"

"哦……"

席银蜷缩着腿坐下来。

"手给朕。"

席银还没从他的杀气里回过神,"啊?"了一声,低头见他已经从新铺好了一张官纸张。

"手呢?"

席银慌不迭地把手伸了出去。

张铎将笔递到她手中,顺势握住了她的手。

"今日把这个竖笔练透。"

席银明白过来,这"练透"二字的真意时,天早已黑尽。

此时她的手已经快被张铎拧断了。

宋怀玉冒着风雪从外头进来,张铎终于丢开席银的手,问道:"何事?"

"梅医正来了。"

"宣。"

"是。"

张铎放下笔,看了一眼还愣坐在自己身前的席银道:"站起来。"

席银忙起身退立一旁。

梅辛林走进殿内,行礼后径直道:"长公主求臣去救一个人,臣来问问陛下,这个人,陛下准不准他活。"

席银闻言脱口道:"是哥哥吗?"话声刚落,就觉张铎的目光如寒箭一般扫过她额头。她忙收敛了声音,垂下头去。

梅辛林倒是没在意这二人的神情,接着道:"请陛下明示。"

"既然长公主有命,你就尽你所能。"

梅辛林点了点头:"好,有陛下这句话,臣就有底了。"

张铎回头看了一眼席银,她那欲言又不敢言的模样,实令张铎心里头不悦,但岑照那个人又是张铎最没办法和席银谈论的。比起他如今滔天的权势、无道的手段,岑照羸弱而卑微,身忍辱,性高洁,轻而易举地攫走了席银全部的怜悯。

想至此间,他索性问梅辛林道:"你去看过了吗?"

梅辛林应道:"看过,伤筋动骨,不过,在臣手上,不至于要命。"

"人在平宣府上?"

"是。"

这些问题原本就是问给身后的女人听的。

然而,当席银听完,在张铎背后长长地松出一口气时,张铎又气得恨不得再给岑照一百杖。

"陛下。"

"讲。"

梅辛林看了一眼席银:"有一句话,臣要直言。"

"嗯。"

"岑照此人,留着是个祸患。"

"医正怎么能这样说?!"

席银的声音有些颤抖,然而话未说完,却听张铎猛一拍案,案上砚台一振,墨汁荡了出来,溅了几滴在张铎身上。

"你放肆什么?这是什么地方?朕在和谁说话?"

一连三问,瞬间斥红了席银的眼睛:"他说哥哥是——"

"跪下。"

席银不敢再出声,屈膝跪下。

"跪到外面去。"

席银赶忙站起身往外走。

梅辛林望着席银的背影,叹了口气,回头道:"换作从前,她哪有命在你面前说出这种话?"

张铎闭着眼睛,捏了捏手掌:"何论从前,朕今日也杀得了她。"

梅辛林摇头笑了笑:"陛下向来是不屑拖泥带水之人,她能在陛下身边活着,一定有她的道理,且她不光让她自己活下来了,还让岑照也在陛下手中活下来了。"

张铎勉强平息下来,半晌才开口道:"你刚才的话没有说完。"

梅辛林点了点头:"是。陛下还记得当年的陈孝吧?"

"有话直说。"

梅辛林道:"陛下恐怕要深查一下当年陈家的刑狱,岑照这个人,身份可疑。"

张铎道:"在他去东郡之前,朕试过他多次,也用酷刑逼过他,他没有认。当然,这不足为信,你是看到什么了吗?"

梅辛林道:"这个人,双目未必失明。"

张铎不禁蹙眉:"如何看出来的?"

"陛下信严刑可破皮囊、刺精神,臣也信这一点。人在受过极刑之后,之前刻意掩藏的事总会一时外露。殿下请臣去看他的伤势,臣趁此察看了他双目……"说着,他摇了摇头,"臣本不想多言,但望陛下慎重。臣深知陛下的心性,若换作从前,镐关大破后,陛下就会处死他,如今他已在长公主府,下一步怎么走,臣觉得陛下应该再想透一些。"

他说完,看了一眼跪在殿外的席银。

她缩在殿外一角,捧着手呵气。

张铎不自觉地也朝席银看去，轻道："你是怎么看的？"

梅辛林道："陛下有个喜欢的女人在身边，臣倒是觉得好，但若这个女人令陛下掣肘，陛下就该当断则断。"

张铎的手拂过笔海，看似有意挑取，却久久没有抽杆。

梅辛林见他沉默，索性沉声，连称谓也去了，继续道："我听赵谦说过，你告诉他：'号令万军是最大的杀伐，为一个女人畏惧不前，必会遭反噬。'你会教他，证明你心里其实想得很明白。不要负你自己。"

"嗯。"

张铎良久才在鼻中应了一声。

梅辛林见此，也不再说什么。他转身朝前走了几步，看着在雪里蜷缩的席银，忽又道："这个女人可以宠，但必须用铁链子锁住她的双手和双脚，让她做个内奴，否则，后患无穷。"

张铎没有言语。

梅辛林似乎也没指望他回应，拢衣径直从席银身旁走了过去。

雪声若搓盐，但席银还是听清了梅辛林的那句话，以致她连头都不敢抬。

琨华殿内，张铎的手还顿在一支无名的笔杆上。他刚刚才做了与梅辛林所言相反的事，但此时此刻他并不想反过头来苛责自己。不过，身在此位，他又不得不去想"掣肘"这个问题。他自己的确是因为席银的缘故，而放过了岑照。岑照原本手无寸铁，在朝无势，但就凭着席银，他赢得过于彻底，过于轻松。张铎想着，忽地起身，从案后疾步跨出，袍尾拂扫之间，挂落一大把笔。

席银缩在漆柱后面，雪风不断地往她宽大的衣裳里灌。她见张铎出来，将要开口，却被一把捏住喉咙，而后顺势从地上提起来。

席银惊恐得抠住他的手指："你……你……"

"住口，称陛下。"

"陛……"她因为喉咙处的桎梏，而说不出完整的话。

张铎看着她的脖子，细而柔弱，他但凡再使一点劲儿，就能把它拧断。

杀也就杀了。

张铎仔细地回忆着自己第一次在通幰车上见到她时的心态，想起清谈居外矮梅树下逼她吐实话的那一顿鞭子，那时他尚且收放自如，至于现在……

掌中的这个人，似一块才被他雕琢出轮廓的玉。匠人死于其作，而其作无情。他想着，不由得又加了几分力。

席银的肩膀开始抽动起来，眼眶发红，喉咙生腥，而后出自本能地想要挣命。

可惜张铎掐灭了她的声音，她说不出话，只得松开一只手，反臂从发上拔下一根簪子，照着张铎的手臂狠狠地戳了下去。

"嘶……"

张铎虽吃痛，却也只是松了三分力，并没有放开她。

席银缓出声来，胸口上下起伏，一连咳了好几声。

门前侍立的江凌等人业已拔刀，张铎却冷声喝道："都退到下面去。"说完，他低头看向席银："你的心到底是怎么长的？"

席银哪里知道眼前的人在挣扎些什么，她只是觉得，他好像有些悲哀，有些颓丧，甚至可以说是有些不知所措。

"我以为……你要杀我……"

"所以呢？"

"所以，不能求你，也不能怯，只有靠自己挣命……"她说完这一席话，目光中仍然充满着惊恐。

张铎忽然有些想笑，慢慢地垂下手。

席银的身子一下子瘫软在张铎脚边。她正捂着脖子，趴在地上喘息，一滴黏稠的猩红落在她的膝上，她一愣，这才顾得上去看张铎的伤处。

席银刚才几乎拼了全部的力气，硬生生地在他的手臂上扎出了一个血洞，血洞旁边是一道清晰的咬痕，那也是她的杰作。

血顺着他的手腕滴下来，她见周围包括江凌所在的内禁军都按剑戒备，所有人都在等着他口中迸出一个"杀"字，然而他面无表情地望着她。

他杀不了岑照放在他身边的这个女人了。然而，她好像敢肆无忌惮地伤他。

张铎仰起头，第一次觉得自己的内在精神被侵蚀出了一个空洞。

地上传来一阵窸窸窣窣的声响，接着手臂的伤处有了肢体接触的知觉。张铎低头看时，只见席银已经从地上跪直，慌慌张张地捂着他手臂上的血洞。血从她的指缝里流了出来，顺着她的袖子蜿蜒而下。

"对不起，对不起……"

她怔怔地看着他的手臂，好像是真的被血吓到了，手掌越压越用力，试图止住那不断涌出来的血流。

张铎望着慌乱的席银。

不管岑照身上隐藏了多少秘密，她却一直是一个真实的人。从前的淫靡、恐惧、卑微以及如今这副无措的模样，都没有丝毫伪装。所以他由着席银胡乱地摁着他的手臂，身子被她拉拽得微微晃动，也不在意。

"你身跟着朕，心跟着岑照。"席银一愣，正不知如何应答，却又听张铎道，

"你可不可以告诉我,你爱慕岑照什么。"

不知为何,这个句式有退后之意,把是否应答的权力让了出来,席银反而不敢应答了。她无意让面前这个男人露卑相,毕竟他曾在她面前自信地挑起了"杀戮"和"救赎"两副世相。

"我也不知道……"说话间,手掌上已感觉到了黏腻,"我做再多的错事,哥哥都温言细语地跟我讲话。我知道错了,伏在他膝上哭一场,他就原谅我了。我其实……不敢爱慕他,我就是想跟着他。"

"然后呢?日日罗裙翻酒污吗?"席银浑身一抖,"然后终有一天,落得青庐前那十二女婢一样的下场,你就功德圆满了?"

席银抬起头来。

"你在怪哥哥吗?"

张铎一怔。

她蠢,但她对于他的情绪极其敏感,好像出于一种同类的天赋,令人细思极恐。他若应了这个问题,那么她接着就会想到——这明明是她席银的事,他为什么要怪责岑照?若再把这个问题解出来,铃铛里面的那块铜芯,就要藏不住了。

"所以,你觉得朕对你不好。"

他转了话,席银想要应答,可言语却并不能脱口而出。

"你也没有……对我不好?"

她说完垂下了眼。

张铎看着她在雪风中颤动的睫毛。

"那你为什么要伤朕?"

诚然这句话是有言外之意的,奈何席银只听懂了一层意思,连忙抬头道:"我不是故意的,我是以为你要杀我……我才……"

比起手掌底下的那一片腥黏,席银觉得解释是苍白的。

"对不起……"

"席银。"

"……"

"听着,我不会杀你,以后也不会像刚才那样对你。"他说完,掰开了她的手。

席银被自己手掌上的血迹吓了一跳。

"起来吧。"说完这句话,他转身就往殿内走。

席银忙跟在他身后,走进殿门后反手就合了门,将仍在持剑戒备的内禁军锁在了门外。

张铎撩袍在案后坐下，挽起袖子，将手臂露到灯下，稍稍查看了一会儿，伸出另一只手臂，去取放在博古架上的伤药。

席银忙上前替他取了来，转身在他身旁跪坐下来，小心地托起他的手臂。

张铎没出声，任凭她折腾。她像是真的有些慌，险些把手中的药瓶打翻了，哪怕是上过药后也一直托着他的手臂，傻傻地盯着，生怕止不住血似的。

张铎的胳膊有些僵，刚要抬，却听她小声道："你不要动……成吗？"

张铎顺从地放下手臂，那伤口果然又渗出了一丝血。席银忙用自己的袖子去擦拭。

毫无心念的触碰，又惹出了张铎血液中的震荡。他身上轻轻一颤，席银立马觉察了出来，抬头道："是不是很疼？"

张铎望着她的眼睛，直吐了一个字："对。"

席银小心翼翼地弯下腰，将嘴凑到他的伤处，轻轻地替他吹气。那模样如同赎罪一般，虔诚而认真。

张铎不知道，这一刻她的温柔、她的好以及她对自己的心疼，算不算是自己乞求回来的。他也不想去纠缠明白，毕竟这样过于自贬。他闭上眼睛，试图顺着梅辛林的话，当她是一个被镣铐束缚住双手双脚的女奴。然而，好像他并没有因此得以开怀。

"够了。"

"不疼了吗？那我替你包扎上吧。"

她这么一说，张铎陡然想到了那只雪龙沙。她用他给她的鞭子把那只雪龙沙狠揍过之后，也是像现在这样替它包扎好，还喂它吃熏肉。她当他是狗吗？

张铎一时竟气得胃疼。

"够了！"

席银吓了一跳，忙跪坐下来。

"对你好也不行……"她轻声嘟囔着，摸了摸被他掐红的脖子，"你差点把我掐死，我也没怪你……"

张铎闭着眼睛，忍住气性不去理她。

谁知，她竟还敢对他开口。

"梅医正的话，是什么意思啊……"

张铎这才知道，梅辛林的话她刚才听到了。

"为什么要把我手脚都锁起来，才能免除后患啊？"

因为什么呢？

因为席银可以轻而易举地捅他一刀，而他却想要把她留在身边，甚至，她如今没有刀，他还在想，怎么才能送她一把刀。

"朕从前没有那么想过，以后也不会那样想。"他说完，收回手臂站起身。

席银也跟着抬起头，那双眼含星敛月，清澈、纯粹。

"你去哪儿？"

"安置了。"说完，他朝屏后走去，谁知后面的人也跟了过来。

"做甚？"

席银指了指他的手臂："你有伤嘛……我守着你啊……"

时隔多日，仿佛又回到了清谈居的时光。

张铎睁着眼睛躺在榻上，席银靠在屏风上也没有睡。

窗外的北风夹着雪，抨打着漆门。除此之外，万籁俱寂，烛焰孤独。

张铎知道，她肯守在这里，未必全是因为伤了他而愧疚，她更害怕殿外那些持刀按剑的内禁军，就像从前她害怕雪龙沙一样，狡黠地在他身边求庇护。她明白，靠得离他越近，就离那些爪牙越远。

这也许是岑照花了很长一段时间，内化在她身上的求生之道，直至今日，张铎也没能把这副奴骨全部剔掉。可是，他又觉得庆幸，因为她尚且贪生，所以才肯陪他一夜。

那能不能同榻而眠呢？让她那层柔软而微微发凉的皮肤贴着他上过药后灼热的伤处，会是一种什么样的感觉？

夜深之时，张铎陷入了一种他从前向来不屑自辩的焦灼之中。思虑不清，颅内就有无数的魑魅魍魉妖艳行过。

张铎不由得翻身朝席银看去。她迷迷糊糊地靠在屏风上睡着了，手搭在膝盖上，脖子歪在肩膀上。孤灯点在她身旁的陶几上，她指甲干净，嘴唇丰润，在烛火的灯焰下，流光晶莹。

张铎撑着榻面坐起身子，居高临下，却又耻于看她。

睡梦里，她有一些惊颤，也不知究竟是梦到了些什么，偶尔肩膀耸动，手指轻抓。张铎几乎是不自知地掀开被褥，赤足下了榻走到席银的面前。

对她这具身子，张铎有太多的事可以做。可是，与睡梦之中的人僵持很久之后，他只是惶然地伸出自己的手，极轻极轻地摸了摸她的手指。在杀了她和摸一摸她的手之间，张铎倒向了荒唐的一边。而这荒唐给他带来了从未有过的体验：如临花阵，万艳铺排；如降地狱，剥皮抽筋。他一时分辨不出究竟是哪一种感觉，以至于他还想……再摸摸她。

谁知席银轻轻咳了一声，一下子惊醒过来，被眼前的那张脸吓得惊叫出了声。

外面传来鳞甲的声音,江凌于窗前询道:"陛下可有恙?"

"朕无事。"说着,他将手撑在屏面上,"退下。"

江凌等人只得退下。

席银抬头望着张铎。他穿着无纹的雪色禅衣,衣襟不整。

"你……"

"你懂怎么伺候男人吗?"

"伺候……"

"朕说的是那种伺候。"

席银下意识地抱紧了自己的双肩,眼神惊恐。她在这一方面其实并不迟钝,哪怕张铎没有直言,她也听懂了,脑中想到的场景甚至比他说的还要淫靡、荒唐。可想起岑照,她又不肯动念了,吞咽了几口,将目光从张铎半露的胸膛上移开,抱紧双肩拼命地摇头。

谁知,张铎的手竟覆在她的头顶。

"别慌。"这二字之中透出忍而不堪忍的颤声,好像是对席银说的,又好像是对他自己说的。说完,他揉了揉席银的头发。

席银被这突如其来的接触招惹得酸了骨头。

岑照从前喜欢这样摸她的头,但却不是在这种彼此衣冠不整的时候。大多是在她委屈得想哭的时候,他才会蹲下去,顺着她的脖子,一路摸索至她的头顶,轻声对他说:"阿银什么都好,就是太爱哭了。"每每那时,席银都想化为他掌中的一只猫,抬起湿润的鼻头去蹭一蹭他的手掌。可是此时,她却想躲又不知道躲到什么地方去。

"那你懂什么?"

"……"

张铎好像还没有放弃刚才那个令席银心惊胆战的话题,见她不开口,又补了一句。

"朕说的是那方面的事。"

席银傻愣愣地望着张铎,张铎也盯着她。席银发觉,他的呼吸虽然平静,眼角却在隐隐地抽搐。

"我懂……懂一些。"犹豫了很久,席银还是不敢骗张铎,张开嘴老老实实地答了。

张铎松开撑在屏风上的手,站起身道:"好,写下来,交给朕。"

到底是交给他,还是"教"给他?那个字具体是什么,席银辨不出来。

不过,兜兜转转一年了,难道微尘也能蒙蔽珍珠,奴婢也能做帝王师吗?这番逆转大得足以把她的心诛掉。她起了这么一个念头，就不敢再往下想了。

* * *

转眼冬尽。

开春过后，张府仍在购炭。

赵谦巡视过内禁军营，又去太医署把梅辛林拎到了张府。

梅辛林一脸不快，下马后一脚踢在张府门前的炭筐上，对赵谦道："你这贱骨头。"

赵谦嬉皮笑脸道："你给殿下一个面子吧。"

梅辛林道："我跟殿下说过，他活了！"

赵谦让仆婢牵马，赔笑道："这不是殿下信任您老嘛，您救人救到底。"

梅辛林看着赵谦的模样，斥道："陛下就该给你一百军棍，把你打醒。你这种人，话说得再鞭辟入里，你也当是喝了一壶糊涂酒。"

赵谦弯腰推着他往里走："对对对，我这人糊涂。"话刚说完，就迎面撞上了张熠。

张铎登基以后，一把火烧了东晦堂，把徐氏接入了金华殿，张平宣不肯受封，张铎就把张府旧宅给了她。张熠没有官职、爵位，其母余氏的母家忌惮张铎，也不肯迎回他们母子，张平宣便让余氏和张熠仍留住在张府之中。

张熠在张铎称帝之后就成了一个颓唐之人，日日夜夜在家中狎妓饮酒，没有人说得一句。然而这几日却不知道怎么了，他总是天将明就出府，深夜才归。如今在门前撞见赵谦，他竟有些惊惶。

"站住。"

赵谦伸臂挡住他的去路，偏头问道："你去什么地方？"

"你管我去什么地方。"

赵谦仍然不肯让，甚至一把捏住他的肩膀："洛阳城掉根针都与我有关。"

"你……"

"听说你这几日总是往兆园里去。"

张熠下意识地扭了扭肩膀："你放手。"

赵谦摁住他的身子："你听好了，陛下本无意为难你与余氏。你最好不要有什么异心。"

这话虽然没有挑明，但无论是站在梅辛林的角度还是站在张熠的角度，都听出了些意思。

张熠掰开赵谦摁在他肩头的手,喝道:"他要我干什么?向他那个杀父仇人谢恩吗?你最好给我让开。"

赵谦被他撞得身子一偏,回头还想追,却被梅辛林出声拦住。

"你说得越多,他越听不进去。"

赵谦无可奈何地揉了揉手腕。

"死脑子,一根筋,如今各地的刘姓势力回过了神,皆有细作暗遣洛阳,兆园那个地方,内禁军已经暗查多日了。这个张熠,跟那些乌贼混在一起,总有一日要把自己的项上人头赔进去。"说着,他愤懑地拍了拍手,回头道,"不说了,你见殿下去吧。我还有军务,先回营了。"说完命人牵马过来,绝尘而去。

此时滴雨檐下,岑照一个人静静地坐于廊上。他脚下烧着熊熊的炭火,面前是一张雕鹤莲图檀香木琴案,案上摆着一把焦尾形制的古琴。从铜炉流出灰白色的烟。他的手抚在琴弦上,近一个时辰,只拨了两三个音。

"你为我弹一曲吧。"

张平宣的声音很轻,手指摩挲着垂在岑照脚边的琴穗。

岑照垂下头:"殿下想听什么?"

"《广陵散》。"

"那早就已经失传了。"

"但席银说过,你能修谱。"

岑照低下头,额后的松涛纹青带垂落于肩。

"阿银的话,殿下也信啊。"

"她时常骗人吗?"

"倒也不是。"他说着,调了两个弦音,温和地笑了笑,"只是会把我说得过于好。"

张平宣望着岑照:"我以前……遇到过一个,无论怎么赞美都不会过的男子。"

岑照按压琴弦,说道:"这世上没有那样的人。"

"有的。'羔裘如濡,洵直且侯。彼其之子,舍命不渝。'"直白、热烈。

岑照将手笼回袖中。

"你怎么也像阿银一样?"

张平宣霍地提高了声音:"你不要这样说,我是张奭的女儿,我的话和席银的话不一样。"

岑照静静地听她说完,忍着疼痛跪起身子,叠手下拜道:"殿下恕罪。岑照鄙陋,只堪与奴人相语。"

"你……你别这样。"

张平宣忙弯腰去扶他:"你比任何人都要好,都要清俊、洁净,你以前不过是不愿与世俗为伍才困在北邙山青庐的。若你愿意像我父亲那样出仕为官,定是不输父亲的……"

"殿下,您这样说,岑照就无地自容了。岑照……是殿下兄长的阶下囚,如今,不过是因着殿下肯垂怜,才得了这一席容身之地,世人……恐视岑照为殿下内宠,岑照早已无脸面再立于世了。"

"不是的,我不会让你被人侮辱的。"她说着,撑着他直起身,"我不管你是不是陈孝,我只知道,你有绝彦之才,品性如松如竹,唯被世道所累,如今才会遍体鳞伤,受尽侮辱……你放心。"她说着,眼眶竟微微地发烫,"有我在,洛阳城一定有你堂堂正正的立身之地,我只想问你,在你心中,我张平宣究竟配不配得上你。"

这个问题,席银早就想问了,只是她至今问不出口。而张铎要她写的东西,她至今也没有写出来。

三月,天气陡然转暖。

席银自己倒是一心记挂着那件事,每日和脑中的淫妖相斗,在张铎面前战战兢兢,张铎却再也没有提起此事。

整个二月,席银眼中的张铎,似乎又披上了从前那层虽然满是疮痍却又无比坚硬的甲。

楚王刘令与东海王刘灌反了。

不过,这件事并没有令张铎过多地烦扰。那些人是旧朝的藩王,剿杀他们是必然的,他们反也是必然。

张铎一生滚血活来,深知刀剑伤口真实可靠,敞亮的厮杀毕竟比内宫暗斗来得痛快。

三月三这一日,朝会散后,太极殿东后堂中站了数十人。

独席银一个女子,孤零零地立在张铎身后。

除赵谦外,另外几个朝臣都对这个垂着头的女人不屑一顾。皇帝不娶妻,不纳妃,终日只令奴婢为伴,多少令人不齿。不过,他们不齿的人绝不能是皇帝,于是,席银便自然而然地被视为妖媚放荡、魅惑君王的罪人。

朝臣不敢实言上谏,仅仅是因为张铎绝戾,且尚未为她行无道之事。

席银隐隐察觉出了这种恶意,虽然自从张铎命她掌文书,太极殿的东后堂,她就能来去自如了,但这到底是她第一次见这么多的朝臣。这些人皆衣冠端正、眼光如炬,哪怕只是余光扫到她,都能把她身上的衣衫燎起来。她胆怯得不知向什么地方看,只得下意识地去找那个她最熟悉的人。于是她偷偷望了一眼张铎的背影。

张铎坐于案前,背脊挺直,手臂则闲枕在几本奏疏之上,而奏疏下面规规整整地压着一沓官纸,那是她前两日的功课。虽然丑,但那是除了奏疏之外,唯一能摆上东后堂案上的字。

"添茶。"

这两个字显然只有席银能应。她也不敢多想,挽袖从张铎身后走出,竭力稳住自己的手,执壶添盏。

"陛下。"

尚书仆射邓为明忽地唤了张铎一声,其人身宽,声若洪钟,这么突如其来的一句,几乎吓破席银的心胆,她肩膀一抖,眼看着茶壶就要脱手,手腕处却被张铎一把托住,继而就着手掌将茶壶一并稳住。

那是刚刚才在炉上滚过的水,席银知道壶面此时有多烫,然而张铎连眉都没有皱,甚至连看都没看她一眼,而是托着她的手,慢慢地将壶放回原处。他对堂中人道:"朕看朕的图,你们可以接着议。"

博山炉中的香线流泻而出,淌入张铎的春袍之中。

堂中并无人敢提张铎与席银的那一幕。

赵谦应声道:"不知邓仆射怎么看的,依臣看,刘灌不足为惧,其势不大,军力也不过万余人,顷刻之间便可剿杀,这个刘令……却有些麻烦。"

邓为明道:"臣与赵将军所见相同,刘灌未必需要剿杀。他是看其兄刘令行事,只要刘令一败,他便会跟着溃。陛下,如今战事起于江岸,江州守将许博善操水军——"

他的话还没说完,赵谦便打断道:"但这个人不能用。"

邓为明道:"赵将军何出此言?"

赵谦朝张铎拱手道:"陛下,许博之女是前朝的嫔妃,他是刘姓家臣,去年年底,陛下才撤了他军职,将江州水军交到王涵麾下。"

邓为明道:"臣正要奏请陛下,许博之女许庭华时年十七,入掖庭之后尚未得幸,仍是完璧之身,若陛下肯垂青许庭华,许博必将感怀天恩,鞠躬尽瘁。"

赵谦听完这句话,刚想说什么,却见张铎抬手示意他退出。毕竟涉及内宫私事,赵谦虽知张铎在这方面的习性怪异,但身为将臣,此时并不好再开口。

张铎沉默须臾，翻起案上荆楚地形图的一角说道："赵谦，王湎此人，无战时可用以操军，但在战时，他领不了水军。"

赵谦尚未应答，就听邓为明道："正是正是，放眼我朝军中，再也没有比许博更善水战之人了——"

"但邓仆射所说之事，朕不考虑。"

"陛下……"

"宋怀玉。"

"在。"

"许庭华，如今在什么地方？"

宋怀玉躬身应道："回陛下，前朝的嫔妃都收在掖庭。"

张铎握了握掌："好，将她提出来，押到廷尉狱去。拟诏，告诉许博，朕不杀他这个刘姓家臣，但要他自己卸掉这个冠冕，若江州一战得胜，朕就赦许庭华归家，他也就不再是刘姓家臣，可堂堂正正统率江州水军；若失江州，许庭华立时被绞杀。"

邓为明听完正咂舌，又听赵谦在旁道："邓老没领过兵，军令若含斡旋之意，反受人拿捏，非得这样劈骨削肉才能逼之破釜沉舟。这是陛下当年教我的，是吧？"

赵谦说得有些乐过了头，甚至冲着张铎扬了扬下巴，见张铎扫来一道冷光，他才悻然地缩了头。

张铎看了一眼赵谦身后的李继，想起一事，抬起手臂，从奏疏里抽出一本，虚点其额道："你过来。"

李继忙上前应承。

张铎把奏疏递给他："这一本你压了几日？"

李继脸上一潮："臣……"

"别跪，也不须请罪，朕知道，这里面有中领军的意思。"

赵谦听他这么说，不敢出声。

"兆园窝藏刘令暗设在洛阳城的细作，中领军拿人，廷尉考竟，费十日不止。赵谦，朕命你暗围兆园，可是在上月、中旬？"

赵谦只得上前几步，屈膝跪下："臣知罪。"

"拖就能拖到张熠无罪吗？"

李继自然知道症结所在。张熠私下与兆园结交，并替刘令撰写檄文，直指张铎弑父、夺位，不忠不孝，实犯逆天之罪，字字句句皆挫张铎之骨。赵谦摁着中领军不收网，无非担心张府受牵连，祸及张平宣。直至张熠欲私逃出洛阳，他才不得已将其锁拿。而这个消息在廷尉狱又硬生生压了两日。

李继知道赵谦此过难逃，也知道他与张铎之间多年的情谊，是君臣，也是兄弟，他自己和邓为明等人在，张铎很难施恩，于是拱手道："陛下，不如将此案发还三省，详议之后，再——"

"有必要廷尉狱并三省同议？"

"是，臣……愚昧。"

张铎冷声道："兆园的人犯，枭首。"

赵谦脖子一梗，顾不上李继等人在场，他起身上前几步道："陛下，张熠可是你的——"

"你的罪，朕还没论，跪下！"

赵谦双膝砸地，却依旧不肯住口："陛下，张熠死不足惜，可他若被枭首，太后与长公主殿下——"

张铎冷声道："什么太后与长公主，她们受封了吗？金华殿里的是囚妇，张府那个靠朕法外开恩而活。"

赵谦闻言，肩脊颓塌，他突然明白过来，张铎当着众臣的面把李继的奏疏拎出来，就是不打算给张熠任何余地。

"臣……知罪。"

身在太极殿中，他只得认罪。

"将功折罪。"

张铎端起冷茶饮了一口。

"李继。"

"臣在。"

"呈案宗上来，朕亲自勾。赵谦。"

赵谦跪在地上没有出声。

"赵谦！"

张铎提声，语调里已带了怒意。

赵谦咬牙应了一声在："在。"

"你去监刑。"

"陛下——"

"再多言一句，你也同绑，朕来监这个刑。"

这一番对驳，席银在张铎身后听得心惊胆战。而张铎运筹帷幄、杀伐决断之后好像也并不开怀。赵谦、李继等人退出去后，他仍然沉默地坐在案后。

没有了落雪的声音，外面却有花伶仃敲漆门。席银从角落里蹑手蹑脚地走出来，在张铎的身边轻轻地跪坐下来，弯下腰，去那堆叠的宽袖里找什么。

张铎低下头。身旁的女人几乎快把自己团成一团了，手上的动作不敢太大，窸窸窣窣地，像某种兽类在金玉堆里小心翼翼地翻爬。

他有些无奈。

"你在朕的袖子里找什么。"

席银抬起头："你的手。"

"什么？"

"你刚才一定被我烫着了。"

这一个具体到不能再具体、实实在在对张铎肉体的关心，从席银的口中说出来，轻而易举地捅破了他的心防。

"席银……"

"别乱动。"她说着，已经从袖中提溜出了张铎的手。

他刚才帮席银托盏的手掌，此时已经开始发红，但却没有起燎泡。

席银小心翼翼地将他的手托到案上，平放好，而后低头望着那块烫红处道："你好像都不知道痛似的。"

"呵。"他笑了一声，无话可答。

席银却自顾自地说道："我第一次见你的时候，你背上有好多道吓人的鞭伤，可你还是能端端正正地站立、行走。你父亲对你施脊杖的那一日，医正说你几乎要死了，可我也没听见你痛呼一声。"

张铎轻轻握了握手，却被席银摁住了手指。

"别动啊，这样疼。"

"你不是说我不怕痛吗？"说罢，他再次试图握掌，谁知席银却撑着身子跪直，固执地摁住了他的手指。

"那是你能忍，可是伤在你身上，它一定是痛的。"

伤在身上，一定是痛的。

她这一句话，切肤劈骨，好不痛快。

"席银。"

"嗯。"

"这里不是最痛的。"

席银叠袖，头枕着手背趴下来，轻轻地替他呼着气，断断续续道："我知道。"

"你知道什么？"

"你要杀你弟弟，还骂了赵将军，你心里痛。"

第十二章
夏树
...

"若哪一日,你敢单枪匹马,
救一个人,或者护一座城池,
你就再也不会哭了。"

剖心之言啊。

张铎只得试图把所有的精神都收回来，生怕一个失神就要让他自己二十多年来的修为一夕之间全部废在这个女人身上。

"来，你坐好。"

席银见他松开了手指，不再自虐，这才起身，整理裙裳在他身边规矩地坐好。

"以后在太极殿要把茶盏端稳。"

"好……"席银应完这一声，侧目悄悄看了张铎一眼，"我……是不是……又让你失望了？"

张铎没有说话，将奏疏底下的那沓官纸抽取出来，铺在灯下。席银凑着身子去看，肩膀便不自知地靠在张铎的手臂上。陡然间触碰，张铎的背脊上像是被一只冰冷而柔软的手轻点而过，冰火相错的感觉直蹿至耳后。

"坐——"他还没把那个"直"字说出口，她的衣袖已经叠到了他的手臂上，指着纸面说道："你说哪个字不好，我今晚熬一夜，也定要写得你满意，否则——"她跪直身子朝张铎伸出手来，"你随便打多少下，我都不吭声。"

张铎一愣，而后忍不住笑了。

席银的心思浅而真，张铎不难看出，看穿他的情绪之后，这个女人在试图哄他开心。他想着，不由得看向那堆歪歪扭扭，怎么写都不得要领的字，抬起那只烫伤的手，就着手背将平纸面。

"还成吧。有几个勉强认得出来。"

席银抬头望着他："我还是第一次听你夸我呢。"说完，她竟弯眉朝他露出一个笑容，又道，"你别难过，我今日好好地服侍你，不惹你生气。"

张铎的嘴角不自觉地扯出了些弧度。

"取一支你顺手的笔。"

"什么？"

张铎摊着手在案上扣了扣。

"朕不想握笔了，剩下的这些批复，你来写。"

"我……我不敢……我去唤宋常侍进来吧……"

"不用怯,照着朕说的,一个字一个字写,朕看着你。"

席银无法,只得依言在他面前坐好,挽起袖子,伏案等待。

金刮铁蹭。

开国之初的政令,在肃清旧势力的政策之下,无论在任何一处都挂着血臭。把一个羸弱、卑微的女人推到生杀予夺的文字刀山上,多少是有些残忍的。但张铎有张铎的执念,无论是用鞭子,直接地给她施加切肤之痛,还是灌输以"天地不仁,命数自改"的邪道,他无非是想看着当年那个在乱葬岗与野狗抢食的自己再活一次。

月偏西。

博山炉中烟尽,碧竹的影子斑驳地落在窗上。

席银写完最后一个字,手和腰几乎都要断了。一个时辰之内,她写得最多的两个字是"枭首",以致写到最后连她自己的脖子上都有刀摧汗毛的感觉。

身后的张铎撑开手臂,靠在凭几上,单手捡起她摞在手边的奏疏,一本一本地扫看。那些字迹没有力道风骨,当真配不上这个动荡不安、惊心动魄的江河日月,也配不上赤血背后的无边地狱,但看起来暗含"天下万事嬉调侃"的姿态,未必不是另一种风流。

张铎放低奏疏,望向身前的人。她显然已经跪不住了,侧身蜷腿而坐,鬓发有些散乱,揉捏着手腕,轻轻地喘着气,脸颊泛着红晕,半张着口,又不敢出声。

"你想说什么?"

"杀人……"她不知道如何表述以一行文字即取百人性命这种事带给她的冲击,只吐出了意思最为直观的两个字。说完之后,她又愧于自己言语上的贫乏。

"想问为什么杀那么多的人?"

席银摇了摇头,继而又点了点头。

"你暂时还不需要懂。"

张铎松开盘坐的腿,放下奏疏,端起了茶盏,却听她忽然问道:"杀人杀多了,不会害怕吗?"

"在这太极殿中不会,反而安定。"

"可是……"她绞着手指,仰头望着他,"你的至亲之人会怕你的。"

张铎就着一本奏疏挑起她的下巴:"你如何知道?"

"猜的啊,如果哥哥他杀了很多人,那阿银也会害怕的。"

张铎手臂一抬,席银被迫跟着他的动作跪直了,然而她没有止话,反而又道:"我觉得……殿下就很怕你。"

"那是因为，她觉得朕杀了她的父亲。"

"可你如今，又要杀她的哥哥了。"

张铎一时无应，席银抿了抿唇："我怕你又会像之前在东晦堂那样……"

她言及徐氏。

张铎的手不自觉地一捏，纸张搓摩的声音有些刺耳。

"你想的事太卑微，不值一提。"

"那……什么才是大的事呢？"

她的眼中蕴着已然微弱的烛火，目光十分诚恳。

张铎垂下手臂，抛奏疏于案上。

"不被私情围杀，你才有资格问这个问题，否则，不配为人，为自己开道，也不配为将，替世人守关。"说完，他认真地看向席银，"朕斥责赵谦，是因为他像你一样，囿于私情。你尚可原谅，但他罪该万死。"

"为……什么……"

张铎指向仍然摊开放在灯旁的那张江州作战图。

"他是为世人举刀的将，迎向他的是千千万万把敌刀，他若为私情退一步，就会被他面前的刀阵砍得粉身碎骨！"

席银背脊一僵。

"你在清谈居的矮梅下被我鞭笞过几道，那种痛，你还记得吗？"

席银耳根滚烫，细声道："记得。"

"赵谦以后要面对的疼痛，会比你经受的那种痛重一万倍。"

席银将目光落到那张作战图上。其上有山川沟壑，有水道，有丛林和关隘，她似乎看得懂，又似乎看不懂。

"你没有去过战场，所以你才习惯哭，若哪一日你敢单枪匹马救一个人，或者护一座城池，你就再也不会哭了。"

这话听得席银心中震荡。然而说者无心，听者也无心。

是以，他们此时此刻都不知道这一句话当中竟有谶意。

"你现在明白为什么要杀那么多的人了吗？"

张铎不指望她能真正地应答。不想她却真的点了点头。

"嗯。我知道了，因为，要救自己的命，也要救……更多人的命，还要，还要让国家……像一个国家。"

不精练，但几乎把他想表达的意思全部阐明了。

他心里由衷地开怀，嘴上冷道："张熠的命根本不算什么，但有一日你犯大罪，朕也一样会杀你。"

这一个对比,即便沾染血腥恶臭,却是不经意间脱口而出的告白。

张平宣也好,徐氏也好,这些都不是他此生为人、为君的底线,唯有眼前这个女人是他终身不肯舍、不肯弃、不肯累在万层枯骨上的人。

席银觉得这句话的意思有些微妙,但意思隐藏在某种因果逻辑之后,不是她一时能够想明白的。

那夜,张铎没有回琨华殿,只靠着凭几合眼小憩。

席银蜷缩在他身边,头枕着手背,安安静静地陪着张铎。其间她没有睡着,听着窗外大片大片的春花被晚风吹落,拂扫过四周的窗、门、玉壁、石屏,继而摇响了殿檐上的铃铛,呼应着永宁寺塔的金铎之声,如同他今日在太极殿上对她说的那些话一样,铿锵入耳,喧嚣了整整一夜。

* * *

廷尉狱的案宗在第三日被送进了太极殿。

那日晴,席银立在白玉阶上,看阊春门外女人们放起来的风筝。

宋怀玉走上玉阶,转身顺着她的目光看去,笑道:"从前洛阳宫的嫔妃们也弄这些玩意儿。"

席银闻话,忙行了个礼。

宋怀玉道:"怎不在里面?"

席银应道:"李廷尉在和陛下议事,我……不知道为什么,心里总有些七上八下的,怕在殿中失礼,就出来候着。"

宋怀玉道:"既如此,你下去歇歇吧。"

"多谢宋常侍。"

席银说完,正要回身,却见白玉阶下疾步走来一行人,转眼就绕过了玉壁,直上太极殿。

宋怀玉忙上前道:"放肆,不知无诏令不得进太极殿吗?"

那一行人忙伏身跪下,为首的那个穿着淡青色的宫服,头簪雀首钗,席银隐约认出她是金华殿的宫人。

"宋常侍,奴等死罪,实是金华殿娘娘……"她声音有些发颤,"求宋常侍通禀陛下,娘娘知道张二郎君要被枭首的事后便不进饮食了。"

宋怀玉闻言,不由得看向席银。

陛下和太后的关系,他知道得并不明晰,只知道太后自囚于金华殿,一直不肯受封,陛下也从不肯去探问。至于根源究竟为何,不是他一个阉奴敢问的。因此他一时也不知道是立即通禀好还是再等等为好。

他正在踟蹰,却见席银已经伸手推开门:"席银,站住。"

席银的手在门上顿住,宋怀玉几步跟上来,摁着她的手道:"你知道李廷尉在里面和陛下议兆园那些刘姓细作的事,再等等。"

席银掰开宋怀玉的手道:"宋常侍,禀还是要禀的,至于陛下如何处置,那是陛下的事。"

"哎,你……"宋怀玉伸手还想拦她,却未拦住。

殿内张铎刚放下笔,见席银走进来,倒也没多在意,侧面对李继道:"诏,朕就不下了,你去传话赵谦,刑毕后,朕在东后堂见他。"

李继拱手作揖,退步而出。

张铎摁了摁眉心,席银的影子就铺在他面前,挡住了案面上所有的光。

"怎么了?"

"金华殿来人了。"

"哦。"

这一声之后,是长时间的沉默。

席银走到他对面坐下,抬头望着他。

"别这样看朕。"

席银吸了吸鼻子:"你想去看太后,就去啊。"

张铎鼻腔中笑了一声:"你知道什么?"

席银道:"宋常侍拦着不让我进来通报,我还是自作主张地进来了。其实,在门外的时候我就在想,我两次见你受刑伤,你都是为了你的母亲。那么疼你都肯忍……"她说完,也笑了笑,"这回,没有人敢对你施鞭刑了。我……去给你取袍衫。"她说着撑着案站起身,去熏炉上取了衣袍回来,立在他身旁等着。

张铎却没有起身,一片青灰色的竹影映在他的衣袖上,缓缓游移。

"金华殿禀的什么?"

席银应道:"太后不进饮食。"

张铎深吸了一口气,合目仰面。

席银见他不动,也抱着衣袍靠着他坐下,低头道:"有的时候,我都在想,你与娘娘到底是不是母子。"

张铎没有睁眼,轻声道:"不要说该杀头的话。"

席银抿了抿唇:"你不想听我说话呀?"

想啊,太想。张铎心中波澜迭起,虽然除了席银,他不会因为任何一个人改变自己的决定，但他还是恨张熠无知，恼母亲固执，也顾忌张平宣对他的恨意。这些人是他最亲近的人，可不知道为什么，他们都不肯屈从于他的权势、安享他带给他们的尊荣，反而要跟他拼到你死我活的地步。退一万步讲，若是彼此势均力敌，他好像还好受些，但这些亲人偏都是一副以卵击石的模样，一个在监牢里候斩，一个绝食求死，皆是无畏而惨烈，让张铎在无奈之余深感无趣。他太想要一个人把这层压抑的薄膜给捅破了。

席银见他不吭声，大着胆子又道："娘娘不疼你。"

张铎听完这句话，手指猛地一握。

"可是，为什么有母亲会不疼自己的孩子呢？"

张铎强抑下心里翻涌的情绪，刻意喝道："因为她出自名门，自以为将黑白分得很清楚，你以为世人都像你一样愚蠢，不分是非吗？"

说完这句话，他立时就后悔了。

位极如他，学了二十多年的儒学；位卑如她，连孔孟都不分。他们都不承认这天下公认的正道。于是高贵辉映着卑微，而卑微又何尝不是高贵的注脚？

想到这里，张铎不敢再让她肆无忌惮地说话，若她再说下去，他这个人就要被那些毫无道理的话给硬生生剖开了。于是他睁眼起身，接过席银子手中的衫袍，也不让她伺候，自整衣襟系玉带，命人推门。

席银跟着他走到门口。

殿外的天幕上飞着自由自在的风筝，长风过天，无数青黑色燕雀从旗风猎猎处直冲云霄。

远处永宁塔的金铎声为风所送，在洛阳宫城各处高耸的殿宇之间回荡着。

张铎走到月台上，回头对身后的宋怀玉说了什么。

宋怀玉躬身折返，走到席银身旁道："陛下让你随侍。"

"这会儿吗？"

席银望着张铎的背影，他已经走到玉阶下面了。

* * *

从东晦堂到金华殿，一切都没有变。唯一改变的是，从前张铎只能跪在那丛海棠前面，没有资格掀起薄薄的竹帘，而今他不用再跪，也没有人敢阻拦他。然而，竹帘仍然降在漆门前，徐婉的影子在竹帘内千疮百孔。

宫人们屏息凝神地退得八丈之远，殿门前除了张铎，看不见一个活物。

"为什么不径直进来？"

"不敢。"

"东晦堂都烧了,你还有什么不敢的?"

"我从没有想过要冒犯你,你要隔着这层竹帘见我,可以。"

他就立在帘外,触手可及那道人影。帘内的人,也能将他的形容看得真真切切。

"朕只想问母亲一句,母亲停饮食,是要求死,还是要逼朕放了张熠。"

"我也问你一句,你还愿意做张家的子孙吗?"

"朕在问你。"

帘内人似乎愣了愣,随之道:"求死。"

张铎笑了一声:"好,朕成全你。传宫正司的人来,金华殿徐氏,赐死,赏白绫。"

"不用白绫,我有我自己的死法。"她的声音并不大,却带着比张平宣更绝更厉的寒凉,"你是我的儿子,你弑父,就等于我杀夫;你杀弟,就等于我杀子。我徐婉,早就是个死人了。"

张铎的手捏握成拳,令他难以忍受的是她的姿态。这种姿态和当年张奕逼他拜儒圣偶像是一样的,端正,一丝不苟,不容置喙。

"朕已经勾绝了他的案子,后日枭首。你现在唯一能做的是乞求。"

"也许平宣会回来求你,但我不会求你。张退寒,不管你还肯不肯认自己是张家的子孙,我都不再认你了。"她说完,伸手撩开了面前的那道竹帘。

席银在张铎身后抬起头,眼前的女人有一双温柔的远山眉,长发并未梳髻,流瀑一般垂在肩头,身着青灰色的海青,像极了她从前见过的山海神女图上的神女。那种美,极其内敛、深邃,与徐婉比起来,她自己就像浮在女人脸上的一层铅粉。她不由自主地垂头,缩了脖子。

"席银。"张铎忽然唤了她一声,"立卧有态,忘了吗?"

"是……是……"她一面应着,一面强迫自己直起脖子。其间,她感觉到徐婉的目光落在她身上,像一把柔软而刃薄的刀,一片一片地削着她的皮肤。

"为什么不认我?"

徐婉却道:"这就是你捡回来的那个奴婢?"

"朕在问,你为什么不肯认朕。"

徐婉闻言笑了笑,将目光从席银身上收了回来。

"因为,我相信我丈夫,追随他的忠义。张退寒,这个世上的事皆有因果,你背叛家门,终将被家门遗弃。你不重亲缘,必会亲缘断绝。"她说完,再次看向席银,又道,"你是我的儿子,没有人比我更了解你。你会救这个丫头,是因为她和你一样,一样离经叛道,一样为世人所不齿,只不过,她生如蝼蚁,万人可践,

280

而你……"她看回张铎,"而你不可一世,你不信你不能让她端端正正地和你站在一起。可你忘了,奴就是奴,出身卑微的人靠卑微求生,你永远不可能让一个奴婢配得上你。这也是你所走的歧道,你用刀斧夺来的帝王之位没有人会认可,你要杀更多的人来谋求一时的安定,但总有一日,你也会死于刀斧之下。"

"奴是配不上陛下……"张铎不及应话,身后的席银忽然开了口,然而越说声音越小,抬头见张铎并没有回头,她又大着胆子清了清喉咙,"奴也……没有想过能站在陛下身旁。奴以前也像娘娘一样,相信一个男子,信他教奴的一切都是对的,可是……"她看向张铎,"奴如今不觉得这个世上只有一样对错,奴的确应该自守本分,谦卑恭敬地做一个奴婢,但奴……偶尔也想读书写字,也想在生死关头不求任何人,只倚仗自己。"

"这是尊卑不分。"

"不是……"她急于表达,脸色有些红,反手认真地指向自己,"奴知道尊卑,陛下尊贵,奴卑微,奴没有非分之想,奴只想……比以前活得好一些。况且,奴有要追随的人。"

张铎静静地听着席银的话。他让她跟着自己过来,无非不想孤身一人面对从来没有认可过自己的母亲,但令他没有想到的是,她竟会开口替自己说话,不仅如此,母亲那一席连自己听后都如刀悬顶、无从辩驳的话竟被她这毫无力道的言辞给破了。在徐婉面前,席银好像终于看懂了他对席银的用心,这足以令他由衷地欢愉,可最后那一句毫不避忌的自我剖白关乎她真正爱慕的人,对于张铎而言,还是如刀割心。

徐婉淡淡地笑了笑,垂手放下竹帘,轻声道:"我无话可说。"

谁知,话音刚落,面前的女子竟然伏身跪了下来。

"那奴能求娘娘一事吗?"

张铎转过身,低头道:"你在做什么?"

席银没有应他,径直道:"能吗,娘娘?"

"你所求何事?"

"奴想求娘娘……不要自戕。"

"席银!你给朕住口。"

席银被这一声断喝下闭了口。

"起来,退下!"

席银迟疑了半天,这才在他几乎要烧起来的目光下站起身,退到阶下。

徐婉静静地望着席银,良久,方轻声道:"她的话,是你想说的吗?"

"不是。从陈望父子到张奭、常肃、张熠,这十年之间,已经死了很多人,到如今这个境地，朕并不能提笔评述他们，也无能评述自己，但朕要让他们死得其所。"说完，他转过身，"西北未平，荆楚未定，朕还有大把大把未尽的兴，在尽兴之前，朕不会留下任何一个掣肘之人，也……"最后那几个字，他脱口不易，"也包括母亲。"

说完，他握拳负于背后，转身向阶下走去。

席银跟在张铎身后。

从金华殿到琨华殿这一路，张铎都没有说话，只是偶尔抬头看一眼长风之中的风筝。

春华殿实的时节，大簇大簇蓬勃的花阵向他们身后移行，在雕梁画栋之间，却像无数溃烂延展的血色创口。

"哎。"

张铎脚下一顿，回头见席银正扯着他袖口一角。

"回去朕会责罚你，还是你想在这里丢人现眼？"

席银摇了摇头："你真的不担心吗？"

张铎望向席银的手，那纤细的两根手指小心翼翼地拈着衣料，虎口处微微颤抖，那种因为年轻而自生的孱弱和胆怯令张铎顺着她的话回忆起了他自己的少年时。

那时徐婉对他，比对张熠、张平宣、张平淑都要严厉，但凡子辈有什么过错，他都是第一个被剥掉外袍、被责令跪在祠堂中受罚的人。在张府生活的十几年间，徐婉从来不曾温柔地照顾他，起初他觉得，那是困于妾室的身份，她没有能力维护自己，后来，他却慢慢发觉事实并不是这样。她好像真的和张奚一样，看不上他这个儿子。

"担心什么？"

这又是一句听不出情绪的话。

张铎从来不肯在人前谈及徐婉、张平宣这些人。但席银逐渐发觉，这似乎并不是因为他冷血，而是因为，剖出软肋，他自己好像也会害怕。

席银跟近几步走到他面前，仰起头望向他的眉间，张铎也低头看着她，席银的耳后不自觉地发热，他此时的神情竟有些她说不出来的温柔。

"不担心……娘娘自戕吗？"

一朵杏花落在席银鬓上。

这世上就有这样的人，出身卑微，却对人情异常敏锐。

张铎冷斥道："这不是你该问的事。"

"哎……"席银一把抓住了他的手,"娘娘若死了,你这辈子都睡不安稳了。"

"朕不会。"

他说完便要往前走,谁想席银竟没有撒手,被他这大力地拖拽,猛地仆倒在地,手臂擦到石铺路,被尖棱硌得发红。她撑着身子坐起来,反过手臂,用舌头舔了舔发红处。

张铎原本想把她丢在那里,谁知走了几步又忍不住返回来,蹲下去道:"朕说了,朕睡得安稳。"

席银伸手覆在他的膝盖上,撑起身子凑近他,声音很细。

"你不要那么狠……"

"你说什么?"

席银抿了抿唇。

"你这样……你身边以后就连一个人都没有了。"

张铎听完这句话,心若堕入无边的海。

"就算一个人都没有,朕也绝对不会放过你。"

"你不放过我就不放过我吧。"她说着,伸出另外一只手揉了揉眼睛,"这话,你对我说过很多遍了。反正哥哥身边有长公主殿下,她那么高贵优雅,我对哥哥不敢有什么非分之想。"说完,她认真地凝向他,又道,"你不放过我,我会好好地待着,但我害怕你恨极怒极的时候拿我出气……"

张铎想把她的手从自己膝盖上移开,但犹豫了一时,又没有动手。

"朕什么时候拿你出过气?"

席银顶嘴道:"你打我的时候少了吗?以前清谈居里还有一只狗,如今,雪龙沙被关到了兽林……除了我在你身边,打起来最顺手又没脾气,你还能拿谁出气啊……"

说完,她回头朝金华殿看去,层层掩映的花阵碧树几乎灼伤人眼,殿宇巍峨而冰冷,令人望而生畏。

席银吞了一口唾沫,忽然轻了声音。

"哎,我……给你讲一件令我愧疚很久的事吧。"

张铎不信她能说出什么含义深刻的故事来破他的心防,冷声道:"讲。"

席银回过头来,理了理耳边的碎发,轻声道:"以前,我在乐律里讨生活的时候,有一士人为我捐红,捐了好多好多。那一年他妻子病笃,连药都要吃不起了,实在没有办法,只得拄着杖来寻她的丈夫,谁知正遇上她的丈夫并几个友人听我的筝。那士人觉得丢面子,大声斥责他的妻子,说她久病不死,无能为家族继后,实是累赘。他的妻子当时什么也没说,独自一个人,拄着杖颤巍巍地回去了。后来，我心里过意不去，想把她丈夫捐给我的红银退还给她，可是却听说她回家之后就已经自缢而亡了。"

张铎沉默地听她说完这一席话，忽觉自己刚才想错了。

"你跟朕说你从前的丑事做什么？"

"我承认，那是我从前做的丑事。跟你说这件事，我也觉得很羞愧。"她说完，垂下了眼睛，"但我想说的是，那个士人的妻子，还有娘娘、长公主殿下，她们和我不一样，我以前过的是穷日子，又讨的是些不干不净的钱，如今不用出卖色相，你也准我穿绫罗睡大室，我就觉得我没活够，还想继续活下去。所以，你怎么骂我、怎么打我，我都不会求死的……因为我……贱吧。"

"住口！"

席银被吓得一哆嗦，忙将声音压低。

"好好……我错了，我不这样说，我就是想告诉你，娘娘、长公主，她们有才学，有品性，也有身份和地位，她们不单单求生，她们还要你的尊重。你在娘娘面前把话说绝了，她听完这些话，哪怕不想死，也不得不死了。你啊，你是曾经为了见她一面，宁可受那么重的刑罚的人，今日你若亲手逼死她，你……"她不敢再往下说，"对不起，我不该在你和娘娘面前多嘴。"

张铎没有吭声，他回味着"哪怕不想死，也不得不死"这句话，不禁想起了在永宁寺塔中撞柱的张奂，忽觉有些讽刺。张奂也许永远都想不到，除了张铎，看懂他人生最后抉择的人，竟然会是席银。

他想至此处，觉得冥冥之中，上天当真很会玩弄世人，不由得笑了一声，拍掉席银的手，直膝站起来。

席银见此，试图跟他一道起身，却听他冷声道："跪着。"

她到底乖觉，听他这么一说，就跪在地上不敢乱动了。

张铎独自走出好远，才听到背后传来一声满含埋怨又无可奈何的声音："不跟着你，你让我去哪儿啊……"

* * *

不见席银，只是不想再被这个女人剥衣剖心。

琨华殿内，宋怀玉见席银没有跟陛下一道回来，也不好问，便使了个眼色，命人到外头去查看，他自己亲自在旁伺候茶水。其间，他小心问了一句："金华殿娘娘还好吧？"

张铎搁笔："传话宫正司，把金华殿的利刃、毒物都收了。"

"是。"

"朕要去太极殿议事。你去传话,让席银起来。"

宋怀玉忙取袍衫跟着张铎出来,一面道:"席银姑娘犯什么禁了吗?陛下罚她跪着?"

张铎一面系袍,一面往玉阶下走。

"在朕面前失言。"

宋怀玉点了点头:"她今日是莽撞了一些,老奴——"话未说完,却见张铎回头道:"宋怀玉,她虽是个奴婢,但琨华殿没有人能训斥她。能责罚她的东西摆在朕的书案上。"他说完,反手一指,"不要自作主张。"

宋怀玉忙伏身道:"老奴糊涂,老奴日后定不敢冒犯席银姑娘。"

张铎这才垂下手,转身往太极殿东后堂而去。

东后堂一议就议到了掌灯时分,尚书省的人刚退出去,便见宋怀玉疾步过来,差点和邓为明在殿前撞个满怀。

"宋常侍,这是……"

宋怀玉来不及解释,抬头见张铎走出,忙跪下禀道:"陛下,金华殿出事了!"

张铎一怔。

"何事?"

"金华殿娘娘投了奕湖……"

此言入耳,如同九层地狱中涌出来的寒气猛地袭入张铎的头顶,即便他早已下了无数次决心,不要在乎徐婉的生死,不要被亲族掣肘,可当她真的以死相逼的时候,他还是觉得骨骼震颤,喉咙里不断地冒出腥辣的水。他拼命压着不断蹿涌的血气,也不敢出声,生怕声动血呕,大恸难抑。

尚书省的人不知道他心里在想什么,也不敢跪,纷纷看向宋怀玉。邓为明大着胆子问了一句:"那娘娘现下如何?可有人施救?"

宋怀玉抬起头,看向张铎道:"席银姑娘涉水去救了娘娘,梅医正如今已去金华殿了,娘娘仍然凶险……"

"去金华殿。"

"是。"

"把太医署的人都传去金华殿!"

"是是……"

宋怀玉连滚带爬地去传话。

张铎拢紧了衣襟,越过邓为明等人,大步跨下了白玉阶。

邓为明身旁的李继望着紧随张铎而去的宫人们，摇头道："惨啊……"

邓为明道："席银是陛下从宫外带进宫的那个奴婢吗？"

李继应道："是。"

"这可是奇了，金华殿娘娘投水，内禁军不救，内侍不救，为何是一个奴婢出头？"

李继笑了笑："张熠通敌，陛下要斩张熠，金华殿娘娘以死相逼。"他说着转向邓为明，"陛下至今不肯施恩赦免张熠，若换你在，你敢救娘娘？别忘了，张司马是如何死的。"

邓为明道："那个奴婢为何如此大胆？"

李继笑道："有恃无恐。"

* * *

另一头，张铎跨进金华殿的时候，那道竹帘仍然悬在漆门上，里间明明灭灭的灯火透过竹缝错落地铺在张铎的脸上，金华殿所有的宫人尽皆神色慌张地跪在殿外，时不时地抬头朝殿内张望着。

太医署的人一半候在帘外，另一半随着梅辛林立在里间。

张铎什么也没说，伸手将竹帘一把拽了下来，"哗啦"一声，竹帘应声落地，殿外的宫人皆垂头伏地。殿内的太医们也不敢说话，用目光将梅辛林拱了出来。

梅辛林倒也不避，起身从屏风后走出，抬头望向负手而立面色冷峻的张铎。

"臣听陛下的意思。"

也只有梅辛林敢在这个时候问张铎这句话。

张铎面上没有露出一丝的悲怒，手却在背后攥得死死的，与此同时，他发觉背脊的中断处似乎被人狠狠地戳进一根粗骨针，痛得他浑身冷汗淋漓。

"她自戕就是个罪人，救活她。要死，也是朕赐她死！"

梅辛林道："臣明白了。"说完，拱手行了一礼，转身绕进屏风后。

浓厚的药气令人作呕，服侍的宫人似乎烧了很多滚烫的水，蒸腾出的水汽在冰冷的玉屏上凝出了灰蒙蒙的一片细珠雾。张铎看不清徐婉此时的模样，但可以想见她有多么痛苦。自从徐婉自囚于东晦堂，他时常在无人之时望着那尊白玉观音冥思。他想过，徐婉终有一日会以死相逼。可他却没有想到，这一日真正来临的时候，自己心里是那么害怕，那么无助。但他必须冷然以对，不能给母亲丝毫的余地，也不能给自己丝毫的余地。

此时里间梅辛林施展开他的手段，服侍的宫人们捧物小心翼翼地进出，即便步履匆忙，经过张铎身边的时候，他们仍不忘弯腰凝气。一时间，金华殿内虽然忙乱，却听不见人声。

忽然，有一只凉得几乎令他肉跳的手扣住了他的手腕。
"你……挪我这里来，别挡着……"
张铎侧过身，身旁那个人仍然穿着湿透的春裳。显然，金华殿无人敢猜他对徐婉的态度，也就没有人敢过问这个贸然救了徐婉性命的宫人，仍由着她瑟缩着身子，在起霜的夜里冻得瑟瑟发抖。
"你在这儿挡着，他们——"
"放肆。"
这一声他压得极低，但席银还是听见了。她不光听清了这两个字，还听清了其中的隐怒。她不敢再说话，扣着张铎手腕的手指像挨了火星烫一样弹开，屈膝就要跪下，却被张铎一把捏住了手臂，转身就往外拖。
"你……你放开我……你……你……你不要这样……"
席银惊乱地求饶，张铎却没有半分松手的意思，径直把她拖下了月台。白玉道上的雕纹与她脚腕上的铃铛不断地摩擦，发出刺耳的刮擦声。
"对不起……对不起……我错了，我错了……你别这样对我……"
"我就是过于纵容你，才让你放肆成了这样。席银，我今日要让你脱一层皮。"
话声一落，身旁的人声顿时止息了，须臾之后，一丝卑弱的啜泣声传入张铎的耳中。张铎的步子下意识地一顿，心中刺疼。这是整个洛阳宫中唯一体谅他内心的人，而他却不得不拿最狠厉的言辞去责难她，用最残酷的刑罚去处置她。天知道，此时此刻他有多么矛盾。
"传宫正司的人来，把她带走！"说完，他松开了手。
席银若一朵被风雨浇透的屠花，扑落在地，她顾不上狼狈，拼命地拽住他的袍角。
"不要把我交给宫正司，不要……不要把我交给她们。"
张铎低头看着她："你是宫奴，你不配脏朕的手。"
"你骗人！"
张铎一窒。
"你说什么？"
席银抬头，向他伸出手掌。那手掌上还留着她前日因为习字不善而挨的玉尺印。
"是你要教我的，不是我要脏你的手。"
话刚说完，宫正司司正已带人过来，见席银拽扯着张铎的袍角，忙对内侍道：

"还不快把这奴婢的手掰开?"

席银不肯就范,仍旧死命地拽着张铎的袍角,内侍不敢冒犯张铎,只得拿眼光试探司正。

司正见此喝道:"大胆奴婢,再不松手,即刻绞杀!"

席银跟没听见司正的话一样,凝视张铎的眼睛:"我求求你了,你不要那么狠……好不好……"

张铎喉咙里吞咽了一口,夜袭而来的冷风吹动所有人的袍衫,沙沙作响,唯一吹不动的是她湿透的一身。

张铎低头望着席银。她的鞋履已经不知道什么时候遗落了,湿透的裙摆遮盖不住脚掌,无辜地翻在他面前。她好像很冷,从肩膀到脚趾都在颤抖。

"松手。"

"不……"

"松手,朕不送你去宫正司。"

"真的吗?"

"君无戏言。"

席银这才慢慢松开了手,宫正司的人忙上押住她,她也没有挣扎,只是看着张铎。如果这个时候,她还敢胡乱说话顶撞他,他在矛盾之中或许真的会错手扒她一层皮,可是她没有。她未必看出他内心的矛盾,但她看清了他心中的犹豫。

示弱,却又不是单纯地示弱。她把她与生俱来的卑弱之态化成了一根柔软的藤蔓,紧紧地缠住了张铎。抓住他,向他伸出手掌,这种把自己交付给他的模样令他眼眶发烫,五内软痛。一时间,张铎想把她从地上抱起来,舍不得把她交给任何人。

"你们先退下。"

宫正司的人面面相觑,在宋怀玉的示意下,退了下去。

席银松了一口气,肩膀陡然颓塌。她抬手抹了一把脸上的眼泪,挣扎着从地上站起身来。

"谢谢你……"

"谢朕什么?"

"谢谢你……谢谢你饶了我。"

"你觉得你自己错了吗?"

席银闻言怔了怔,想摇头又不敢摇头。

张铎转身回望身后的金华殿,灯火通明,人影凌乱。

"朕有点后悔,当初在铜驼街上救了你。"

席银垂下头，半晌方轻声道："对不起，你救过我，又放了哥哥，我一直不知道能为你做点什么……我以为……你心里很在意娘娘的。"

张铎没有应答，抖了抖被她抓捏出褶皱的袍衣。

"回琨华殿。"

席银忙赤足跟上他，一路上也不敢说话，直到走进琨华殿的漆门。

宋怀玉点了灯，闭门，同一众内侍宫人退了出去。

张铎走到熏炉前，正要解身上的袍衫，便见席银习惯性地要来伺候。他别开她的手，自解玉带道："把你自己身上的湿衣脱下来。"

席银怔在那里，殿内此时并没有其他宫人，她也无处寻别的衣衫。

"你……你要打我……我吗？"

她立在熏炉后面，瑟瑟发抖。

张铎此时已经解下了对襟，露出雪绸禅衣。他什么也没说，顺手把冠也拆了下来，散了发，盘膝在玉簟上坐下来。

"朕的话，你没听到，是不是？"

席银心一横，伸手解了腰间的绦带。春裳并不繁复，只消几下，她就把自己剥得只剩下一身抱腹了。她羞于站立，急切地想要做些什么，索性把张铎手边的那把玉尺递给他，迎面却撞上了张铎伸过来的手，那手上握着他刚才褪下来的袍衫。

席银怔在张铎面前，不知所措，察觉出来他没有要动手的意思，忙将玉尺往身后藏。

张铎面无表情地伸出另一只手，捉住她背到身后的手，一把拽了出来，取下她手中的玉尺，又扬了扬袍衫。

"穿好。再露丑态，朕就命人传鞭子。"

席银慌忙接过他的袍衫裹在身上。

她穿过很多次他的衣衫了。每一次都是在她最冷、最狼狈的时候。

在清谈居里，她被当年的刘帝剥得连下装都丢了，是他让她从箱中翻出了一件袍衫裹身。在廷尉狱的大牢之中，狱吏们谈论她的身子，说着淫荡下流的话，引得她浑身黏腻，不由自主地要去剥衣，是张铎一把打掉了她试图自轻自贱的手，拢紧了她的衣襟，并给了她一件玄袍，后来，她裹着那件玄袍不仅走进了太极殿，还活着走了出来。

这一年多的时光，要说张铎对她有多好倒并不见得，他时常呵斥、责罚她，苛责她的功课和行仪，逼着她做她根本就不会做的事。即便如此，他真的是这个世上，除了岑照，唯一不曾羞辱她、拿她取乐的男人。他甚至和岑照不大一样。

只是，到底有没有必要在他们之间分出伯仲来，席银觉得自己并不配多想。

"是不是冷？"

"不敢……"

"不敢是什么意思？"

张铎指了指熏炉："冷就坐到那边去。"

席银应声挪着膝盖，缩到了熏炉旁。熏炉里还焚着沉香，离得近了，味道是有些刺鼻的，但她着实冷，看了一眼张铎，见他垂着面，便小心翼翼地把脚露了出来，朝熏炉靠去，小声道："你……什么时候打我啊？"

原来她还在想着脱一层皮的事。

张铎侧过身，手臂搭着在膝上，低头看了一眼她那双冻得通红的脚。

席银感觉到他在看自己，忙下意识地裹紧了袍衫，往熏炉后挪了挪。

"对不起……"

她也不知道该说些什么，认错总不会是个过错。

张铎听完这战战兢兢的一句，抬手理了理袖口上的褶皱，说道："只知道说对不起。"

席银将头缩进袍衫中，冲着自己的胸口哈了几口气。

此时她周遭逐渐暖和起来，张铎的气焰没有刚才那般吓人，她也敢稍微顾及自己身上的冷暖。

"你那般生气，又拽我……又传宫正司的人来押我，我也不知道该怎么办了。"

张铎听她说完，撑着膝盖站起身，衣料婆娑，窸窸窣窣。

席银紧张得将脑袋从袍衫里钻出来，乱顾周遭，试图去找一藏身之处，又听头顶人声冷道："别躲了。"

席银闻言吞咽了一口，惊惶地凝视着张铎的手。那神态落入张铎的眼中，和年少时的他自己竟有一丝莫名的相似。他也恐惧皮肉之苦，却没有真正仇视过施刑的人。对于苦难，他有类同佛陀观音般的坦然，深信苦难即菩提，披血若簪花。但这些道理毕竟过于晦涩，若强要席银明白，则会剥夺掉她尚存的那一丝温柔。他真的想让席银变得和他一样吗？从前他是这样想的，但此时此刻不见得了。

他一面想，一面在席银身旁盘膝坐下，席银识趣地往一旁让了让，把暖和的地方留给他，谁想却突然被他捉住了脚腕，顺势往身边一拖。

张铎大概真的不知道如何心疼一个姑娘，在他的人生里，他给予大部分女性肢体上的尊重，就算施与重刑，也是为了惩戒，又或者从她们的口中逼出些什么，并不以此意淫为乐。

席银是除了张平宣，唯一走进张铎生活的女人，于是两人难免肢体接触，难免如电光石火。他原本是想对她稍微好点，可是已经弄巧成拙太多次了。

"过来，不要躲。"

席银被挪到张铎身边，又惶恐地试图把脚踝藏进袍中。

张铎松开手。

"你不是冷吗，坐这儿。"

席银抬头望着张铎。

"你不怪我了吗？"

张铎摇了摇头，他的双手仍然搭在膝上，轻轻地握成了拳。

熏炉中火星子闪烁跳跃，慢慢熏红了二人的脸，席银将手和脚一并凑近暖处，手臂自然地靠在张铎的肘处。

张铎侧头看了一眼那相挨之处，什么也没有说。

"哎……"

"你就不会称陛下？"他仍然语调冷淡，却已然去掉了之前的恼意。

席银缩回手，叠在自己的膝盖上，把脑袋枕了上去。

"每回叫你陛下，你都不出声，坐在观音像下面，像泥巴塑的一样。"

"那你也要称陛下。"他望着火星子，说道，"朕是君，是你的君。"

席银"嗯"了一声，手指在下巴下面悄悄地摩挲着。

"你……呛水了吗？"

"什么啊……"

"朕问你有没有在奕湖里呛水。"

"哦……没有。"她说着抬眼笑了笑，"我小的时候，常在山涧里玩。有一回，倒是不小心呛了水，被路过的一个樵夫给救了，把我送回青庐。我现在都还记得，那一回兄长生了好大的气。"

张铎很想听她接着往下说，他想知道，岑照是如何对待犯错的席银的。然而，席银说到这里，竟鬼使神差地不再往下说了。张铎抬头，凝视着墙上的透窗影，与自己纠结了好久，终于忍不住道："那后来呢？"

"后来……"席银有些羞愧，耳后渐渐地红了起来，"后来就被兄长责罚了呀。"

"如何责罚？"

"你……"席银顿了顿，"问这个做什么呀？"

张铎无言以对。

席银倒也不在意，他不肯答，她便自答。

"兄长那么温柔的人，还能怎么责罚我呀？就是不准我吃一顿饭，要我保证，以后再也不去山涧里玩了。说起来，从那次以后，我真的就没下过水，今日，还是我第一次犯禁呢。"她说完，把头从手背上抬起来，双手拢在一起搓了搓，"你呢，你小的时候会去水边玩吗？"

"不会。"

"那你小时候都玩什么呢？"

"不玩。"

席银不以为然："可你有那些兄弟姊妹，他们不会跟你一道玩吗？"

张铎摇了摇头。

"真可怜。"

张铎没有否认，烛火的影子在不远处的墙壁上颤颤巍巍，他的影子像一只孤鬼，他不禁下意识地将身子朝前倾了些，席银的影子便从他背后露了出来。那一刻，整道墙壁似乎都暖和起来。

"席银。"

"在。"

"朕今日本来不该带你回来，应该让你在宫正司受责示众。"

他说这话的时候，身边的那道影子明显颤了颤。

"我自作主张，我……"

"但是，席银，你并没有做错什么。"

"我不太懂……"

张铎曲臂撑着下颌，低头看着她，似在解她的惑，又似在说另一件事："你问我小的时候是怎么过的。十岁以前，在外郭的乱葬岗，那个时候和你一样，什么都不能想，活下去已然不容易。十岁那年，母亲把我带回了张家。那时我不会识文断字，母亲就让我在东晦堂中没日没夜地习字读书。她和张奚都相信，文以载道，能度化人心。"

"度化人心……度化你吗？"

"对，度化我。"

席银从未从张铎的口中听过关于他自己的身世。平常都是她滔滔不绝地叨念着她的过往，关于北邙山、乐律里，甚至关于岑照的种种。大多时候，他还是愿意听，若是什么话触到他的不顺之处，呵斥几句也是有的，但他一直避谈自己，就好像他生来就是鬼刹阎罗，没有过"做人"的过去。

"那你……小的时候，是不是像我一样做过很多错事？"

"嗯。"

"是什么呢？"

她起了兴致，抱着膝盖侧身向他。

"张熠偷东晦堂的字，被我打断了半颗牙。陈望养的犬在东晦堂外吠闹，被我用裁刀杀死了。"

席银怔怔地望着张铎，脚趾不经意间触碰到了他的膝盖。

"席银，你不是该惧怕吗？"

席银回过神来，不断地摇头："我听你这样说，觉得好痛快。我若能像你一样，有心气，有力气，那我当年一定大骂那个不顾自己妻子的性命，把钱全部砸进胭脂堆的读书人，把捐红砸到他身上，再啐他一口。我要是那样做了，也许，那个妇人也不会自缢而死……"

"那你现在有这样的心气吗？"

席银一怔。如今再把她送回乐律里，她一定不会准许男人们的手在她身上肆意地抓摸，不会准许他们轻薄自己的身子，侮辱自己的名声。可是，她是从什么时候有了这样的心气呢？换句话说，是谁给了她这样的心气……这般想着，她不由得朝张铎看去。

"有吗？"

他又问了一遍。

"有……"这一声答应，并不是那么确切，带着女子天生的胆怯，同时又饱含着那着实得之不易的勇气。

她的眼睛忽闪忽闪，那么真切地望着他。

那是他慢慢教出来的姑娘啊，用严刑来逼她也好，用狠厉的言辞来训斥她也好，她到底改变了，再也不是那个以淫荡风流为荣、靠着男人的意淫讨生的女子。

他很想伸出一只手摸一摸她的头，然而不知道手被什么东西绑在膝盖上，怎么也抬不起来。

好在，她还愿意出声，遮掩他的尴尬。

"我……能不能也问你一个问题？"

"你问吧。"

"你不处置我……是不是会让……"

让谁呢？

她好像一时还想不透彻，索性用了一个代词："是不是会让有些人以为你忌惮娘娘？"

张铎背脊一寒。这是宫廷之中的大局，也是他的心。

宋怀玉、赵谦之流未必全然猜透，她竟这样堂而皇之地问了出来，若换成这洛阳宫中任何一个人这样说，他绝不允许他活到天亮。

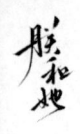

"他们……是不是会拿娘娘来要挟……"

席银自顾自地说着，忽又觉得"要挟"这个词过于肤浅，然而，她一时又想不出一个合适的词来替换，正要续言，却听面前的人道："所以呢？"

席银脖子一缩，小声道："我那会儿在金华殿太害怕了，才拼命求你的……"她越说声音越小，"要不……你把我送去宫正司吧，只不过，"她急着又道，"别打我……宫正司的鞭子，真的太疼了。"

张铎看着她的模样，不知道是该笑还是该恼。

"你知不知道你这样做是为谁？"

"我……"

"你不是根本不想留在我身边吗？"

"我……"

"起来。"

"啊？"

"朕让你起来。"

席银也不敢再说，拢着袍衫手忙脚乱地站起身，无措地看着张铎。

"身上烤干了，就去榻上捂着。"

"榻……"

那可是在琨华殿的内室啊，除了张铎的坐处和就寝之处，连宋怀玉都只有一块立锥之地，可供侍立。张铎说"榻上捂着"，那就是要席银去张铎自己的床榻啊。席银呆立着没动。

张铎径直走到榻边，掀开被褥沿边坐下。

"过来。"

席银梗着脖子。熏炉燎起的热风钻入她的脖领，一路抚至后腰。

春夜，浓郁的沉香气，观音像，古雅的天家宫室，佗寂的陈设，压抑之下，喧浪涌动。

席银忍不住去看他那身禅衣下的皮肉和骨骼。

岑照有风流之姿，身段纤瘦颀长。张铎却有着一身征人久经杀戮后修炼出的硬骨，刚硬无情，可残损之处却暗渗着他毫不自知的人欲，不光在于"情爱"，也在于世人征战的血性以及对权势的执着。

望着这副包裹在白绸之下的身子，席银感觉脸颊渐渐地烫起来。

在女人用身子交换安定的乱世里，最好的归宿是把自己交给一个不会凌虐自己的人，被这个人占有，同时也被这个人坚定地护在身后。

"啪"的一声，打断了席银的思绪。她抬起头，却见张铎的手在榻面上用力地拍了一下。若是换作乐律里的寻欢之人,这个动作无异于猥琐而无趣的撩拨。而张铎此人过于刚直,且力道之大,几乎拍皱了褥面,就令这一番动作莫名地正经起来。

"过来。"

席银闻言,忙把头垂下来,挪到他身旁坐下。心里的那些荒唐念头起来以后,她是一点都不敢抬头去看张铎了,也不敢与他有丝毫的肢体接触,她规规矩矩地把手握在一起放在膝盖上。好在他没说什么,也没做什么,独自朝里躺了下来。

席银悄悄地背过身去看张铎。

"躺下。"

他不轻不重地说了两个字,全无情欲。

席银犹豫了须臾,终于起身脱掉了身上的袍衫,缩进了他的被褥中。

与其周身的寒朔不同,张铎的身子十分温暖。

席银悄悄蜷缩起双腿,原本冰冷的脚趾不经意间触碰到了张铎的膝弯。她浑身一颤,脚趾瞬间如触火炭,身如升到冰火两重天。而她身旁的人却一动也没动。

"以后,这个地方你可以坐,也可以躺。"

席银把头埋进被褥,弯腰紧紧地抱着膝盖。此时此刻,她应该对张铎说些什么呢?躺在他的床榻上,那是不是也意味着张铎要要她的身子了?她怕得很,尽力想在他与自己的身子之间留出空隙。

然而张铎竟然翻身过来,直面向她。

鼻息扑面,她面红耳赤,身子僵得像一块丢在火堆里烤的石头。

"我……我不侍寝。"

张铎原本要脱口而出的是"你配吗?"这三个字,然而,话到嘴边却又被一种十分安静的力抵了回去。他看着席银的眼睛,问道:"为什么?"

她在他身边缩得像一团球,也不应答,只是拼命地摇头。

其实答案早就呼之欲出了,只是她从前吃过亏,知道无论如何都不能在这个时候提起岑照,所以,她只能用这种姿势来陈情。

张铎翻身,仰面而躺。

灯尚未吹,宫室之中的一切都一清二楚。他习惯了事事确切、清明的感觉,此生即便入无边苦海也尚有力自救,不会永堕混沌。唯一糊涂、不可解的公案,此时就躺在他身边。没有她,他会活得游刃有余,而有了她,虽是一路磕绊,却有冷暖自知的切肤实感。他想着,竟将一只手从被褥中伸了出来,环着席银的脖子。

温暖的感觉令席银的心脏几乎漏跳了一下,然而,那只手并没有进一步的动作,只是轻轻地摸了摸席银的脖子。常年握刀剑的虎口处尚有旧茧,刮擦着席银的皮肤，令她微微觉得刺痛。

"放松。"

张铎如是说。

* * *

席银一夜未曾合眼。她身旁的人睡得也很不安稳。

半夜时，他的肩膀时不时地发抖，席银翻身起来看他，却又不敢唤他醒来。哪怕是在梦中，他仍然隐忍得很好，紧紧地闭着嘴唇，一个糊涂的字眼都不肯吐出来。正如她所想的那样，他不准任何人猜透他对徐婉的心以此来要挟自己，于是宁可看着她自戕。他不给世人留一分余地，也就不肯给自己留一点出口。

席银看着灯下他紧锁的眉头，脑子里所有乱七八糟的念头都停歇了。她犹豫地伸出一只手，轻轻摁着他肩头，学着张铎之前的口吻，轻声道："放松。"

* * *

第二日辰时，席银独自从张铎的榻上醒来。宋怀玉立在帷帐后，吓得席银忙拢起被子坐起来。

"宋常侍……"

宋怀玉躬身道："姑娘不必急，老奴为你备好了衣衫，胡宫人会服侍姑娘沐浴更衣的。"

他说完，胡氏便从纱屏后走了出来，还未说话，就冲着席银匍匐下来："姑娘，奴从前冒犯姑娘，实在该死。"

席银仍将自己笼在被褥中，看着胡氏，轻道："你别这样，先起来。"

"奴不敢……"

席银无可奈何地朝屏外看去："宋常侍，你说句话啊。"

宋怀玉立在屏后，含笑道："姑娘受吧，该的。"

该什么该？这不就是以为她做了张铎的女人吗？之后可怎么辩得清楚？席银掀开被子，赤脚下榻，胡氏忙起身替她披衣。

"姑娘，莫冻着了。"

"你……你让我自己来。"

胡氏听了这话，松手退到一边，仍然低眉顺眼地侍立着。

"你……你出去吧。"

胡氏没有挪动，席银无法，只得重新拿捏言辞，抿了抿唇，试探着出口："你退……退下。"

胡氏看了看屏外的宋怀玉，见宋怀玉对她点了点头，这才行了个礼，绕到纱屏后面去了。席银忙穿好对襟，系上绦带走出来，却见外面已备好了妆奁，宋怀玉亲自侍立。

"以前老奴从未对姑娘尽过心，今日请姑娘赐老奴一分薄面。"

席银不敢过去，下意识地朝后退了几步："我是陛下的奴婢……"

"是，老奴明白，但这宫里啊，奴婢也分贵贱，能入陛下眼的就是内贵人。"他说完，看了一眼胡氏："还不扶内贵人过来坐？"

席银几乎是被一众人硬生生地架到妆奁前。珍珠攒成的花、金银错落的簪子、玉石坠子，每一样都是她从前最喜欢的东西，如今明晃晃地铺在她面前，却似乎与她格格不入。

"陛下呢……"

宋怀玉一面伺候她梳头，一面道："陛下在尚书省，去时留了话，叫不让搅扰姑娘。"

正说着，殿外的内侍道："宋常侍，太医正来了。"

宋怀玉放下玉梳整了整袖口，道："应是来给陛下回话的，让他候一候，我就来。"

席银听了这话，连忙抬头道："陛下昨夜命我听医正回话来着。"

宋怀玉道："姑娘的话当真？"

"我何敢妄言？"说完，她随手拣了自己惯常束发用的那根银钗，绾定发髻，不顾宋怀玉出言阻拦，夺路出了内室。

殿外是一派明媚的春光。

梅辛林见出来的人不是宋怀玉，而是席银，又见她周身装束与琨华殿的其他宫人不同，不由得笑了笑，拱手行了一礼。

"内贵人。"

席银百口莫辩，只得硬道："陛下尚在尚书省。奴引大人前去。"

梅辛林道："不必了，尚书省议外政军务，臣不便禀内禁之事。臣在金华殿候传。"说完，便要辞去。

席银跟了一步道："金华殿娘娘……尚全？"

梅辛林顿住脚步，回头道："有赖姑娘相救及时，虽有寒气入侵肺经，但性命无忧。"

席银松了一口气:"那便好。"

梅辛林看着她,忽道:"内贵人可知道,陛下尚无皇后,亦无妃嫔,这一声'内贵人'……"

"奴知道,损陛下名声嘛……没事,梅医正,陛下是神仙一样的人,即便有人要置喙,也是说奴淫荡惑君,日后,陛下将奴送到宫正司就好了。"她说完,抬手理了理因为刚才过于急切而漏绺的碎发,"对了,梅医正,什么样的食饮有益于睡眠呢?"

梅辛林道:"内贵人问此做甚?"

"陛下夜里睡不安稳,问他因由,他肯定不会说,里内是疏解不了了,只能求些外力来助,奴实在粗陋,对此知之甚少。"

梅辛林听完这一句话,多少有些明白张铎为什么独独对这个卑微的女人另眼相看、为什么一定要把她留在身边。她自认粗陋,事实上理解张铎的所思所想,本性之中又带着与张铎相克的温柔。

"陛下曾在战时受金戈之伤,后又多次被施以鞭杖,内有虚烧之火,自难成眠。芸菊煎茶饮,有所助益。"

席银垂着头,认真地记下,而后又道:"梅医正,您还会去长公主殿下的府上给哥哥看伤吧?"

梅辛林道:"岑照已经大愈无恙,臣供应内禁苑,无诏,并不会再去。"

席银目光暗淡。

梅辛林道:"姑娘为何如此问?"

席银道:"我能求您一件事吗?"

"请讲。"

"近来江大人也不进宫为我讲学了,我也不知道求谁,您能帮我给兄长带一句话吗?"

"什么?"

"您告诉兄长,阿银不是内贵人,阿银没有做皇上的女人。"

图书在版编目（CIP）数据

朕和她 / 她与灯著 . —北京：北京联合出版公司，2022.5（2023.11重印）
ISBN 978-7-5596-6095-4

Ⅰ . ①朕… Ⅱ . ①她… Ⅲ . ①长篇小说—中国—当代 Ⅳ . ①I247.5

中国版本图书馆CIP数据核字（2022）第049804号

朕和她

作　　者：她与灯　　　　　　　　出版监制：辛海峰　陈 江
出 品 人：赵红仕　　　　　　　　责任编辑：牛炜征
产品经理：夏 目　陈隽萱　　　　特约编辑：丛龙艳
封面设计：吴思龙@4666啊　　　　内文制作：任尚洁

北京联合出版公司出版
（北京市西城区德外大街83号楼9层　100088）
北京联合天畅文化传播公司发行
天津中印联印务有限公司印刷　新华书店经销
字数 341千字　710毫米×1000毫米　1/16　19.25印张
2022年5月第1版　2023年11月第7次印刷
ISBN 978-7-5596-6095-4
定价：49.80元

版权所有，侵权必究
未经书面许可，不得以任何方式转载、复制、翻印本书部分或全部内容。
如发现图书质量问题，可联系调换。质量投诉电话：010-88843286/64258472-800